KB263690

이별은 사랑이다

이별은 사랑이다

최문희 장편소설

도화

목 차

작가의 말

전혜린, 그가 살아냈던 서른 몇 해, 맨발로 자갈밭을 걷는 나날이 아니었을까? 막말 프레임에 갇혀 그는 단 하루도 편안하지 못했다. 때로는 수긍했고 때로는 격한 반응으로 곁을 뿌리치기도 했다. 솔직 명쾌한 그의 성품을 두고 세상은 꼬고 비틀었다. 그래서 주저앉은 건 아니다.

그가 건재했다면 올해 25년 1월, 92세 생일을 맞이했을 것을. 서른셋의 요절은 억울하고 안타깝다.

하지만 그의 삶이 헛발질로 마감된 건 아니다.

문화 불모지였던 이 땅의 젊은이들 가슴에 자명종을 울려준 젊은 지성, 그의 고요한 외침을 담아낸 몇 편의 서사가 아직도 우리들 책꽂이에 건재하다는 것을 그는 알까?

14년, D사에서 전혜린을 써보지 않겠느냐고 했을 때 저자는 고개를 돌렸다. 공부 좀 하고요, 말하고는 달리 가슴속에서 반발이 일었다. 여섯 살의 딸 정화를 두고 가야 했던 그의 절박한 정서를 저자는 이기적 도파라고 비난한 한 사람이다. 나날의 시간이 보태면서 자아의 객관화를 모색하는 과정에서 부유하는 그의 그림자와 조우했다. 따가운 모래밭에 맨발로 서 있었던 그의 족적은 알

찼지만 소슬했다. 발랄함의 내면에 감춰진 깊고 두터운 심연을, 가꾸지 않는 의상과 조금은 허술하게 내딛은 일상들이 그의 허울이 돼 오해와 비난을 꼬리처럼 달고 다녔던 나날의 반복. 꾸밈없는 그의 허술함이 저자의 가슴으로 오롯이 안겨 왔을 때 그의 못다 한 익명의 서사를 대필하기로 마음을 굳혔다.

마침표를 찍으면서 저자는 그의 부랑하는 영혼에 부쳐 한마디를 당부한다.

부디 평안하소서. 그대는 꺼지지 않은 촛불이요.

25년 겨울 최문희

이별은 사랑이다

프롤로그

나는 나를 무한 속에 내던지고 싶다. 유한한 존재인 인간의 한계성에 치열하게 도전했지만 내 손에 남은 건 모래 한 줌. 까맣게 탄 심장의 보랏빛 멍울은 내 생을 관통했던 무한 갈망의 씨앗이다.

흔히 비범함이라고 말하는 광휘가 내 안에 없다고는 못한다. 내 인생은 내가 바라는 방향이 아닌 엉뚱한 곁길로 흘렀다. 하지만 궤도를 수정하지는 않았다. 내가 싸안고 주저앉은 것은 비극이 아니라 불의 혼으로 초극한 인식의 묘비명이다.

'이 모든 괴로움을 또 다시'에서

천재 맞아? 아니라고 고개 흔들어 아버지가 씌워준 종이 모자를 털어낸다.

천재는 저절로 주어진 것이 아니라 몇 프로의 비범함에 보태고 쌓아야 한다. 자유혼을 위해 피 흘렸던 아픈 시간들, 천재라는 감방에 갇혀 어디에도 착지하지 못했던 부랑의 혼! 린은 영원한 망명자였다.

린은 머물지 않았다. 단 일초도 평범하기를 거부했다. 한마디

말에도 같은 단어를 반복하지 않았다. 최고의 가치로 자신의 생을 마름질하기 위해 피 흘렸던 그 지순한 열정의 꼭짓점에 무엇이 있었을까? 그토록 절박하게 혼신의 열정으로 시도했지만 끝내 점화시키지 못한 불의 혼, 인생의 절반도 못 채운 그 청정한 젊음을 앗아간 욕망의 그루터기는 못다 태운 각목에서 지펴 내는 매운 연기였을까.

새로운 것, 누구도 흉내 내지 못하는 자기만의 언어로, 자기만의 인식으로, 모눈종이에 또박또박 써 내려간 서사는 소설이 아니라 투정이었고 하찮은 넋두리에 불과했다. 밤새워 쓴 그녀의 서사는 갈기갈기 찢어진 파지로 나동그라진다. 쓰고 찢어 던지는 반복적인 도로가 안겨준 참담함이 린의 심장에 비수를 꽂는다. 솔직하고 인간적인 그녀를 외톨이의 오만이라고 짓이긴다. 민낯을 보이며 눈물 글썽이는 린, 강함 속에 연약함을, 무거움 속에 가벼움을, 경박함 속에 신중함을, 그 추상화 같은 내면의 무늬를 아무도 알지 못했다. 린은 아웃사이드의 표상이었다. 상식화된 사회질서와 거대한 컨베이어 벨트에 묶여 전진도 후퇴도 자신의 의지와는 무관하게 움직여야 했다. 아버지로부터 길들여진 복종과 암기의 반복이 린의 일상에 착시와 환각과 불시착을 만들었다.

매혹은 머물지 않는다. 작열하는 태양도 중천에 떠오른 만월도 영혼으로 맺어진 사랑조차도 씨줄과 날줄의 변경선을 향해 전진하거나 후퇴한다. 그것이 홀로여야 하는 인간의 운명이다.

(간혹 린의 자전적 에세이에 사용되었던 단어가 겹쳐졌을지도 모른다. 하지만 전체적인 문장의 흐름은 저자의 서사이다.)

린의 혼잣말

다방 '학림'의 문을 열고 들어서는 순간 귀청에 날아와 꽂힌 뾰족한 꼬챙이? 남편 수의 낮게 궁굴리는 목소리다. '뒤러의 기도하는 손'을 여기서 만날 줄은 몰랐습니다.

린은 틈새 벌어진 도어를 닫는다. 벽에 갇힌 소리는 들리지 않는다. 이런 시간, 이런 장소에? 뜻밖이다. 점심시간이긴 하다. 등 돌려 앉은 수의 옆자리에는 후배 박훈 교수, 맞은편 자리에는 린의 후배 장순애, 그 옆자리에 다소곳이 앉아있는 청보라빛 봄을 입고 있는 여인. 다탁 위에 가지런하게 포갠 두 손, 수가 말한 알베리히트 뒤러의 '기도하는 손'을 흉내 내고 있다. 밀랍으로 빚은 듯 희고 보송한 손이.

수에게서 받은 첫 선물이 뒤러의 '기도하는 손' 복사본이었다. 종이 한 장이 아니고, 기도하는 뒤러의 염원까지 담았어. 내 지극한 마음이야. 그땐 이런 말도 했다. 린의 재능을 존중해. 네 만능의 손을. 김치도 담그고 빨래도 잘하고 독일어 대문자는 활자처럼 똘박해. 엘칸트 교수가 네 글씨를 보고 조교로 발탁했다지. 기타,

기타 그런 너의 악마적인 디테일은 누구도 흉내 낼 수 없어.

수가 여자의 손에 관심이 많다는 것을 어떻게 알았을까? 다탁 위에 두 손을 올려놓고 그와 마주한 눈빛에 서린 저 간절함의 속살은 무엇일까?

들어가지도 나가지도 못한 채 린은 자글거리는 심장을 지그시 누른다. 당당하게 들어가 합석할 수 있는데, 린은 문밖으로 뒷걸음치고 있다. 아직 밥알을 넘기지 못했다. 식은 커피 한잔으로 때운 위 속이 앙탈을 부리는지 시척지근한 위액이 마른 혀끝을 말아 올린다. 계속 이어진 2시간의 강의로 목이 메었고 피로로 덧난 입술에 거스러미가 슬었다. 칙칙한 입성도 발길을 당겼을 것이다.

아침 출근길에 수가 그녀의 아래 위를 훑어보았다. 봄인데, 좀 화사하게 입지.

생각해서 해준 말인데도 린은 뭔가 꼬여 반응하지 않았다. 반듯하고 화사하게 차려입은 한 여자에게 얼마나 많은 정성과 자본이 투자되는 줄 알아? 머리끝에서부터 발끝까지 가꾸려면 한두 푼으로 해결되지 않아. 머리 감는 비누에서부터 촉촉한 피부를 만들기 위해 공들이는 화장품, 한 계절에 한두 벌 갈아입어야 하는 깔끔한 차림새? 난 어림없어. 내게 화사한 차림을 바란다면 그건 당신의 잔인한 착각이야. 입안에서 우물거린다. 곧이곧대로 말을 쏟아내면 그가 읽고 있던 육법전서가 린을 메다칠지도 모른다. 수는 너무 모른다. 여자의 본체를 모르는 남자하고 사는 것은 코끼리 다리를 더듬는 눈뜬장님과 다를 것이 무엇일까? 물정에 어두운 것이 순수함이라고? 그 억지스러운 탯거리는 어리광도 아니고 투정도 아니다.

언제나 전열에 서 있어야 할 린이 언제부터인가 두리번거리면서 한두 걸음 뒷걸음치는 버릇이 생겼다. 그 어쭙잖은 후퇴가 자의인지 타의인지 친구 강이숙이 한마디로 지적한다.

선두주자들의 공통된 고민은 빼앗길지도 모른다는 염려 아닐까? 한마디만 더 보탤게. 기고만장하는 그 이면에 도사리고 있는 자격지심 같은 거, 아니야? 린?

자격지심? 내가? 린은 속으로 되뇐다. 내가 어쨌다고?

이숙이 키득거린다. 있잖아. 머리만 천재지, 일상의 넌 넘 허술해. 너도 모르지 않을 거야.

관심 꺼. 난 나니까. 이숙이 만날 때마다 린 자신도 자각하지 못했던 아주 자잘한 일상의 목록들을 들먹인다.

막걸리 보시기나 커피 잔을 두 손으로 모아 잡는 건 자의식이 강한 사람들의 공통된 동작이래. 너도 그렇잖아.

관둬. 아무 데나 날 연결시키지 마. 웃고 말했지만 치받치는 메스꺼움을 목구멍 속으로 씹어 삼킨다. 늘 비슷한 이죽거림, 칭찬에 버무려 핑퐁처럼 던지는 가시 돋친 말이 린을 도발시킨다. 맞장을 뜰 생각은 없다. 그랬음에도 시간을 쪼개 학림에 들른 것은 강이숙을 만나야 하기 때문이다.

시간을 쪼갠다, 수가 질색하는 말이다. 너의 모든 것을 존중한다던 그 칭송은 유통기한이 지난 우유일까? 이젠 무심하게 던지는 말 한마디, 동작에도 토를 달고 훈육하려 든다. 그래서 선인들은 말한다. 스물의 사랑은 상대방의 얼굴만 보고 서른의 사랑은 뒷머

이별은 사랑이다

리에 난 제비초리에 눈이 머문다고. 그렇게, 그렇게 세월이 보태지면 앞뒤 좌우까지 샅샅이 훑어 내린 눈이 서로를 할퀴고 갉작이면서 쪼개진다고? 참 기도 차지 않는 부부학 개론이다.

내려가려고 층계참으로 한 발 내딛는데 귀에 익은 목소리가 발목을 잡는다.

아, 전 교수, 왜 안 들어가고 서 있어요?

어머, 이봉구 선생님, 반갑습니다. 책을 잃어버리고 왔지 뭐예요. 구하기 어려운 원서인데 누가 집어 가면 어떡해요? 들어가 계세요. 금방 다녀올게요.

트렌치코트에 중절모 차림새는 여전하다. 이봉구 작가하고는 학부 때부터 가끔 어울렸다. 연합신문사 문화부장으로 있던 이봉구 작가에 의해 린의 글(영화 인생유전의 감상)이 신문에 실렸다. 청탁 원고였는지 자진 투고인지는 중요하지 않다. 그 이후부터 이봉구 작가의 울타리에 편승한 셈이다. 학부 3학년 봄 학기였을 것이다. 책은 박 교수 연구실에 맡겨두고 왔다. 잃어버렸다는 말은 거짓말이다. 오늘은 여섯 살 딸애의 생일 케이크를 사 들고 가야 했기에 4백 쪽짜리 책의 무게가 부담스러울 것 같았다.

수하고 아니 그들하고 마주치고 싶지 않다. 그래서 쫓기듯이 층계참을 뛰어내렸다. 목요일 오후 강의가 있는 수는 2시 15분 전에 일어날 것이 분명하다. 예상은 적중했다. 그들이 건널목 정지 버튼 앞에 서 있다. 대학병원 후문에 가려진 린의 모습은 그들 눈에 띄지 않을 것이다. 나란하게 서 있는 그들, 동맹한 그룹처럼 다정해 보인다. 길바닥에 우두커니 선채 린은 건널목을 건너 멀어져

가는 그들 속의 수가 낯선 남자로 느껴진다.

버스 정거장으로 향하던 발걸음이 절로 멈춰진다. 조금 전 '학림'의 층계참에서 스치듯 만난 이봉구 작가에게 책 찾아서 금방 다녀올게요, 던진 한마디 때문일까? 수많은 단어들이 입안에서 바장인다. 토해내지 않으면 억제하고 있는 말들이 폭죽이 돼 터질지도 모른다. 누군가와 이봉구 작가이든 강이숙이든 만나서 찌그러져 불퉁거리는 말의 소나기를 퍼올려야 한다. 미칠 것 같다. 수의 말을 빌리면 당신의 광기 어린 정서? 적절한 지적인지도 모른다. 미쳐버릴 것 같은 이 절박함의 정서를 광기라고 지적한 수의 투시를 부정할 생각은 없다.

'학림' 문턱에 발을 걸친 채 린은 잠시 숨을 고른다. 움직이면 공기 속에 엷게 번진 커피 향의 농도가 희석된다. 혀로 맛보는 커피보다 후각으로 마시는 커피는 홈통을 타고 심장에 이른다. 혀끝에 묻은 독처럼 그것은 찌르고 감긴다. 첫 연정처럼 짙고 아련한 에스프레소, 이물질이 섞인 커피는 두세 번 우려낸 덧정같이 밍밍하다. 반복되는 일상을 견디게 해주는 에스프레소 한잔에 하루를 견딘다.

오후 일정이 빠듯하다. 아버지의 호출이 자갈질통처럼 무겁게 질척댄다. 아이의 생일이기도 하다. 애타게 기다리고 있을 정화를 데리고 수유리 집으로 6시까지는 도착해야 한다. 발 빠르게 움직여야 한다. 수하고 약속한 '평정일상'을 그르칠 수 없다. 평정일상이라는 단어의 조합은 수가 만들었다. 우리가 함께할 수 있는 가

이별은 사랑이다

장 합리적인 방법이야. 조화와 균형은 수가 지키고 싶어 하는 삶의 지렛대다. 고집불통 원칙주의자지만 린은 그런 그의 신중하고 과묵한 이미지를 존중한다.

오늘 아침 린은 스치듯 한마디를 흘렸다. 조금 늦을지도 몰라. 아버지가 다녀가래.

면도하던 수가 왜? 턱을 들고 고개를 돌렸다.

용건은 모르지만, 이야기가 길어질지도 몰라. 정화 생일은 주말로 미루면 안 될까? 토요일엔 강의도 없고.

면도기를 든 수의 오른팔이 휙 포물선을 그렸다.

안 돼. 신입생 MT 간다고 하지 않았어? 자잘한 짐은 꾸려서 연구실에 갔다 뒀잖아.

린이 맥없이 항복한다. 강이숙이 편집장으로 일하는 『여자의 향기』 월간지에 우리 이야기가 실렸대. 그래서 날 부르신 것 같아.

자기 동창이 편집장으로 있다는 잡지? 무슨 내용인데?

1월호에 실렸대, 난 아직 보지 못했어. 왠지 그 친구가 요즘 연락이 안 돼서 이상하다고 생각했는데, 일을 만든 것 같아.

수가 목에 둘렀던 수건으로 얼굴의 물기를 닦으면서 된소리를 낸다.

사람을 가려서 새겨. 아무하고나 어울리면 자신도 아무나가 되는 거야.

아무나가?

한밤중에 걸려온 어머니의 전화를 받고서야 그 사실을 알았다.

겨우 풋잠이 들락 말락할 때 전화벨이 울렸다. 짜증이 끓어오른 건 다시 불면의 끈이 이어질지 모른다는 불안감 때문이다. 불면은 삶의 소소한 즐거움마저 앗아간다. 50분 강의가 연속으로 3시간 있는 날이다. 아침은 허둥거리다가 놓쳤고 점심은 북적대는 교수 식당 줄서기에 밀려 단념하고 돌아서는 경우가 먹는 날보다 더 많다. 이 대학에서 저 대학으로 이동하는 거리가 만만찮다. 버스에서 내려 교문까지, 교문에서 인문대학까지 오고 가는 거리에서 마주치는 학생들의 갸웃거리는 눈빛도 부담스럽다. 세상과 절연하고 혼자이고 싶다.

돌아서고 싶은 마음을 다독이고 추스른다.

어머니의 나직한 목소리가 전선을 타고 귀를 후빈다.

벌써 자니? 내일 집에 들러. 아버지가 널 부르신다.

린은 후다닥 이불을 걷어내고 일어난다.

금요일은 이대 강의가 있는 날이에요. 버스 정거장에서 학교까지 얼마나 먼데요. 교문에서 인문대학까지 버스 한 정거장보다 멀어요. 종아리가 땡땡해요. 모레 토요일에 가면 안 될까요?

어머니의 성 마른 목소리가 건너온다. 그럼 네가 아버지께 직접 통화해. 난 모르겠다.

아버지하고 딸 사이에서 어머니는 저만치 비켜 서 있다. 어머니는 아버지라는 절대적인 그림자 뒤에 숨어버린다.

갑자기 왜요?

어머니의 낮고 쉰 목소리가 긴 막대기가 돼 귀청을 후빈다.

너희 아버지께 직접 여쭤보렴. 잔뜩 화나셨어. 강이숙이라는

이별은 사랑이다

동창이 네 이혼기사로 대박쳤다지.

수화기를 잡은 손등의 마디가 하얗게 질린다.

이혼기사요? 그게 아니에요, 어머니. 이숙이 월간 『여자의 향기』 편집장인 건 맞지만, 이혼기사요? 당치 않아요.

수화기에서 전해지는 어머니의 뜨거운 숨결이 고스란히 느껴진다.

이숙일 데리고 오든지, 네가 와서 해명을 하든지 해야 할 게다.

이봉구 작가는 가버린 모양인가? 보이지 않는다. 지나가는 종업원에게 에스프레소요, 주문한다. 따끈한 한잔이 더 필요하다. 봄인데 춥다. 귀국 이후 —가을에 귀국해 벌써 8개월이 지난 지금까지 —몸에 엉긴 한기가 가시지 않는다. 큰길 건너 문리대학 앞뜰에 만개한 자목련은 4월 중반까지 꽃망울을 달고 있다. 그늘이 깊어 늦게 피고 늦게 진다.

에스프레소를 처음 맛본 건 슈바빙의 노천 카페테라스였다. 9월인데도 햇볕은 엷었고 바람에 흔들리는 가로수 가지들이 나른하게 늘어져 있었다. 린은 그때 혼자였다. 커피를 주문하고 차양 아래 마련된 철제걸상에 앉았다. 그늘이 깊어 서늘했다. 검정 앞치마를 걸친 길고 가느다란 남자가 2인용 원탁에 찻잔을 놓았다. 하얀 종지에 8부쯤 담긴 까만 액체. 서울에서는 미군 부대에서 나온 인스턴트 모카커피를 마셨다. 작은 컵을 두 손에 감싸 쥐고 입으로 들고 가던 순간 린은 등받이에 기댄 허리를 곧추세웠다. 흡, 코로 스미는 커피 향, 사향의 냄새가 그러할까? 첼로의 가장 깊은 저음에서 울리는 깊고 서늘한 숨, 에스프레소는 그런 느낌으로 다가왔다.

이숙을 만나야 한다. 그날, 긴장의 끈을 놓았는지도 모른다. 겨우 막걸리 두 잔으로 눈앞이 해롱거렸다. 살갑게 다가와 귓속말로 조잘거리던 이숙의 의도적인 말꼬리에 휘말렸을지도. 김 교수 과묵하고 신중한 편이지. 여기 여자들이 가장 선호하는 이미지라는 거 몰라?

그래서 그게 어쨌다고? 전 교수는 좀 뻗대는 분위기잖아. 밖에서는 S대학 강사지만 안에 들어가면 한 남자의 아내라는 사실을 명심해. 좀 곰살궂게 굴어.

린은 버성겨지려는 입술을 깨물었다. 충고는 고마운데, 이숙이 언제부터 부부학 박사가 됐는지 궁금해.

이숙이 냉큼 맞받는다. 나 대중잡지 편집장이야. 부부뿐이겠니? 인간들이 만들어 내는 다양한 관계의 속살을 투시하는 레이저 같은 안목을 훈련한 사람이야. 내가 던진 낚싯바늘에 걸리지 않은 사람은 없어.

날 두고 하는 말이지? 앙큼쟁이, 속으로 되뇌었지만, 소리 내어 말하지 않는다.

그 알량한 『여자의 향기』 1월호에 난 기사를 아직 구독하지 못했다.

요즘, 이숙이 전화를 받지 않는다. 2주 남짓 뜸한 간극이다. 일주일에 두세 번은 전화로 불러내던 이숙이 갑자기 침묵이라는 틈새 속으로 숨어버렸다. 어머니의 전화를 받고서야 이숙이 만남을

이별은 사랑이다

기피하는 이유를 알았다.

일어나야지, 명동에 있는 문객들의 쉼터라는 '은성'에 들러볼 생각이다. 가방을 챙겨 들고 일어나는 데 왜 일어나려고요? 이봉구 작가이다. 아래층 설렁탕 집에 가서 한술 뜨고 왔어요. 전 교수 가버리면 어쩌나 싶어 아침을 겸한 점심이지만 급하게 먹고 올라왔지요.

전 그냥 가신 줄 알았어요. 설렁탕을 먹어보지 못했지만, 입안에 침이 고인다.

이봉구 작가는 앉을 생각이 없는 듯 선 채로 홀 안을 한번 훑어보고는 실은 나우정 씨하고 12시에 만나기로 했는데, 내가 많이 늦었잖아요. 모두들 은성에 있는 모양인데, 어때요? 은성에 가면 이숙 씨도 있을 텐데?

마치 린이 이숙을 만나기 위해 죽치고 앉아있는 줄 아는 것처럼 말한다. 이혼기사 건을 알고 있는지도 모른다.

이숙하고는 매일 만나는 사이라고 들었다.

이 작가가 성큼 앞장선다. 린이 뒤따라 나선다. 대학병원 후문 앞에서 그가 걸음을 멈추고 돌아본다. 명동까지 금방인데, 난 그냥 걸어갈 작정이오만, 전 교수는 어쩔 거요?

저도 매일 걸어요. 마땅한 교통수단이 없어요. 법대에서 성균관까지, 찻길에서 멀어요. 발바닥에 군살이 박혔다니까요.

거 좋은 현상이요. 건강에도 좋고요. 서울 토박이인 전 교수가 나보다 서울 지리는 더 빠삭할 거요. 명동 가는데 길이 여러 갈래라는 거요. 창경궁 돌담을 끼고 종로 3가에서 중앙극장을 지나 성당을 넘어가면 곧장 은성이고. 또 한 갈래는 여기서 전매청 건물을 지나 을지로 3가를 지나 명보극장에서 우회전하면 성당이고.

린이 쿡 웃는다. 지금 원남동 사거리에서 우회전, 창경궁 돌담길 아닌가요?

그러게요. 약간 멀지만 이 길이 운치가 있어요.

트렌치코트 자락이 바람에 펄럭인다. 언제 봐도 트렌치코트 차림이다. 그래서 명동 신사라는 별명이 붙었는지도 모른다. 반백의 더부룩한 머리에 주머니에 찔러 넣은 책과 둘둘 만 신문으로 코트 앞자락이 늘어져 있다.

전 교순 언제 봐도 여학생 티가 나요. 젊고 활력에 넘치는 모습이 그래요.

지적 대화에 목말라 있던 그로서는 독일 문학과 철학을 공부한 그녀의 깊고 폭넓은 대화의 질량에 매혹되었는지도 모른다. 신선하다. 발걸음을 멈춘 린이 저 안 그래요. 강의는 제 체질이 아닌 것 같아요. 글이나 썼으면 하는 바람인데, 주변에서 자꾸 부추겨요.

한 발자국 뒤따라 걷던 린이 작가의 옆으로 와 나란하게 걷는다. 운현궁을 뒤로하고 운니동으로 좌회전한다.

부추길 만하지요. 법대 강사로는 전 교수가 처음일걸요. 자부심을 가져요.

자부심이라는 말이 발부리에 차인다. 어제 어머니 전화에서 문득 그 단어가 건너왔다. 세상이 질투하는 거다. 제멋대로 지어낸

이별은 사랑이다

이혼기사로 법대 강단에 부부가 나란하게 섰다는 사실에 찬물을 끼얹는 짓이야. 자만심은 버리고 자존감은 지켜야 해. 그리고 덧붙였다. 내일이 정화 귀빠진 날이잖아. 내가 음식을 좀 준비했다. 네 동생 시켜서 보내마. 걱정하지 마.

린의 침묵이 길게 이어지자 이봉구 작가가 왜요? 하는 눈빛으로 고개를 기웃거린다.

뭔 일 있어요? 전 선생, 불안한 눈친데? 이봉구의 작가다운 서브다.

아니에요. 은성에 가면 이숙일 만날 수 있을까요? 만나야 하는데.

솔직하게 물어봐도 될까? 이숙이 편집장으로 일하는 『여자의 향기』 1월호에 지성인의 이혼기사 보셨어요? 무슨 말이 듣고 싶은 걸까? 이봉구 작가는 이숙에게는 문학의 스승이면서 『여자의 향기』 편집장으로 추천해준 분이다. 이숙의 이름을 들먹이자 작가는 입을 다물어 버린다. 린이 이숙을 만나야 한다고 했을 때부터 그 기사 건임을 알았을 것이다. 그 이야기는 은성에 가서 당사자들끼리 마주 앉아서 주고받아야 한다. 자신이 어설프게 끼어들 수 없다. 솔직히 그 기사 이야기를 이숙으로부터 들었을 때, 성급하게 굴지 마, 가방 들고 나왔다고 그게 이혼이라는 증거는 아니잖아, 말렸다. 기어이 불편한 장면을 봐야 할 것 같아 그는 심사가 느글거린다. 린이 무슨 말인가를 하려는 순간 그의 검지가 하늘을 가리킨다.

창경궁 돌다리에 구름이 누워있네. 길 위의 나그네는 지상의 구름인데 바람 한 자락에 몸서리치며 흩어져 버리는가. 숨을 고른 후 말을 잇는다. 내가 태어난 해가, 임인년이래요. 그런데 그 임壬 자가 안개이면서 해를 가리는 구름이라고 해요. 가리면서 짊어지다? 우리 집에서 하는 말이 그래요. 해를 가리는 구름이면서 그 구름을 짊어지고 다니는 검은 호랑이. 말 돼요? 안 돼요, 원.

린이 고개를 돌려 작가의 옆얼굴을 쳐다본다. 반백의 무색무취, 그 자체로 중년의 준수함을 지녔다.

전 깊은 뜻은 잘 모르겠고요, 구름이 누워있다는 선생님의 표현이 아주 멋져요.

비원을 뒤로하고 낙원동 방향으로 건너가는 길목이다.

서울이 많이 변했어요. 55년, 제가 유학 갈 때만 해도 건물 꼭대기에 철근이 삐죽삐죽 노출돼 있어 보기 흉했는데, 아주 말쑥해졌어요.

5년이잖소. 그냥 5년이 아니지요. 한국 사람들에게 5년은 타국인들의 50년하고 막 먹어요. 성급함에 다혈질에 열정이 버무려져 불끈하잖소.

중앙극장을 지나 우회전하면 명동으로 이어지는 야트막한 오르막길이다. 명동대성당을 지나 국립극장 네거리에서 좌회전 충무로 쪽으로 방향을 틀면 바로 은성이다. 물살에 떠밀린 듯 사람들이 쓸리고 말린다. 명동은 서울이고 서울은 명동이다. 그리움이 되어 둥둥 떠내려간다. 퇴계로 방향으로 올라가는 가도에 국제양장점이 명동의 새로운 패션의 선봉자로 자리 잡았고 연이어 올망졸망한 양장점과 미장원이 들어섰다. 음악 감상실 '돌체'를 지나 충무로 이면도로에 주저앉은 은성, 주머니가 가벼운 예술인들이 열정과 낭만을 탁주 사발에 버무려 기염을 토하는 대중음식점이다. 은성의 사장 0여사는 후덕한 인심으로 안주 접시에 무한 리필을 마다하지 않는다. 린이 이숙에게 이끌려 한번 와본 이후부터 은성의 매력에 푹 빠졌다. 가벼운 가성비에 비해 푸짐하게 담아내는 인심이 좋았고 오가는 예술인들의 기탄없는 분노의 숨소리가 듣기 싫지 않다.

친구야, 그건 아니지

금간 유리에 누런 테이프를 덕지덕지 붙인 '은성'의 문을 밀고 들어서자 천으로 된 포렴이 반쯤 열려 있다. 이봉구 작가에게 등을 떠밀린 린이 포렴을 걷고 들어간다. 훈김에 가려진 저만치서 와우, 드디어 나타났어. 전혜린 교수! 뜻밖에 이숙이 호들갑이다. 린이 손을 흔들었지만 딱히 이숙을 향한 손짓은 아니다. 옹기종기 모여 앉은 사람들의 훈김 탓에 린은 살짝 비틀거리며 테이블 사이를 가로지른다.

여기야. 전 교수, 이숙이 팔을 뻗어 엉거주춤 서 있는 린을 꺼당긴다. 2주일 동안의 막간을 뛰어넘는 이숙의 매끄러운 환대다. 그제야 식당 안의 풍경이 눈에 들어온다. 작가인 듯싶은 젊은이들이 이호철 작가를 둘러싸고 막걸리 주발을 비우고 있다. 그는 「판문점」으로 현대문학상을 수상하여 인기가 하늘로 치솟고 있었다.

린이 엉겨붙는 시선을 향해 안녕하세요? 엄지척을 해 보이고는 이숙의 옆자리에 앉는다.

오랜만이다. 근데 나 금방 일어나야 해. 린의 말에 이숙이 키득, 웃음을 깨문다.

아무튼 앉기나 해. 일 없는 사람이 어디 있어? 너무 바쁜 척하지 마.

웃으면서 하는 말인데도 이숙의 말은 생각을 곱씹게 한다.

이숙이 검정색 타이트스커트에 하얀 블라우스 그 위에 검정 카디건을 어깨에 걸쳤다. 깔끔하다. 린은 문득 자신의 옷에 신경이 쓰인다. 검정색 미디스커트에 동색의 코트는 투박하다. 3월 끝자락인데도 겨울 차림새 그대로다.

신학기니까 바쁘겠지? 아버님 생신도 겹치고?

그런 정보는 어디서 들었어? 린이 묻는다.

전 교수 애제자인 장순애지 누구겠어?

언제부터 장순애하고 터놓고 지내는 사이가 됐어?

뜬금없다. 성대 법대 2학년에 다니는 장순애하고 이숙이 두어 번 만났을 뿐인데, 집안일까지 꿰차고 있다. 이숙의 순발력인지 휘젓고 다니는 장순애의 마당발 후렴인지는 모를 일이다.

애제자는 무슨? 우리 같은 고등학교 후배잖아. 요즘 고시 때문에 시간을 쪼개 쓰는 것 같던데?

뭘, 네가 달력에 메모해 뒀다면서? 걘 네 일정에 파삭해. 김 교수님 스케줄도 꿰차고 있더라.

린은 갑자기 입이 마른다. 물컵을 들고 한 모금 마시는데 이숙이 이걸로 입가심해. 집 걱정은 잠깐 붙들어 매고. 막걸리 보시기를 입에 대준다. 이숙이 언제부터 이렇게 다정했는지, 한아름 안겨주는 친절이 부담스럽다. 2주일의 잠적은 뒷주머니에 감춰둔 모양이다. 린에게 술은 친숙한 음료다. 어릴 때 아버지 무릎에 앉아 술 냄새를 맡았다. 질금질금 마셨는지도 모른다. 부산 피난지, 법대 새내기일 때 엠티에 가서도 권하는 술잔을 피하지 않았다. 여자니까, 얌전하게 보이고 싶어 내숭 떨지 않았다.

숭굴숭굴 썬 깍두기에 들깨로 버무린 시래기나물이 보기에도 맛깔스럽다.

이숙이 린의 손에 나무젓가락을 쥐여 준다. 보쌈해온 아가씨도 아니고, 안절부절 그만해. 이 시래기나물이 얼마나 맛있는지 먹어 봐.

주전자가 비자 이숙이 검자를 들고 팔랑거린다.

나 전화 좀 하고, 린이 일어나 카운트 쪽으로 걸어간다. 정강이가 바장인다. 강의는 내 체질이 아닌가 봐. 따스한 온돌방에 앉아 소설이나 썼으면, 왜 나는 못 하는 건데? 혼잣말이 입안에서 쓴 침을 괴어 올린다. 전화번호를 누르자마자 동생이 받는다.

채린아, 내가 좀 늦을 것 같아. 형부가 정화 데리러 간댔어. 어떡하지?

언니, 형부 정화 데리고 막 나갔어. 잡채하고 보쌈김치만 형부에게 들려줬어. 언니가 빠져도 섭섭해 할 사람 없을 것 같은데? 걱정하지 마, 언니. 내가 지금 막 음식 바구니 챙겨 들고 가려던 참이거든.

채린이 말이 맞다. 수화기를 내려놓는 순간 머리 위에 이고 있던 가시 바구니도 스륵 무너져 내린다. 그런다고 해도 마냥 편안한 건 아니다. 수가 딸 정화하고 수유리 집에 도착할 무렵 그에게 전화를 해야 한다. 나 조금 늦을 것 같아. 부녀끼리 재미있는 시간 보내시길…. 친정에서 해준 밑반찬만으로 부녀의 저녁 식탁이 완벽하게 차려지지 않는다. 엄마가 있어야 한다. 수저를 놓고 밥통에서 밥을 퍼 담고 찬합에 든 음식을 접시에 덜어내야 하는 건 누구나 할 수 있다. 엄마라는 그 존재의 버팀목이 식탁을 아울러야 제대로의 그림이 완성된다. 수는 부부 사이에서 중요한 것은 조화라고 한다. 린에게 중요한 항목은 존중감이다. 조화와 존중감, 두 개의 단어는 공생과 공존의 다른 표현이다. 집이라고 해서 긴장을 풀어헤치고 방만해질 수 없다. 주변의 왁자한 소리 가운데서도 그녀의 가슴에는 수많은 동종銅鐘이 매달려 있다. 남편 수, 지상의 꽃인 딸 정화, 아버지와 채린, 그 모든 존재들은 시도 때도 없이 종을 친다.

뮌헨의 주말 벼룩시장에서 산 조그마한 동종 한 쌍을 두고 수는 깨우쳐 주는 부처의 소리라고 한다. 한 개는 현관에 걸었고 한 개는 책상 위에 앉아있다. 지쳐서 아무 데나 주저앉고 싶도록 후물거릴 때마다 린은 그 작고 앙증스러운 종을 흔든다. 깨어나, 일어나, 움직여, 주저앉으면 바닥이야. 평범하게 살고 싶지 않다고 했지? 그 작은 금속의 울림이 느른해진 의식을 깨운다. 겨우 잠이 든 엷은 꿈속에서도 이명처럼 종소리가 울려 뒤척이게 만든다. 정말 지긋지긋하다. 그날, 풀솜처럼 나달거리는 몸을 끌고 집에 도착했을 때 대문에 걸린 종이 와그르르 울었다. 울리는 소리가 아니라 우는 소리로 들렸다. 린은 손을 뻗어 대문에 걸린 종을 발라냈다. 성급하게 방으로 달려간 그녀는 책상 위에 오도카니 놓여있는 그놈의 쌍둥이 종까지 신문지에 말아 서랍 속에 구겨 넣었다. 느닷없는 히스테리였다. 종을 가둔 그날 밤부터 린은 잠을 못 잤다. 한 줌 크기의 작은 종이 천장까지 몸을 부풀려 땡땡이를 친다. 밤새도록. 이를 악물고, 이불을 뒤집어쓰고, 귀를 막는다. 소용없다. 그악스럽게 질러대는 쇳소리가 천장과 벽을 치고 굴러다닌다. 다음 날 아침 서랍 속에 구겨 박은 종을 꺼냈다. 그래 미안해. 혼잣소리로 중얼대면서 한 개는 대문에 한 개는 책상 위에 되돌려 놓았다. 원상 복귀, 린은 털퍼덕 주저앉는다.

괴물일까? 영물일까? 범상치 않다. 성가셨다. 처음 소유했던 종 주인의 혼이 스며있는 건 아닐까?

지금 이숙이하고 앉아있는 식당 은성인데, 귀청을 때리는 종의 울림, 무슨 의미인지 린은 그저 아득하기만 하다. 수에게 전화를 넣어야 하는데, 의자에 붙은 몸이 떨어지지 않는다. 애지중지하는 정화를 안고 이제나저제나 나타날지 모를 아내를 기다리는 남편. 일어나라고 빨리 집으로 가라고 종이 재우친다. 나 이러다가 미치고 말 거야. 혼잣말하는데 이숙이 빈 잔에 곡주를 따른다.

왜 그래? 전 교수의 불안해하는 이유가 뭘까? 내가 따라가서 큰절하고 살풀이해줄게. 그나저나 너 김 교수 관리 잘해. 사무실 여자들이 붙어 다닌대.

또 지분댄다. 이혼기사만으로는 성에 안 차는 모양인가? 이봉구 작가하고 코를 맞대고 이야기하고 있던 평론한다는 나우정이 고개를 돌려 이쪽을 쳐다본다.

린이 한마디로 자른다. 여자 문제를 일으킬 사람 아니야. 그인

이별은 사랑이다

자신의 학문적 성취에 생을 걸고 있어.

믿는 도끼에 발 찍힌다는 말 기억해.

내 걱정은 접어 둬.

연구실에 이불 보따리는 뭔데?

아 그건 학생들하고 MT 가려고 모포 몇 장 꾸린 보따리야.

전 교수 그거 알아? 몇 주 전부터 유관순 차림을 한 여자가 김 박사 연구실에 자주 들른대. 아주 고상틱하다지?

유관순 언니 차림의 여자? 그 여자? 기도하는 손으로 수를 향해 지그시 간댕거리던 단아하고 정갈해 뵈던 여인?

수에게 물어보지 않았다. 수가 먼저 입을 열지 않는데 들쑤시고 싶지 않다.

장순애의 정보에 의하면 '낙원가든'이라는 식당에서 단둘이 식사했대. 김 교수가 네게 말 안했어? 남자들은 다 그래.

린이 뿌리치듯이 말한다. 우리 김 교수는 그런 방식으로 여자하고 은밀한 사이를 만들지 않아.

이숙은 끈질기다. 고등학교 국어 선생이라지. 접시처럼 하고 다니는 전 교수하고는 너무 대조적인 분위기잖아. 남자들을 일시에 익사하게 만든다는 그 여성스럽고 우아한 분위기 말이야.

린은 휘청하는 정강이에 힘살을 모은다. 나, 가야 해. 우리 이야기는 낼 하자. 오늘 여기 온 건 이숙이 건재한지 확인하고 싶어서였어.

이숙이 눈을 내리깐다. 그래 낼 봐. 근데 있지, 김 교수 잘 챙겨.

린이 휙 몸을 돌린다. 이숙아, 한마디만 하고 갈게. 충고나 조언 고마워. 하지만 넘겨짚지 마. 암튼 낼 여기서 봐.

린이 백을 들고 일어난다. 출구로 걸어 나가는데 누군가 오른 팔을 잡았고 누군가는 가방을 앗아 든다. 무슨 오해가 있는 모양인데, 이야기해요.

가방을 앗아가려는 누군가를 향해 린이 접질린 목소리로 한마디를 던진다.

정말 지겨워. 왜 남의 집 걱정을 하고 그래. 너희 집이나 잘 챙겨. 아마도 그 말, 마지막으로 던진 너희 집이나 잘 챙겨, 그 말이 사달이 되지 않았을까? 백수건달인 오라비가 봉급날만 되면 회사 문 앞에 죽치고 서서 손을 벌린다는 소문이 린의 귀에까지 들어온다. 은성에 나타난 이숙의 오빠라는 후줄근한 중년 사내를 본 듯도 했다.

은성을 뒤로 하고 휘황찬란한 명동의 밤을 걸어가면서 린은 왜 말의 마디에 부딪혔는지 알았다. 집 이야기를 들먹여서 미안하다고 해야 했을까? 한두 잔의 탁주로 몸이 헤실헤실 풀어진 탓이다. 중앙우체국을 향해 타박타박 걷는다. 오른쪽 구두의 닳은 굽이 기어이 빠져버렸다. 갈아야 하는데 구두수선 집을 찾지 못했고 그럭저럭 이틀 넘게 뒤뚱거리며 신고 다닌다. 부엌칼로 왼쪽 굽 깔개마저 떼어버렸다. 겨우 3센티미터인데 바닥으로 납작 내려앉는 기분이다.

꽃샘바람이 시린데도 3월의 명동은 술렁거린다. 염색한 미국 군복을 입은 수많은 군상들이 명동을 메운다. 허벅지게 쏟아내는 웃음에는 가난도 남루함도 잠시 잊은 걸까? 허기진 위 속에 멀건

이별은 사랑이다

탁주 한 사발이면 눈 뽀얗게 기다리는 식구들도 뒷전일까?

고등학교 동창 강이숙? 별로 친하게 지내지 않았다. 같은 학급이었지만 1년 내내 말 한마디 주고받은 기억이 없다. 너무 달랐다. 이숙은 다리 저편에 서 있었다.

린은 주혜 말고 누구하고도 어울리지 않았다. 괴팍해서거나 낯가림을 해서가 아니다. 뭔가 공감대가 이루어지지 않았다. 어울리는 급우들의 색깔이 달랐다. 이숙은 늘 두세 명 뭉쳐서 속닥거렸다. 어떤 부류의 애들은 새로 부임한 교사를 헐뜯었고 급우 중에 한 명을 구석으로 내모는 작당질을 했다. 강이숙, 노랑머리라는 별명으로 불리던 그녀는 미화부장이라는 간판을 달고 설쳤다. 태생적으로 머리카락 색이 황갈색이어서 그냥 노랑머리로 불렀을 것이다.

귀국 후 두어 번 만났다. 모교에서 주는 영매상(모교를 빛낸 졸업생에게 주는 표상)을 수상할 때 이숙이 카메라 기사까지 동원해서 마이크를 들이댔다. 건네준 명함에 월간 여성지『여자의 향기』 편집주간 강이숙. 박힌 글자가 곰실거렸다. 취재차라고 했다.

우리 동창 가운데서 영매상은 네가 1순위야. 서울법대 여자 강사는 처음이잖아? 대단해.

린이 뮌헨에서 귀국했던 다 다음날 전화를 걸어 온 것도 이숙이었다. 뜻밖이었다. 남산동 친정집에서 딸, 정화의 이유식을 만들고 있었다. 동생이 언니 전화 받아봐. 언니 친구래. 수화기를 들고 손짓을 했다.

린은 뜨악했다. 친구 주혜는 미국으로 이민 갔고, 문예반 반장이었던 문학소녀 미옥이는 멜랑콜리에 목을 매고 저세상으로 떠났다. 친구? 전화기를 받아들고 린은 잠시 기다렸다.

어마나, 반가워. 나 금발, 강이숙이야. 기억 안 나?

노랑머리가 아니고 금발로 승격했구나. 무의식적으로 소리가 돼 나올지도 몰라 린은 그럼, 그럼을 되작인 후에야 반가워. 근데 내가 귀국했다는 이야기는 어디서 들었어? 물었다.

이숙이 냉큼 데스크의 역량 아니겠어? 오감의 자석화! 이런 말 모르시지? 대학교수니까. 말에 가시가 묻어났다. 노랑머리 강이숙, 눈썹 아래까지 가지런하게 고른 앞머리로 넓은 이마를 가리고 다녔다. 엷은 머리카락 색 때문에 티가 나지 않았지만 교문 앞에서 몇 번인가 지적당하곤 했다. 세상 어디에나 뛰는 놈 위에 나는 놈이 있기 마련, 이숙이 교문 근처에 이르면 어느새 앞머리가 이마 위로 반듯하게 정돈돼 있었다. 교복 주머니에 넣어 다니는 실핀으로 마술을 부렸지만 누구도 그 순발력 있는 변신에 뒷말을 달지 않았다. 게다가 미화부장에 걸맞게 멋을 부릴 줄 알았다. 헐렁한 교복을 줄이고 줄여서 몸의 선이 도드라지게 고쳐 입고 다녔다. 미화부장인지 청소부장인지 늘 조금 나댔다. 변죽이 좋아서 여기저기 곁다리로 끼어 설쳤지만 누구에게도 중요한 존재가 아닌 듯했다.

고등학교 졸업 이후 각기 다른 대학에 진학했고 유학 4년을 합치면 7, 8년 넘게 말을 섞지 않은 동창이다. 그런데도 이숙이 만나자마자 그 서먹함을 상큼하게 얼버무렸다. 어머, 넌 애기 엄마라

이별은 사랑이다

면서? 아직 학생 같아. 나이든 복학생 말이야. 그래서 웃었다. 머리 때문일까?

린이 물었다. 왜 내 머리가 이상해?

이상한 건 아닌데, 대체로 결혼한 여자는 짧게 컬하잖아. 넌 처녀처럼 길게 늘어뜨렸네. 남학생들이 연애하자고 덤비지 않을까? 새 학기부터 법대 강사로 나간다지? 축하하는 의미에서 내가 술 한 잔 살게. 너한테 딱 어울릴 만한 술집을 알아.

린의 손을 잡아 일으켰다. 스스로 자축하는 자세가 필요해. 많이 피곤해 봬. 내가 오늘 탈탈 털어내 줄게.

한발자국 물러선 린, 고마워. 오늘은 딸애하고 선약이 있어. 다음으로 해.

이숙이 쌍꺼풀진 방울눈을 흘긴다. 에이, 딸하고의 약속이란 말이지. 가족과의 약속이 1순위가 될 수 없어. 미뤄. 은성에 가서 전화 한 통화면 딸애도 이해할 거야. 내가 해줄게.

곡주 한 사발은 지친 린에게 유혹이었다. 집으로 가던 발길을 돌린다. 세모의 샛바람이 오소소 했다. 칼바람 탓이었을까? 오후 5시가 넘었는데 술집행이라니, 자책하는 회초리가 싸대기를 후려친다. 발걸음은 우회전인데 마음은 좌회전이다. 몸과 마음이 따로 논다. 어쩌라고? 스스로에게 묻는다. 어쩔 수 없다. 제압할 수 없는 혹독한 지병인 그것이 린의 심장을 압축기에 넣어 비튼다. 말 상대가 있었으면 했다. 뮌헨에서 귀국해서도 입에 곰팡이가 슬 정도로 주변이 한산했다. 동생들이나 가족이 있지 않느냐고 하지만, 대화나 소통의 색깔이 다르다. 가족하고 주고받는 이야기는 일상적인 것의 범주를 벗어날 수 없다. 비슷한 연령대나 같은 시기를 공유한 자만이 담소의 상대로 적합하다. 일주일에 한두 번의 만남이 이어지면서 말의 분량이 수위를 넘나들었을 것이다.

술김에 딱 한 마디를 흘렸다. 그것도 이숙의 유도신문에 걸린 탓이다.

다퉜어? 김 교수가 연구실에 옷 가방 옮겼다지? 집에 가서 거들어 준 학생이 입 나발을 불고 다닌 모양이야. 그런 심부름을 왜 학생한테 시켰을까?

린이 고개 흔들면서 반박했다. 그런 거 아니야. 책가방이 옷 가방으로 와전된 거야.

이숙이 바짝 당겨 앉았다. 정말 각방 쓰는 거 맞아? 너희 애제자 장순애가 그러더라.

장순애? 성대 2학년인데, 고등학교 후배다. 어쩌다가 수유리집에까지 드나들게 되었다. 강의시간마다 코코아를 보온병에 타가지고 오는 지극정성인 학생이다. 법대 강사가 된 선배하고의 친화감을 과시하려는, 말 없는 말을 주워들고 다니는 모양이다.

두 사람 모두 공부하는 사람이니까 각각의 방에서 공부하다가 잠들 수도 있지. 별방 아니야.

이숙의 시선이 날카롭게 날아와 꽂힌다.

어머, 각방이라면 떨어져 산다는 거네. 분리되는 전초전 아니니?

그러지 않아. 넘겨짚지 마. 신입생 MT 때문에 챙긴 가방이야. 남의 말을 건성으로 듣는 이숙의 귀청에 도달하지 못한 걸까? 딱

이별은 사랑이다

부러지게 아니라고 하지 못한 린의 대책 없는 우물거림이 망설이고, 멈칫거리는 사이 2주일이 후딱 지나갔다. 연락이 닿지 않았던 그 막간에 이숙이 이혼기사를 썼을 것이다. 그리고 숨어버렸다. 왜지? 무슨 빌미를 주었을까? 딱 꼬집어 무슨 단정적인 말을 한 기억은 없다. 몸과 마음이 천 조각 만 조각으로 갈라지고 부스러질 정도로 바빴다. 마음의 준비 없이 떠안게 된 주, 16시간의 강의가 벅찼다. 각기 다른 교재로 변별화된 강의 준비로 하루 24시간이 빠듯하다. 에너지와 시간이 손가락에 물 새듯 샌다. 성균관대학에서는 데미안을, 이화여대학에서는 안나 마리아 릴케의 시를, 법대에서는 독일 고전 희극 3대 걸작인 그릴파르처의 희곡을 강의 교재로 선택했다. 교재가 보급되지 않은 상황이어서 과대표에게 원본을 주고 복사하도록 했다. 버거운 나날이다. 더구나 세 군데 분산돼 있는 학교로 무거운 숄더백을 걸머쥐고 뛰어다녀야 한다. 택시를 타도 교정 내로 진입이 불가능했기에 교문 앞에서 내려 강의실까지 걷는 거리도 만만찮다. 하루하루가 높은 산에 올라가듯이 숨이 가빴고 수축된 모근에서 짠 내가 난다. 피곤했지만, 피로한 만큼 보람도 있다. 젊은 학생들의 거칠고 투박한 숨결 속에서 강의를 하다 보면 그녀의 오지에 탑재돼 있던 순도 높은 열정이 분출된다. 강의의 진도나 효율적인 에너지를 안배해야 했음에도 첫 시간부터 혼신의 열정으로 쏟아낸 후, 다음 강의실로 가는 발걸음은 휘청댄다. 위 속이 비었는데도 어디서 그런 에너지가 솟는지 린 자신도 알지 못한다.

누군가는 말한다. 말은 존재의 집이라고. 이숙이 쏟아내는 말은 두터운 마분지를 뚫고 나온 송곳 같다.

세상 물정에 너무 어둔 거 있지. 아인슈타인 같은 석학도 사촌 누이하고 불륜을 저질렀어. 남자를 흔드는 건 여자야. 여자의 적은 여자이고, 그 여자를 어쩌지 못하는 것도 여자래.

린의 미간에 골 주름이 선다. 안 그래. 우리 집 그이 여자 안 밝혀. 공부밖에 몰라.

수는 태산처럼 신중하다. 재미는 없지만 그 태산의 질량으로 버틴다. 그가 달콤 쌉싸래한 당질의 품성을 가졌다면 일단 경계했을 것이다.

이숙이 입술을 배튼다. 어디 두고 보라는 듯 냉소를 실실 흘린다.

수하고의 사이? 요즘 소소한 일들이 일상의 행간을 비집고 들락거리긴 한다. 하지만 여자 문제로 주변의 시선에 노출될 사람 아니다. 그럼에도 불구하고 정체불명의 불안이 스멀스멀 기어오른다.

린은 문득 한마디를 보탠다. 그만해. 그럼 남자를 호주머니 속에 넣어 다녀야 해?

린은 그 후덥지근한 화제에서 놓여나고 싶다. 나 먼저 일어날게.

이숙이 일어나려는 린의 팔을 잡아 앉힌다. 말을 꺼냈으면 마무리를 하고 가야지.

마무리? 무슨 마무리?

이별은 사랑이다

이숙이 너무 세상사에 빠삭해서 왠지 얄팍하게 느껴진다.

전 교수는 너무 자신만만한 거 있지. 고무풍선 같아. 나니까 이런 말도 귀띔 해주는 거야. 아무튼 우리『여자의 향기』에서 한번 인터뷰하게 해줘. 서울법대 강사? 와우! 린아, 네가 자랑스러워.

거침없다. 뭔가 지켜야 할 마지노선을 내던져버린 것 같다. 함부로 하는 언행에 린은 심한 틈새를 느낀다. 싫다. 말이 말로서 녹아내리고 씹고 뱉으면서도 서로를 밀어낸다.

이숙이 커다랗게 눈을 치뜬다. 왜 흥분하고 그래? 그치? 귀신은 속여도 강이숙인 못 속여. 네 눈이 벌써 실핏줄이 엉켰어. 불안한 거잖아?

린이 손깍지 낀 손을 식탁 위에 올린다. 무슨 말이 듣고 싶은데?

아이, 목소리가 너무 높아. 설마? 김 교수하고 이상 없다는 말이 듣고 싶은 거지.

마른 입술에 미소를 바른다. 뭐? 귀신은 속여도 이숙인 속일 수 없단 말이지? 신통력이 있다는 말이네. 내 미래가 눈에 봬?

이숙이 집요하다. 그치? 맞아. 내 직감이야. 넌 솔직해서 감정을 숨기지 못해. 생각이 표정에 나타나는걸. 당분간? 별거야? 맘속에 비밀을 쟁여두면 스트레스 돼. 토해내 버려. 이숙의 땀기 묻은 미지근한 손이 린의 손등을 다독인다.

린이 제발 그만해, 살그머니 붙잡힌 손을 뺀다.

이숙이 키득거린다. 네가 그랬어. 완전한 혼자라야 글을 쓸 수 있다고, 안 그랬어?

린이 그 말에 반박했어야 했다. 결혼이 완전한 혼자를 빼앗아?

안 그래. 강의를 끝내고 집으로 가는 버스 정거장에서도, 긴 복도를 걸어가면서도, 학림다방에서 커피 한잔을 마실 때도 나는 완벽한 나 혼자만의 시간을 엔조이해. 몸이 혼자라야 혼자인 건 아니야.

이숙이 그날, 말의 날을 세웠다. 감정의 보풀을 털어냈다. 넌 자기애랄까? 과대망상이 지나친 것 같아. 주변의 모두를 하찮게 봐. 자신을 마치 신성불가침이라도 된 듯이. 네 눈이 말하잖아. 난 안 그래. 난 달라. 린, 네 빗길 눈에, 냉소를 깨문 네 입술에, 구겨진 네 표정에 고스란히 드러난걸. 뭐가 특별한데? 독일 유학? 그치. 인정해. 하지만 그런 희소가치도 이젠 내세울 게 못 되더라. 한마디만 더 할게. 땅에 발을 붙이고 살아. 넌 붕 떠 있어. 왜 화났어? 그래 그만할게. 부디 지금을 건너뛰지 마. 네 그 위대한 관념이나 추상은 이전이거나 이후의 문제야.

린이 손을 들어 제지한다. 충고는 고마운데, 날 가르치려 하지 마. 너의 생존 타령도 지겹고 맨날 재방송이잖아.

이숙이 반박한다. 추상화에도 밑그림이 있어. 물감만 덧칠한다고 예술이냐? 바탕그림이 엉성하면 작가 자신의 주제의식이 모호한 거야. 이를테면…

린이 들고 있던 막걸리 보시기를 탁 내려놓는다. 너 많이 늘었다.

이숙의 도톰한 입술이 살짝 배틀린다. 내 말 안 끝났어.

의자를 뒤로 물리고 린이 일어난다. 오늘이 끝 날이니? 주말에 봐.

이별은 사랑이다

이숙의 말을 전적으로 반박하는 건 아니다. 맞는 말도 있고 아닌 말도 있다. 이숙이 자각하지 못하는 건, 사람 사이에 있어야 할 경계를 무람없이 침범하기 때문이다. 친하다는 건 서로를 존중해야 하고 안 해도 되는 말은 삼킬 줄도 알아야 한다. 뭔가 꼬이고 배틀려 있다. 매번 만날 때마다 이숙에게서 날것 냄새가 난다. 거죽만 살짝 구워낸 스테이크의 속살에 엉겨있는 핏물 고기를 씹는 맛이다. 이를테면 나우정하고 어울려 영원한 떠돌이들의 역설이라고 기염을 토하다가도 나우정이 잠시 자리를 비울 경우 이숙의 입에서 거침없이 튀어나온 말은 엽기적이다. 멍청한 놈, 제 주제를 알아야지. 이봉구 뒷다리만 붙잡고 있으면 대학 강단에 스카우트 될 것처럼 아부질 하는 꼬락서니라니? 그런 험담은 나우정에게 국한되지 않는다. 이봉구 선생 앞에서는 온몸을 조아리다가 잠깐 화장실에 다녀오거나 지인들하고 만나 자리를 뜨는 순간 이숙의 입에서 거침없이 튕겨 나온다.

나달거리잖아. 공불해야 하는데, 맨날 은성에 죽치고 앉아 술독에 코 박고 사는데 무슨 명작?

린 앞에서는 직방으로 날린다. 린의 목구멍 속으로 한 손을 깊숙이 넣어 끄집어내고 싶어 안달한다. 그것이 내장인지 허파인지 법대 교단에 부부가 나란하게 등장한 그 화려한 구도가 못마땅한 것이리라. 당해도 쌰. 린은 자신의 분별없는 만용이 밉다. 만남을 자제해야 하고 말수를 줄여야 한다. 피곤해 너덜거리는 모습으로 이숙이 건네주는 막걸릿잔을 덥석 받아 마신다. 수천만 번 반성하고 자중해야지, 되뇌면서도 이숙이 전화로 만나자고 속살거리면

발길이 꺼당겨진다. 눈이 뽀얗게 기다리는 정화를 두고, 지쳐 귀가하는 수의 저녁 밥상을 준비해야 하는데, 어쩌자고 은성으로 달려가는지 스스로 생각해도 나쁜 엄마 나쁜 아내다. 그런 와중에도 한 가지 분명한 것은 7시 30분, 늦어도 8시까지는 귀가해야 한다는 자신과의 약속이다. 은성에 앉아있어도 불안해서 정강이가 달달거린다. 귀가 본능과 한잔의 곡주, 한 줌의 낭만이 만들어 내는 모순의 자화상이다.

어쩌면 자신의 안에 자라지 못한 문학소녀가 있어, 제멋대로 방방 대는지도 모른다. 아버지에 의해 일그러지고 억압되었던 미성숙아가 아직도 두 발을 버둥거리며 착지를 못 하고 있다. 모든 동작이 완벽했는데도 불안정한 착지 때문에 1순위를 놓친 체조선수처럼. 서른 나이에 살짝 구겨진 미간의 주름을 보면 린은 화가 난다. 격한 발언, 막말의 프레임에 갇혀 버둥댄다. 자신의 커리어에 치명적이라는 자각에도 간단하게 수정 보완이 안 되는 자신의 뭉그적거림에 린은 화가 난다. 가벼운 동작, 예측불가능한 감정의 회로 그 모든 것의 귀결은 미숙함에 있다. 인생의 절반을 살았는데도 어떤 결정 어떤 선택 앞에 서면 미적거린다. 혼란스럽고 불안하다. 이건 이래야 하고 저건 저래야 한다는 지성인다운 냉정하고 단호한 행동은 뒷전이다. 날 벼린 감성이 앞질러 결정을 흐리게 만들었고 그릇된 선택을 주도하지 않았던가? 반성해, 자제해, 자중해, 그 단어들이 모래알같이 입안에서 서걱댄다.

이봉구 작가가 지나가는 말처럼 소곤거린다. 상처나 스트레스가 없으면 성장의 동기가 없을 거요. 배반의 아픔조차도 자신을

이별은 사랑이다

세울 수 있는 계기로 사용해요. 씽긋이 웃는다. 두 여자가 끊임없이 버무리는 말의 난타전을 은근히 재미있어 하는 눈치다. 곁에 있는 평론가 나우정도 한마디를 거든다. 비난이나 질투는 사람의 정신을 키우지만 얄팍한 호의는 거죽만 훑고 지나가는 바람 아닐까요?

겹겹이 이숙을 싸고돈다. 넌 넘치고 처지는 입장 아닌가? 열악한 이숙의 생존에 한 삽 보태주지 못하더라도 매번 공격하고 비하하고 내치잖아. 홀어머니와 직장 없이 방황하는 오라비를 부양해야 하는 이숙의 처지를 린과 비교하는 건 옳지 않다는 생각이다. 린의 사생활을 활자화한 이숙의 무례는 안쓰러운 처지 때문에 감싸 안아야 하고, 대중잡지의 문제아로 까발려진 지성인의 가족사는 백번 양보하고 겸손해야 한다는 우회적인 말로 린을 질타한다. 불공평하다. 부당하다. 린은 입을 다문다. 린은 불시에 뱉어낸 말들을 새김질해 본다. 무심히 한 말 속에 오해를 불러낼 만한 무언가 있었을까? 무슨 말을 어떻게 잘못했단 말인가?

친구의 이혼 건을 기사화한 월간지가 몇 만 부나 팔렸을까? 친구의 내밀한 사생활을 들쑤신 이숙의 저의는 무엇일까? 대학 강사라는 라벨을 들고 지성의 첨단을 누비는 친구의 오만이 가증스러웠는지도 모를 일이다.

어머니 말이 맞다. 수평적인 사이에서 흔히 있는 시기심이라고, 네 위치가 그렇잖아. 성글게 대해.

아버지와 딸

대문 등에 불이 꺼져 있다. 아직은 초저녁이지만 왠지 쓸쓸해 뵌다. 본디 봄날의 외등은 켜지 않는 것으로 규정돼 있다는 것을 깜빡했다. 동지 무렵부터는 5시에 점화되었고 한겨울을 지나 입춘까지 줄기차게 불을 물고 있던 대문 천장 등은 이제 휴식 시기로 접어든 모양이다.

어머니는 8남매를 키우고 할머니를 모시고 권위적인 아버지하고 살면서도 일상의 자잘한 소품까지, 신경 줄을 달고 산다. 그래서 큰딸인 린을 두고 넌 아버지 딸이니까, 살짝 밀어냈는지도 모른다.

중대문 문턱을 넘으면서 린은 의식적으로 조금 헐거운 대문 문지도리를 툭 차고 들어간다. 내다보는 얼굴이 하나도 없다. 빗장 트는 쇳소리가 들렸을 텐데, 스물네 시간 대문에 귀를 걸어두고 산다는 정화의 말은 과장법이었을까? 얼어붙은 정적이 사태의 심각성을 덧바르고 있다. 찬방 미닫이 틈새로 내다보는 도우미 아줌마의 옴팍 눈이 빗겨 간다. 분합문을 열자 등을 보이고 앉아있는 어머니가 돌아보지도 않은 채 손만 들어 서재를 가리킨다.

기다리신다. 들어가 봐.

정화가 뛰어나올지도 몰라 린은 잠시 댓돌에 서서 멈칫거린다. 세찬 바람에 부대껴 흐트러진 머리카락을 손 빗질로 다듬는다. 도시의 골목마다 휘돌아 치는 매운 꽃샘바람에 매무새가 엉망이다.

서재 밖에서 아버지, 저 왔어요. 들어갈게요. 긴장한 탓인지 새된 목소리가 더 높다.

닫힌 도어 너머에서 목소리만 건너온다. 들어와. 꾸중이 실린 목소리다.

화가 나신 거야. 눈을 내리뜨고 조가비처럼 다문 어머니의 표정이 하는 말이다. 린이 방에 들어선 기척에도 아버지는 돌아보지 않는다. 등진 모습으로 책갈피를 넘긴다. 전날 같았으면 우리 혜린이 어서 와. 두 팔을 벌리고 반겨 줄 그의 어깨 위에 침묵이 엉겨있다.

서재는 세 벽을 채운 책장과 커다란 책상, 남동생이 입대하기 전에 사용했던 간이침대만으로 발 디딜 공간이 없다. 무슨 말씀인지 궁금해요. 아버지.

린은 하고 싶은 말이 많다. 모교에 전임발령을 받은 남편이 발령장을 들고 왔을 때 아버지의 한발이 댓돌까지 내려가 우리 사위라며 환대했다. 어서 오게나, 우리 사위 장하다. 축하하네. 솜사탕처럼 부드러운 목소리였다. 아버지는 수 곁에 서 있는 린에게는 눈길 한번 주지 않았다.

대청마루에 그들먹하게 차려진 잔칫상 앞으로 끌고 가던 아버지. 린은 우리 아버지 이제 혜린이는 눈에 보이지도 않은 가봐. 달싹이는 입술을 깨물었다.

그날 어머니가 연출한 사위 사랑은 조금 겉돌았다. 뼈를 발라낸 도미구이를 수의 밥 수저에 얹어 주는 거야 그렇다고 해도 밥상 위의 반찬 접시를 모두 수의 앞으로 당겨 놓았다. 보다 못한 아버지가 한마디를 했다.

그냥 놔둬요. 우리 김 교수 내숭 떠는 성품 아니잖소.

린은 저만치 떠내려가는 기분이었다. 강의 하류로. 이제 다시 거슬러 오를 수 없다. 빗긴 시선, 오므린 입술, 미움이라는 중력으로 가라앉은 침묵에 압살될지도 모른다. 뭔지 모르게 복받쳐 올라 목소리가 잦아든다.

저 드릴 말씀이 있어요, 아버지.

그가 손을 들고 밀어내는 시늉을 해 보인다. 몸이 옆으로 쏠리자 기우뚱대는 회전의자를 그가 두 발로 버틴다. 그는 딸의 허접한 차림새에 짜증이 인다. 부스스한 머리에 계절에 어울리지 않은 검정색 긴 머플러를 둘둘 말았다. 보기 흉한 건 스커트 아래 반쯤 드러난 양말이라니? 남자들이나 신는 회색 양말이 발목 부위에서 돌돌 말려 있다. 저딴 모습으로 강단에 선단 말인가? 그는 마른 침을 삼킨다. 꺼진 눈자위에 검게 슨 그늘이 깊다. 어째, 그 모양새야? 가슴을 긋고 지나가는 일순의 안쓰러움을 얼른 털어낸다. 딸애가 자초한 일이다. 큰딸 린은 그에게 빛이었고 영광이었고 희망이었다. 높은 회전의자에 앉아 세상의 부당함과 불법과 부조리를 재단하는 한국 최초의 여성 법조인이어야 했다. 그는 특별한 방법

이별은 사랑이다

으로 린의 성장을 거들었다. 어디서부터 어긋나기 시작했던가?

김 서방이 가방 싸 들고 나갔다는 말이 정말이냐? 김 서방이 일방적으로 한 행동인지, 네가 밀어냈는지? 말 좀 들어 보자.

회전의자가 핑클 돈다. 린이 맨바닥에 주저앉는다. 다른 때는 안 그랬다. 바닥에 앉는 딸을 꺼당겨 의자에 앉혔을 것이다. 여자가 찬 바닥에 앉으면 안 좋아. 침대에 걸터앉으렴, 했을 것이다. 린에 대한 그의 기대와 사랑은 다른 가족들을 불편하게 만들었다. 언니뿐이야. 아버지에겐 언니뿐이라니까. 우린 빈 콩깍지야. 여섯의 딸들은 불평불만을 감추지 않았다. 그는 묵살했다. 그가 보듬고 토닥였던 딸 바보짓은 린의 유학행이 쓸어 내버렸다. 린이 강행했던 유학이 그를 실망시켰다. 감당할 수 없는 아픔이었고 배신이었다.

린이 무릎걸음으로 바투 다가앉는다. 망설일 이유가 없다. 언젠가는 가족 모두에게 터놓고 이야기해야 한다. 아직은 아니지만, 호적상 남남으로 분리될 거라고. 오늘 말씀드려야지 결심하고 결심했지만 친정 대문을 넘어서는 순간 그 문턱에 아버지의 화난 얼굴을 밟고 지나갈 수 없었다.

책가방인걸요. 단독 연구실이 배정되었으니까 집에 있던 책들을 옮긴 거예요.

그가 들고 있는 나부작한 잡지로 책상을 내려친다. 책가방하고 옷 보퉁이를 구별 못 할 바보가 어디 있단 말이냐? 더구나 김 서방이 귀가하지 않고 연구실 의자에서 잠을 잔다는 말이 사실이냐고?

그가 앉아있는 회전의자의 팔걸이를 린이 잡아당긴다.

학생들하고 1박 엠티 가기 위해 가방이 좀 부풀긴 했지만 연구실에서 자지 않아요. 새벽 5시 출발 예정이었고, 그가 지도교수니까요. 모르세요? 철수는 유비무환 준비생이잖아요.

아버지 목소리의 결이 부드러워진다. 여긴 한국이다. 남편 이름을 부르는 거 아니다. 그건 그렇고, 이건 도대체 무슨 일이냐?

여성 월간지 『여자의 향기』가 린의 무릎을 치고 나가떨어진다.

〈유학파 지성인들의 이혼〉 대자 크기의 활자가 동공을 후빈다.

이혼이라? 그의 두툼한 두 주먹이 무릎 위에서 앙당그려진다. 한순간 날아올지도 모를 싸대기의 충격을 상상하며 딸의 고개가 꼿꼿하니 쳐들린다.

그날 이숙이 의도적으로 파고들었다. 무심하게 뱉은 한마디에 살을 붙이고 토를 달았을 것이다.

내가 바라는 최고의 가치는 영혼의 자유야. 말이 끝나기도 전에 이숙이 냉큼 받았다.

영혼의 자유? 그게 그 말이잖아.

이해를 돕기 위해 무슨 토를 달아야 했지만 린은 달려오는 버스를 놓칠 수 없었다.

이숙의 유도 신문이었는지, 린 자신의 허한 입김을 날렸는지는 명확한 금이 그어지지 않는다. 수유리행 버스를 타고 집으로 가는 내내 뭔가 찜찜했다. 경솔했다. 영혼의 자유? 그 말이 민들레 깃털이 되어 날았다. 〈유학파 지성인의 이혼〉 대서특필. 편집장 강이숙의 빼어난 상술이 얼마만큼의 판매수익을 챙겼는지는 알 수 없다.

이별은 사랑이다

　방 안을 가로지른 눅눅한 침묵을 가르고 아버지의 심문은 계속된다.

　이혼이 네 혼자만의 문제라고 생각하니?

　꿇은 무릎 위로 고개가 떨어진다. 한번은 거쳐야 할 상항이다.

　아니에요, 아버지. 멀쩡하게 살고 있는데 이숙이 고의적으로 이혼 기삿거리로 부풀린 거예요.

　손바닥으로 책상을 내려치는 둔한 울림에 훔칠, 몸이 알아서 조아린다.

　불 안 땐 굴뚝이란 말이지? 어디 한번 들어 보자.

　린은 머릿속에 석회를 들이부은 듯 딱딱하다. 수천만 개의 단어들이 어디로 숨어버린 걸까? 머릿속이 하얗다. 아버지의 옹벽에 가두어질 때마다 나타나는 징후다. 미처 거기까지 생각 못 했다. 일곱의 동생들? 큰딸, 이혼한 언니? 입이 열 개가 있어도 할 말이 없다. 바닥에 엎드려서 용서를 빌어도 풀어질 노여움이 아니다. 그런데 어째서 야속함이 겹쌓이는지 모를 일이다. 김철수를 뮌헨으로 보낸 건 아버지 아니세요? 제가 보내 달라고 부탁드리지 않았어요. 스물두 살의 딸을 결혼에 묶이게 만든 건 당신이라고요. 바락바락 대들고 싶어 간질거리는 혀를 지그시 깨문다. 그것은 갑자기 밀려왔다. 아버지와 딸 사이에 가로질렀던 무모하고 사나운 감정의 디딤돌이 파고에 쓸려 떠내려간다.

　아버지의 존재는 절대적이다. 어머니와 일곱 명의 동생들 모두 어눌한 미소 속에 두려움과 소외감을 깁고 메우면서 살았다. 아버지가 구축한 옹벽이었다. 한때 아버지와 큰딸 린이 그 공간을 장악했었다. 다른 가족들은 아버지의 금 밖에서 서성거리거나 기웃거렸다. 하지만 그 큰딸이 아버지의 옹벽에 틈새를 벌렸다. 유학은 반란이었다.

저 유학 가고 싶어요, 아버지. 린의 입에서 그 말이 나왔을 때 막 과일 접시를 향하던 아버지의 삼지창이 어머니의 무릎을 치고 나가떨어졌다. 배를 깎고 있던 어머니의 손이 부들부들 떨렸다.

애야, 그게 무슨 소리냐? 서울대학 법대가 보통 학교냐? 그 학교를 버리고 어딜 간다고?

아버지의 오른손이 쳐들렸다. 어머니가 과도를 내려놓고 물러앉았다. 그의 투박하고 각진 목소리가 린의 귀청을 후볐다.

유학이 너의 장래를 보장한다는 확신이 있는 거냐? 졸업이 1년 남았는데? 법대 졸업장이 필요 없다는 말이지? 토해내는 더운 입김이 옆에서도 느껴질 정도였다. 말은 이어졌다. 누가 널 부추겼니? 주헨가 하는 친구가 이민 가면서 널 들쑤신 거 아니냐?

아버지를 속일 수 없다. 그는 신이었고 린에게는 절대자다. 하지만 내친김이다. 그를 존경했고 복종했지만 이제 그건 시효가 지난 처방전에 불과하다.

법대 졸업장하고 제 인생은 무관해요. 전 글을 쓰는 작가로 살 겁니다. 사법고시나 대학교수는 제 적성에 안 맞아요.

그의 오른손이 깔고 앉았던 방석을 꺼당겨 털어낸다. 동시에 장지문 두 짝이 칼바람을 지르며 여닫히기를 반복한다. 문밖에서 기척을 살피던 어머니의 가파른 경고다.

이별은 사랑이다

세상이 네 맘대로 될 거란 생각은 접어. 졸업하고 결혼한 후 유학을 가겠다면 그땐 선선히 도와주마. 유학을 가야 한다는 당위를 종목별로 말해 봐, 네 억지에는 설득력이 없어.

겁먹은 침묵이 린의 앞자락을 가로지른다.

아버지, 그는 지배자다. 엘렉트라 콤플렉스(프로이트 학설, 이성적 부모에게 대해 유대 감정을 지닌다) 아니다. 지나친 칭찬과 격려는 자녀의 정서에 비정상적인 문양으로 발현된다. 그녀 안의 거인, 린은 갑자기 온몸이 흔들리는 걸 느낀다. 그렇게는 못 살아. 요리조리 눈치 살피며 한마디 칭찬에 하루를, 한 달을, 일 년을 올인 해야 했던 시간들이 사납게 린을 물어뜯는다. 욱, 낮에 급하게 먹은 면발이 목구멍에 치받아 오른다. 손으로 입술을 막고 일어난다.

아직 내 말 안 끝났다. 왜 또 입덧이라도 하는 게냐?

왜? 또? 무슨 그런 말씀을? 린이 눈을 치떠 그를 처다본다. 저의 2세 출산이 당신께 부담된다는 말씀인가요? 자발거리는 말이 튕겨 나올지도 모른다. 입술을 막은 손바닥에 더운 입김이 서린다. 제가 어땠는지 아버지는 모르십니다. 매일 상처 입고 피 흘렸어요. 결혼은 제게서 자유라는 신선한 공기를 앗아갔어요. 공부할 자유, 사유할 자유, 혼자이고 싶은 자유, 이불 속에 누워있고 싶은 자유까지도 몰수했어요. 전 미치기 직전입니다. 제가 원한 것은 완벽한 결혼도 남자의 충성도 아니었어요. 제가 바란 것은 숨 쉬는 것, 자유로운 영혼의 교감이었어요. 수는 벽도 천장도 없는 황무지였다고요. 전 젖은 옷을 걸치고 그 4년 동안 걷고 또 걷고 걷기만 하다가 지치고 거덜이 나서 돌아왔어요. 전 그랬다고요. 소리가 되어 나오지 않는 말들이 말라붙은 껌 딱지가 되어 머리카락에 엉겨 붙는다. 지켜보고 있던 그의 검지가 린의 정수리를 향해 간댕거린다.

김 교수는 내가 잘 안다. 신중하고 반듯하고 책임감 있는 사람이다. 네가 도시락 싸 들고 찾아다녀도 만나기 어려운 사람이다. 네 입으로 한 말을 잊은 건 아니지? 오십여 명의 과 학생 가운데서 쓸 만한 재목 중의 첫손가락에 드는 남자애라고 하지 않았느냐?

그의 입에서 내지르는 쉿소리에는 녹이 묻어 있다.

린의 야윈 어깨가 바람에 부대끼는 파초처럼 떨고 있다. 억울하다. 아버지는 수의 앞만 보고 있다. 사람에게는 앞면 말고도 옆이나 뒷면도 있다는 것을 그는 왜 모르는 걸까? 이면에 도사리고 있는 이기적 그를 까발려 보여야 한다. 그런데 갑자기 세운 무릎이 스륵 무너진다. 머릿속을 뒤적거린다.

안 그래요. 아버진 그 사람을 너무 좋게만 봐요. 구제 불능 이기주의자라는 걸 제가 증명해 보여 드릴게요.

가벼운 입 바람에 버무려진 아버지의 말은 이어진다.

이기주의를 나는 나쁘게 보지 않는다. 철저한 이기는 자신에게 거는 단련의 징후야. 이타주의라는 게 있다면 바로 이기주의의 연장 산상에서 자신과 타인을 동일시하는 관계의 미덕 아니겠니? 내가 자주 말하지만 부부는 제2의 자아이다. 네가 철수를 구제 불능 이기적이라고 매도하는 건 너의 나약하고 부정적이고 자기 결핍에서 오는 원망으로 들린다. 부부는 치대고 헐뜯고 결점을 발라

이별은 사랑이다

내는 사이가 아니란 말이다. 서로를 보완하고 다독여야 한다는 걸 명심해라. 그리고 덧붙인다. 내가 알고 있는 김 교수가 감정적으로 일을 그르칠 행동을 할 사람이 아니다. 김 교수를 편드는 게 아니야. 네 자식인 정화는 어쩔 것이며 네 동생들은 좁은 지역사회에서 어떻게 운신하고 산단 말이야? 내 생각은 그렇다. 이혼이라는 이 사건의 주모자가 너라는 걸 의심하지 않아. 결혼은 서로의 받침대가 돼야 하고, 서로에게 보완적인 존재로 거듭나야 한다. 네 작은 정성이 한 남자의 성취에 한 삽을 퍼 올렸다면 보람된 일이 아니더냐? 또 예쁜 정화를 얻었으니 어찌 결혼이 소모전이라고 말할 수 있느냐?

정수리를 인두로 지지는 것 같다. 부지직 뜯기고 볶이는 동통은 부끄러움 때문일 것이다. 그래도 한마디는 해야 한다. 모르시는 말씀이에요. 전 아무것도 아니잖아요. 그가 획득한 대학교 발령장이 저하고는 무관한….

그의 두 팔이 동시에 쳐들린다. 실망했다. 네 입에서 그런 말이 나올 줄은 몰랐다. 나가봐라.

몰매를 맞은 것처럼 얼얼하다. 말의 채찍이 온몸에 빗금을 긋고 지나간다. 뭔가 목구멍을 틀어막고 있다. 삼켜지지도 뱉어지지도 않는다. 말을 해야 하는데 굳은 혀가 달싹거리기만 한다. 깨어나는 아침마다 자동점화장치처럼 머릿속에 켜지는 전등이 불을 물지 않는다.

2학기 개강을 앞둔 시기였다. 머리 펌을 하고 너무 추워서 친정에 들렀다. 태풍의 끝 무렵이어서 습한 공기가 서울 하늘을 뒤덮었다.

린의 모습이 애처로웠던지 어머니가 잠시 누웠다가 가렴. 안방에 자리를 펴주었다. 정화를 안고 잠시요 하고 눕자마자 그대로 잠이 들었다. 밤엔 수면 유도제를 먹어도 잠을 못 자는데 낮에는 온종일 졸음이 눈자위에 달라붙어 시름을 보탠다. 엄마 일어나세요. 할머니가…. 눈이 떠졌다.

어머니가 전화 수화기를 손에 쥐여 주면서 재촉했다. 김 서방에게 전화해라. 그러는 거 아니다.

린은 내키지 않았지만 지켜보고 있는 어머니 앞에서 통화를 했다.

있지. 나 몸살 났나 봐. 일어날 수가 없어. 여기서 자고 갈게. 미안해.

수화기를 내려놓는 순간 장지문이 열리더니 아버지가 들어선다.

많이 아프니? 과로한 탓이겠지. 손등으로 이마를 짚어 보면서 말한다.

누워서 들어. 재능이 꿈을 이뤄주지 않아. 과정이 결과를 만들고 태도가 성과를 만든다고 하지. 졸업장도 학위도 없는 네가 모교에서 강의하는 건 개인적으로는 영광이고 네 동생들에게는 자랑이다. 강의 내용도 충실해야겠지만 후배들을 배려하는 자세로 임해야 할 거야. 시나 읽어 주고 앞뒤가 잘린 철학적 문구 한마디로 마무리한다면 그 강의는 일시적 인기에 영합한 쇼에 불과해. 철수하고 입 싸움하는 시간이 있으면 공부해라.

린이 앉아있던 방석을 밀어내고 일어난다. 제 강의 패턴을 어떻게 아셨어요? 설마 강의실까지 감시망을 펼치신 건가요?

그의 두툼한 입술이 아주 잠깐 동안 허어, 헛웃음을 머금는다.

내 사무실(변호사 사무실) 인턴들 대부분이 네 강의를 듣는 모양이야.

미소를 지운 그의 입에서 마디, 마디 잘린 독설이 탁구공이 되어 날아온다.

내 귀에만 들어오겠니? 모르면 몰라도 대학 강단에 몸담고 있는 교수 지망생들 모두 기웃거리지 않을까? 서울법대에 여성 강사는 처음 아니냐? 자신의 위상을 제대로 갖춰.

린은 발끈 불티가 이는 감정을 다진다. 제대로 갖추라는 그것의 구체적인 항목을 말해 보라고 소리치고 싶은 걸 참는다. 수하고 같은 맥락의 말이다.

수업 이외의 것들로 시간 낭비하지 마. 곁가지 질문이 나오면 교수 휴게실로 불러 개별적으로 처리하고. 자신이 보유하고 있는 많은 문화적 소양을 적절하게 나누어 줘. 안주하면 네가 탄 돛단배는 육지에 닿지 못해. 교수 임용이 한정돼 있으니까 치열한 경쟁을 거쳐야겠지.

수의 힘준 목소리가 귓가에서 겉돈다. 말하는 투나 방식, 돌아앉은 뒷모습까지 사위와 장인은 닮았다. 등 돌려 앉은 남자, 그가 최고의 사위라고 치켜세우는 수는 너부죽한 등짝으로 그녀를 밀어낸다. 린이 걸상의 팔걸이를 잡고 흔들었다. 돌아앉아. 내가 말하고 있잖아. 내 두 눈을 쳐다봐.

그는 바위다. 공부해야 해. 지금은 너하고 입씨름할 때가 아니야. 방해하지 마.

수는 린을 향해 돌아앉는 대신 두터운 법전을 팔락팔락 넘긴다.

린의 마른 입술이 벅벅거린다. 당신은 하고 싶은 대로 하잖아. 밤마다 날 넘어뜨렸어. 내가 피곤해서 죽을 지경이 됐는데도 당신은 하고 싶은 대로 했어. 내 의사 따윈 물어보지도 않았어.

수가 손사래를 쳤다. 합방은 부부의 의무야. 잠자리는 화합을 위한 합방이라는 걸 알아야지.

돌아앉은 수는 녹슨 목소리만 뒤로 넘긴다. 평소에는 말을 아끼는 편이지만 한번 말의 물꼬가 터지만 그의 사설은 지루하게 이어진다.

린 그거 알아? 결혼이 여자하고 남자하고 같이 사는 게 전부가 아니라는 거. 남편하고 아내로, 시댁하고 친정 식구들하고, 한 발 더 나가서 자녀들의 어미로 사는 거야. 알기나 해?

린이 손등으로 눈가를 닦는다. 언제부터인가 수하고 마주 앉으면 목소리가 높아지고 눈시울에 물기가 서린다. 자성의 눈물인지 원망의 눈물인지 그 경계가 흐릿하다. 눈물의 강도는 다르다. 수 앞에서 흘린 눈물은 마른 눈물이다. 사막의 와디 같은 마른 눈물, 지금 부친의 등을 보면서 대책 없이 흐르는 눈물은 회한이거나 반발이거나 뒤늦게 깨우친 원망일 수도 있다.

왜 모르겠어. 직진 행보를 하다가 불시에 멈춰져. 앞뒤 좌우를 두리번거려. 나날의 질서에 순응하고 있는가? 은성 나들이는 자제해야 하지 않을까? 이유가 많고, 그릇된 의식으로 불평해. 부정

이별은 사랑이다

적인 사유와 행동을 변명하고 변명해 이해해 달라고, 연탄불이 꺼진 건 제시간에 갈아주지 않았기 때문이라고, 석유곤로에 기름을 채우지 못한 것은…? 이만, 이만해서라고 줄줄이 늘어놓는다. 전업주부라면 연탄불을 꺼지게 하지는 않을 거야. 나도 대학 강사보다 전업주부로 살면서 글을 쓰고 싶어. 지금을 살아내는 내게 온종일 내게 주어진 시간이 있기나 해? 일주일에 두서너 번 은성에 가서 더께 낀 피로를 풀어내지 못하면 이 지루한 강사 노릇은 더 이상 지속할 수 없을 것 같아. 정말 싫다. 조금도 예쁘지 않다. 법대 최초의 여성 강사라는 이름표를 달고 일주일에 16시간을 뛰어다니면서 자신의 노고가 별로 달갑지 않다. 커피가 있고 음악이 있는 혼자만의 방에 앉아 소설을 쓰는 것이 유일한 소망이다. 별로 거창하지 않은 이 작은 바람을 이룰 수 없는 이유가 무엇일까? 세상의 눈이 자신을 지켜보고 있으니까. 모든 세상 앞에 거인처럼 우뚝 서 있는 당신, 아버지라는 절대자의 목소리가 린의 의식을 작두질한다. 긍지를 가져. 여성 강사는 불가라는 금기를 깨고 발탁된 영광을 매시간 매순간 깨달아야 한다. 지금 그는 긍지를 가지라고 종용했던 그 딸을 바닥에 팽개친 채 등 돌려 앉아있다. 등 돌려 앉은 아버지의 뒷모습이 거대한 장벽이 되어 눈앞을 가로막는다. 좁은 방에 대치하고 있는 아버지와 딸은 마주 보는 대신 한쪽은 등을 보이고 한쪽은 등을 바라보는 억지스러운 배치다. 린은 언제 어디서나 그런 등 돌린 모습에 가슴에 홈이 팬다. 사람의 시선 앞에 등 돌리는 무례함, 등 돌린 수의 등짝과 겹쳐지는 또 하나의 뒷모습, 존중이라는 그녀의 가치가 묵살되는 등 돌림이다.

전 노력했어요. 이대로는 못 살아요. 숨이 막혀서, 가슴이 빠개지는 것 같아요. 철수가 원하는 아내나, 그가 바라는 슈퍼우먼도 될 수 없어요. 제 피 같은 시간을 덜어내야 했어요. 제겐 아무 도움이 안 되는 허접한 일상을 위해 전력투구했다고요. 결혼은 소모전이었을 뿐….

그의 오른손이 높이 쳐들린다. 일시에 그것이 깃발처럼 고요를 가른다. 린의 얼굴을 훌친 그것은 걸상 등받이에 걸쳐져 있던 진녹색 미군용 수건이다. 시척지근한 냄새와 올올이 젖어있는 그것이 린의 얼굴을 향해 거푸 날아온다. 오른쪽으로 왼쪽으로. 날아오는 수건을 붙잡은 채 린이 거세게 몸을 일으킨다.

절 포기하세요. 절 놓으시라고요. 제게 대한 기대나 관심을 거두시라고요. 전 이제 제 의지로, 제 갈 길을 갈 겁니다. 절 가로막지 마세요. 제가 이혼을 하든 번역을 하든 다시 뮌헨으로 날아가든 간섭하지 말라고요. 소리가 되어 나오지 않는 말이 목구멍에 걸려 바튼 기침으로 토해진다.

두 팔을 허리에 짚고 버티고 선 그의 벌겋게 상기된 눈망울이 노기로 번들거린다. 하지만 더 이상 감정을 폭발시켜서는 안 된다는 의지가 머릿속에서 타오르는 불길을 누른다.

아니에요, 아버지. 딱 한 마디만 할게요. 전 이제부터 제 의지대로 살 겁니다. 더 이상 절 조종하려 하지 마셔요. 삼십 년 동안 아버지의 딸로 살았으면 됐잖아요.

아버지의 통 넓은 바짓가랑이가 홈칠한다.

뭐? 조종해? 이젠 못하는 말이 없구나.

책상 위에 놓인 육백 쪽이 넘는 두꺼운 책을 쓸어내린다. 책의 모서리가 린의 심장을 치고 나가떨어진다. 책이 아니라 날 벼린 비수가 날아와 꽂힌 것이다.

공부하러 갔으면 공불 해야지, 번역은 무엇이며? 2세가 그리 급한 문제였나? 그리고 거울을 한번 봐라. 네 차림새가 그게 뭐냐? 사람은 스스로 자신의 등급을 만드는 거다. 비싼 옷을 입으라는 말이 아니잖은가. 네 신분에 맞는 옷차림을 하라는 거다.

린은 맞받는다. 전 겉치레에 신경 안 써요.

대번에 활촉처럼 날아온 한마디, 신경 써야 한다. 안과 밖을 같이 가꿔야 해. 여긴 서울이다.

방문이 열리고 그만하렴, 어머니의 손이 린의 팔을 잡고 문밖으로 끌어낸다. 린이 어머니에게 잡힌 팔소매를 뿌리친다. 아버지 방의 문턱을 넘어서는 순간 어머니의 목소리가 뒤섞인다.

저런 0할 것. 세상에 김 교수만한 남자가 어디 있다고, 복에 겨워서 타박하니? 어엿한 국립대학 교수 아니냐? 어머니의 얇은 입술이 뒤틀린다. 결혼 안 한 동생들한테 이혼한 언니가 있다는 것이 어떨 것 같아? 부들부들 떨리는 목소리.

화장실로 뛰어가 문을 잠근다. 수도꼭지를 틀어 찬물에 얼굴을 씻는다. 눈을 감은 채 달아오른 얼굴의 열기를 식히려고 물이 차오른 세면대에 얼굴을 담근다. 넘친 물이 세면대 가두리를 타고 흐른다. 머리카락이 배수구를 막은 탓인지 물 내림이 더디다. 생각을 비운 머릿속이 새하얗다. 상식이나 이치, 가치 같은 단어들이 막힌 하수구처럼 쿨렁거린다. 가는 날까지 사는 방법을 배워야 한다는 이봉구 작가의 말이 문짝을 노크한다.

저녁 먹고 가라면서도 어머니 손에 찬합통이 들려있다. 린은 반찬통을 받아든다. 고마워요, 라는 말이 목 안에서 컥컥거린다. 정화하고 마주 앉아 어머니가 해준 밥을 먹고 싶다. 먹고 가라면서 린의 손에 찬합 보퉁이를 안겨 주는 어머니의 심사를 이해하면서도 한편으로 섭섭하다. 무슨 말이라도 해주었으면 하는 바람이다. 세상만사 뜻대로 되는 게 아니란다. 그저 이것이 내 인생이거니, 받아들이고 참고 참는 것이 지금을 살아가는 여자들의 일상 아니겠니? 어머니의 전용 세리프로 한마디 해줄 수도 있는데, 어머니의 입은 조가비처럼 다물려 있다.

보퉁이를 받아 든 오른손 팔목이 휘청한다. 어머니의 수고가 담겨진 묵직함이다. 어머니에게 나는 애물단지일까? 친정 식구들 모두 정화를 예뻐하지만, 어린아이 하나를 가꾸는 일에 얼마나 많은 손이 필요한지 린은 모르지 않는다. 일곱의 동생들을 보살피고 키우는 어머니의 구겨져 있던 모습에 린은 짜증을 내곤 했다. 세수도 못 하고 동동거리던 어머니를 이해하기보다는 일기장에 끼적거렸던 미운 말들, 우리 집은 고아원이야. 현관은 쓰레기장이라고. 어머니의 다산多産이 만들어 냈던 왁실거렸던 집안은 늘 그랬다. 방과후 집에 가고 싶은 생각이 들지 않았다. 애기 울음소리가 밤낮으로 천장과 벽을 치고 굴러다녔다.

갈게요. 정화야, 할머님 말씀 잘 듣고. 정화는 마루에 나와 엄마를 배웅하지 않는다. 눈치가 빠른 아이다. 가여운 것을, 린은 숨

이별은 사랑이다

이 막힌다. 미닫이 틈새로 내다보고 있을 정화.

뭘 먹고 다녀야지. 맨날 시커먼 커피나 들입다 마시면 몸 상한다. 밥을 먹어야지. 김치하고 장조림이다. 아욱국은 걸쇠 놓고 조금만 김 올리면 먹을 만해.

고마워요, 하는 대신 린은 댓돌에 나동그라진 구두를 찾아 신는다. 어머니의 손이 뻗어와 린의 어깨를 토닥인다. 기운 차려야지. 오늘은 무거워서 안 되겠다. 내일 와서 인삼주 한 병 들고 가. 네 전임발령 건으로 애쓰시는 박 교수께 빈손으로 가면 쓰겠니?

린이 턱을 쳐든다. 이러지 마요, 어머니. 절 빌붙어 살게 하지 말아요. 절 그냥 내치시라고요.

어머니가 손사래를 친다. 무슨 말 버르장머리냐? 빌붙어 살다니? 언제 철들래?

린은 이마 위로 흘러내린 머리카락을 넘기는 손으로 눈가에 묻은 물기를 닦는다. 수긋해진 마음하고는 달리 새된 목소리다. 모든 게 제 탓인가요? 그 사람(남편)한테도 돕고 살라고 해줘요. 전 너무 힘들어요. 손뼉도 마주쳐야 큰 소리 내는 거라고 하셨잖아요.

건넛방 미닫이 열리는 소리, 엄마 부르는 정화의 목소리가 린의 발목을 잡는다.

엄마, 채린 이모가 예쁜 잠옷 만들어 줬어요. 넘 예쁘죠.

활짝 열린 미닫이로 동생들 얼굴이 내다보고 있다. 린은 크게 고개를 끄덕인다. 엄마의 허리를 감싸 안은 정화의 가느다란 팔을 풀어내고 빠르게 돌아선다. 우리 아기 착하지. 잘 자. 할머님, 이

모들 말 잘 듣고. 안녕, 엄마 내일 올게. 헤어질 시간이 되면 종달
새처럼 쫑알거리는 정화의 입술은 다물어진다.

대문 문턱을 넘어서는 순간 휙 고개 돌린 린이 목구멍 안에서
벅벅거린다.

절 이 지경으로 만든 건 아버지라고요. 수를 뮌헨에 보낸 것도
아버지잖아요. 타국에서 서로 의지해서 살라고, 무언의 언질을 주
신 것도 아버지라고요.

서재의 장지문이 벌컥 열린다. 동네방네 나발을 불어라.

아버지의 호통 소리를 등 뒤로 한 채 린은 엎어질 듯 대문 문턱
을 넘는다. 대문 기둥 뒤에 장승처럼 서 있는 수, 그녀가 들고 있
는 찬합 보따리를 받아든다.

운명이라는 것이 있다면 아버지는 린의 운명이다. 사랑이라는
울타리 안에 가두어져 사육된 한 마리 토끼는 아니었을까? 암기
와 복종, 그가 지시하는 모든 것을 수용했던 날들의 순응은 신의
율법에 다름 아니었다. 알을 깨고 나갈 용기와 의지를 칭찬이라
는 옷깃 속에 감추고 살았다. 스스로 알을 깨고 나가고 싶은 갈망
과 그래서는 안 된다는 통제가 그녀 안에서 혼란을 키웠다. 살짝
건드리기만 해도 피를 흘렸던 예민한 감성, 그래서 아팠고 그래서
만개하지 못한 채 시들었다. 자의가 아닌 타의에 의해 깨지고 부
서지는 천지개벽의 변화를 얼마나 갈망했던가.

아버지의 딸로 21살까지, 그분의 칭찬에 힘입어 천재라는 훈
장을 달고 살았다. 거추장스러운 훈장이다. 강박이었는지도 모른

이별은 사랑이다

다. 한번 천재는 영원히 천재여야 한다는 진리는 오랏줄에 다름 아니다. 천재로 살기 위한 노력은 살을 깎고 뼈를 녹인다. 린은 자신이 지닌 천재의 함량에 회의를 느낀다. 천재는 독창적인 창의력과 선천적으로 타고난 뛰어난 재능과 지적 능력이 관건이다. 달리 뼈를 깎는 노력을 하지 않아도 전광석화처럼 뇌를 긋고 지나가는 창조적 아이디어로 인류를 구원하고 공헌할 수 있는 신이 창조한 피조물이다. 린은 알고 있다. 자신이 확보했다고 착각한 능력은 겨우 외국어 암기에 지나지 않는다. 기존에 있는 문장을 외는 것은 창조도 아니며 더더욱 천재도 아니다. 아버지의 칭찬 한마디에 목이 말라 밤을 새워 읽고 필사하고 암기했을 뿐이다. 보통 누구나 그 정도의 노력만 하면 도달할 수 있는 수준 아닐까? 린은 한번도 십대다운 놀이나 장난을 해본 기억이 없다. 그것은 발목에 감긴 쇠사슬이었다. 유년과 청년기의 시간은 아버지에 의해서 조율되었다. 다만 한 가지, 기억력이다. 몇 살이었는지 정확하지 않다. 한글을 깨우쳤고 일어 히라가나를 달달 외웠다. 기억력 하나로 천재로 승격한 셈이다. 어째서 이런 비판이 작은 뇌 속에 입력되었는지 모른다. 어디를 가든 천재라는 덤터기를 쓰고 살아야 했다. 입소문으로 만들어진 천재로….

　그건 아니었다. 아니라고 했지만, 번번이 그 시도는 어긋나고 만다. 입을 다물고 말 섞기를 자제하는 사람하고 앉아 시간을 토막 내는 일은 이제 안 하고 싶다.

오지랖의 변주

오늘 '독일문화 밤' 행사는 오후 2시다. 늘 쫓기듯 허둥대던 이 시간대에 혼자 있다. 걸레질을 하다가 불시에 유리창 밖 풍경에 눈이 간다. 11월, 추위가 앞질러 왔다. 오스스 소름이 인다. 모래알처럼 오들거리는 팔죽지를 쓸어본다. 장삿속으로 지은 흩겹 집이다. 수가 귀국하면서 수유리에 집을 전세로 빌렸다.

야산의 자드락이 창가에 맞닿아 숨길이 트이긴 한다. 유리창을 열면 싸한 바람에 실려 산의 소리들이 물살처럼 밀려온다. 성에로 뒤덮인 인수봉은 그 모습 그대로 눈이 부신다. 어슴푸레했던 창가의 미명이 가시면 낙엽을 지운 나무들이 바람을 안고 수런거린다. 새벽 산의 고요함과 해 질 무렵 산의 소요스러움의 차이를 피부로 느끼게 된 것도 산 밑에 살면서부터다. 아침을 깨우는 참새 소리가 허공 중에 가득하다. 바람에 흔들려 서걱대는 나뭇잎 소리에 귀 기울이면 가득 찬 푸름과 헐벗은 겨울나무들의 메마른 채찍 소리가 다르게 들린다. 서로를 훌치는 회초리에 묻어나는 여린 온기로 서로 버티고 견디지 않을까? 무성하게 웃자란 하지의 나무들도

이별은 사랑이다

서로를 비비고 쓸리는 작태는 같은 모양새다. 어쩌면 인간들이 토해내는 말이 말을 공격하고 상처 입히고 배반하는 공방전을 보는 것 같아 얼른 창문을 닫는다. 사람이나 자연이나 살아남기 위해 몸부림치는 모습은 안쓰럽다.

샘물을 길어 올리듯이 마음의 물을 퍼 올린다. 그런 린의 멍 때리는 몇 초를 수는 센티멘털의 지병이라 한다. 언제까지 그러고 있을 건데? 린은 소스라치듯 몸을 돌려 주방으로 나간다. 금방 준비할게. 두 사람의 하루 일정은 비슷하다. 만원버스를 타고 출근해서 몇 시간 강의를 해야 한다. 같은 공간, 강의 받는 학생들도 같은 얼굴이다. 그런데도 아내라는 위치가 수행해야 하는 밥상 차리기는 거울 앞에 앉아 외모를 고르는 시간을 뭉개버린다. 허둥댄다. 청탁받은 원고 쓰기로 날밤을 새우는 날이 많다. 그런 날 아침이면 천근이나 무거운 몸을 끌고 밥을 짓고 밥상을 차려야 한다. 친정에서 얻어온 반찬이지만, 덜어내 데우고 남은 반찬은 단단히 봉해서 창턱이나 그늘 깊은 장소에 옮겨 둬야 한다. 그딴 원고는 뭐 하러 써? 거절할 줄도 알아야지. 수는 통박 지른다. 몇 푼이나 받는다고? 원고료 때문에 쓰는 거 아니잖아. 린은 텅 뚫린 것 같은 심장의 동공을 메워주는 그 작업만큼은 사절할 수가 없다. 이제 유통기한이 넘어선 모양이다. 요즘 들어 입안에서 곱씹는 말이다. 예쁜 모습보다 눈에 거슬리는 밉상이 도드라지는 모양이다. 대책 없는 익숙함이 만들어 내는 부부간의 간극이다.

화장실 거울 앞에 선다. 화장대도 벽 거울도 없다. 세면대 위에 붙어 있는 손수건만 한 거울이 전부이다. 오늘은 뭐라도 찍어 발라야 한다. 독일문화의 밤 행사에 맨얼굴로 무대에 설 수 없다. 어제 퇴근길에 신세계 백화점에 들러 코티 분(유일한 국산 화장품) 한 곽을 구입했다. 가루분만 사시게요? 크림하고 로션도 바르셔야죠. 그래야 분이 먹죠. 기초화장품? 린도 모르지 않는다. 맨 얼굴에 가루분만 토닥인다고 될 일이 아니다. 방법이 없지 않다. 뮌헨에 있을 때 형편이 어려운 폴란드 여학생들은 올리브 기름을 얼굴과 몸에 바르고 마사지를 했다. 그 유용한 올리브 오일을 많이 챙겨 오지 못했다. 올리브 기름 대신? 어제 친정에서 얻어온 들기름이 있다. 올리브 기름보다 못하다는 생각은 들지 않는다. 들기름으로 얼굴을 고른 다음 뮌헨에서 여유분으로 한 개 싸 들고 온 모이셔츠 크림으로 다독인 후 코티 분을 살짝 먹인다. 용케 그 단순한 방법이 먹힌다. 그런대로 볕에 그을려 칙칙했던 낯빛이 조금은 화사해진 것 같다.

입을 옷이 마땅찮다. 어제 이숙이 물었다. 옷은 있어? 독일문화의 밤은 네 무대잖아.

옷? 내가 주인공 아니야. 오프닝 인사만 해. 린은 시큰하니 대답했다.

이숙이 키득 웃었다. 검정 마녀 같은 옷? 제발, 관둬.

검정은 색의 아우라다. 검정색은 그 검은 갈피에 다른 색들을 삼켜버린다. 검은 마녀? 상관없어. 속말을 하면서도 그 끔찍한 이미지에 살짝 떨린다.

바닥에 끌리는 길고 검은 머플러, 바람 끝에 살랑거리는 자귀

이별은 사랑이다

나무 그림자 같다.

옷이 그게 뭐야? 너무 칙칙해. 이숙이 보자마자 호들갑이다. 아침에 수에게서 들은 말하고 같은 맥락이다. 비난이라기보다 안쓰러움이 묻은 입술이 반쯤 벌어진 상태도 비슷하다. 그래서 어쩌라고? 인사만 하고 내려올 텐데 정장이라도 맞춰 입으라고? 내 한 달 수입이 얼마인 줄 알기나 해? 90분 동안 목에 핏대가 오르도록 떠들어도 막 노동꾼 일당하고 비슷해. 안으로 씹어 삼키는 너무 많은 말 때문에 그녀의 입술에는 거스러미가 일고 혀끝에 슨 바늘은 입맛을 앗아간다.

칙칙해? 머플러 탓이겠지. 머플러를 포기할 수가 없다. 린은 자신이 고수한 검정색 니트 스커트와 두 치수쯤 풍성한 라지 사이즈 모직 재킷이 지금 이 장소에 가장 적절한 입성이라고 생각한다. 뮌헨의 벼룩시장에서 구입한, 브랜드가 있는 재킷이다.

뮌헨에선 타인의 차림새에 눈길을 건네지 않았다. 무얼 입었는지 무슨 짓을 하든지 고개 돌려 쳐다보지 않는다. 오직 자신에게 집중된 의식의 밀도를 소중하게 가꾸는 사람들뿐이다.

린은 자신을 가꾸는데 소홀한 편이다. 본디 그 모습 그대로를 대중에게 보여줄 생각이다. 외출을 위해 정장 한 벌도 갖추지 못했다. 친정에서 송금해준 백 불이 입금되는 순간 린은 미리 적어둔 구입 순서를 수에게 내민다. 이번에 꼭 사야 해. 괴테 전집 5권이다. 임신 초기라서 입덧이 심했다. 열심히 영양제를 찾아 먹지만 48킬로의 빈약한 몸피에 시선 집중이 되기도 했다. 수의 미간이 구겨졌다. 책은 다음에 사. 영양 상태가 말이 아니잖아. 그리고 옷이 그게 뭐야? 서구인들은 체구가 받쳐주지만 오종종한 동양인들은 옷으로 결함을 보완해야 해. 틀린 말이 아닌데도 린은 괴테 전집을 포기하지 않았다. 수가 말했다. 그래, 너희 집에서 주는 돈이니까 네 맘대로 해.

15분 전입니다. 화장실 다녀오셔야죠. 박 교수 곁에 바짝 다가선 곽 조교가 작게 속삭인다. 깎고 다듬은 말이지만 화장실이라고 짚어 하는 말에는 개인적인 깊은 속내를 건드린 것이 아닐까, 린은 못들은 척 고개를 돌린다. 곽 조교를 무조건 우리 순둥이로 매김질하는 박 교수의 우직하리만치 진솔한 품성에 비해 곽 조교의 계산법은 조금 영악한 것 같다.

의자를 밀어내고 일어난 박 교수는 잠시 창밖을 향해 등 돌리고 서 있다. 코르덴 재킷에 회색 터들을 입은 박 교수, 한 발자국 뒤에 서 있는 검정색 슈트를 차려입은 곽 조교의 배치는 이 연구실에 걸린 한 폭의 액자 같다. 린의 속말을 듣기라도 한 듯이 박 교수가 불쑥 말한다.

전혜린 교수는 뭐랄까? 몽매한 젊은이들에게 깨어나라고 재우치는 한 줌 빛살이지.

과찬이세요, 박 교수님. 이따금 저 자신도 주체 못 하는 어리바리인데요.

어리바리? 당치 않아요. 세상 물정에 다소 어두운 건 차라리 까발려진 것보다 백배로 순수한 거 아니겠어요. 공부하는 대부분의 사람들이 세상 물정에 어두워 때론 난감할 때가 많아요.

이별은 사랑이다

홀연 빛의 숨구멍으로 사라지려는 나른한 오후 린은 휘청대는 정강이에 힘살을 싣는다. 긴장 때문에 목덜미에 땀기가 밴다.

〈독일문화의 밤〉 행사가 긴장하지 않는 린을 팽팽하게 당긴다. 독일어 인사말로 테이프를 끊어야 하는 것 때문에 긴장하는 건 아니다. 각 대학의 전임 이상의 교수들이 포진하고 있기 때문에 숨구멍이 좁아든 건 더더욱 아니다. 다만 그 사람, 한 이불을 덮고 사는 수가 자리하고 있는 무대에서 독일어로 진행해야 한다. 린의 일거수일투족에 눈길을 세우고 있는 그 사람의 존재가 무쇠 솥뚜껑 같은 무게감으로 다가온다. 오늘 아침 그가 먼저 말문을 텄다. 오늘 오후 독일의 밤 행사에 시간 내서 갈게.

린은 말없이 고개만 끄덕였다.

왜 남편을 의식할까? 남편 앞에서, 사회적인 자아를 노출시킨다는 것에 부담감이 없다면 거짓말이다. 언어로 자신의 의중을 포현한다는 것. 말이라는 소리의 매체로 모임의 의미와 모임을 이루게 만들었던 모든 복합적인 구조들을 단순 가닥으로 설명해야 한다. 군더더기를 배제한 골격만의 언어로, 사람들의 시선과 관심과 호응에 부응하고 싶다는 절박함이 조바심으로 이어졌을 것이다. 아니다. 그 사람이 무대 앞 전열에 앉아있기 때문이다. 오프닝의 의미가 린에게는 각별하다. 가장 확실한 자신만의 색깔로 대처해야 한다. 잘할 수 있을까? 한순간의 낭비 없이 빼곡하게 채워야 한다는 그 짱짱했던 의지와 열정을 어디다가 흘려 보내버린 걸까? 명치끝이 허전한 건 아침 식사를 걸렀기 때문이다. 정강이가 휘둘리는 건 아직 공복이기 때문이 아니라 수의 존재감 때문이리

라. 왜일까? 첫 무대에 오른 새내기 연극배우가 연기를 하다가 불시에 시야 안으로 불쑥 나타난 가족들, 가족들의 눈길과 마주치는 순간 대사를 잃고 허둥거렸다는 이야기는 그 당사자에게 직접 들은 말이다. 왜일까요? 좌중의 누군가 물었다. 한 사람이 작게 소곤댔다. 애증 관계니까요. 가장 사랑하고 가장 미워하고 견제하는 사이니까요. 틈 없이 비비면 부싯돌처럼 불을 피운대요. 부싯돌이 일구는 불꽃이 가족관계에서만 있는 은밀한 애증의 발화라잖아요. 린은 고개만 끄덕였다. 수하고는 설마? 애증까지는 아닌 것 같다. 솔직히 수의 학문적인 우위에 대한 자격지심 같은 건지도 모른다. 같은 시기에 같은 학교에서 같이 공부했음에도 린은 임신이라는 피난처에 몸을 숨겼고 아가를 위해서 귀국을 서둘렀다. 내겐 뮌헨대학 졸업장이나 학위보다 소중한 나의 분신인 딸애를 얻었으니까 공부는 사절이야 도망쳐온 자신의 결정이 잘못된 것이라 후회해본 적은 없다. 하지만 하늘과 땅 만큼의 차이를 인정하지 않을 수 없다. 독일어만 해도 그렇다. 4년 6개월 만에 귀국한 린에 비해 7년 동안 그 바닥에서 버무려졌을 수의 언어 구사는 단연 우위를 차지할 것이다. 능력의 차이가 아니라 조건의 차이다. 그와 같이 살았던 4년 동안 린이 날마다 뼈저리게 감수해야 했던 수의 지구력, 사이잘삼보다 더 질긴 학문에의 열정, 인내와 투지로 똘똘 뭉친 학구파 인생을 린으로서는 어쩌지 못했다. 그 요지부동한 열정에 두 손을 들고 그녀는 퇴장했다. 상대가 아니라 학문적으로 지존의 위치라는 걸 매번 깨달아야 했다. 머리를 조아리기 싫어서 그 등급의 괴리를 발로 차버리고 딸을 안고 귀국했다. 딸애를 어

이별은 사랑이다

머니께 부탁하고 공부를 계속할 수 있었다. 아버지가 지적했듯이 출산은 린이 충분히 조율할 수 있었다. 무방비하게 수용했다. 의도가 없었다고는 못한다. 비급쟁이 도피는 아니었을까? 누군가는 고개를 갸웃거릴 것이다. 남편이 잘되면 당연히 와이프에게도 나누어지는 명예 아닌가요? 린은 고개를 흔든다. 우린 달라요, 학문적인 동지로 합쳐졌지만 임신 때문에 판정패 당한 거죠. 그는 반박할지도 모른다. 임신 주기를 조율하는 건 여자 몫 아닌가요? 린은 답을 피하고 고개를 돌린다. 경쟁의식? 참 유치찬란하군요. 남편의 성공을 질투하는 여잔 처음인데요. 그래요. 나도 그런 내가 이해 안 돼요. 소리 내어 말하지 않으면 누구도 그런 앙큼한 갈등의 소지는 눈치채지 못할 것이다.

한숨도 못 잤다. 늦은 오후에 마신 두 잔의 에스프레소가 머릿속에 전등을 켰다. 철심처럼 빳빳하게 곤두선 신경이 정수리를 뚫고 안테나가 돼 솟구친다. 세상의 모든 소리들이 귓가에 와 웅성거린다. 깨다 말다, 단속적으로 이어지거나 토막 난 꿈이 눈자위에 실려 똘박하다. 숙면과의 불화는 몸이 기억하고 있는 오랜 습관이다. 가랑머리 땋고 다니던 소녀 적부터 보드랍고 따스한 침구나 잠의 포만에서 기지개를 켜면서 깨어나는 아침을 린은 참지 못했다. 나른한 게으름과 그 방만한 육체의 속성에 길들여지기 않기 위해 다음 날이 시작되는 1시 전에는 잠자리에 들지 않았다. 그렇게 맞이하는 새벽마다 가슴 가득 차올랐던 희열, 충만감 그것은 린이 원했던 순수의 또 다른 영역이었다. 도파민이라는 호르몬 작용이라고 했다. 쾌감이나 성취감에서 만들어지는 감각세포. 정신의 오르가즘이 그런 것일까? 깨어있는 정신의 화원이었다.

그런 순간은 이제 도래하지 않는다. 그런 날들의 포만감이나 순연한 환희는 저만치 등 돌려 가버렸다. 유학에서 보태진 것만큼 잃어버린 것들이 더 많다. 자신을 규정지었던 순수나 진솔함 대신 다른 무엇으로 변조된 자아는 타인을 의식하며 눈치를 보고 두리 번거린다. 성숙된 자아가 아니다. 결핍의 구덩이가 더 깊고 크게 파졌을 뿐이다.

붙이고 앉은 무릎이 달달 떨린다. 인사말은 대충 짜깁기했다. 헐거운 틈새를 기우고 메우고 바르고 땜질하는 것으로 그녀의 시 간은 깔축없이 허물어진다. 오늘, 잘할 수 있을까? 감기 미열이 목 젖에 얹혀 따끔거린다.

벌컥 열린 도어로 곽 조교의 반쪽 얼굴이 드민다. 교수님, 일어 나실 시간입니다. 짐짓 린에게는 눈길을 보내지 않는다. 아래로 내리뜬 눈가에 퍼런 정맥이 가로질렀다. 난 당신의 적이 아닌데, 아무리 말을 해도 곽 조교의 고개는 꼬인다. 그러다가 목 디스크 걸려요, 그런 말을 했는지 기억에 없다.

어제, 박 교수의 연구실에서 박 교수가 부재한 상황에서 둘이 마주쳤었다. 박 교수의 느지막한 점심시간이었고 오후 강의를 시 작하기 전 잠시 들르는 린의 행보를 의식한 발걸음이 아니었을까? 일본 00대학에서 학위를 받고 모교인 성대에서 조교 2년 차, 전임 교수 발령을 코앞에 두고 있었다. 린은 끼어들고 싶지 않았다. 학 위를 지니지 못한 불리한 조건 말고도 인간적으로 그를 물리치고

이별은 사랑이다

전임교수라는 의자를 쟁취할 욕심을 접었다. 곽 조교의 생각은 그게 아닌 것 같다. 그는 경쟁의 반열 1호에 린을 올려놓고 제멋대로 흔든다.

〈일반 독일어 교양 강좌에서 파우스트나 극작가 크릴파르처를 논하는 것은 초등학교 학생들에게 논증기하를 강요하는 것과 다르지 않다. 자신의 지적 보유량을 과시하려는 그런 식의 강의를 거부한다〉

강의실 도어에 붙어 있는 육필 문구를 장순애 학생이 뜯어내어 린에게 가지고 왔다. 순애는 린의 일반 독어 강의를 수강하고 있다. 순애의 맹목적인 수고에 린은 고맙고 불편한 두 개의 정서로 갈등한다. 수고가 아니라 헌신인지도 모르겠다. 월, 화요일 강의가 있는 날이면 점심 도시락에 커피까지 준비한다. 수호천사야, 했더니 순애가 그 큰 몸피를 살랑살랑 흔들면서 선배님은 제 인생 최고의 뮤즈니까요. 곽 조교가 더 이상 나대지 않도록 제가 한 방 먹여 줄게요. 격하게 쏟아내는 말의 내용과는 달리 그녀의 입술을 통과해 나온 목소리는 현의 울림처럼 맑고 섬세하다.

그러지 마. 린이 말렸다. 순애의 말을 액면 그대로 받아들여야 할지 잠깐 혼란이 일었다. 곽 조교와 순애하고의 밀착 관계를 모르는 학생이 없을 정도로 입소문이 나돈다. 한참 전부터. 신입 새내기인 순애하고 학위과정을 취득한 곽 조교와의 8년이라는 간극이 고개를 갸웃거리게 했을 것이다. 오해죠. 한참 막냇동생 벌인데요. 곽 조교의 울타리에 편입된 주변의 말이 그랬다. 어울려 다니는 모습이 자주 눈에 띄었다. 그럴 때마다 순애가 먼저 지퍼를 풀었다. 같은 동네 살아요. 같이 다닌다고 다 그런 사이는 아니잖아요. 그들이 어울려 다니든 등 돌려 다니든 그건 중요하지 않다. 순애 스스로 곽 조교와 린의 조금은 불편한 사이에 스스로 완충적 존재로 자처하고 나섰다는 사실이다. 하지만 곽 조교의 의도적인 반격을 누가 막을 수 있을까.

친모 상을 당한 박 교수를 대신해서 대강을 해야 했던 날, 한 토막의 해프닝을 떠올리면 지금도 정수리가 화끈거린다. 같은 시간 한 강의실에 두 명의 강사가 나타났다. 린은 박 교수로부터 전화로 대강 부탁을 받았다. 즉시 과대표인 순애에게 전화를 넣었다. 프리드리히 니체의 '영원회귀'를 주제로 한 토론으로 대강을 했으면 했다. 미리 책을 좀 읽고 오라는 지시였다.

린이 강의실에 들어간 지 5분쯤 지난 후였다. 갑자기 도어가 벌컥 열렸다. 곽 조교의 불쾌한 얼굴이 교단에 서 있는 린을 지나 교탁 중앙으로 걸어갔다. 알면서도 스스로 무례를 자초하는 탯거리다.

박 교수님의 대강은 조교의 책임인데, 전 교수님, 제게 맡겨 주세요.

박 교수께서 직접 전화 부탁을 받았다는 말을 했는데도 곽 조교는 요지부동이다. 린이 한발 물러서기로 했다. 칠판에 쓴 '열린 토론'을 지우개로 닦으면서 다음 기회로 미뤄요, 하고 돌아서는 순간 앞줄에 앉았던 학생 몇 명이 동시에 몸을 일으켰다.

저희들은 이 시간을 '열린 토론'으로 하게 해 주셨으면 해요.

박수 소리가 천장을 치고 굴러 내렸다.

이별은 사랑이다

린은 조금 민망했다. 박 교수의 대강 부탁을 받았다고 해서 곽 조교 하고 강의 다툼을 할 생각은 없다. 적대적 대응은 소모전일 뿐이다.

그럼 곽 조교님 수고하세요. 그녀는 열려 있는 강의실 도어를 향해 발걸음을 옮겼다. 그때 그 사달이 벌어졌다. 순애의 발끈한 목소리가 린의 덜미를 잡았다.

자유 토론을 할 수 없다면 차라리, 저희들 자습하게 해주세요. 각자의 공부가 있으니까요.

곽 조교의 대강을 거부하는 순애의 발언이었다.

린은 강의실 도어의 문턱을 넘었다.

문득 수가 하던 말이 귓가에 와 서성였다. '날카로운 지식보다 지혜의 갑옷이 필요해.'

일주일에 두 번, 곽 조교의 날 선 시선을 받아내는 일에 감각이 무디어진 걸까? 곽 조교의 빗긴 눈길을 아무렇지도 않게 스치고 지나간다. 언제 차 한 잔, 해요.

자, 시간 됐군. 갑시다. 창을 등지고 자기 책상에 앉아있던 박 교수가 의자를 밀어내고 일어난다. 가늘고 긴 체형이어서 학생들 간에는 '은사시나무'라는 별명으로 불린다. 짙은 눈썹에 매부리코로 잘생긴 얼굴인데도 웃음기 없는 표정이 건조해서 아직 젊은 나이인데도 파삭한 느낌이 든다. 더부룩한 머리에 홈스펀 카디건을 걸친 허적한 체구의 그는 늘 큰 폭의 걸음나비로 학생들의 질문을 따돌린다. 연구실로 와. 소음 때문에 무슨 해답을 해도 귀에 들지 않아. 그 완곡한 버팀에는 단호함과 신중함이 버무려져 신뢰의 하중으로 느껴진다.

앞서 걸어가던 박 교수가 뒤돌아보고 입꼬리를 당긴다. 전 선생, 오늘 화사한데, 늘 그렇게 하고 다녀요. 린은 오늘 화장을 조금 했다. 구색 갖춘 화장품이 아니다. 로션에 파우더로 톡톡 다독이기만 했다. 불면으로 들뜬 피부가 차분해졌다. 5·16 직후 하늘길도 뱃길도 막혀 국내에서 급조한 화장품밖에 없다. 수에게 부탁해서 두어 개 사가지고 온 콤팩트는 친정어머니와 시누이에게 진상했다. 화장품이나 옷에 대한 애착이 있었다면 조금은 갈등했을지도 모른다.

소강당으로 가는 길고 침침한 복도 창으로 물오른 낙엽이 발갛다. 추위를 많이 타지 않지만 몸이 느끼는 체감온도는 영하 10도쯤 되는 것 같다. 발목이 흔들리고 깊게 파인 카디건에 노출된 목에 닭살이 돋는 느낌이다. 이런 경우는 거의 없었다. 단상에 올라 많은 사람들 앞에서 말할 때 긴장하지 않는데, 오늘 행사에는 왠지 몸도 마음도 팽팽하게 당겨진 상태다. 단상에서나 강단에서나 말이 막히거나 주저하지 않는다. 언어 구사는 타고난 재능인지도 모른다는 말은 아버지와 선배들에게서 들었다. 그런 말이 오갈 때마다 린은 그냥 무대 공포증이 없는 것 같아요, 한다. 어쩌면 그것은 신명인지도 모른다. 작두 타는 무녀처럼 머릿속에서 꺼내는 말의 줄기는 담쟁이덩굴처럼 사방좌우로 뻗는다. 말을 쏟아내는 중간 중간에 곁길로 빠지는 경우가 있지만, 금방 제자리로 돌아와 강연의 주제를 찾아가는 속도에는 지장이 없다. 그런데 오늘 그녀

이별은 사랑이다

는 왠지 불편하다. 소강당 도어가 열리고 박 교수의 뒤를 따라 들어가던 순간 그 많은 사람들 속에서 문득 레이저 같은 빛의 촉수를 느꼈다. 정화의 손을 잡고 덩치 큰 사람들 뒤에 가리듯 서 있는 사람, 올 거야? 아침에 그녀가 물었을 때 그는 시간 내서라도 가야지, 했지만 어정쩡한 품새였다.

빼곡하게 들어찬 사람들의 시선이 일제히 날아와 꽂힌다. 매화 가지를 높이 쳐든 손들이 사래를 친다.

전혜린 선배님 파이팅, 전혜린 교수님, 우리들의 영원한 피닉스! 사랑해요. 교복 입은 소녀들의 환성이다.

느닷없는 소요 사태를 보고도 사람들은 별로 불쾌해하는 얼굴이 아니다. 그녀가 오른손을 흔들면서 입술에 검지를 세운다. 가지런한 멤버들이 아니다. 대학원생도 있고 학부생에 고등학교 후배들도 삼삼오오 뒤섞인 조합이다. 법대 입학했을 때 만들어진 K고녀 후배들과 맺어진 매화 모임이다. 매화는 K고등학교의 교화로 정해진 꽃이다. 품격과 긍지라는 자기애적인 꽃말보다 겨울을 견뎌낸 그 불굴의 의지를 키워드로 삼았다. 어쩌면 맹목적인 친화감인지도 모른다.

월요일 운동장 조회시간에 나가면 후배들이 린을 울타리치고는 뱅뱅이를 돌았다. 우리들의 피닉스! 매화당의 뮤즈라며 환호하는 후배들 울타리에 갇혀 린은 민망했고 조금은 부끄러웠다. 린이 서울법대에 입학했을 때도 독일 유학으로 이어진 승승장구에 후배들의 관심이 증폭되었다. 순애가 선두에 서서 챙겼을 것이다.

수가 전임교수로 발령받기 전 S대에서 1년 동안 강의를 맡았었다. 그때 설레발치는 순애를 보고 이숙이 이죽댔다. 맹랑한 애야. 그래서 전 교수 집에 입주한 거네. 조심해. 집착은 지병이야.

집착? 적절한 단어 아니야. 순애는 그냥 좀 열심인 학생이야. 이숙의 상상력에 찬물을 뿌렸다. 순애? 거치적거리지만 일단 저 만치 밀쳐두기로 한다.

지난해 국제 펜클럽대회에서 한 헤르만 헤세 추도 강연은 대체로 만족스러웠다. K대학 대강당에서였다. 그날의 조도와 마이크와 린을 소개했던 펜클럽 회장의 정중한 목소리가 안정감을 불러냈을 것이다. 오늘 성대 소강당 분위기는 뭔가 산만했고 대낮보다 더 밝은 형광등이 그 산만함을 올올이 노출시킨다.

독일문화의 밤을 시작한다는 사회자 곽 조교의 멘트와 함께 베토벤의 바이올린 소나타 5번, 봄의 선율이 흐른다. 음대 재학 중인 고등학교 후배들이 자진한 4중주 구성원들이다. 바이올린 2명에 첼로, 비올라, 모두 청정한 소나무처럼 청순하고 예쁘다. 내켜하지 않는 박 교수를 설득했다. 시작과 막간과 행사의 마무리에 튀지 않는 음악을 빌리자는 린의 말에 박 교수는 뜨악해했다. 날라리 행사가 아닌데요. 박 교수의 침통한 표정보다 곽 조교의 기웃대는 발언이 목에 걸렸다.

결 고운 봄의 선율이 린을 살포시 휘감긴다. 린이 목에 두르고 나온 길고 검은 머플러가 백색의 차가운 형광 불빛을 받아 도드라진다. 무대 중앙에 마련된 탁자 옆으로 가 선다. 권위주의의 상징인 탁자에 몸을 가리고 원고를 읽는 식으로 오프닝을 할 수는 없

이별은 사랑이다

다. 예의상 원고를 들고 나갔지만 진행 도중에 원고를 흘끔거리는 건 린의 방식이 아니다. 일시에 날아와 꽂히는 수많은 눈들, 린을 경청하고 린을 해체하고 감별하려는 촉수의 과녁이 되는 순간이다. 나쁘지 않다.

마이크의 방향을 돌린다. 머플러 자락이 바닥에 쓸리면서 손의 움직임에 따라 엷게 물살진다. 왼쪽 팔을 탁자에 살포시 올려놓고 무게 중심을 잡는다. 산발적인 박수 소리와 함께 아우, 하는 탄성이 터져 나온다. 아마도 교양 학부 수강생들인 모양이다.

깊숙이 굽힌 허리를 펴는 것과 동시에 바이올린 선율이 멈춘다. 린은 대번에 속사포가 된다. 눈총에 대항하는 방법이다. 원고를 안 보고 독일어로 하는 인사말이다. 높은음자리처럼 린의 가늘고 새된 목소리가 탱글탱글 튕긴다. 독일 대사관에서 왔다는 몇 사람하고 독일어과 교수들, 호기심으로 입장한 학생들, 강당 가두리에도 까만 머리통으로 빈 구석이 없다. 사람들의 머리가 눈에 들어온다. 짧은 시간에 침착한 페이스를 확보한 탓이다. 조금은 당차고 오만한 린의 언어적 구사가 거침없이 방사되는 순간이다. 조명도 없고 분장도 하지 않은 검은 의상의 그녀, 꼿꼿한 자세로 자신의 내부에서 들끓고 있는 언어들을 쏟아낸다. 인사말을 끝낸 린이 자세를 부드럽게 바꾸면서 독일문화의 밤의 의미에 대해서 잠깐만, 한국말로 시간을 벌었다.

〈우리들의 인식의 범위는 좁고 번번이 오류를 저지릅니다. 그러나 독일어와 독일 예술에 대한 사랑에 있어서는 아무도 우리를 능가하지는 못합니다. 이 행사가 가지는 의미를 단적으로 말한다면 언어를 뛰어넘는 소통과 이해를 증진시키기 위한 이벤트라고 해도 틀린 말은 아닐 것입니다. 언어와 문자를 아우르는 문화라는 장르가 바로 두 민족 간의 이질적인 것들을 공유하고 소통하며 반죽하게 만드는 계기가 되리라 확신합니다. 문화는 소통을 가능케 하는 매체입니다. 다른 문화를 만나 서로를 이해하고 공통점을 찾아 연구하고 위로하면서 하나의 세계를 만들어가는 것이 전 인류적인 과제가 아닐까요? 음악이나 회화나 춤은 어떤 설명이 없이도 한순간 서로를 끌어안는 최고의 예술이지만 문학에 있어서는 번안이라는 과정이 따르게 마련입니다.

문자란 한 민족이 지닌 순연한 혼의 발현입니다. 문자란 인간이 터뜨리는 최초의 울음이며 최후를 마무리하는 회한과 반성의 아름다운 화음입니다. 마지막으로 저의 작은 외침이 학생들에게 따가운 경각심으로 다가갔으면 하는 바람입니다. 하나의 언어를 자신의 것으로 확보하기 위해서는 처절한 노력과 인내와 훈련이 필요하다는 것, 수박 겉핥기식으로 민숭민숭, 경중경중 행간을 뛰어서는 어렵다는 말을 드리고 싶습니다. 지루한 이야기를 끝까지 들어 주신 여러분에게 감사드립니다.〉

손바닥을 마주치는 살의 소리와 입에서 터져 나온 크고 작은 함성이 열기를 피어 올린다. 대학 강당에서는 좀처럼 보기 드문 알싸한 분위기다. 문자란 인간이 터뜨린 최초의 울음이며 최후를 마무리하는 회한과 반성의 화음이라는 강연자의 새롭고 독특한 단어 선정이 신선했기 때문인지는 알 수 없다. 어쩌면 그 당시 여

이별은 사랑이다

성에게는 드물게 주어지지 않았던 무대를 한순간 장악해버린 그녀에 대한 환호는 아니었을까?

마이크를 이어받은 박 교수가 잠시 뜸을 들인 다음 조금은 비장한 목소리로 시작한다.

지난해 가을, 우리들은 첫 번째 '독일문화의 밤'을 가졌습니다. 늦은 감이 없지 않습니다. 이과 지망생들의 경우 불어보다는 단연 독일어였으니까요. 그럼에도 불구하고 독일어에 대한 사회적인 관심은 비교적 허술했다고 생각됩니다. 굳이 설명을 덧붙이자면 2차 대전 종료와 대한민국의 독립, 곧이어 발발한 6·25 동란으로 우리는 문회의 테두리 밖에서 황폐하고 열악한 열외지로 지적 세계에 대한 열망과 빈곤으로 갈등했던 시기가 길었습니다. 저희가 처음으로 독일 문학을 접한 작품은 요한 볼프강 괴테의『젊은 베르테르의 슬픔』이 아니었나 생각합니다.

잠시 숨을 고른 후 그는 계속한다.

방금 인사말을 하고 내려간 전혜린 교수의 말처럼 우리 학생들의 보다 적극적이고 치열한 노력이 미미하지 않았는가, 반성하는 계기가 되어 주기를 바랍니다. 나는 독일어를 공부했고 지금도 강단에서 독일어로 강의하고 있지만, 독일어에 관한 한 전혜린 교수는 한 시대에 한 명 나올까 말까 하는 언어의 천재성을 지녔다는 걸 다시금 확인하는 시간이었습니다.

터져 나온 박수 소리로 박 교수의 연설이 잠시 뜸을 들인다.

민망함을 감추지 못한 린은 두 손을 모아 잡은 채 교수님, 과찬은 그만하시지요, 고개를 주억거린다.

이어진 박 교수의 『파우스트』(괴테)에 대한 강론이 30분쯤 이어졌고 S대학 독문학과 교수의 전후 독일 문학에 대한 전반적인 흐름에 대한 강연이 계속된다.

끝나자마자 학생들이 우르르 몰려온다. 마치 린의 출판기념회나 되는 것처럼 사인을 받으려는 학생들의 긴 줄이 강당의 문밖까지 밀고 나간다. 학생들 손에는 린이 번역한 사강의 『슬픔이여 안녕』, 린저의 『생의 한가운데서』를 들고 있다. 어떤 학생은 『압록강은 흐른다』(이미륵 저)의 한국판 번역본을 내민다.

린은 잠시 먹먹해지는 가슴을 쓸어내린다. 자신의 소설이나 산문집이 아닌 번역본에 사인을 해야 하는 일이 아쉬웠지만 어쨌거나 한 자 한 자 자신의 끈기와 애착으로 번안된 책들이다.

적당히 하시죠. 미간에 골을 세운 채 서 있는 곽 조교에게 린이 고개 숙여 양해를 구했다.

금방 끝나요. 금방 끝내자고 한 사인은 십여 분이나 계속되었고 그 사이 갈 사람들은 나갔고 남아 있는 사람들은 박 교수 연구실로 안내받았다. 매화그룹에 끌려가 사진 찍는 데 시간이 걸렸다. 플래시가 터질 때마다 민망해진 린은 순애에게 속삭인다.

모두들 기다리셔. 시선 집중이야. 그만해.

순애의 단발머리가 흔들린다. 저흰 여기서 기다릴게요. 얼른 인사 마무리하고 오세요.

순애의 등을 다독이는데 복도 끄트머리에 눈길이 가 꽂힌다. 정화를 안은 수, 아래로 쳐진 입 꼬리에 성가심이 뱄다. 어떡하지, 집에 가서 저녁을 차려야 하는데, 꼼짝할 수가 없다.

이별은 사랑이다

눈치 빠른 순애가 뛰어간다. 화가 난 듯이 일자로 다물린 수의 입술, 수가 안고 있던 정화가 순애의 등으로 옮겨진다. 정화를 업은 순애하고 수가 나란하게 걸어온다. 문득 순애의 사슴 같은 긴 종아리에 눈이 꽂힌다.

수의 더부룩한 앞머리가 설레설레 흔들린다. 오른손 검지로 앞머리를 쓸어 올리자 좁고 옹색한 이마가 도드라지고 둥실한 코와 그새 살이 올라 토실해진 뺨이 팽팽하게 당겨진다. 일주일 내내 그는 살얼음 저편에 서 있었다. 하지만 오늘 린의 행사에 군말 없이 참석했다. 머리카락을 끌어 올리던 검지가 또 올라간다. 검지는 언어 외적인 다른 기능으로 활용하는 그의 손동작이다. 뭔가 단단히 메다칠 용건이 있다는 전초전이다.

린이 왜 그러는데? 눈으로 묻는다.

인사는 인사로 끝내야지, 문자나 문화가 어쩌고 하는 건, 오지랖이야.

린이 무슨 말 하기 전에 곁에 서 있던 이숙이 오지랖인가요? 하면서 키득 웃는다.

갑자기 불똥이라도 맞은 듯 린은 따끔한 정수리를 한 손으로 쓸어내린다. 오지랖? 염치없이 끼어들거나 주제넘은 행동을 이르는 말인데, 실언을 깨우치는 따가운 회초리다. 그러지 않아도 그 말을 할 때 박 교수의 미간에 골이 곤두서는 걸 설핏 눈치챘다. 지나쳤을까?

오지랖? 진작부터 수가 린의 머리 위에 뒤집어씌우고 싶어 했던 오지랖이라는 감투는 아니었을까? 경주마처럼 직진만 하라고,

가지런해지라고, 시선이나 화제의 과녁이 되지 말라고, 주인공의 역량이나 감이 안 되는 사람이 자신을 과대평가하는 어쭙잖은 동작은 부자연스럽다고, 수천만 번 되뇐 수의 말이다.

지나침, 범람하는 감성, 과잉된 분출, 감정의 낭비, 또 있다. 타인에 대한 지나친 관심, 애착과 상처, 철근 같은 자아의식, 애증의 벼린 모서리, 린의 심장에 꽂혀 있는 수의 활촉이다. 살을 맞대고 살아온 그 많은 나날들, 단 하루도 거르지 않고 지적하고 지적한다. 린은 거미줄에 포획된 한 마리의 벌레다. 사랑한다면서, 네가 자랑스럽다고 추슬러 대다가 어느 순간 자중해, 후렴구를 잊지 않는다.

이건 아닌데, 아니잖아, 이런 생각이 든 건 뮌헨에 있을 때부터였다.

사랑도 포용도 보호도 아니다. 가부장적인 다스림이다. 아내를 학생처럼 가르치려 한다. 지도하고 교정하려는 의도가 너무 명백하다. 그것을 자각하는 순간 린은 의자를 밀어내고 일어난다. 벗어나야 한다. 부부는 종속관계가 아니다. 대등해야 한다. 결혼 초에 그가 입버릇처럼 말했다. 우린 동등한 학문적 친구야. 네 천재성을 존중해. 기억력은 나보다 월등해. 나보다 앞서지. 그럼에도 불구하고 일일이 간섭하고 지시하고 통제하려 든다.

날 그냥 내버려 두면 안 돼? 내가 그렇게 자기의 체면을 구긴단 말이지? 참다못해 린이 반발한다. 그럴 때마다 수는 그 특유의 울림 있는 나직한 목소리로 속삭인다.

내가 보호자니까. 린이 누군가에게 밟히는 걸 제재하는 거야.

순애 등에 업힌 정화의 밤이 깊다. 규칙적으로 길들여진 탓에 9시가 수면의 마지노선이다. 아기의 이마에 입술을 대고 린이 작게 속삭인다. 엄만 아무래도 늦을 것 같아. 미안해, 우리 아가. 사랑 해.

사람에 밀려 현관으로 나가면서 휙 뒤돌아보는 수의 빗긴 눈길을 피한다.

박 교수를 선두로 몇몇 인사들이 복도 모퉁이에서 이쪽을 바라보고 있다. 이숙이 귓가에 속삭인다. 블랙 수완이래. 독일 대사관에서 온 사람들이…. 블랙 수완! 그 말이 주는 이미지는 어둡지만 그렇다고 불쾌하지는 않다. 검은 옷 때문일 거야. 검은 고라니? 당치 않아. 목소리에 결이 서 있다. 떠밀어 보낸 아이와 아이 아빠와 귓속에 남아 윙윙대는 오지랖에 대한 말의 가시가 온 몸에 박혀 있어 다른 말은 귀에 들어오지 않는다.

돌아서자 유리창이다. 어둠 속에 서 있는 나무들이 추워 보인다. 푸드득, 잠들지 못한 새들일까? 잎을 털어낸 나무는 맨 몸으로 겨울을 버틴다. 린은 나무들의 맨몸을 좋아한다. 다시 가지 사이로 날아오르는 새? 왜 사람은 날 수 없을까? 어딘가로 훌쩍 날아가고 싶다. 사람들하고 섞여야 하는데, 그게 왜 힘 드는지 알 수 없다. 적응해야 하고 수용해야 하는데, 현실의 상황에 꿰맞추어야 하는데, 애먼 손가락만 물어뜯는다.

박 교수의 연구실 문이 활짝 열려 있고 흰 한지로 덮은 책상 위에는 식혜와 떡, 맥주까지 차려져 있다. 학부 학생들이 입은 화사한 한복이 썰렁한 분위기를 아우른다. 독일어학과 여학생들의 자원봉사다. 지난해 펜클럽 행사 때 입었던 한복이 예뻤다고 칭찬해 준 덕이다.

저만치, 크고 작은 대비가 너무나 선명한 두 남자가 걸어오고 있다. 긴 신장에 밝은 금발, 회색 눈의 게르만족 전형의 남자가 어두침침한 복도에 빛의 지렛대같이 걸어온다. 곁에 붙어선 남자하고 웃으면서 이야기한다. 체구는 작아도 꼿꼿한 자세에서 외교관다운 품위를 거느렸다. 그가 다가와 예의 바르게 말한다.

독일 영사분인데 전 교수님에게 인사하고 싶답니다.

영사라는 길고 하얀 남자가 손을 내민다. 장 클리퍼입니다.

악수하면서 린이 한국말을 저보다 더 잘하십니다, 몇 년 걸렸을까요? 묻는다.

장이라는 영사관 직원의 고개가 절레절레 흔들린다. 딱 6개월 걸렸습니다.

이상하게 외국인들은 우리말 학습에 별로 애쓰지 않고 입이 풀어지는 모양이다. 우리말이 쉬운 탓일까?

전 교수님 연설에 감동받았어요. 장 클리퍼의 오른손이 브이 자를 만들어 흔든다.

린이 소리 없이 웃는다. 고맙습니다. 저기 음료수하고 한국식 간식이 준비돼 있어요.

독일 사람들은 칭찬을 칭찬으로 받아들이지 않는다고 들었다. 얄팍한 아부족이라며 관계의 주변에서 밀어낸다는 조금은 역설적인 반격이다.

예. 한국말 배우느라고, 혀가 좀 굳었어요. 어려웠지만 아름다

이별은 사랑이다

운 말이에요.

전혀 어려운 얼굴이 아니면서, 수긋하니 숙인 어깨가 말 대신 사회성에 훈련된 몸짓이다. 곁다리로 붙어 있는 누군가가 한 마디를 덧붙인다.

의상이 검은 요정 같답니다. 아! 블랙 수완이라고요.

린은 터져 나오는 웃음을 손등으로 막는다. 알아들어요. 린의 높은 웃음소리를 수는 염려한다. 오늘 아침에도 몇 번을 곱씹었다. 잘 처신해. 전임발령이 코앞이야. 모두들 주시하고 있어. 그 말이 제동을 걸었을까. 달뜬 기분이었지만 지그시 끌어 내린다. 그제야 린은 자신이 서 있어야 할 위치가 복도가 아니라 박 교수 연구실이라는 걸 깨닫는다.

갑자기 어머, 린이 비명을 삼킨다. 장신을 흔들거리며 다가오는 박 훈, 뭐야? 쟤가 왜 또 여기 나타나? 검정색 슈트에 검정색 타이로 단정하게 차려입었다. 옷이 날개라는 말이 실감 난다. 헐거운 남자도 슈트를 입으면 달라 보인다. 남자의 전투복이다.

곽 조교 하고 나란하게 서서 맥주잔을 들고 건배한다.

형수님, 안녕하셨어요? 축하드립니다. 맥주잔을 내민다.

곽 조교가 덧붙인다. 아시지요? 00대학에 전임으로 발령 받았어요. 이제 당당하죠.

당당하게? 누가 박 훈을 당당하지 않게 질시라도 했다는 말로 들린다.

며칠 전에 수에게서 박 훈이 00대학 교수로 임용되었다는 말은 들었다.

곽 조교가 박 훈을 박 교수에게 끌고 가 어우러지는 걸 보고 린은 살짝 빠져나갔다. 이봉구 선생 곁에 찰싹 붙어 있던 이숙은 보이지 않는다. 순애가 달려와 린의 팔을 잡는다. 선배님, 저희 어디 가서 뒤풀이해요. 이대로 헤어질 순 없죠. 그때 박 교수 연구실에 어정쩡하게 서 있던 박 훈이 다가왔다. 박 훈을 보자 순애가 잡고 있던 린의 팔소매를 놓고 방향을 돌린다.

우리 뒤풀이해요. 어디가 좋을까요?

박 훈이 두 손을 설레설레 흔든다. 통금 때문에 가게 문 다 닫았는데, 방법이 있긴 하죠. 택시 타고 저희들 형님댁으로 직행하는 건 어떨까요?

택시를 잡으려고 도로에 나가 있던 린이 손사래를 친다. 다음에 해요. 택시를 단념하고 버스 정거장으로 향한다.

박 훈이 뒤따라오면서 버스는 끝난 것 같아요. 택시를 잡도록 하죠. 대로 한가운데로 뛰어나간다. 이리 뛰고 저리 뛰다가 겨우 합승 택시를 잡았다.

고마워요. 방학에 한번 집에 와요.

그들, 곽 조교 하고 순애, 그 가운데 우뚝 자리한 박 훈, 세 사람의 나란한 발걸음이 낙선대 쪽 골목으로 사라진다. 그들 셋이 그렇게 어울릴지는 상상을 못 했다. 린은 자신이 층계참 위에 서 있다는 착각에 잠시 휘청댄다.

조수석에 합석한 손님이 돈암동 사거리에서 하차하고 혼자 남은 린은 수유리요, 하는 목소리가 잠겨 벅벅댄다.

이별은 사랑이다

굵어진 빗발 사이로 미아리 고개의 남루가 스산하다.

　박 훈은 동향의 중고등학교 후배라며 수가 아끼는 후배다. 주
말이면 으레 초대하지 않았는데도 식탁에 끼어 앉았다. 그 염치없
음에 린은 진자리를 쳤다. 자기가 박 훈 보호자야? 왜 사사건건 달
고 다녀? 그녀가 한마디 하면 평소 말을 아끼는 수답지 않게 격해
진다.
　제발 그만 좀 해. 이런 미움으로 태교를 해?
　평소 입에 담지 않았던 태교까지 들먹였다. 린은 부글거리는
속내를 감추지 않았다.
　있잖아, 박 군, 집에 끌어들이지 마. 자기 없을 때도 무람없이
들락거리잖아. 난 싫어.
　수의 반응은 밍밍하다. 뭘 그렇게 까칠하게 굴어. 김치 한쪽 먹
고 싶어 오는 거야. 너무 야박하게 굴지 마.
　어젠 어땠는지 알아? 내 손을 잡고 늘어지는 거 있지. 형수님
하다가 누님으로 호칭을 바꿔 부르면서 야지도 아니었어.
　책 속에 갇혀 있는 수가 박 훈의 야지를 향수병이라며 다독인
다. 너무 인색하게 굴지 마. 겨우 버텨나가는 나날의 절약인데 유
독 박 훈에게만 그 절약의 의미가 해당되지 않은 것 같다. 먼 대양
을 가로질러 보내주는 어머니의 정성 가득한 반찬 한 조각이 대식
가의 젓가락질로 거덜이 난다. 박 훈의 횡포가 그것뿐이라면 들먹
일 필요도 없다. 얼굴이 뜨거워 절로 고개가 흔들린다. 그날, 월요
일 오전 세탁을 하고 있었다. 세탁물이 한 보따리였다. 체취에 민

감한 그들의 후각은 얼굴색이 다른 이방인이 스치기만 해도 고개 돌리거나 손으로 코를 막는다. 그래서 세탁은 필요불가결한 반복 노동일 수밖에 없다. 매일 갈아입는다. 하루만 걸러도 세탁 바구니가 넘친다. 린에게 세탁은 노동에 다름 아니다. 우리 어머니 날 키우실 때 세탁하는 요령쯤은 알려 주셨어야지, 아무리 애써 비비고 주물러도 옷이나 소맷부리에 기름때는 지워지지 않는다. 난로를 등지고 앉아 초벌 빨래를 주무르고 있는데 갑자기 박 훈이 들이닥쳤다. 세탁 때문에 아침 세안도 미뤄진 상태여서 엉망인 몰골이었다.

박 훈이 너스레를 부렸다. 우리 형수님 빨래할 줄 아실까? 하고는 손에 들고 있던 수선화 한 가지를 불쑥 내밀었다.

린은 비누 거품이 묻은 손으로 앞으로 쏠린 머리카락을 뒤로 넘기면서 말했다.

선배님은 도서관에 갔어요.

예, 방금 형님 만나고 오는 길인데요. 이거 드리고 싶어서….

수선화? 아직은 봉우리인 싱싱한 노란 수선화, 겨울을 견뎌낸 인동초인 수선화만 보면 마음의 파고가 일어난다. 꽃을 한가득 실은 구루마를 보면 길을 가다가도 린은 멈춰 서서 꽃구경을 한다.

이걸 돈 주고 샀어요? 짜증기 묻은 린의 목소리에 한발 물러선 박 훈이 갑자기 양말을 벗어 던지고 세탁 양재기 속으로 풍덩 들어간다. 박박 밟아줘야 해요.

됐어. 관둬요. 한발 물러선 린의 머릿속에는 2인분밖에 없는 밥솥 생각뿐이다. 박 훈에게 주고 나면 굶거나 새로 밥을 지어야 한

이별은 사랑이다

다. 야박하게 굴지 말라는 수, 린의 생존이 야박한데 누구에게 베풀고 다독일 여분이 없다. 수는 모른다. 수는 공부만 한다. 린의 집에서 대주는 돈으로 연명하는 유학 생활에 후배까지 끌어들인다. 생수 한 병을 절약하기 위해 가볍지 않은 스테인리스 머그컵을 백 속에 넣어 다니면서.

세탁은 박 훈의 억센 발 디딤으로 금세 끝났다. 익숙한 손놀림으로 헹구고 비틀어 짜고 옷걸이에 걸어 의자 등받이에 나란하게 걸친다. 많이 해본 솜씨다. 다음 순서는 꺼져 가는 난로다. 부지깽이를 들고 수북하니 쌓인 재를 쑤석거려 내린다.

밥값은 해야죠.

린이 말을 되받는다. 고마워요, 그만 됐어요. 소리가 절로 꼬챙이가 되어 나온다. 그럼에도 불구하고 린은 점심 식탁을 준비한다. 몇 번이나 물통을 날라와서 비눗물이 빠질 때까지 헹굼질해준 수의 후배를 빈 입으로 쫓아낼 수는 없다. 아껴 먹는 반찬통을 여는데 뭔가 강한 악력이 사슬처럼 허리에 감겼다. 동시에 축축한 것이 목덜미를 핥는 순간 린이 들고 있던 스테인리스 수저통으로 후려쳤다.

잠시만요. 누님, 제 안의 화산이 폭발하기 전에 한 번만요….

누구에게나, 어떤 여자에게나 박 훈의 접근 방식 아니었을까? 아름다운 미소년의 숨결에 굶주린 여인들의 허기진 허파에 바람구멍을 만들어 놓고 무람없이 들락거리는 불륜의 씨알, 박 훈. 린에게도 그런 입술의 도전이 먹힐 줄 알았던 모양이다. 한 번만요, 염치없음의 극치다. 린의 정수리에서 피가 솟구친다. 이딴 것들이 날 함부로 해?

손에 잡히는 대로 책을 던진다. 나가. 나가란 말이야. 책상 위에 놓인 노란 수선화를 발기발기 찢어 박 훈의 등짝을 향해 던진다.

마침 현관문이 열리고 역광을 등진 수의 커다란 실루엣이 나타난다. 잠시 서서 상황을 판단했는지 수가 박 군을 데리고 나갔다.

박 훈의 저돌적인 폭력이 처음 아니다. 불량하다. 지난가을, 수는 도서관에 가고 없었다. 린이 사강의 '어떤 미소'를 번역하던 중이었다. 프랑스적인 낭만이 따스한 욕조에 몸을 담근 듯이 맥이 풀려 있었다. 나른하고 달콤했다. 쇼스타코비치의 심포니 5번을 듣고 있었다. 우주적 광활함과 인간 본연의 심연을 후비는 듯한 선율에 도취되어 있었다. 먼 곳에의 그리움이 시린 가슴을 쥐어짰다. 그런데 그때 접착제 같은 것이 살갗에 찰싹 엉겨 붙었다. 저예요. 미칠 것 같아요, 누님. 한번만 살려줘요.

벼락치기로 달려든 덩치가 린의 몸을 벽으로 밀어붙인다. 얼굴 위로 들척지근한 냄새를 풍기면서.

죄송해요. 나쁜 짓은 안 해요. 잠시만요. 저 지금 헝가리 계집애한테 짓밟히고 왔어요. 한 번만 안아주세요. 누님이 받아주지 않으면 죽을지도 몰라요.

박 훈이 애원했다. 린이 허용하는 것처럼 그래, 이야기 좀 해, 붙잡힌 손을 토닥였다. 손의 사슬이 풀리는 순간, 죽기 아니면 살기로 깨물었다. 아도니스의 희고 긴 손, 엄지 부위에 잇자국이 선명했다. 수에 대한 정절 같은 너절한 도덕적 가치 때문에 깨물었

이별은 사랑이다

던 건 아니다. 느끼했다. 느글거렸다. 반반한 낯짝 하나 들고 다니면서 공짜 밥이나 구걸하는 사내, 일도의 가치도 없었다.

한바탕, 짐승 같은 야지를 부렸지만, 더 이상 지분대지 않았다. 그래서 수에게 그 이야기는 말하지 않았다. 그게 실수였다. 뻔뻔해서, 부끄러움이나 염치를 인식하지 못했다. 그런 문화에서 살았기 때문에, 수가 한 말이다. 그런 문화? 린은 더 이상 박 훈에 대한 질문은 하지 않았다. 그럼에도 불구하고 박은 주말마다 수를 데리고 나간다. 수는 동향의 후배 박 훈이 마치 자신의 소관인 것처럼 시간과 에너지와 잔돈푼을 투자한다.

도와줘야지 어쩌겠어. 넌 인간적인 면이 제로야. 싫어하는 사람이지만 등 돌려서는 안 돼.

도와줘야 할 사람이 또 있다.

한 한기가 지나고 12월 들목에 풀 죽은 순애가 수유리 집으로 찾아왔다. 학부 3학년 재학 중에 고시합격이 순애의 목표지점이다. 1차 합격명단이 나돌았을 때 주변의 선후배들이 순애를 안고 뜀틀 위를 날랐다. 그때 린은 뭔가 좀 아쉬웠다. 성급했다. 1차 합격 정도는 조용히 알리지 말았으면 했지만, 젊은 혈기가 참지 못했다. 22살의 푸르디푸른 방패와 깃발이 스륵 무너지는 예감에 가슴이 아렸다.

숄더백 말고 제법 묵직한 검정색 보퉁이를 들고 대문 앞에 서서 기다리는 순애, 왜? 뭔 일 있었어?

순애가 선배님, 저 집에서 나왔어요. 긴 이야기는 다음에 말씀

드릴게요. 지금은 그냥 주저앉고 싶어요.

왜? 뭔 일? 수많은 물음부호를 제쳐 두고 순애의 어깨를 감싼 채 집으로 들어갔다. 부부가 살고 있는 좁은 집에 젊은 군식구가 입주해서 만들어 내는 풍경은 비극일까 희극일까? 그 사실을 친정 어머니께 말했을 때 첫 마디가 따끔했다.

왜 일을 만들어? 하숙비 두 달 치 정도는 네가 마련해 줘라.

순애는 자원봉사자 같다. 깔끔하고 부지런하다. 집 안 구석구석이 참기름을 바른 듯 반들거린다. 친정에서 밑반찬을 얻어올 필요도 없다. 김치부터 멸치조림에 린이 좋아하는 달걀찜까지 아침 저녁 밥상이 가지런해졌다. 이불소청이나 속옷에 양말까지 손빨래로 해서 마당 간짓대에서 널어 말린다. 차양 아래 디딤돌을 공여 그 위에 석유곤로를 고정시킨 후 불을 피운다. 석유 냄새로 코를 막지 않아도 된다. 그러고도 밤을 새워 공부한다. 왜 전등을 켜지 않고? 린의 말에 순애가 집중하려면 전등보다 촛불이 젤이죠. 전기 값도 안 들고요.

그 야무진 대처가 때론 낯설게 다가온다. 뭔가 미심쩍어 린이 물었다. 장바구니가 푸짐해. 내가 준 돈으로는 어림없을 텐데, 순애가 보탰어?

제 밥값은 제가 해요. 아르바이트할 때 한 푼도 안 쓰고 저축했죠. 저 돈 있어요.

린이 기어이 그 말을 했다. 순애가 도와줘서 너무 고맙지만 이젠 진짜 독립해야 할 시점 같아. 하숙비는 내가 조금씩 보태줄게. 공부가 될 만한 조용한 하숙집을 찾아봐.

순애가 배시시 웃는다. 큰 체구에 어울리지 않게 애교스럽다. 저도 민망했는지 선배님 있죠, 울고 싶어도 웃어야 할 때가 있는 거죠. 전 늘 그래왔어요. 아, 하숙집? 2주 있으면 정화 생일이잖아요. 그렇지 않아도 거기까지라고 이미 기한을 정했어요. 걱정해 줘서 고맙습니다. 고개만…, 까딱. 고마워요, 선배님. 하고는 냉큼 일어나더니 더운물 세숫대야를 들고 들어온다. 꿇어앉아 원고 쓰고 있는 린의 발목을 잡아당긴다.

5분만 빌려주세요. 개운하게 상큼하게 마사지해드릴게요.

앉은뱅이 밥상에서 원고를 쓰다가 발이 저려 꼼지락거린 걸 본 걸까? 벗긴 양말을 돌돌 말아 제 스커트 아래 감춘다.

감은 눈자위에 검정 도랑물이 흐른다. 순애가 이 집 안주인 노릇을 다 하는 거야? 수가 두세 번이나 읊조린 말이다. 지난겨울 방학에 입주해서 반년이 넘었다. 순애 이야기를 들은 어머니가 잘 생각해 보고 결정했겠지만, 그 애가 너무 나부대는 거 아니야? 서울에 저희 집이 있는데도 남의집살이를 해? 린이 얼른 입막음을 했다. 순박하고 착실한 후배예요. 순애가 같이 살면서부터 수유리 집이 거울처럼 반짝거려요. 살림도 잘해요. 어머니가 끓여주신 육개장 한 냄비를 두 배로 만들어요. 물을 붓고 파하고 두부를 넣어서 양을 불려요.

그럼 맛이 있겠니? 간은 했고?

그럼요. 재주꾼인걸요.

어머니가 혀를 끌끌 찬다. 숙맥이 따로 없구나. 집이 반짝거리고 매 끼니마다 국을 먹게 해주는 순애를 보면서 김 교수가 무슨 생각을 할까? 우리 딸이 이리 헛똑똑이인 줄 몰랐네.

헛똑똑이요? 어머니, 안 좋은 쪽으로만 생각하지 마세요.

말은 그렇게 한다. 목에 가시가 박힌 듯이 따끔거린 건 언제부터였을까? 가시가 가시로 보태지면서 간지럽고 느끼하다. 쓰고 알싸한 커피를 마신다. 한두 잔 거푸 마시면 목에 걸려 있던 가시가 수그러진다.

푼수 짓을 했다. 그 단어가 하나의 장면을 끌어 올린다. 토요일이었다. 은성에서 이봉구 작가의 주변부 인사들하고 어울렸다. 주변부라고 해도 겨우 이숙하고 나우정이 전부다. 더 많겠지만 린이 말을 터놓는 상대는 그 두 사람이다. 나우정이 잡지사에서 원고료를 받았다면서 선물 상자를 술청 식탁에 올려놓았다.

제과점 태극당 케이크다. 이봉구 선생이 케이크 포장을 뜯었다. 케이크의 반을 잘라 따로 포장했다. 왜요? 이숙이 물었다. 전 교수 딸내미에게 점수 따야지. 난 술배 채우지 단건 안 먹어. 나머지 반쪽은 이숙의 몫으로, 술청 사람들 모두에게 한쪽씩 나누어 입가심했다. 린이 그냥 있을 수가 없어 은성 사장에게 케이크의 반을 나누었다.

집으로 가는 발걸음은 언제나 뜀박질이다. 버스에서 내려 조부장한 골목을 세 번이나 꺾어 들어가야 한다. 책하고 노트가 든 커다란 숄더백이 보릿자루처럼 쿨렁거린다. 케이크가 찌그러들지도 몰라 왼손으로 가방을 받쳐 들고 뛴다. 좁고 어둔 산자락 골목이 너무 호젓하다. 잠겨 있지 않은 대문을 발로 열고 들어간다. 두 손에 보따리가 있어 현관문도 조심스럽지 않게 벌컥 연다. 열리고

이별은 사랑이다

닫히는 금속음이 났는데도 조용하다.

우리 정화 자니? 불빛이 새어 나오는 안방 문 앞에서 린은 문득 기척을 죽인다. 자신답지 않은 조바심이다. 이 역겨운 간지러움의 정체는 어디서 비롯되었을까? 늘 그랬듯이 안방 문을 열고 들어갈 생각을 못 한 건 한 폭의 다정해 보이는 풍경 탓이라고 한다면? 책상에 앉아있는 수의 등 뒤에 정화를 업은 순애가 겹쳐진 듯이 숙인 모습이다.

수의 목소리가 등 뒤로 건너온다. 지금 몇 시야? 주부자리 사표 냈어?

그가 순애 등에 업힌 정화를 받아 안으려는 데 어쩌다가 아이하고 순애가 그의 팔에 감긴다. 문턱에 서 있는 린에게 날아와 꽂히는 시선. 다리에 쥐가 나서요. 안 해도 될 말이다.

정화를 눕히고 일어나던 수가 손사래를 친다. 이 냄새? 술 마셨어?

린은 아이 곁에 꿇어앉아 그렇게 됐어. 이숙이하고 이야기가 길어졌어. 죽을죄라도 지은 것 같다. 남편의 눈치를 살핀다. 그가 얼른 눈을 돌린다. 순애의 낭랑한 목소리가 침묵의 벽을 허문다.

선배님, 저녁상 차릴게요. 잠시만요.

코트를 벗어 걸고 화장실로 가면서 린이 그만둬. 내가 알아서 할게. 넌 공부해야지.

양치를 치고 온종일 신고 다닌 양말을 벗고 나가자 이미 수가 밥상 앞에 앉아있다.

순애가 수고했네. 근데 왼손에 웬 붕대? 칼에 베었구나. 어떡해?

순애가 호들갑스럽게 손을 앞가슴으로 여민다. 아니에요. 그냥 좀 긁혔는데, 교수님이 물 들어가면 덧난다면서 붕대 감아 주셨어요. 옥도정기(과산화수소)를 듬뿍 뿌려서 덧나지는 않을 거예요.

린은 아욱국 국물만 마시고 일어난다. 수저를 든 수의 오른손이 린의 동작을 제지한다.

앉아. 내가 밥 먹고 있어. 당신 아버지가 뭐라고 하셨지? 식사 도중에 수저를 놓는 건 상대에 대한 결례라고 하지 않았어?

그랬다. 부친의 입에서 나온 말이다. 뮌헨의 옹색한 신혼방을 방문했던 아버지는 린이 혼신의 힘으로 차린 식탁을 한술 뜨는 둥 마는 둥 밀어냈다.

린이 식탁 모서리에 매달려 애원했다. 아버지, 맛은 덜하지만, 평생 처음 제가 아버지를 위해 차린 식탁이잖아요.

욱 치밀어 오르는 울음을 두 손으로 가렸다.

수가 또 한마디를 보탠다. 자잘한 감상으로 일상을 흔들지 마. 후렴처럼 그 말을 되씹는다.

도대체 무슨 일일까? 박 훈과 장순애 그리고 두 사람을 양쪽 팔로 에두른 남편의 의도는? 악처의 실체를 보라고, 외치는 걸까.

이별은 사랑이다

비가 내리고

좀 천천히 걸으면 안 돼? 혀끝에 발린 투정이다. 천만 번 간청해도 귀담아 들어줄 그가 아니다. 린은 알고 있다. 하이힐을 신고 쪼작거리면서 걷는 자신이 한심스럽다는 것을. 어머니가 하던 말이 귀에 걸린다. 네 하기, 나름이란다. 좀 고분고분하면 안 돼? 따지고 또 따지고, 밉상으로 굴지 마.

현관을 나설 때 수가 주의를 했다. 비 오는 날 편한 신발을 신어.

여벌의 구두가 없다. 뮌헨에서 신었던 5센티 구두 하나로 버틴다. 기성화가 없고 제화점에 가서 구두를 맞춰야 하는데, 그럴 마음의 여유가 없다. 딸애 이유식에 교통비로 수입의 거의가 거덜난다.

우산대 잡는 각도에 따라 비 맞는 두 사람의 부위가 다르다. 사선으로 쏠리는 빗줄기가 사납다. 우산대 잡은 수의 팔이 점점 기울어진다. 온통 젖었잖아. 내 팔을 잡아. 린의 왼팔이 수의 손에 겹쳐진다. 스친 손등에 수의 따스하고 조금은 물컹한 살의 감촉. 그 익숙함에 린은 살짝 오므린다. 작은 우산 속의 두 사람? 저도 모르게 쿡, 웃음이 깨물린다. 감정은 상황을 거스른다. 오후 3시에 만나 법원에 가야 한다는 다짐을 수는 두 번이나 되뇐다. 늦을 것 같으면 택시라도 타고 와. 린은 고개만 끄덕인다. 겹쳐진 손으로 우산대를 잡은 그가 오후 3시의 약속을 다짐한다. 미지근하게나마 전해지던 온기가 법원이라는 말에 휘발된다. 정강이를 훌치는 차가운 빗줄기 탓일까?

속도감 없이 조작거리는 린의 하이힐이 수는 못마땅하다. 3시야. 늦으면 곤란해. 되감기는 테이프처럼 수는 같은 말을 반복한다. 입을 다문 채 전진, 전진하는 린, 직진 보행에 길들여진 일상이다. 8년이라는 길지도 짧지도 않은 시간에 버무려진 나날이, 작별이라는 벼랑 앞에 도달하기 몇 시간 전이다. 이별이 벼랑인지 평지인지는 남녀 성별에 따라 극명하게 달라진다. 남성에게는 무한 자유를 제공하지만 자의든 타의든 이혼녀라는 훈장을 이마에 붙인 여자에게는 제제와 부당함이 덤터기가 돼 따라다닌다. 불이익을 감수하면서까지 결행해야 할까? 부모의 별리가 딸, 정화에게 어떤 상처로 덧날지 생각하면 심장에 대못을 박는 것 같다. 3시 법원 앞에 만나면 수를 붙잡고 우리 이야기 좀 해요, 다방으로 끌고 가서 애원이라도 해야 할까? 모교의 전임 발령받은 이후부터 수의 어깨에 힘살이 실렸다. 뮌헨에서는 상상도 못 했던 한국식 가부장적인 권위를 방석으로 깔고 앉았다. 석유는 자기가 사다 준다 하지 않았어?(그 당시 취사 연료는 석유곤로였다) 수는 못 해 준다는 말 대신 저녁에 사다 줄게. 벌건 대낮에 석유통 들고 다니면 내 체면이 뭐가 돼? 그럼 아침은 어떡해? 수의 커다란 칼귀가

이별은 사랑이다

쳐들린다. 어제저녁에 말했어야지. 퇴근 시간을 앞당겨. 은성에 가서 00거리지 말고. 린이 발끈한다. 무슨 말이 그래? 노닥거린단 말이지? 승산이 없는 입씨름은 대문을 나설 때까지다. 이웃들이 기웃대는 골목을 나서면 수의 얼굴에는 언제 그랬어? 우린 다정한 지성인 부부야 하는 얼굴로 린의 걸음에 보조를 맞춘다.

삭아 문드러진 효소처럼 수와의 대화에는 곁가지 없이 간결하다. 무언가를 계획하고 시작할 때는 원론보다 곁가지가 더 나부댄다. 반복되는 나날에 서로의 살 냄새에 길들여지면, 사람의 혀는 더 이상 관계의 변죽을 걷어낸다. 넘치고 처지는 용건조차 다문 입술로 삼켜진다.

버스 정거장에 웅성거리고 서 있는 사람들. 줄을 서지 않고 서로 다투어 도로의 중앙선까지 나가 발을 동동거린다. 만원비스는 정차도 안 하고 물을 튕기며 지나간다. 아무래도 1교시 강의에는 늦을 것 같다. L대학이 있는 신촌까지 교통상황이 좋지 않다. 만원버스를 환승해야 하는 번거로움보다 수강생들의 갸웃대는 시선에 린은 신경이 걸려 있다. 학생들만 그런 건 아니다. 교수나 시간강사들, 그녀들 모두 꽃 마당에 나들이 나온 듯 화사하고 말쑥하다. 한 계절 내내 같은 옷을 입고 다니는 사람은 독일어 강사인 린밖에 없다. 수강생 모두를 기억하는 건 아니지만 앞줄에 앉은 몇 학생의 의상은 매주 바뀐다. 강의실에 들어설 때마다 반짝 굴리는 네 개의 동공이 시간강사의 아래위를 빠르게 훑어 내린다. 겉치레로 강사의 질량을 저울질하려 든다. 입은 옷은 물론 구두에 액세서리까지 냉소에 버무려진 그녀들의 시선은 집요하다. 검정 원피스에 검정색 카디건을 5주 넘게 입었다. 생각이 거기에 딱 멈춘다. 지루하다. 솥뚜껑 같은 무거움이 실리면 발걸음이 제자리에서 옴짝달싹 안 한다. 린의 남루에 머문 시선들, 몸에 걸치고 있는 옷으로 현재의 그녀를 매김질하려 든다. 부끄럽다고 생각한 적은 없다. 린은 자신을 세뇌한다. 부끄럽지 않아. 난 나니까.

수가 은근히 찔렀다. 자기만의 색깔을 갖는다는 것은 오만이야. 군중 속에서 하나의 모방, 하나의 숫자, 하나의 영이 되는 것이 훨씬 쉽다고, 자기가 한 말이야.

고개를 끄덕였지만 동의한 건 아니다. 정신과 육체를 분리시키지 마. 난 내 방식으로 살아.

린이 입고 다니는 검정 일색의 옷들이 개성이나 취향의 문제라고 생각하는 건 오해다. 행사하는 옷가게에서 한두 가지 구입할 때마다 무난함을 염두에 두었기에 골랐다.

태풍을 타고 온 가을장마다. 거친 빗줄기에 옷이 흠뻑 젖는다. 지적하는 말의 질량은 다르지만 학생들이나 수의 옷 참견은 일리가 있다. 하긴 결혼 자격증 취득이 목표인 수강생들에게 독일어의 용도는 필수가 되지 않을 것이다. 뮌헨 대학생들이 학업에 임하는 태도는 극성스러울 정도로 치열했다. 성별 구별 없이 졸업 후 좋은 직장을 얻기 위한 피나는 자구책이었을 것이다. 하지만 이곳 한국의 여대생들은 결혼에서 얻어질 안방마님의 안락한 방석이 지상의 목표라고 들었다. 그 구태의연한 사고방식이 린은 좀 답답하다. 강의가 마무리될 즈음, 그 말을 반복해서 꼭 한다.

인간의 진정한 소임은 존재하는 것이 아니라 생존하는 거라고.

누군가에게 의존해서 사는 인생이라면 굳이 16년간의 교육이 필요하겠는가? 투자한 것만큼이라도 수확해야 하는 거 아니냐고? 뮌헨의 여학생들은 스커트만 입었을 뿐 남자들 못지않은 열정과 치열함으로 경쟁하더군요, 하면 앞자리 여학생이 손을 들고 질문 있어요, 한다.

교수님, 뮌헨하고 우린 상황이 다르고 환경이 다르고 인종이 다르잖아요.

린은 오른손을 들어 네 말이 옳다는 식의 신호를 보낸 다음 덧붙여 말한다.

여자도 인간이라는 존재감으로 살아야 해요. 남편에게 전적으로 의지해서, 병아리 모이 주워 먹듯이, 영원히 부양받으면서 사는 게 행복할까요? 잠자리를 같이하고 2세를 출산하고 가사노동을 하면서도 정당한 보수는커녕 집에서 빈둥거리면서 반찬이 이게 뭐냐고 타박하잖아요. 당연하다는 그 의식 자체를 변화시켜야 해요. 무엇보다도 자신의 일을 가져야 해요. 경제적으로 독립하면 세상이 달라 보일 거예요. 일과 노동은 삶의 소금이라잖아요. 소금이 건강을 해치기도 하지만, 소금 없이 만든 음식은 맛없어 못 먹어요.

린이 무슨 열렬한 페미니즘이어서가 아니다. 어디를 가든, 무슨 말을 하든, 공적인 자리이든 사적인 자리이든 그녀의 화두는 독립된 자아이다. 자신만의 작업, 일하는 자신, 내 몫을 한다는 의지가 일상의 밑그림에 그려져야 한다고. 그래야 진정한 영혼의 자유를 향유할 수 있다고. 자아가 누군가에게 종속되는 삶은 자유에 반하는 행위라고, 명문대학 졸업장이 상품 가치의 라벨만으로 그 역할이 끝나는 건 비생산적이다. 투자한 만큼 수익을 얻어야 하지 않을까? 강의시간마다 하는 이야기이다. 뒷줄에 앉은 수강생들은 눈을 내리깔고 볼펜으로 책상을 팍팍 내지른다.

교수님 벨 울렸는데요.

비가 내리는데, 작은 우산 속에서 그들은 정신과 육체를 나누기 위해 오후 3시의 약속을 다짐한다. 면발 같은 빗줄기가 종아리를 훑친다. 하늘이 무거운 고통을 덜어내려는 듯 마구 쏟아 붓는다. 땅이 파이고 검불에 막힌 하수구가 소용돌이친다. 내리꽂히는 빗줄기가 커튼이 되어 인수봉을 저만치 밀어낸다. 산의 자드락에 살고 있지만 한 번도 가볼 생각을 못 했다. 보이는 것만큼 가까운 거리가 아니라며 수는 고개를 돌린다. 왜 가고 싶은데? 산이 낭만이라고 생각한다면 큰 오해야.

가보고 싶어. 다 올라가지 못하더라도 시도해보면 안 돼?

등산할 시간이나 있어? 등산하려면 장비가 필요해. 등산화에 등산지팡이도 필요하고 간단 필수품을 넣을 배낭도 있어야 해. 두 사람분의 장비를 구입하자면 당신 강사료 3개월분은 몽땅 털어야 할 거야. 그리고 잠시 뜸을 들인 후 그가 말을 계속한다. 등산은 낭만 아니야. 강도 높은 운동이야. 우선 체력부터 길러 두는 게 순서야.

왠지 툭 던지는 목소리다. 수에게는 혀끝에서 내는 목소리가 있고 깊은 마음 구덩이에서 뱉어내는 목소리가 다르다. 색깔이 다

이별은 사랑이다

른 목소리, 지금 체력을 길러 그 말이 가진 음조의 색깔은 단연 차갑고 시린 청색이거나 백색이 아닐까 싶다. 산을 만만하게 보지 마. 단순 호기심으로 인수봉 등정을 입에 올리지 마.

린이 맞받아친다. 나 매일 걸어다니는 발걸음을 숫자로 환산한다면 일만 보 넘을지도 몰라. 우선 집에서 수유 버스 정거장까지 6백 보, 이건 내가 헤아렸어. 혜화동 버스 정거장에서 하차, 서울 법대까지 버스 정거장 한 배 반 정도, 그리고 성균관대학 오후 강의가 있는 날이면 명륜동 골목길을 지나 큰길을 가로질러 성대 인문대학 강의실까지 정확하게 세어보진 않았지만 비교하자면 종각 앞에서 서울역 가기만큼의 거리하고 맞먹을 것 같아. 말을 하면서도 린은 헛다리짚는 말임을 모르지 않는다. 그래서 목소리의 높낮이를 조율하지 않았을까?

린은 입을 오므린다. 여가선용이라든가, 취미생활 아니냐고 빗대놓고 질러대고 싶지만 그딴 화제로 감정을 거스를 이유가 없을 것 같다. 등산 이야기는 그것으로 끝난다.

수가 불시에 생각난 것처럼 왜 우산이 하나 더 있잖아? 고개를 돌려 습기에 헝클어진 그녀의 머리를 쳐다본다.

그저께 들고 나갔다가 잃어버렸어. 데모하는 학생들이 미도파 앞에서 광화문을 향해 행진했어. 〈자유당은 물러가라. 3월 15일 부정선거로 대한민국의 민주화를 말살시키지 말라. 이기붕은 역사 앞에 나와 무릎을 꿇어라.〉 그 함성이 하늘을 찔렀어. 내가 타고 있는 버스는 꼼짝을 못 했어. 버스에서 내린 나는 나도 모르게 광화문 쪽으로 걸어갔어. 우산 같은 건 생각나지 않았어.

곪아 터진 거야. 강의실이 텅텅 빈다니까. 그런다고 우산을 왜 버려? 우산은 현실이고 민주화 운동은 미래야.

뜻밖에 린의 각진 목소리에 수는 들고 있는 우산을 그녀 쪽으로 기울게 잡는다.

린이 말한다. 나도 참가하고 싶었어. 그 젊은이들의 분노가 날 들썩이게 만들었어. 이승만 대통령이 대한민국을 건설했지만 이기붕을 부통령 만들기 위해 3·15 부정선거를 주도한 건 패착이었어. 아니 한국의 민주주의를 파괴하는 행동이었어.

그가 피식 웃는다. 언제부터 정치에 관심 있었어?

린이 웃음기 거둔 얼굴로 말했다. 나 애국자야. 뮌헨에서 공부할 때 내가 대한민국의 국민이라는 인식을 하루에도 수십 번 했어. 반드시 한국 문화에 한 삽을 보태는 공부를 할 생각이었어. 강의할 때마다 내가 조금은 열정적으로 50분을 떠드는 것은 게르만 족들에 대한 나만의 저항감이 없었다고 못해. 강의실에 앉아있는 법대학생들이 고시공부만 할 것 아니라 한국의 민주주의나 한국의 정치문화가 성숙해질 수 있도록 그들이 유도해야 한다는 것을 강조해.

수는 한마디로 자른다. 걔네들의 지상 목표는 고등고시야. 강의시간에 그딴 소리 하면 거부감만 조성하는 거라. 자칫 진보주의자로 낙인찍힐지도 몰라. 설레설레 고개를 흔든다.

린이 되받는다. 나 진보주의자야. 공산주의 아니고, 미래지향적 민주주의자.

수의 반격도 만만찮다.

강의실에서 지식이 아닌 세태를 논쟁하는 건 옳지 않아. 한 학기 동안에 아무리 열심히 한다 해도 독일어를 습득하긴 어렵지만, 독일 초등생 정도의 문장은 읽을 수 있도록 교사가 끌고 나가야지. 다른 객소리로 신성한 강단을 오염시키지 말아 주었으면 해. 이건 같이 사는 사람의 염려 아니고 동료 교수로서의 조언이야.

조언 고마워. 거기까지라야 해. 학생들은 날 아웃라이어라고 생각하거든. 안 그래요? 김 교수님! 난 일반적이지 않으니까, 할 말은 하고 살 거야.

그날, 린은 우산을 버스에 두고 내렸다. 무거운 숄더백을 어깨에 걸치고 있지 않았다면 잊어버렸을 것이다. 피터지게 부르짖는 함성이 정신을 앗아갔다. 부정선거(1960년 3월 15일 국회의원 선거) 타도하자, 부패의 온상 자유당은 물러가라. 대학생들이 주축이 된 반정부 시위로 거리와 골목이 들썩거렸다. 이승만 대통령이 하야했고 제2공화국 장면 임시정부가 수립된다. 사회적 혼란보다 긴급한 상황은 경제개발이라는 난제가 우선이었다. 장면 정부는 궁여지책으로 군대를 축소하고 경제개발에 박차를 가하자는 계획을 발표한다. 군의 반란이 일어난다. 61년 5·16 군사 혁명이 정부를 장악한다. 8·15 해방 이후 15년간 이 나라를 부패의 도가니로 만들었던 자유당이 물러간 대신 군사정부가 들어선다. 문을 닫아걸었던 혁명의 바깥 세계에서는 그 이전의 어느 시기보다 예술의 만개로 자유혼이 술렁거렸다. 나라는 분단과 거국적인 궁핍으로 개인이나 국가나 남루를 뒤집어쓰고 살았다. 62년 노벨문학상을 수상한 존 스타인백의 『분노의 포도』는 시대와 대상은 다르지만 그들이 토해내는 분노의 소리는 하나의 지점에서 방점을 찍었다. 자유와 평등! 그렇게 6·25와 4·19와 5·16이 훑치고 지나간 이 땅에는 우산보다 시급한 사안들이 너무 많았다.

퇴근해서 귀가하는 길에 린은 배급제 봉지를 들고 동회 앞 긴 줄 끝에 선다. 쌀 배급을 받으려고. 그녀는 속으로 구시렁거린다. 민주주의로 가는 징검다리는 흔들리기 마련이다. 이 가혹한 흔들 다리를 건너 단단하고 튼실한 맨땅을 밟을 날이 저만치 서서 손을 흔든다. 맞는 것도 있고 틀린 것도 있으며 옳은 것과 그릇된 것들이 서로의 등때기를 밀어냈지만 한 가지 분명한 것은 그 험악한 상황에서도 공산화되지 않았다는 것은 국민들의 긍정이 뒷받침되었기 때문이리라.

빗소리에 잠이 깼다. 작은 소반(앉은뱅이 2인용 식탁)에 엎드린 채 고개를 들자 원고지가 얼굴에 묻어 주룩 따라서 온다. 벌써 일어났는지 수의 공부방에서 책갈피 넘기는 소리가 들린다. 장삿 속으로 지은 집은 미세한 기척에도 모노륨 장판이 김빠지는 소리를 내지른다. 발끝으로 살금살금 신발장으로 가서 우산을 꺼낸다.

바늘에 실을 꿰고 떨어진 우산살을 가누어 잡는데 또 무슨 일이야? 뭔가 잔뜩 억눌린 수의 목소리가 불밤송이처럼 떨어진다. 칠칠치 못하게, 미리 꿰매 두지 않고, 소리 없는 그의 채근에 린은 퍼질렀던 정강이를 오므린다. 린의 몸짓이 좀 거칠었던가, 정수리

이별은 사랑이다

를 치고 내리는 불밤송이를 정통으로 맞은 것 같다.

지엽이 아니라 송두리째, 기본 강령이 흔들려. 기억력이 좋으니까 설마 잊지 않았겠지. '지키는 것, 참는 것, 기다리는 것, 용서하는 것, 사랑하는 것만이 영원한….'

우산살을 꿰매 든 채 린이 몸을 일으킨다. 어제저녁 내내 읊었잖아. 발 딛고 서 있는 바닥까지 흔드는 여자라는 말도 감수했어. 우산대가 수의 심장을 향하고 있었던가. 그가 한발 물러선다.

으스스한 슬픔이 목 언저리를 칼처럼 베고 지나간다. 무너져 내린다. 하늘이 비를 쏟아내듯이 얇은 온돌이 타서 벌건 연탄불이 솟구치듯이, 막힌 하수구에서 물이 역류하듯이 그렇게 자꾸 무너지고 솟구치면서 허물어진다. 비 내리는 아침, 우산살을 꿰매고 있는 아내에게 수가 아직도 널 사랑하지만, 널 위해서 물러가겠다는 그 조금은 맥락 없는 말에 대한 전초전으로 마르가 레테(파우스트에 등장하는 순결한 소녀)의 말을 인용했을까? 수는 자신의 생각을 올곧게 말하기보다는 늘 누군가의 말을 빌리거나 인용해서 린의 허술함을 꼬집거나 질타한다.

'파우스트'는 둘이 같이 관람했고 그 부분에 대한 논의는 일주일 내내 뜨거운 화제로 식탁에 오르내렸다. 새삼스럽게 마르가 레테의 대사를 재방송하지 않아도 수가 원하는 것과 린이 소망하는 것들의 어긋남이 자명해진 상황에 다시 들먹이는 저의가 의심스럽다.

우산보다 밥이 먼저잖아. 퉁을 지르고 도어를 닫는 굉음?

한 개 남았어. 금방 일어날 거야. 석유곤로 불 좀 지펴 주면 안 돼?

성냥 긋는 소리가 나더니 이내 짜증이 묻는 목소리가 날아온다.

석유가 없어, 연탄불도 꺼지고. 왜 이 모양인가?

미안해. 석유는 당신이 담당한다고 하지 않았어? 찬밥이지만 전기 포터에 데운 물에 말아 한술 먹어야 강의를 하지. 잠깐만 기다려 줄래?

린은 이른 아침 출근 준비가 익숙해지지 않는다. 얼굴과 머리에 물만 찍어 바른다. 어제 입었던 옷들을 챙겨 입고 주방으로 나가 밥상을 차린다. 목요일엔 성대 강의 2시간, 법대 강의까지 4시간이나 서 있어야 한다. 비어있는 위를 채워야 한다. 친정에서 얻어온 아욱국하고 김치만의 아침 밥상은 섭씨 3도, 11월의 찬 서리를 데울 수 없을 것이다. 야무지지 못해서, 귀골로 자라서? 살림하는 여자로 길들여지지 않아서? 이 모든 불평은 린이 떠안고 사는 부정적인 평가다.

난 잘못 길러졌어. 여자애를 사내애들 기르듯이 얼러서 키웠어. 매번 입안에서 홍얼거리는 변명이다, 누군가에게 탓을 돌리면 한결 홀가분해진다. 하지만 억지 변명으로 가벼워졌던 심사는 짧은 시간에 사라지고 대신 현실의 밖에서 겉도는 자신의 헐거운 생존이 하루의 시작부터 거치적댄다.

비는 영혼의 벗 주혜의 기억과 함께 린의 출근을 더디게 만든다. 갑자기 쏟아지는 빗속으로 주혜는 용감하게 뛰어간다. 비를 맞으면서 덕수궁 뒷담을 끼고 시청까지 걷는다. 너무 추워서 덜덜 떨면서, 어디 몸을 녹일 만한 공간을 찾아 두리번거린다. 그때 린

이별은 사랑이다

이 교복에 붙어 있는 흰색 깃을 뗀다. 흰 깃을 발라낸 그녀들은 검은 까마귀 같은 몰골로 명동 '돌체'(음악다방)까지 진출한다. 춥고 스산한 11월의 명동에는 검은 우산들이 둥둥 떠다닌다. 돌체의 문을 열고 들어가면 자우룩한 연기와 함께 우렁찬 심포니가 귀청을 때린다. 그녀들은 그렇게 빈자리를 찾아 두리번거리면서 돌체 아줌마(사장)가 마련해준 구석 자리에 얌전히 끼어 앉는다. 비와 돌체와 구석 자리는 늘 린의 의식 속에 새겨진 채 꼼짝하지 않는다.

수가 던지는 투로 말한다. 그 주혜라는 친구는 벌써 잊어버렸을걸. 미국 생활이 추억을 뒤적거릴 정도로 한가하지 않을 거야.

그렇다고 해도…, 주혜라는 이름만으로도 불안이라는 미열을 견디게 해주는걸. 린의 속내 말이다.

버스가 물을 튕기고 지나간다. 마음이 급하다. 지각할 것 같다. 앞뒤 우산들이 부딪치면서 빗방울이 튕겨 오른다. 종착역에서 빼곡하게 태운 버스는 그냥 휙휙 지나간다. 간혹 택시가 지나가지만 몇 번 망설이는 사이 누군가 재빠르게 순서를 무시하고 버스에 올라탄다. 한국식 무질서다. 언제까지 비를 맞고 줄 끝에 서 있어야 하는지 난감하다. 대책 없는 남루가 갑자기 휘감긴다. 겨우 이 꼴이야. 난 아무것도 아니다. 비 오는 날, 오도 가도 못 하는 상황이 사람을 초라하게 만든다. 아무것도 아닌 자신의 위치를 자각하는 순간이다. 마라톤에서 우선순위로 들어왔다고 생각한 것은 혼자만의 착각이다. 과대망상은 아니었을까? 난 특별해. 난 우선순위야, 공허한 자긍심이다.

근무처가 있는 명륜동 근처의 셋방을 확보하지도 못하면서 강사료 없는 방학 동안 굴속의 곰처럼 동면할 재주도 없으면서 폭우에 견딜 만한 우산 하나 제대로 챙기지도 못하는 주제에 3시의 법원 출두를 거듭 확인하는 수의 강파른 태도에 화가 난다. 아침 챙길 시간이 없어 어젯밤에 마시다 둔 식은 커피를 빈속에 마셨다. 속이 쓰리고 장이 꼬이는 것 같다.

수가 그녀의 소맷자락을 꺼당긴다. 종점에 가서 타고 나오자. 빗물을 뒤집어쓴 수가 한 정거장이야. 걷자. 린의 숄더백 끈을 잡아당긴다. 늦었어. 난 가서 타야겠어. 수가 빗속으로 걸어간다. 버스를 기다리던 사람들이 쳐다본다. 뒤따라가서 수의 머리에 우산을 씌운 건 사람들이 보고 있어서가 아니다. 그래야만 할 것 같다. 그가 무슨 생각을 하든, 3시에 만나 서류에 도장을 찍고 등 돌려야 하는 시점이지만 그를 빗속에 내버려 둘 수가 없다. 연민이나 애착이 아니다. 아니라고 고개를 흔들면서도 뛰어가서 우산을 그의 손에 들려준다. 거센 빗줄기가 가슴에 묻어둔 기억들을 들쑤신 게 분명하다.

수는 비를 싫어했고 물도 많이 마시지 않았다. 뮌헨에 있을 때 늘 서성거리는 눈발이나 궂은날 주말이면 난롯가에서 그는 한 발자국도 움직이지 않았다. 책을 들고 앉으면 온종일 꼼짝 안 했다. 커피와 삶은 감자로, 때로는 이태리 국수(파스타)를 삶아 고추장에 비벼 먹으면서도 난롯가에서는 즐거운 얼굴이었다. 비도 서울 같지 않았다. 그냥 사락사락 내렸다. 우산을 안 써도 옷이 많이 젖지 않았다.

우리 산책 가. 린이 조르면 수가 나갈 수 없는 이유를 조목조목 댔다.

옷도 젖고 구두도 젖고 세탁해야 하고.

비를 질색하는 남자를 방에 두고 비 오는 날 린은 혼자서 걸었다. 혼자라도 좋았다. 거긴 모두 혼자였다. 멜랑콜리를 거느린 혼자의 긴 실루엣은 차라리 멋스러웠다. 식당이나 화랑이나 카페나 거리에도 모두 혼자였고 그 홀로의 이미지가 별로 처량하게 보이지 않았다. 혼자서 고궁에? 혼자서 미술관에? 혼자서 극장? 청승스럽잖아. 그런 말, 그런 시선, 그런 무용한 관심을 소모전이라고 그들은 일축했다. 타인의 잣대에 매달려 사는 생은 피곤하다. 그런데 어쩌자고 그 막장드라마의 주인공이 되기 위해 3시의 약속에 고개를 끄덕였는지 모르겠다. 기우뚱한 우산 한끝에 매달려서. 손을 겹친 채 우산을 쓰고 가는 일은 오늘 이후로 없을 것이다. 그가 린의 삶 속으로 끌고 들어온 자잘한 습관이나 언어나 몸짓, 네 맘대로 해, 네가 알아서 해. 그 담담한 어투에 길들여지고 이해하고 체념하고 적응하기 위해 안간힘 썼던 날들이 저만치 빗물에 쓸려 떠내려간다. 얽히고설킨 무의식의 그 수많은 가닥들을 헤치고 우산 속의 두 사람은 나란하게 걷고 있다. 거칠고 강포한 물살을 거슬러 간다 해도 어긋난 바퀴를 맞출 수 있을지, 확신이 없기는 마찬가지다.

그의 말은 좀 뜻밖이다. 내가 바랐던 집, 내가 꿈꿨던 가정은 이런 게 아니었어.

수의 입에서 '가정'이라는 낱말이 나왔을 때 린은 숨이 멎는 줄 알았다. 참 엉뚱했다. 우린 '학문의 동지'라고 매시간 매순간 변죽을 울리던 사람이, 가정이 어쨌다고? 결혼에 대한 여러 형태를 덧붙여 말했다. 삶의 파트너로서의 결혼, 종족 보존을 위한 전통적인 결혼, 우리 같은 학문적 동지, 예술적 동지로 맺어진 결혼 등, 열거하자면 입이 아플 거야.

린은 기꺼이 동의했다. 학문적인 동지란 말이지?

수가 잠시 머뭇거렸다. 학문적이라기보다 지성인의 결혼이라는 말이 맞을 것 같아. 법을 같이 공부했지만, 중간에서 자기는 문학으로 방향전환을 했으니까 법에 관한 책을 공저한다든가 헌법연구소를 운영한다든가 하는 공동 작업은 못 하겠지.

고개를 끄덕이면서도 조금 미심쩍다. 독일에서 한 말이 한국에 가서도 그대로일지 그 말을 압정으로 꽂아두고 싶다. 린이 묻는다. 무슨 말인지는 알겠는데, 한 가지만 물어볼게. 난 아무래도 직업을 가지게 되겠지. 작가를 하던 교편을 잡든 전업주부로 살진 않을 거야. 그럴 경우 서로에게 필요한 무엇, 그것이 뭔지 알고 싶어.

그가 선선히 대답했다. 부부 사이의 결속력이랄까, 신뢰나 믿음이 중요한 관건이겠지. 결혼은 결국 집짓기 아닐까? 사랑이라는 기초공사에 신뢰나 믿음의 벽돌을 한 장 한 장 쌓아가는 것.

논리는 완벽하다. 린은 그때 하나를 더 보탠다. 자기가 한 말에 전적으로 공감해. 내 생각은 두 사람 사이에 필수불가결한 유대는

이별은 사랑이다

존중감이라고 생각해. 서로의 분야에 대해서 인정하고 적어도 그 것에 따르는 자유가 보장돼야겠지.

수의 고개가 갸웃한다. 어떤 자유? 외박이나 음주나 뭐 그런 자 유를 말하는 건 아닐 테지?

그녀의 손이 가파르게 흔들린다. 전혀 아닌데. 부부가 어떤 지 배 관계나 종속된 관계여서는 안 된다는 생각이야. 내가 자기를 내 백 속에 넣을 수 없듯이 자기도 날 자기 호주머니 속에 넣을 생 각은 안 했으면 해. 한마디만 더 할게. 전업주부인 아내가 만드는 홈 가정! 있지? 그런 식으로 말하면 난 불합격자일 거야. 직장하고 가정을 동시에 완벽하게 경영할 수 없을 것 같아. 역부족이야. 난 좀 몰두 형이잖아. 치우치는 경향. 아무래도 가정에 소홀해질 것 같아.

수가 성큼 말을 받는다. 이해해. 가급적이면, 가정과 직장이 적 정선에서 조화를 이루었으면 해. 린은 잘할 수 있어. 내가 도와줄 게.

돕다? 우린 공생하는 관계라고 하지 않았어?

새끼손가락을 걸고 약속했다. 우린 완벽한 지성인 부부야. 그 렇게 말한 사람이 전업주부의 미덕을 일일이 지적하면서 불편한 심기를 내비친다. 아침의 배웅을, 퇴근해서 돌아온 가장을 맞이하 는 화사한 환대, 식탁에 마주한 식구끼리의 도란도란이 내가 원한 삶이었는데, 삭막하고 칙칙해. 허세 없이 토해내는 수의 말에 린 은 무슨 토를 달지 않는다. 기본 강령이 흔들리는 사람이 무슨 말 을 할 수 있을까? 그 한마디가 심장에 활촉이 되어 박힌다.

그렇게 해. 보내줄게. 긴 실밥처럼 늘어진 수의 어깨를 토닥이면서도 눈자위에 엉기는 뜨거움이 주룩 흘러내린다. 그렇게 해. 누가 먼저 말했는지는 중요하지 않다. 바라보는 각도와 무늬와 대상이 달랐다고밖에 무슨 말을 할 수 있을까? 구조변경이 불가능한 것은 지붕의 버팀목인 대들보가 무너진 탓이다.

두 사람이 겨우겨우, 엉구며 현상 유지라는 허울을 뒤집어쓰고 살았다. 썩은 동아줄이라도 적절하게 사용하면 명맥을 유지할 수 있었을 것을. 관계의 코드 같은 것. 네 탓이라고 상대의 심장에 비수를 꽂는다면 한쪽만 무너지는 게 아니다. 두 사람 모두 망가진다. 참담한 추락이다. 결혼을 서약했던 혼서지에 검은 매직으로 또렷하게 썼다.

〈목숨이 다하는 날까지, 그대를 지켜줍니다. 그대가 손을 내밀면 내 장기의 한쪽이라도 떼줄 겁니다. 우리의 사랑은 영원불멸입니다.〉 백일도 안 지난 정화를 안고 몇 번의 비행기 환승을 하던 와중에도 크로스백 맨 안쪽 주머니에 소중하게 품고 왔던 서약서다.

수는 입버릇처럼 말한다. 남자는 여자 하기 나름이라고. 네가 아내의 위치를 포기한다면 나도 마찬가지야.

입안에서 씹어 삼킨다. 남편이라는 명분 따위 가져가 버려. 팽팽하게 잡고 있던 고무줄을 먼저 놓아버린 쪽이 누구인지가 중요하지 않다. 네가 원인 제공자라고? 귀에 딱지가 앉도록 되뇐다.

린이 가던 걸음을 멈춘다. 아스팔트가 미끄러워. 구두 벗고 걸으면 안 될까?

이별은 사랑이다

비긴 눈길을 굴린다. 미쳤어? 사람들이 봐. 앙다문 입술에 거품
이 물린다. 미쳤어? 그 말이 린을 미치게 만든다. 물어보지 말았어
야 하는데, 이제 습관처럼 미쳤어, 입술에 붙은 말이다. 정말 미친
걸까? 미쳤다고 린의 귓속에 불어 놓는 그 말이 귀고리가 되어 매
달려 다닌다.

비는 밤을 새워 퍼붓는다. 지하실에 물이 차올랐다. 겨울 준비
로 들여놓은 연탄 200장이 후물후물 부서지면서 시커먼 물을 마
구 토해낸다. 어떡해? 저걸, 어떡하지? 발을 동동 구르는데, 출근
길에 쫓기는 수.

그대로 가면 어떡해? 나도 2교시 강의가 있단 말이야.

녹아버린 연탄 검댕이가 마당을 지나 골목으로 흘러나간다. 검
은 띠가 골목을 휘돌아 도랑을 만든다.

어떻게 좀 해봐. 가던 발걸음을 멈추고 뒤돌아선 수의 입에서
어쩔 수 없어. 그냥 두고 출근해. 수업이 중요해. 린은 그럴 수 없
다. 뭉개진 연탄 검댕이가 골목을 타고 마을을 휘돌았는데, 어떻
게 몰라라 해? 발을 동동 구른다. 반장어른이 나오고 동네 사람들
이 하나둘 몰려나와서 한마디씩 던진다. 동네가 온통 연탄 도랑
(개울)이 돼 부렸네. 아이고, 아까워라. 대체 이게 몇 장이래?

죄송해요. 입에 발린 말이 아니다. 도대체 무얼 어떻게 해야 하
는지 속수무책이다. 죄송해요. 죄송합니다. 출근 준비를 하던 길
이어서 가방을 든 채 동동거린다. 반장 아저씨가 그래도 동네 어
른답게 어쩔 수 없구먼. 비 그치면 쓸어 낼 수밖에. 아까운 건 뒷

전이다.

수없이 머리를 조아리면서 린은 죄송합니다, 고맙습니다, 반복한다. 흠뻑 젖었다. 겨우 버티던 몸도 마음도 방전된 기기처럼 무력하다. 물먹은 생쥐 꼴로 출근할 자신이 없다. 머리를 말리고 옷을 갈아입고 제대로 된 모습으로 나가야 한다. 손가락 한 개도 꼼짝할 수가 없다. 그녀에게 생존이라는 일상은 너무 버겁다.

그대로 두고 출근해버릴까? 그럴 수는 없다. 일단 조교에게 전화를 걸어서 휴강 조치를 해야 할 것이다. 산다는 것은 계약을 이행하는 과정이다. 강의를 맡은 대학과 학생들과의 약속이 그러하고, 자신의 현재를 직립하게 해준 부모형제들과 이웃들과 딸 정화의 건재가 그 약속 조항에 중요한 증인으로 린을 지켜보고 있기 때문이다.

수화기를 든다. 휴강 조치를 부탁해야 한다. 곽 조교의 투박한 목소리가 건너온다. 긴 사설은 생략한다. 도랑을 건널 수가 없다고. 앞뒤가 잘린 말에 곽 조교는 이해 불가라는 뜨악한 목소리. 무슨 도랑이죠? 대답 대신 학생들에겐 보강해준다고 전해주세요, 부탁하고는 수화기를 놓으려는데 곽 조교의 목소리가 귓바퀴에 엉긴다. 두 시간 내리 휴강인가요? 곽 조교의 뒤틀린 입술이 뱉어내는 말이다. 심통을 부린다. 그녀 때문에 전임교수 발령이 유보되었다는 피해의식에 사로잡혀 있다. 아니라고, 그런 거 아니라고, 박 교수님께 상의하라고, 나 때문이 아니라 학생들의 여론 때문이라고, 솔직하게 말했다. 그거 아니거든요. 그렇지 않아요. 곽 조교의 뇌 속에는 강력한 경쟁자 반열 영순위에 린의 이름이 입력된

이별은 사랑이다

것 같다.

검은 도랑은 린의 내부에도 고였거나 흐르고 있다. 질펀한 검댕이 도랑은 낭패라는 구루마를 끌고 흐른다. 펌프로 물을 퍼 올려 골목에 내다 붓기를 수십 번, 가망이 없다. 빗줄기가 서서히 잦아든다. 큰비가 내려서 연탄 검댕이를 쓸어 내야 하는데, 비는 멎을 기세다. 펌프질로 양동이에 물을 퍼 올리는데, 홀연 순애가 박 훈까지 대동하고 나타난다.

어머, 온통 검댕이잖아. 선배님 구두 좀 봐요. 완전 광산촌 아줌마 같아요.

광산촌 아줌마? 무슨 말이냐고 묻는 린의 얼굴을 쳐다보면서 순애가 키득거린다.

광산촌 사람들 모조리 석탄 검댕이를 들쓰고 살잖아요.

그때 순애 뒤에 껑다리처럼 서 있던 박 훈이 바바리코트를 벗어 던지고 펌프질을 시작했다.

양동이 가져와요.

그들이 갑작스럽게 등장하게 된 경위가 궁금하다. 눈치를 챘는지 박 훈이 펌프질을 멈춘 채 여기 걱정은 접어 두고 출근하세요. 옷이 젖었는데요, 한다.

순애가 생글생글 웃는다. 선배님은 출근하세요. 여긴 저희들이 정리할게요.

어떻게 알고 왔지? 곽 조교에겐 방금 휴강 공지를 부탁했는데?

순애가 들쑥날쑥한 덧니를 확 내보이면서 웃는다. 제가 김 교수님 연구실 청소 담당이잖아요. 초기엔 난리도 아니었어요. 왜 우리 교수님 책상을 네가 맘대로 정리하느냐고? 냉큼 나가라고, 쫓겨난 적도 있어요. 그래서 전혜린 교수님 성함을 팔았지 뭐에요. 지난 이야기보다 오늘 이야기가 중요하죠. 오늘 교수님 구두가 왕창 검댕이더라고요. 물청소로 닦은 연구실이 온통…. 그제야 교수님께서 우리 집에 연탄이 다 뭉그러졌어. 엉망진창이야, 하시는 거예요. 마침 월요일 오전 강의가 없었거든요, 그래서 달려왔죠. 박 훈 교수가 자원입대한 겁니다. 제가 강제하지 않았어요. 순애의 이야기는 장황하다. 여장한 남자처럼 튼실한 몸피로 늘 좀 어깨를 수그리고 다니는 순애. 중고등학교 다닐 때부터 다림질로 굳은 어깨뼈라고 한다. 세탁소 하는 부모님을 위해 밤새 와이셔츠 20장을 다림질을 해서 튼실하답니다. 웃고 하는 말끝에 울음기가 섞여 나온다.

양동이가 너무 작아요. 이웃 댁에서 빌리면 안 될까요? 박 훈이 말을 하면서도 펌프질은 계속한다.

순애가 반장 댁에서 빌려 온 커다란 들통으로 지하실 바닥에 고인 물을 퍼낸다. 순애하고 엇박자를 튕기면서 퍼내는 동안 연탄광 바닥이 자작해졌다. 죄다 검댕이 칠을 하고 있다. 서로를 쳐다보고는 허리를 잡고 웃는다. 빗줄기는 그새 가늘어졌다. 그렇게 물을 들이부었는데도 희끄무레한 연탄 검댕이가 구석지에 묻어 있다.

박 훈이 벗어둔 윗옷을 걸친다. 오늘은 이 정도로 해요. 비가 완전 개인 건 아닌 것 같아요. 한바탕 쏟아지면 말끔해질 겁니다. 제가 라면 사 와서 끓일게요, 하고는 후딱 대문을 나선다.

린이 순애를 보고 단순 명쾌한 사람이야, 하자 순애가 멍청할 정도로 순진해요, 해서 둘은 웃었다. 대충 씻고 방에 들어가 앉자마자 순애가 탄식을 털어놓는다.

저 어떡해요? 독립해야 하는데 너무 걸리는 게 많아요. 낮에 도서관에서 공부하고 집에 가면 동생들하고 부대껴야 하는 세탁소 단칸방에서 탈출해야 해요. 밤에 공부할 수가 없잖아요.

그렇구나. 린이 고개를 끄덕인다. 독립된 공간이 필요하다는 순애의 말에 공감한다. 중고등학교 시절, 혼자만의 공간이 절실했다. 할머니가 생존해 계실 때 방 4개가 13명의 식구들을 수용하기에 역부족이었다. 자매들끼리 꼬불치고 누워 자야 했던 그 옹색한 공간에서는 아무것도 할 수 없었다. 책상 등에 불을 물리고 책상 앞에 앉으면 누군가 쫑알거렸다.

아이 불 꺼. 눈부셔 못 자. 여기저기서 불평하는 목소리가 탁구공처럼 날아왔다.

고시? 계획이 있구나.

순애의 고개가 아래위로 끄덕여진다.

박 훈이 라면 냄비하고 3개의 보시기를 들고 들어온다.

밥상을 내려놓은 박 훈이 엉거주춤한 자세로, 김치가 어디 있는지 찾다가… 말끝을 오므린다.

린이 나가서 총각김치를 한보시기 담아온다.

입주과외 제의가 한 건 있긴 해요. 부모님들께서 반대하세요. 국제결혼 한 분의 아이들이거든요. 미군 부대는 그 아줌마에게 직장인데, 미군하고 살았다는 이유로 따돌리는 거죠. 같은 사람인데, 외계인 보듯 해요.

입주 과외? 선뜻 답을 줄 수가 없다. 아무래도 좀 난감하다. 문득 할머니가 늘 들려주시던 한마디가 생각난다.

이런 말 있지? 걸림돌과 디딤돌은 자기가 하기 나름이라고. 그집 도우미 아르바이트가 디딤돌이 될 수도 있고 걸림돌도 될 수있어. 그런 분별은 순애의 몫이겠지.

박 훈이 화제를 돌린다. 제가 외아들이잖아요. 그래서 제멋대로 자랐을 거예요. 뮌헨에서 두 분을 만났을 때 아, 이게 신의 은총인가? 마음속에 촛불이 켜지는 걸 느꼈지요. 얼굴에 철판 깔았죠. 끼니때마다 식탁에 끼어들었으니까요. 린 교수님의 밉상이었지 뭡니까? 전 혼자를 못 견뎌요. 누님 3명에 시집 안 간 이모까지 여자들 치마폭에 자란 탓인지 버르장머리 없는 진짜 개구쟁이였어요. 전 교수님을 처음 만났을 때 그 강렬한 이미지가 제가 제일 좋아했던 시집 안 간 이모님하고 너무 판박인 거 있죠. 마주 쳐다보는 눈빛이 살갗을 뚫고 심장에 박히는 기분이었다니까요. 그런 감정은 처음이었어요. 딱히 그 감정의 색깔을 구분할 수 없지만 친애적인 느낌으로 저 혼자서 품고 있었어요.

순애가 냉큼 뒷말을 받는다. 지금도 그래요?

박 훈이 고개를 흔든다. 여긴 한국이잖아요. 뮌헨하곤 달라요. 교사라는 신분이 규정하는 영혼의 사슬이 막강하죠. 그래서 심장 깊숙이 우물을 파고 거기 가뒀어요.

순애가 손사래를 친다. 오다가다, 지나가는 미풍이 아니라 심장에 켠 촛불이잖아요.

이별은 사랑이다

한마디는 거들어야 할 것 같아 린이 말한다. 누구나 촛불 한두 개 가슴에 품지 않고 사는 사람 없으면 데리고 와 봐요. 켜고 끄고 또 켜면서 스스로 성숙해지는 거죠. 그 긴 도정이 인생일 테고요.

좁은 방 안의 세 사람은 움직임을 멈춘 채 조가비처럼 입을 다문다. 느닷없는 침묵이다.

순애가 라면 먹은 밥상을 들고 나간다. 린이 뒤따라 나가면서 거기 둬, 설거지할 시간 없어, 하는데 문턱에 걸려 휘청한다. 휘청댄 건 문턱 때문이 아니다. 거센 두 팔에 꺼당겨진 그녀의 얄팍한 허리춤이 꼬꾸라지듯 휘어진다. 거미발 같은 열 개의 손가락이 살속을 파고든다.

그땐 그랬다

　겨울 끝 무렵, 수洙가 린의 삶 속으로 다가왔다. 온통 얼음가루를 뿌린 듯 냉기를 불어 냈던 슈바빙의 하늘. 예견되었던 마중이었고 불안했던 해후였다. 두 사람 모두 어정쩡했고, 두 사람 모두 서툴렀고 좀 그랬다. 후줄근한 보퉁이와 책이 들었음이 분명한 묵직한 가방을 가슴에 안고 두리번거리고 서 있던 수, 계절감 없이 한국 남성들이 입는 감색 슈트는 너무 커서 꺼벙해 보였다.

　린이 손을 흔들었다. 동양인 두 사람만 남겨진 역사는 이방인을 밀어내듯 시린 바람이 질척댔다. 린을 발견한 수의 일자로 된 입술이 활짝 벌어졌다. 그때 그가 만들어 냈던 그 순연하고도 조금은 얼뜨고 맑은 웃음을 그 이후 다시는 만나지 못했다. 린이 오른손을 내밀자 그가 들고 있던 책가방을 바닥에 내려놓더니 옷에 대고 손바닥을 쓰윽 문댔다. 땀이 나서, 수줍게 웃었다. 아말감으로 땜질한 어금니가 살짝 보일 정도의 유순한 미소였다.

　부모님들이 공항까지 배웅해 주었다는 말, 두어 번 린이 부재한 집에 들렀다는 이야기에 곁들여 아버님이 밥을 사주시기에 얼

이별은 사랑이다

어먹었다며 말꼬리를 오므렸다. 그 이야기는 택시를 타고 셋방으로 가던 길에서였다.

자상하신 분이야. 우수한 학생 뒤에 훌륭한 부모님이 있다는 것을 알았어.

린이 새초롬하니 말했다. 성적이 조금 높았지만, 내 품성까지 우수한 건 아니야.

수가 푸, 하고 웃었다. 됐어. 린은 여섯 자매들 큰언니잖아. 솔직하고 겸손할 줄도 알고, 아주 귀한 자질이야. 택시 등받이를 잡고 있던 손이 슬그머니 다가왔다. 어색한 살의 접촉이었다. 감동은 없었고 다만 두툼한 손은 따뜻했다.

린이 갑자기 생각난 듯이 말했다. 내가 깜빡했어. 하숙방을 미리 마련해 두지 못했는데, 어떡해?

그가 버릇처럼 하, 웃었다. 오늘 늦어서 하숙이 안 되면 호텔에 가서 하룻밤 자지 뭐.

명치에 차올랐던 숨을 린은 내려놓았다. 주머니 사정이 어떻든 호텔에 가겠다는 수의 흔쾌한 반응에 한시름 놓았다. 눈발이 날렸다. 공항에서 도심으로 이어지는 숲의 터널은 회색 너울이었다. 택시의 오렌지 빛 전조등이 하늘과 땅 사이를 그득 메운 잿빛 공기를 가르고 빛의 알갱이처럼 출렁거렸다. 제각기 양쪽 차창으로 고개 돌린 채 침묵하다가 그가 생각난 듯이 말했다.

린이 동의했다고 들었어. 법적인 부부로 혼인신고를 해 주셨어. 두 분 아버지들께서 충분히 말씀 나누시고 합의한 사항이야. 서로 의지하면서 공부하면 능률이 오를 거라고 믿으셔.

작게 고개를 끄덕이긴 했다. 말하는 수를 쳐다보지도 고개를 돌리지도 않은 채. 법적인 부부? 그것이 실제적으로 어떤 것을 말하는지, 구체적인 그림이 그려지는 순간 린은 약간 숨길이 가팔라졌다. 한 공간에 두 사람, 한 이불 속에 두 사람, 시간과 상황과 영혼까지도 공유하며 나누는 사이? 그것이 결혼이라는 분명한 상황임을 깨닫는 순간 린의 두 손이 앙당그려졌다. 자신이 해낼 수 있을지 확신이 서지 않았다. 한 장의 그림 속에 자신 말고 다른 사람을 그려 본 적은 없다. 스물두 살의 어설픈 나날을 누군가와 나누어야 하는 그 형식에 두려움이 앞섰다.

두 사람의 혼인신고는 아버지가 제안했을 것이다. 옳다고 생각하는 일을 추진하는 데 아버지는 망설이지 않았다. 린의 의사를 물어 왔을 때 글쎄요, 급한 건 아니잖아요, 어정쩡한 반응으로 몸을 사렸다. 린으로서는 분명한 찬성이 아니었지만 부모님들은 그런 반응을 동의한다는 뜻으로 받아들였을 것이다.

춥고 외로웠고 고국의 언어가 그리웠다. 슈바빙의 회색 하늘과 살을 에는 추위와 타국의 외로움을 덜어내는 데 필요한 말 친구나 공부의 동지가 있다면 나쁠 것이 없지 싶었다. 그 이상 남자와 여자의 문제를 생각하기에 현실은 너무 각박했다. 겉으로 드러내지 않았지만 그들, 게르만족들이 바라보는 시선에 냉소와 비하감을 느끼지 못했다면 바보일 수밖에 없다. 언어적인 문제도 심각하다. 물 위에 기름처럼 떠도는 영원한 이방인일 뿐이다. 조가비처럼 다문 입안에서 녹이 스는 것 같다. 온종일 말 한마디 나누지 않는 날이 더 많다. 말은 해야 늘고 말로 일상을 나누어야 하는데 겨우 마

이별은 사랑이다

트 사람들하고 물건을 살 때만 몇 마디 주고받는다. 강의실 옆자리에 앉은 누구에게도 먼저 입을 열지 않는다. 유연한 언어구사를 위해서는 먼저 접근해야 하고 망신을 당하더라도 매일 매시간 현지 언어를 사용해야 한다. 알면서도 린은 뮌헨의 갓길에서 우물거렸다. 린은 두리번거렸다. 일상적인 말이 아닌 대화를 나눌 수 있는 교우가 갈급했다. 그 당연한 인식이 그녀를 금 밖으로 밀어냈다. 폴란드계나 스페인계 급우들하고 함께 하면서도 멀찌감치 비켜 서 있는 현지 학생들에게 눈길이 갔다. 그들은 눈도 마주치지 않았다. 깍듯한 예의로 인사를 나누지만 그것뿐이었다. 그 반듯한 자세야말로 인종 학살을 자행했던 그들의 잔혹한 근성은 아닌지 모를 일이다. 어떤 종족하고도, 특히 아시아족에게 거는 그들의 시선은 냉담하다.

　결혼? 남녀가 한 공간에서 생활하는 시스템이다. 엮인다는 말이다. 자아의 반을 버리고 상대와 어우러지고 반죽되면서 서로의 장단점까지 수용해야 하는 관계의 울타리가 아닐까? 너무 갑작스럽다. 서로를 알아가는 과정이 생략되었다. 학부시절 몇 번의 만남이 있었지만, 그건 장님이 코끼리 다리 만지는 수준에 지나지 않았다. 아버지의 직관이 모든 결정을 담보했다. 그만하면 준수하다. 세상에 별 사람 있더냐? 너도 반박하지 않았어. 그만하면 착실하고 반듯하고 올곧은 인품이라 하지 않았니? 하지만 아버지 그건 아니죠. 제겐 시간이 필요해요, 했지만 혼인신고 서류 한 장을 호주머니에 넣어온 남자를 맞이해야 했다.

너희들 생활비는 도와 줄 테니 염려마라. 한 사람당 50불(그 당시 규정). 두 사람에 백 불. 부족하다거나 풍족하다는 말을 입에 담을 수 없는 상황이 그랬다. 등록금이 없어 달리 큰돈이 필요하지 않았지만 빵 세 끼니가 전부였다.

차창 너머로 규격화된 석조건물들이 일정 높이와 간격을 이루며 도열해 있다. 들쑥날쑥한 구조물에 이골이 난 유학생들은 그 정연한 배열에 은근히 성이 가신다. 우리들만의 고유한 문화라고 자부했던 기와나 차양, 초가지붕의 아담하고 소박한 구조들이 대비되었던 순간이다. 두 사람은 동시에 서로의 눈을 외면했다. 바둑판 모양으로 뚫려 있는 골목과 골목의 빈틈없는 그 조밀한 규격이 외지인에게 안겨준 첫 느낌은 질서였다. 창 문턱 철제 선반에 올라앉은 제라늄 화분들은 왠지 조금은 작위적이었지만.

희끗대던 성긴 눈발이 어느새 싸락눈 기세다. 온도가 내려간다는 신호다. 차창에 달라붙는 눈 알갱이를 보던 수가 날씨가 음산하네, 하고는 두 팔을 깍지 낀다.

린은 음산하다는 표현이 마음에 들지 않는다. 여긴 눈이 자주 와. 음산한 게 아니고 그냥 회색이야.

수가 택시 등받이에 어깨를 비스듬 젖힌다. 회색이 음산한 거 아니니?

린이 턱을 쳐든다. 미스터 김, 많이 발전했어.

그게 발전이니?

두 사람은 처음으로 눈을 맞추었다. 그 눈빛 속을 혹시나 하는 촉으로 린은 살핀다. 내 독일행은 순전히 너의 부친의 배려야. 비

이별은 사랑이다

루의 징후는 보이지 않는다. 눈빛은 맑고 순하다.

　나무문짝 사방 굽도리에 덧댄 쇠붙이가 육중하고 고풍스럽다. 묵직한 열쇠로 문을 열면서 린이 30년도 넘는 건물이래, 낡았지만 관리의 명수들이잖아, 아직도 짱짱해, 한사람 살기에도 빠듯해, 터진 말문이 다물어지지 않는다.
　수는 두리번거린다. 뭐랄까? 그 행동이 공기 속에 자연스럽게 스민다. 윗도리를 벗어 의자에 건 다음 난로 뚜껑을 연다. 재를 담아내고 바닥 청소를 시작한다. 마치 오래전부터 살았던 집주인인 것처럼. 린은 창가에 기대서서 지켜본다. 말을 지분대거나 혼잣말로 구시렁거리지 않는다. 3월이라 해도 슈바빙의 하늘은 살얼음으로 도배되어 한겨울 추위보다 더 매섭다. 난로가 발갛게 지펴진다. 창가에 어스름이 내릴 무렵 늘 혼자였던 공간에 모국에서 날아온 수가 석탄을 쑤석거리고 있다.
　코트를 벗어 걸고 린이 물었다. 커피 마실래? 뭔가 서먹하다. 단 둘이 좁은 공간에? 생전 처음이다. 남자라면 아버지나 남동생인데, 그나마 단 둘이 실내에 있어본 기억은 없다. 린은 약간 숨이 가팔랐다.
　한 손에 부지깽이를 든 채 그가 소매 자락으로 쓰윽 얼굴을 문댄다. 땀기에 젖은 얼굴이 대번에 검댕이로 꺼매진다. 린이 쿡 웃는다. 왜? 하는 눈빛으로 그가 묻는다. 린이 휴지에 묻을 적셔 건넨다. 닦아.
　커피보다 밥을 먹는 게 어때? 양쪽 어머니들이 많이 싸주셨어.

수가 들고 온 올망졸망한 보따리를 린이 풀었다. 어머니가 마
련해준 쇠고기 고추장 볶음에 더덕장아치. 수의 집에서 챙겨둔 들
깨, 참깨 강정이 수북하다. 다시마에 김자반, 황태채 같은 마른 반
찬거리가 한 보따리다.

린은 미리 준비해둔 식탁에 덮어 두었던 백지를 걷어낸다. 공
항에 나가기 전에 조금 준비했다. 두 벌의 수저가 나란하게 놓였
고, 콩자반하고 삶아서 으깬 감자 샐러드, 두 개의 빈 밥공기와 두
개의 와인잔이 놓여있다.

그의 입이 함박만큼 벌어진다. 마주 잡은 두 손을 깍지를 끼고
흔든다.

린에게 이런 면이 있는 줄 몰랐어. 새로운 발견인데.

린은 서랍 속에 아껴 두었던 붉은 초를 꺼내 불을 물린다. 왜지?
아끼는 초잖아. 린은 자신이 한 행동에 해명할 필요를 느낀다. 작게
고개를 끄덕인다. 손님에 대한 예의라고 린의 안에서 속삭인다.

아늑하고 달콤하고 나른하다. 달아오른 녹색 사기 난로를 사이
에 두고 수와 함께한 첫 식사다.

나 좀 나갔다 올게. 편하게 쉬어. 갑자기 떠밀린 듯한 표정을
감추지 않은 수를 뒤로 하고 린은 코트를 걸치고 나간다. 손바닥
만 한 공간에 20대 두 사람이 토해내는 더운 숨 바람은 무겁고 질
척거린다. 머릿속에 자갈돌이 굴러다닌다. 도대체 왜 갑자기 이런
상황에 내몰리게 되었는지, 누군가를 향한 원망인지 모를 항변의
소리가 머릿속에서 와글댄다. 이제까지 린이 누려온 외로움은 혼

이별은 사랑이다

자라서, 혼자이기에 호젓했던 쓸쓸함이 아니다. 린이 향유한 외로움은 단순 외로움에서 사유와 숙고를 정진시키기에 아주 조밀했던 시간의 고독이었다. 외로움과 고독은 그 급이 다르다. 고독은 자아가 만들어 낸 완벽한 정적이며 온전하고 내밀한 시간 속의 칩거를 말함이다. 그것은 어쩌면 하나의 경지는 아니었을까? 그것이 무너지려 하고 있다. 작은 공간을 분할해야 하는 현실보다 린을 더더욱 암담하게 만든 것은 공유해야 하는 많은 일상이다. 함께 살아야 한다? 영혼의 쌍둥이라 했던 친구 주혜가 몇 개월 동안 함께 생활한다고 해도 많은 문제점들이 불거져 우정에 빗금을 그을지도 모른다. 동거는 그 상대가 누구냐가 문제가 아니다. 생활 습관이나 취향이나 그 나이까지 길들여진 일상의 문화들이 다르기 때문에 서로를 누비는 갈등이 없을 수 없을 것이다. 두 사람 중 누군가가 상대에게 수용되든지 반죽되지 않으면 그 삐걱대는 잡음이 서로의 청각에 날벌레 같은 이물질로 확대될 수도 있지 않을까? 두렵다. 린은 문득 차갑고 스산한 느낌에 어깨를 떤다. 예기치 못한 두려움이다. 거대한 고드름이 등피를 홀치고 내려꽂이는 느낌이 이러할까?

손님과 주인이 바뀐 것 같은 느낌이다. 하나뿐인 책상을 수에게 양보한 린은 난로 옆에 등받이 없는 의자를 놓고 책을 읽는다. 달아오른 난로에 얼굴이 구워지는 것 같아 린은 비스듬 돌아앉는다. 저녁 설거지를 자청한 수는 정리가 끝나자 식탁을 겸한 책상을 돌려놓고는 앉는다. 돌아앉아있는 린을 보고 다른 건 몰라도 책상 하나는 있어야겠지? 널 중고 가구점에 가볼래? 수의 고즈넉한 제안이다.

린이 대답할 차례다. 책상이 필요하지만, 이 좁은 방에? 고개를 돌려 수의 진지한 눈빛을 보고 말한다.

됐어. 한 사람이 방에서 공부하면 한 사람은 도서관에 가면 돼. 좁은 방에 무슨 책상? 정말 하고 싶은 말이지만, 목구멍 깊숙이 삼켜버린다. 불필요한 말다툼은 질색이다. 하고 싶은 말을 다 하고 사는 사람은 없다.

요리 보고 저리 보면서 살핀다. 눈과 귀와 감각을 세운 린의 관찰은 세목에 집중한다. 아직은 그런대로 어른들 흉내를 내는 것 같다. 눈에 거슬리는 행동을 하면 당장이라도 내쫓을 꼬투리로 삼을 것이다.

골마루바닥에 담요를 깐다. 수의 동작은 신중하다. 린이 여분으로 가지고 있던 모포 2장을 꺼내자 수가 받아든다. 이불은, 겨울 준비 목록은 어머니가 적어 주셨어. 여긴 양모 제품이 비교적 저렴하고 속임수도 없다지?

맞아. 주말 시장에 가면 좋은 상품들이 많아. 나도 이불은 여기 와서 장만했어.

유리창을 훑치는 바람 소리가 멀다. 밤새 꽃샘바람이 분다. 포갠 책을 수건으로 둘둘 말아 베더니 그는 거짓말처럼 금방 잠들었다. 담요 한 장을 더 덮어 준다. 린은 잠들지 못한다. 난로에 석탄을 더 넣는다. 침대에서 뒤척이다가 그를 내려다본다. 순하고 정직해 보이는 눈매와 어딘지 야성의 기척이 내밴 두툼한 입술의 느

이별은 사랑이다

낌은 상반되는 이미지다. 읽다가 접어둔 파스테르나크는 더 이상 눈에 들어오지 않는다. 위기감 같은 건 느껴지지 않는다. 남자 냄새가 조금 거북했고, 기척을 느끼게 하는 숨소리가 귀에 거슬린다.

어쨌거나 법적으로 남편이다. 온종일 비행기 타고 온 남자를 내쫓을 만큼 매정한 그녀가 아니다. 아무 일도 일어나지 않았다. 린은 미흡하고 섭섭하다. 원망의 소리를 삼키려고 입술을 깨문다. 어쩌면 그럴 수 있어요? 가방때기 속에 부부 등기 종잇장 한 장 들려 등 떠밀어 보냈냐고요, 너무 허술하고 너무 무성의한 거 아닌가요? 어머니가 곁에 있기라도 한 것처럼 확장된 동공으로 한곳을 쳐다본다.

어머니의 질타가 날아온다. 넌 유학생의 특혜를 누리고 있잖니! 여긴 6·25가 휩쓸고 간 가난 구덩이야.

너무 해요. 겨우 스물한 해 살았는데, 누구한테 속하라는 말씀인가요? 결혼은 공부 끝나고 해도 늦지 않아요. 어머니가 손사래를 친다. 그만 해라. 서로 의지해서 공부하라는 아버지의 엄명이야.

왜 절 미숙아로 보세요? 모든 청춘은 불안하고 미숙한걸요.

린의 안에서 모든 감정들이 소용돌이친다. 소리 없는 선문선답이 차창으로 흘러가는 풍경처럼 지나간다. 그것이 법적인 부부라는 서류 한 장에 담겨진 부모님들의 메시지다. 어린 날부터 어머니로부터 겉돌았던 섭섭함에 한 겹의 원망이 겹쌓인다. 유학 중이지만 사위를 맞이하는 어머니의 정성이 너무 약소하다. 새 솜이불이나 호청 한 장은커녕, 첫날밤에 입을 신랑신부 속옷 한 벌 보내주지 않았다. 항공료가 만만찮지만, 한 달이 걸리든 일 년이 걸리든 배로 보내는 운송 방법도 있다. 거기까지 생각이 미치지 못한 탓이라고 린은 마음을 다독인다. 고만고만한 동생들의 뒷바라지로 등뼈가 휘어지게 몰아치는 어머니의 시간을 모르지 않지만, 그런다고 섭섭함이 덜어지지 않는다.

큰딸의 옹색한 유학생활은 어머니의 염두에 없는 것일까? 공부밖에 모르는 딸에게 한마디 조언도 보내주지 않았다. 첫날밤을 어떻게 처신해야 하는 건지, 피임은 어떻게 해야 하는지에 대해. 그런 조언 대신 어머니는 더덕 고추장조림 병에 작은 쪽지를 붙여보냈다.

〈큰아이야, 세상에 널 맞춰야 해. 세상을 네게 맞추려 하면 모두가 어긋난다.〉

〈먹고 남은 음식은 뒷간수를 잘해야 해. 뚜껑을 단단히 닫아서 응달에 두렴.〉

그랬음에도 어머니하고의 사이에는 지울 수 없는 무엇, 희미한 마찰음이 서로의 사이를 갈랐을까?

첫 생리를 하던 날, 부엌 아주머니가 동생의 기저귀 한 장을 주면서 혀를 쿡, 찼다. 다 큰 딸이 많은 집에 생리 기저귀도 안 해 뒀나 봐. 공부한 여자들이 자식한테 더 무심하다니까.

린은 뒤척인다. 잠은 멀고 머릿속엔 알전구가 하나둘 켜진다. 빛의 지류가 심장을 가로지른다. 저녁 식후에 마신 커피 탓만은 아니다. 많은 생각들이 엉긴 실타래마냥 사지를 옥죈다. 이렇게 이어질 나날이라면 첫 단추를 꿰기 전 수정해야 할 것이다. 스물두 살의 반발이 아니다. 이렇게 함께하는 인생으로 낙착되는 건가? 혼자만의 공간, 혼자만의 시간은 속절없이 박탈당한다. 박탈? 과장법이 심한 단어일까? 아무튼 공동생활이다. 자매들하고 어울리고 부대끼면서 살았기에 함께하는 사이에서 필요불가결한 우선순위는 상대를 함부로 건들지 말아야 한다는 금기 사항이다. 언니나 동생이나 친구나 도우미 아줌마나 기타 등등. 누구도 그 범주에서 벗어날 수 없다. 함부로, 수 역시 팔남매의 맏이로 살았기에 큰 어려움은 없지 싶다. 하지만 그는 타인이다. 결혼신고 한 장으로 좁은 공동공간에서 서로에게 부딪치지 않고 함부로 건들지 않고 무사 평온해야 한다. 잘할 수 있을지 자신이 없다.

모국어로 말을 나누고 황색 피부와 짜리몽땅한 몸피를 지닌 동류의 사람이면 누구라도 상관없지 싶다. 백색 인종만 우대하는 게르만 족속들의 빗긴 눈길은 참으로 굴욕스럽다. 외로움이 절박하게 마음을 구길 때, 수가 나타났다. 다행이라는 생각보다 염려와 불안이 한 겹 더 두터운 것은 왜일까? 마음의 준비가 안 된 상태라는 말이 적절하다. 결혼이라는 질긴 연대의식을 감당하기에 너무 이르다. 아직은 아닌데, 결혼에 대한 니체의 경구가 떠오른다. '관념에 투철한 맑은 생활을 위해서는 결혼이나 시민적 생활을 피해야 한다.'

다른 문제도 산적해 있다. 언어적인 문제보다 클래스 메이드들하고 어우러지지 못한다. 겉돈다. 혼자의 방에서 혼자의 거리에서 혼자의 식당에서 린은 혼자만의 사유에 깊숙이 침잠했고, 그것은 고독을 습득하는 과정이라 자위한다. 고독을 즐겼는지도 모른다. 몸과 마음과 입이 고파서 야기되는 외로움이 아니다. 고독은 정신적인 성숙의 길로 안내하는 지름길이다. 외로움은 자유라는 정서의 다른 표현은 아닐까? 린은 그 호젓하고 홀가분한 혼자의 시간이 소중하고 고마웠다.

조국의 학교에서 우월한 학생으로 인정받았던 것은 한갓 기초에 불과했다. 천재의 범주로 끌어 올렸던 외국어 실력은 본고장의 초등학생 수준에 불과하다. 원어강의를 이해하고 필기하는 일이 쉽지 않다. 매 시간 매 순간 열패감으로 참담해진 자신을 추스르기에 만성적인 피로에 지쳐있다. 대학 도서관에 가득 쌓여있는 그 방만한 서책들 앞에서 땅콩보다 작아지는 위축감을 느끼지 않았다면 거짓말이다.

왜 진작 그 생각을 못했는지, 마냥 느긋했다. 수가 몇 월 며칠, 몇 시에 뮌헨 공항에 도착한다는 편지를 받았다. 그때는 그저 막연했다. 그를 작은 소포거나 등기우편물처럼 생각했을 것이다. 무거운 짐과 실팍한 몸뚱이를 가진 스물세 살의 남자라는 것을 미처 생각 못 했다. 혼인신고를 했다는 이유만으로 침대 속으로 끌어들일 수는 없다. 호텔에서 자고 빌 방을 구하자. 낙천적인 발언에 린은 한시름 놓았다. 호텔에서의 하룻밤이 일주일치의 생활비에 준하는 지출이라고 해도 전전긍긍할 이유가 있을지, 잠깐 생각이 멈칫거리긴 했다.

우선 짐을 내방에 두고 방을 보러 가. 찾아보면 있을 거야. 불시에 입에서 튀어나온 말이지만 일차적인 방어를 한 셈이다. 하지

이별은 사랑이다

만 그날 밤, 그녀는 수를 내쫓지 않았다. 그가 만들어 낸 몇 조각의 퍼즐이 마음의 벽을 허물었을 것이다. 불필요한 말을 주절거리지 않았고 움직이는 동작에 절도가 있었다. 스스로를 통제하는 지적인 아우라가 린을 압도했다. 보여주기 위한 절제가 아니라 몸에 밴 습관 같았다. 고국의 언어가 많이 그리웠던 시기이기도 했다. 하지만 타국의 외로움을 덜어내는 데 필요한 말 친구나 공부의 동지 이상을 바란 기억은 없다. 그의 등장은 현실이다. 고독을 공유할 친구가 아니다. 모든 것을 나누어 가져야 하는 부부라는 법적인 굴레다. 예뻐서 억지로 손가락에 낀 유리반지 같이 버겁고 부담스럽다. 사방으로 열려 있던 문들이 괴성을 지르며 닫히고 있다. 상대에 따라 그럴 수도 있고 안 그럴 수도 있을 것이다. 하지만 한 가지 분명한 것은 한정된 매트리스에서 서로가 서로에게 자리를 양보하고 모포자락을 여며주는 배려에 길들여져야 한다는 현실.

배려? 지속 가능할까?

잠시 멈춰 서서…

색색거리는 미세한 기척, 뭐지? 소스라치듯 몸을 일으킨다. 그제야 린의 눈에 둥구미 같은 담요자락의 규칙적인 움직임이 포착된다. 밤새 수십 번도 넘게 자다 깨다를 반복한 그것의 정체가 모포 속의 덩치라는 데 생각이 미친다. 절로 오그라진 미간을 쓰담, 쓰담 하던 두 손이 긴 머리다발 손 빗질해 뒤로 넘긴다. 머리는 무겁고 눈시울은 바들거린다. 숨죽인 동작으로 일어나 코트를 입고 양말을 신고 현관 바닥에 주저앉아 구두를 신는다. 그가 깰지도 몰라 자주 뒤돌아본다. 조심에 조심을 더하는 자신의 조신함에 린은 피식 웃는다. 언제부터 타인의 기척에 마음을 졸였는지, 자신의 사전에는 없었던 일이다. 무겁고 둔한 철제 현관문을 소리 없이 열고 닫는 일이 만만찮다.

6시 조금 전인데도 안개 자우룩한 공기는 코트 깃을 여미게 한다. 안개발에 늘어진 레오폴드 길을 5분이나 걸어서 식빵 한 봉지를 샀다. 버터는 반쪽이 남았고 원두커피도 일주일 분량은 있다. 걸으면서 린은 생각한다. 어떻게 대처해야 하는지, 당장 지금부터

이별은 사랑이다

자신이 하는 말과 행동이 그와의 나날을 결정짓는 규칙이 될 것이다. 얼렁뚱땅 버무려져 한 이불을 덮고 살 수는 없다는 생각이다. 혼인신고 같은 종잇장으로 자신의 인생을 결정할 수는 없다. 하나의 생각이 떠올랐다. 현관으로 들어서는 순간 수가 만들어내는 그림이 어떤가에 따라 상황이 달라질 수도 있을 것 같다. 시계를 보면서 천천히 걸었다. 8~9분이면 빵가게까지 다녀올 수 있는 시간을 15분이나 미적거리면서 늦추었다. 아직은 이른 새벽, 수가 빌려준 혼자만의 15분이다.

와락 문을 연다. 침대부터 살핀다. 쫓아내려고 별렀던 남자, 수는 책상 앞에 앉아 책을 읽고 있다. 난로는 발갛게 타올랐고 바닥에 깔고 잤던 담요는 네모반듯하게 개켜져 침대에 놓여 있다. 린은 절로 푸, 심호흡을 한다. 기척을 알았는지 그가 뒤돌아본다. 어제 공항에서 보았던 거뭇했던 턱 부리가 깨끗하다.

난로 피웠네. 가슴이 시키는 말이다.

재만 남는 석탄난로의 아침은 춥고 스산하다. 빵 봉지를 내려놓은 린은 코트를 벗어 걸고 두 손을 활짝 펼친 채 난로 가에 선다. 따스함이 가슴에 안긴다. 어떻게 난로를 피울 생각을 했을까? 손님인 체 손을 놓고 주인이 올 때까지 기다릴 수도 있는데. 더러는 우리 부론치 먹으로 나갈래? 첫날이니까. 그런 말이라도 주절거릴지도 몰랐다. 얼마이든 호주머니에 돈이 남아 있을 시기다. 린의 예상은 빗나갔다. 그 빗나간 예측이 고맙고 기특하다. 신뢰나 의혹도 한순간의 문제다. 골마루바닥에서 자고 일어나자마자 몸이 배겨서 혼났네, 하는 따위의 푸념 대신 말끔한 얼굴로 잘 잤어? 상큼하다. 수굿하고 덤덤한 수의 미소를 살갑게 접수한다. 그 날 아침 린은 자신의 깊은 심연에서 퍼 올리는 한 바가지의 지하수를 아낌없이 마셨다.

그와 함께했던 첫날 첫 식사다. 린이 앞치마를 걸치면서 흘긋 눈길을 보낸다. 수가 불 젓가락을 들고 난로 안을 뒤적거린다. 감자를 굽고 있다. 어디서 찾았을까? 주방 서랍을 뒤적거린 모양이지, 하면서도 별로 불쾌한 생각은 들지 않는다.

그가 미소에 버무려 속삭인다.

앞치마가 잘 어울려. 예쁘다. 공부할 때 너하곤 전혀 다른 이미지거든.

린은 쿡 웃는다. 공부할 때 난 어땠는데?

전사 같았어. 총대 대신 펜을 들고 집중하는 네 모습이 하도 찰떡같아서 아무도 건들지 못했잖아.

팬에 버터를 두르고 빵을 굽고 커피를 내린다. 두 잔 가득.

감자가 두 개밖에 없더라. 이봐, 거죽만 타고 속은 익지 않은 것 같아, 하면서 감자를 무쇠 냄비에 넣어 난로 뚜껑 위에 놓는다. 뜸이 들어야 맛있어. 난 빵보다 감자가 존데. 감자에 대한 그의 예찬론은 감자 구이에 끝나지 않는다. 린이 서랍에 모아둔 영수증을 살폈는지 빵보다 감자가 조금 싸더라. 감자 샐러드도 만들 줄 알거든.

감자 나도 좋아해. 린의 목소리가 한 톤 높아진다.

비로소 둘은 서로의 눈을 맞바로 쳐다본다. 어제 오후 공항에서 만나 택시를 타고 셋방으로 도착, 하룻밤을 마룻바닥에서 곱게

이별은 사랑이다

잔 남자하고 마주 앉아 눈길을 반듯하게 세운다. 린에게 눈을 마주 바라보는 동작은 상대를 수용했다는 눈의 말이기도 하다. 그의 입가에, 눈가에 실린 온유함이랄까, 린은 어깨 위로 내리누르던 긴장이 무너지는 걸 느낀다. 그럼에도 불구하고 어슷대는 머릿속의 난제들은 여전하다. 너무 빨리 함락된 걸까? 함락이라는 단어는 너무 튀는 것 같다. 수용이나 버무림 정도로 단어의 수위를 낮추는 게 좋을 듯싶다.

그가 머그잔 두 개와 접시 하나를 겹쳐 들고 일어난다. 린이 부스스 따라 일어난다. 내가 해.

됐어. 내가 해줄게. 자취생활이 몸에 배서, 밥도 잘 짓고 된장도 잘 끓여. 행주를 빨아서 의자 등받이에 걸면서 미소를 건넨다.

해줄게? 그 말이 가지는 여운이 린의 가슴에 걸린다. 하면 하는 거지, 해줄게는 뭐야? 그녀의 혀가 인내라는 단어를 씹어 삼킨다.

있지? 설거지가 누구의 책임인데 대신 도와주겠다는 말이잖아. 우리 공존공생 하는 거 아니었어?

의자 등받이에 걸어둔 젖은 행주에 손등을 훔치면서 수가 헛, 웃음을 삼킨다.

한국식으로 훈련된 말투야. 맞아. 우린 공존공생 하는 팀이야. 앞으로 그런 말투는 삼가야겠지.

드물게 뮌헨의 하늘이 말갛다. 만질 수 있으면 손가락에 묻어날 것 같은 푸름, 모처럼 갰다. 수하고 함께하는 첫 외출이어서 하늘을 보았을 것이다. 방도 찾아보고 학교도 가보자고, 그가 서두른다. 나란하게 걷는다. 잠을 설친 탓인지 딛는 발걸음이 붕 뜨는 것 같다. 부기가 있는지 구두도 빠듯하다. 나란하게 걷고 있으면서도 머릿속은 복잡하다.

결혼이라는 문턱에 서있다. 안으로 들어갈지 말지 어쩌면 오늘 안으로 결정해야 할지도 모른다. 그 중대한 사안의 당사자인 린, 아무리 외로워도, 누군가와 모국어를 나누고 싶어도, 혼자보다는 둘이서 하는 공부가 더 효율적이라고 해도 결혼? 이건 아니다 싶다. 부부로 산다는 것에 많은 양보와 협조, 긍정과 부정이 버무려지고 있다는 사실에 승복해야 할 것이다. 오늘 아침에 빵을 사들고 귀가하던 길에 생각이 많았다. 어떤 풍경을 상상하면서 머릿속에서 각본을 써보기도 했다.

수가 눈을 뜨자마자 잘 잤어? 하면 이렇게 받아줄 생각이었다. 딱딱하고 추웠지? 침대에서 잠깐 눈 붙여. 하지만 오히려 역습을 당한 것 같은 기분이다. 수의 15분은 완벽했다. 그녀의 안에서 뭔가 느슨해지는 느낌, 매듭의 한 끝이 풀어지려 하고 있다.

학교부터 가보자는, 외출의 첫 행선지도 맘에 든다. 수용할 수 있다는 마음의 징후다. 부모나 자기 자신 말고 누군가에게 기대고 싶다는 마음이 든 건 처음이다.

하숙방에서 학교까지는 십오 분 거리다. 맞춤한 거리여서 다행이라며 밝은 표정이다.

린이 으스대면서 말을 풀어낸다. 뮌헨 공항에서 무거운 짐을 질질 끌고 학교부터 갔어. 학교 게시판에 광고부터 살펴보랬어. 주혜가 편지로 알려 줬거든. 운이 좋았어. 전차 타고 다닐 만한 거리에 조건이 좋은 셋집도 있었지만 내가 우선적으로 생각한 건 교통비 걱정 없는 셋집이었어.

수가 장갑 낀 손으로 린의 손을 잡고 흔든다.

뜻밖이야. 도통 세상 물정에 어두울 거라던 어머님 말씀은 기우였어. 린의 방을 보고 대번에 알았어. 정리 안 한 것 같으면서도 책과 살림살이 배치가 깔끔하게 정돈돼 있어. 컵이나 주전자나 팬이 외부에 노출돼 있지 않았고, 많지는 않지만 책이나 서랍 속의 자잘한 도구들이 제자리에 적절하게 정리돼 있는 걸 보고 진짜 놀랐다니까.

린이 피, 하고 입꼬리를 당긴다. 손님맞이를 위해 청소를 했지. 늘 그렇게 반듯하진 않아. 금세 흐트러지잖아.

수는 별로 기대하지 않았다. 뜻밖에 린은 가지런하다. 엉성한 어리광쟁이 정도로 알고 있었다. 린이 언젠가 하는 말을 기억하고 있다. 우리 집은 엉망이야. 현관에 신발이 열 켤레가 넘어. 자기 신발 찾아 신으려면 눈을 부릅떠야 한다니까. 또 이런 말도 했다. 일곱째가 태어나면서 첫째인 나는 방 밖으로 튕겨 나가버린 거야. 우리 엄만 그 많은 자식들 이름을 죄다 기억하고 있는지 몰라. 그냥 번호로 불러, 웃기는 식으로 말했다가 혼났어.

학부 일학년 때, 수가 하루 늦게 피난지 부산의 가교사로 달려갔던 날, 마침 린 옆자리에 앉을 수 있었다. 오전 두 시간 강의를 놓친 셈이었다. 누군가에게 노트를 빌려야 했다. 과대표라는 급우는 필기 안 했다면서 안 빌려 줬다. 수가 강의실을 누비고 다니면서 노트 구걸을 하다가 기진맥진 자리에 앉는 순간 필요하면 이

거 봐, 린이 노트를 내밀었다. 첫눈에 비친 노트는 산만했다. 영어하고 일어하고 한글이 뒤섞여 있었다. 하지만 일관성 없는 강의를 일관성 있게 정리한 노트는 완전, 수의 의식을 사로잡았다. 얘가 진짜네! 그래서 염치불구하고 부탁했다. 이 노트 집에 갈 때 돌려주면 안 돼? 단어를 해독하려면 시간이 걸려. 린이 고개를 끄덕였다. 산발적으로 끼적거린 글자들이 하나의 주제를 끌어 모으면서 기록되었고, 적절한 단어 선정을 위해 외국어 단어를 대체했다는 사실을 알았다. 린의 노트 2시간 필기는 실력이라는 중량감으로 인식되기에 충분했었다.

책상서랍 속을 살피던 수가 흠, 신음 소리를 삼킨다. 잘 깎은 다섯 자루의 연필은 고무 밴드에 묶여있고 지우개를 에워싼 밴드에는 사용한 날짜를 기입해 두었다. 금속으로 된 작은 초콜릿 통속에는 손톱 깎기를 비롯해서 자질구레한 소모품들이 제자리에 놓였다. 손더듬이로도 찾아낼 수 있을 것 같았다. 정발 뜻밖의 발견이다.

허술하고 덤벙댈 것 같은 겉모양하고는 아주 딴 판이다. 법대에서 여학생이 희소가치로 화제에 올랐을 때 누군가 린을 두고 이죽댔다. 입만 살아서…. 잘난 부모덕으로…? 했지만 아니라는 것을 이제야 알았다. 린의 부친이 독일 유학을 제시했을 때나 결혼이야기를 먼저 꺼냈을 때도 조금은 허술한 딸을 맡기려는 보조적 혜택인가? 생각했다. 린의 재능은 인정했지만 그녀의 품성은 기대 차원이 아니라고 밀쳐 두었다.

새삼스럽게 수는 그녀의 올곧은 정서에 버무려지고 싶어 입꼬

이별은 사랑이다

리를 당겼다.

그는 문단속을 하고 난로에 남은 불씨를 헤집어 화제를 방비했다. 지켜보고 있던 린이 그냥 놔두면 절로 꺼져, 했지만 그는 작은 일도 허투로 하지 않았다. 그녀가 보고 있으니까? 아니, 본디 철저한 깍쟁이 근성 탓이겠지.

학교를 둘러보는 데는 한 시간이나 발품을 들였다. 7개의 단과 대학 건물이 산발적으로 위치해 있어 규모가 큰 공과대학까지는 둘러보지 못했다. 수가 공부할 법대하고 린이 다니는 문과대학 그리고 식당하고 도서관 거죽만 대충 훑어보는 데도 정오 가까이 되었다.

우리하곤 달라. 대학 입학자격시험에 합격한 학생들은 어느 대학이든지 가서 듣고 싶은 강의를 들을 수 있어. 학점을 인정해 준대. 우리처럼 이불보따리 싸들고 안 다녀도 학적부만 가지고 가면 이동강의가 가능하다니까, 장단점이 있을 거야.

허우대가 큰 현지 학생들 사이를 골을 누비듯 두 사람은 천천히 걸었다. 동양인 남녀를 그들이 쳐다보듯이 두 사람 역시 그 상황을 굳이 피하지는 않는다. 린의 생각은 늘 한 지점에서 머뭇거린다. 인류와 인종과 그 유전자에 대한 불가사의한 진화에 대해서. 어깨를 펴고 고개를 쳐들고 당당하게, 스스로를 부추기면서 이유 없이 나부대는 발열을 통제해야 한다는 각성을 다지면서.

그들만의 교육 시스템이겠지. 그건 그렇고, 린은 화제를 돌린다. 그래도 뮌헨이 독일 문화의 축을 이룬다고 해. 독일 문화의 총

본산인 것 같아. 그림과 조각, 연극이나 음악이나 시가 도처에 포진돼 있어. 침착하면서도 이성적이고 질서를 아끼는 민족인 것 같아. 먹고 입는 것보다 정신을 우위에 두는 사고체계는 높이 살만해.

가던 걸음을 멈춘 수가 말끄러미 린을 쳐다본다. 일시적인 환상 아닐까? 전쟁으로 피폐해진 나라하고 비교하지 말자. 그들의 질서의식이나 건축물들의 중후함, 게르만족들이 만들어 내는 정중하고 이성적인 분위기나 취향에 매료된 거야. 황색 그림자에 대한 비하적인 상상은 내려 놔.

그런 거 아닌데, 작게 고개를 끄덕였지만 수의 말을 전적으로 부정한 건 아니다. 그런 것도 있고 안 그런 것도 있다. 어쨌거나, 린은 말을 계속한다. 음악이나 연극 오페라, 대형 박물관도 있고. 슈바빙에 예술인들이 많이 살고 있어. 토마스 만이나 스테판 게오르게 등의 작가들도 슈바빙적인 자유스러운 풍토에서 자아를 구축했다지. 그들이 향유하고 있는 무한 자유가 부러워. 인습과 규격으로부터의 자유, 착한 시민 근성이 만들어 내는 질서도 돋보이고. 노아라는 카페에 한번 가봤는데 정말 기도 차지 않았어. 소위 다다이즘의 집합소라는데, 그림 같지도 않은 그림에 기괴한 예술가들이 욱실거리더라고. 언제 한 번 같이 가봐.

수의 고개가 거세게 흔들린다. 안정되고 나면 공부해야지. 독일어 회화는 네가 좀 도와주라.

솔직하게 도움을 청하는 태도가 마음에 든다.

그냥, 집에서는 독일어로 의사소통을 하는 게 빠를 거야.

오후부터는 날선 진눈깨비가 날린다. 키다리 포프라 나무 맨가지들이 허연 버캐가 슨 것 같다.

갑자기 린은 고민을 털어놓는다. 난 고민이 있어. 늙은 교수의 강의를 못 알아들어. 『파우스트』를 라틴어로 하는 거야. 자신의 유식함을 발현하는 거지. 치아가 빠졌는지 발음도 분명하지 않고 그 시간만 되면 주눅이 들어.

가던 발걸음을 멈춘 수가 린의 코트 소매를 잡는다. 방법이 있을 거야. 책을 사서 읽어. 당장 살 여유 없으니까 도서관에서 빌려서 보충하면 어떨까?

린은 자신의 코트 소매에 얹힌 그의 장갑 낀 손 위에 털장갑 낀 손을 겹친다.

느티나무에 기댄 듯이 든든하다. 외발자전거를 탄 것 같던 조바심과 불안이 일시에 저만치 밀쳐진다.

『파우스트』는 도서관에서 빌리면 될 일이다. 진작 그 생각을 못 했다. 숙제를 덜어낸 것 같이 홀가분해진 기분에 즐겁기까지 하다.

배고프지? 오늘 점심은 밖에서 해결해. 테이블 없이 서서 먹는 소시지 가게로 들어간다. 레모네이드에 오이 피클, 희고 굵은 소시지는 일인분에 일 마르크, 수하고의 첫 외식이다. 린은 문득 생각에 붙잡힌다. 연애나 결혼이나 사랑은 살아 숨쉬는 인간의 엠비션(ambition, 야망이나 욕망)을 몰수한다. 이 모든 것이 의식의 가장 바깥을 스쳐 지나가버린다. 아무것도 안 남긴다. 달달하지만 맛의 뒤끝은 쓰지 않을까? 자신을 타인 속에 초극해야 하고 세계속에 초극해야 하는 것이 사랑이라면? 불시에 린은 세차게 고개를 흔든다.

왜 그러는데? 수가 걱정스러운 얼굴로 갸웃거린다.

그냥 좀 답답해서….

날숨에 버무려 숨을 들이마시는 그녀를 보면서 수가 한마디를 거든다.

크게 숨서. 좁은 방에 책상 두 개는 답답할 거야.

뭔가를 예감한 말이었을까? 무욕해 뵈던 그의 속에 깊은 우물을 담고 있는 것 같아 린은 갑자기 불안이 엄습한다. 수 자체가 불안한 건 아니다. 그의 말처럼 좁은 방을 두 개의 책상으로 분할해야 하는 상황이 불안을 자초했는지도 모른다.

집에 가는 길에 감자를 3kg이나 샀다. 사과하고 버터도 바구니에 담았다.

쇼핑을 많이 하는구나. 내가 가지고 온 반찬도 있는데.

사과 일곱 개를 덜어내고 싶어 하는 눈치다. 린이 변명하듯 말했다. 사과 한 개를 둘이 나누면 일주일에 일곱 개가 있어야 해. 유일한 비타민이잖아. 고개를 끄덕이면서 그래, 맞다, 수가 간단히 승복한다. 과일은 풍년이어서 그런지 한국보다 비싸지 않다. 쇼핑을 하면서 린은 문득 자신의 내부에서 스멀거리는 여성성을 만난다. 내 안에 다른 여자가 있었어? 내 안에 여자가? 뜻밖이다. 그 일이 싫지 않다. 활기찬 자신의 모습이 보기 좋다. 가슴에 촛불을 켠 듯 밝고 따뜻하다. 그런데 왜지? 커다란 물음 부호 하나가 어른댄다. 너의 모든 것을 나누어야 해. 온전한 린은 이제 없어.

이별은 사랑이다

다른 린이 속삭인다. 괜찮아. 그가 내미는 따뜻한 온기에 기댈지
도 몰라.

　방에 들어가자마자 린이 정색하고 앉는다. 만만하게 허물어지
고 싶지 않다. 젊은 몸뚱이들끼리 형식이나 절차 없이, 혼인신고
한 장으로 엮이는 건 그녀의 인생 사전에는 없는 일이다.
　나 있지. 4월 30일까지 숙제가 밀렸어. 읽어야 할 책이 산더미
야.
　갑자기 수의 오른손이 쳐들린다. 무슨 말인지 알아. 전적으로
네 시간에 내가 맞출 거야.
　사실이다. 여름 방학 전에 써내야 할 리포트 두 개나 밀려 있다.
　도서관 출입증이 필요하겠지? 네 걸 빌리면 안 될까?
　눈을 마주보면서 말하는 진지함이 고개를 끄덕이게 만든다.
　근데, 내가 『파우스트』 책을 빌리거나 복사할 수 있으면 좋은
데, 그럴 수 없다면 일주일 정도는 걸릴 거야. 그동안 수가 집에서
공부하면 어떨까?
　수가 고개를 끄덕인다. 어린 소년처럼 유순한 동작에 린은 쿡
웃음이 나온다. 그와의 사이에 통로가 생긴 것 같다. 억지를 부리
지 않는다. 시간이 쌓이면 거침없이 흐르던 사물이 겹쌓여 통로가
좁혀질지도 모른다. 그런 불안한 예감을 미리 당겨올 필요는 없을
것이다. 그가 이 방에 입주한 지 29시간 남짓, 무엇 하나 거스르는
기적은 보이지 않는다. 그러면서도 두리번거리면서 눈치를 보는
것 같지는 않다. 벗은 양말은 세수하면서 손수 빨아 난로 외벽에

건다. 벗은 옷은 뒤집어서 창가에 잠시 걸어두기, 난롯불 피우기, 석탄 준비, 바닥에서 자고 난 후 이불 정리까지 자신의 살비듬이 묻은 것들을 린에게 부탁하거나 미루지 않는다. 완전한 채점은 아니다. 린은 문득 채점이라는 단어에 날카롭게 꽂히는 자신의 비판 의식에 눈살이 찌푸려진다. 누가 누구의 행위를 수치로 채점할 수 있단 말인가? 쓴 침이 고인다. 아주 잠깐 동안 자조하는 헛바람이 입술을 비틀고 지나간다. 어째서 그런 자조의 습관이 몸에 뱄는지 모른다. 린은 정직하고 싶다. 누군가에게만 그런 건 아니다. 그녀는 알고 있다. 자신 속에 숨겨진 날카로운 메스를. 해체하고 분석한다. 사물이나 사람이나 주변에 있는 모든 것을 취사선택할 때마다 린은 자기만의 시각으로 채점하고 취할 것과 버릴 것을 망설임 없이 실행한다. 조금은 어둡고 부정적인 성향이 자신의 오지 속 갈피에 옹이처럼 박혀 있다는 사실을. 그것이 어떤 형태로 언제부터 기억의 서랍에 쟁여졌는지 기원은 멀다. 입술을 비틀면서 눈을 내려 깐다. 비소한 것들을 의식할 때 구겨지는 가슴, 혀가 꼬부라지고 헐떡거려진다.

수의 발언은 침묵이라는 징검다리를 한참 건너뛴다.

3년 동안 자취했더니 몸에 익숙해진 습관이야.

린이 한마디 보탠다. 좋은 습관이 좋은 인생을 만든대. 만들어 낸 미소에 그가 솔깃하다. 그런 그를 바라보면서 그녀는 좋은 습관 길들이기를 거부하는 자신의 역설에 짜증이 인다.

그가 행하는 배려나 양보가 가식이 아니라는 명백한 증거가 있다. 남자니까, 자신이 우선돼야 한다는 구닥다리 의식을 남발하지

이별은 사랑이다

않는다. 그래서 한 장의 신뢰를 서랍장에 넣었다. 수에게 말하지 않는다.

린이 7개의 사과 바구니를 들고 바닥에 앉는다. 수가 뭐야? 먹을 작정인가? 지켜보고 있다. 사과 한 알씩을 키친 페이퍼로 돌돌 말아 감싼다. 그냥 두면 수분이 증발해 금방 시들어. 수의 입가에 미소가 서린다. 공부만 잘하는 줄 알았는데, 그런 것도 할 줄 아네. 소리 내어 말할 필요는 없다. 소리나 동작을 아낄 필요가 있을 것 같다. 두 사람이 거처하기에 옹색한 공간이다. 서로가 서로에게 넘치는 존재로 반복되면 지루함에 가속이 붙을지도 몰랐다.

린이 테이블을 세팅한다. 2개의 양초를 촛대가 없어 사기 접시에 촛농으로 붙인다. 흰 냅킨 위에 크리스털은 아니지만 골라서 산 예쁜 체코제 유리컵과 와인 한 병. 보고 있던 수의 얼굴이 환하다. 양초에 불을 켠다. 달아오른 난롯불이 촛불을 흔든다. 사기 재질의 녹색 난로는 특별하다. 무쇠난로만이 연탄을 피울 수 있는 게 아니다. 이십대 초반이었고 타지의 환경에 전혀 생소했던 린에게 슈바빙의 모든 것은 신비스럽고 가슴을 달뜨게 한다. 알프스 산맥을 넘어 불어오는 푄 바람도 회색 너울을 걸치고 있는 묵직한 하늘도 실오라기 같이 야윈 햇살도 린에게는 경이로웠고 멋있다. 그 낯설음이 부러움으로 전이되었을 무렵 그만큼의 외로움이 린의 방을, 린의 가방 속을, 린의 가슴을 빼곡 채웠다. 활활 타오르는 난로의 따스함에 린 안에 간직되었던 혹독한 냉기와 외로움을 일시에 날려 버린다. 수라는 남자에 의해서 불 지펴진 그 따스함이 린의 외로운 영혼을 포근하게 감싼다. 뭔가가 곤혹스러우면서도 달콤한 갈등이 가슴 속에서 잔잔하게 뒤척인다.

오늘 무슨 기념할 만한 날인가? 아끼는 초를 두 개나 켜고 분위기 한번 끝내 준다.

그런 거 없어. 1956년 5월의 푸름을 나누고 싶어서야.

다음 주 월요일 5월 11일, 수의 생일을 염두에 두고 한 말이다. 정작 월요일 생일날에는 미역국만 끓일 생각이다. 주중에 마음이 질펀하게 퍼지면 긴장이 풀려 공부에 집중할 수가 없기 때문이다.

그럼 한낮에 카페테라스 같은 데서 했어야지.

취향이야. 그냥 내버려 둬. 이보다 넘치는 외도는 안 해.

와인하고 촛불 두 개가 외도? 과용이라는 말이겠지?

외도라는 단어가 낭비로, 낭비라는 단어가 정신의 사치로 행간을 건너뛰는 것을 두고 누군가는 철로의 평행 이론을 부부에 대입시킨다.

훌쩍 의자를 밀어내고 일어난 수가 린을 살포시 안았다. 아주 대단한 사모님이야. 작게 속삭이면서 그는 자의반 타의반으로 떠안겨진 결혼, 그녀가 자신보다 넘치는 존재임을 깨달았다.

이별은 사랑이다

그런 날들

오늘 뭐 할까? 주말이잖아. 린은 삶은 감자를 볼에 담아 으깬다. 아침은 감자 샐러드로 결정했다.

4등분한 사과의 속대를 도려내던 수가 동작을 멈춘 채 턱을 쳐든다. 토요일은 내게 허락하지 않았어? 일요일은 자기 마음대로 해. 내가 따라줄게.

그 방식은 린이 장난기 담아 제공했는데 어느새 규칙이 돼버렸다.

수는 진지하다. 나 공부가 밀렸어. 도서 반납일도 코앞이고.

알았어. 나도 할일이 산더미야.

접시에 꺼내 둔 식빵 6쪽, 린이 한 장씩 들고 마요네스를 발라 다른 접시에 놓는다. 4등분한 사과는 껍질인 채로 굵게 채 썬다. 으깬 감자에 사과를 넣고 젓가락하고 삼지창으로 살살 섞는 일은 수가 내가 잘 해, 하면서 그릇 채 꺼당긴다. 린이 커피를 내리는 동안 수는 후춧가루하고 아스파라가스 분말을 살짝 뿌려 감자 샐러드를 완성한다.

린은 두 쪽으로 자른 두둑한 감자 샌드위치를 기름종이에 싸서 초콜릿 상자에 담아 책가방 챙기는 수에게 건넨다. 이거 점심.

수의 식욕은 왕성하다. 린의 점심으로 남겨둔 샌드위치 한쪽을 보고 손을 내민다. 내가 한쪽 더 먹으면 안 돼? 린이 잠시 멈칫거린다. 이건 남는 거 아니고 내 점심이야, 그 말이 나오려는 입술을 손등으로 막는다. 아직 린은 감자 샐러드 맛 볼 짬도 없었다. 수가 도서관에 가고 나면 천천히 음악을 들으면서 커피를 곁들여 먹을 생각이었다.

밉상이다. 린이 아침 내내 서 있었는데, 같이 먹자는 말도 없이 혼자서 2인분 식사를 순식간에 먹어 치웠다. 린의 점심까지. 그리고 한술 더 바친다. 나 김치 한조각 줄 수 있어? 목이 말라.

베란다에 내다둔 김치통을 들고 와 한 젓가락 듬뿍 꺼내 접시에 담는데 또 한마디가 굴러 나온다. 기왕 꺼낸 건데 한 젓가락이 뭐냐? 인심 사납네.

수의 식사 습관은 조선의 양반님들 흉내를 낸다. 늦으면 도서관 좋은 자리 있을까? 목구멍에서 억 소리가 튀어나오려 한다. 난 좋은 자리 상관없어. 어디서든 집중하면 되니까, 굳이 창가 자리가 명당이라는 개념은 없다니까.

김치를 덜어내고 다시 밀봉하는 과정은 번거롭다. 뚜껑을 열고 닫을 때마다 발효된 마늘 냄새가 코를 찌른다. 이웃들에 민폐가 될지도 모른다. 그래서 야무지게 뒤처리를 해야 한다. 그는 미안 해하는 눈치 같은 건 없다. 너도 김치하고 먹어. 감자하고 김치는 아주 특별한 궁합이야. 넉살을 부린다.

이별은 사랑이다

식사를 마친 수가 자기 컵하고 접시를 개수대로 가져간다. 낮에 한꺼번에 씻어, 손에 물 넣지 마, 했지만 감자 샐러드를 한 날이면 씻어야 할 그릇이 많다. 감자 삶은 냄비에 으깬 유리 볼, 포크와 기타 등등의 집기들을 오랜 시간 개수대에 방치할 수 없다. 냄새보다 그 지저분한 개수대에 신경이 매달려 집중을 방해한다. 그릇들을 씻고 마른행주질을 하는데 수가 그냥 두래도 중얼대면서 현관문을 열고 나간다.

열린 문이 커다란 액자 같다. 녹색의 그물망이 후룩후룩 흐른다.

와우! 아름다워, 가득 찼어. 저 푸름, 저 바람, 저 안개, 저게 뭔데?

린의 조금은 과장된 어법을 알고 있는 수는 고개를 끄덕여 동조한다. 구두끈을 매던 손을 놓고 다시 다가오는 수, 멋져. 네 감성에 백 프로 동조할 만큼 내 정서가 촉촉하지 않지만, 아무튼 훌륭한 풍경이야. 린의 이마에 살짝 입술을 댄다.

그의 스킨십은 때와 장소를 구별한다. 그래서 적절했고 그래서 자연스럽다. 지나치게 지분댔다면, 너무 자주 막무가내로 만졌다면 뿌리치지 않았을까?

일요일이다.

낮에 둘이서 성당에 다녀왔다. 지난해 12월, 성당에 가서 막달레나라는 세례명도 받았다. 하숙은 따로 얻지 않기로 했다. 대신 린이 제안했다.

7월 14일이면 미스터 김 (그때 그렇게 불렀다) 여기 온 지 딱 100일이야. 형식이 필요하지 않다고 하지만, 우리들의 경우는 형

식이랄까, 소박하지만 나름대로 의식을 치른 이후에 같이 사는 게
좋을 것 같아. 그냥 대충 합쳐지는 건, 서로를 존중하는 의미에서
도 피하는 게 좋지 않을까?

수가 손을 내민다. 그 손 위에 린이 손을 포갠다. 내가 본데없
이 자란 상놈은 아니야. 우리 증조할아버지께서 참봉을 하셨고,
학문을 숭상했던 유교 집안이라는 건 린의 아버님이 잘 아셔. 우
리 둘만의 결혼식을 올릴 때까지 여기 한 방에 있어도 지분댈 생
각은 없어. 불편하다면 낼 방을 얻든지 기숙사를 알아보든지 방법
이 있을 거야. 그때까지만 신세 지자.

신세 지자는 말에 린은 쿡 웃는다.

밉상으로 굴 때가 있는가 하면 살뜰하게 챙기거나 배려 깊은
행동을 할 때는 고맙고 소중한 사람으로 다가온다.

감정의 문이 닫히고 열리는 건 린의 몫이다. 일일이 체크하지
않고 적당히 얼버무리면서 넘어가기, 눈에 거슬리는 행동이라도
곱게 넉넉하게 보면 그만일 텐데, 린은 그 두루뭉술한 처세가 불
편하다. 단점을 지적하고 교정되기를 바라는 것보다 자신의 시각
을 고치면 간단한 문제일 것이다. 그것이 문제다. 문제의 핵심이
자신에게 있는 줄 알면서도 상대의 어긋남을 지적하려고 툴툴거
리는 자세는 올곧지 않다.

난 남자를 몰라. 자매들하고만 살았으니까. 남동생이 하나 있
지만 갠 아버지하고, 서재에서 밥 먹을 때 말고는 안방에 잘 올라
오지도 않았어. 늘 애기울음 소리가 끊이질 않았으니까, 우리 집
엔…

수도 따라 웃는다. 우리 집도 비슷해. 내가 팔남매 맏이잖아. 몇 년 전까지도 진행 중이셨어.

린이 도서관에서 『파우스트』를 독파해야 했던 그 일주일 동안 역할이 바뀌었다. 온종일 도서관에서 공부하다가 셋방 현관을 여는 순간 그녀의 오감이 일시에 활 벌어진다.

어머! 맛있는 냄새?

어서 와. 오늘 메뉴는 된장하고 감자볶음이야. 보자기를 앞치마처럼 허리에 두른 그가 무슨 대단한 요리사라도 된 것처럼 으쓱댄다. 수가 보글거리는 된장 한 수저를 떠서 간보라며 내민다.

어머, 넘 맛있어. 우리 엄마 된장보다 맛나. 감자볶음? 양파 감자 당근 아주 멋진 조합이야.

호들갑 떠는 린을 그의 지긋한 시선이 좇고 있다. 수가 한 젓가락 떠서 그녀의 입에 넣어준다.

맛이 어때?

어쩜, 그런 생각을 했을까? 너무 신통방통한 거 있지? 린이 그의 등을 가볍게 안았다. 정말 맛있어. 이런 감자볶음은 처음 먹어 봐. 빈 말이 아니다.

집에서 보내준 된장으로 찌개를 끓인 것을 두고 놀란 게 아니다. 된장을 조금 풀고 소금으로 간을 했다. 된장을 많이 넣으면 텁텁하기도 하지만 아껴 먹어야지, 하는 말에 린은 감동 받았네, 솔직하게 느낌을 말했다. 반으로 덜어낸 감자볶음의 반을 덜어서 접시에 담는다. 널 아침 빵에 넣어 먹으면 굉장한 샌드위치가 될 거야.

긴 여름방학이다. 도서관 출입증은 교대로 사용한다. 일주일에 한두 번은 카페테리아에서 만나 밤이 내리는 레오폴드 가를 걷다가 군밤 한 봉지 사들고. 송금이 도착한 날이면 소시지 가게나 저렴한 식당 제에르오제에 가서 따끈한 수프와 삶은 돼지고기를 먹는다. 일인분만 시켜도 충분하다. 6개월 먼저 뮌헨에 온 린은 그동안 섭렵한 슈바빙의 문화 풍속을 그에게 전수하기에 열중한다. 높고 빠르고 조금은 새된 음조로 이야기를 쏟아내는 동안 수는 묵묵히 경청한다.

듣고 있던 수가 오른손 검지로 흘러내린 안경을 올린다. 신중한 말을 할 때 손이 만드는 습관 같다.

난 좀 은근히 염려돼. 가끔 린의 눈빛에서 뭐랄까? 소실점이 너무 멀어. 슬픈 기척 같아. 소녀적 멜랑콜리를 되작거릴 나이는 아닌데.

린이 눈길을 내린다. 날카로운 지적이다. 마음 저편에서 의구심 한 자락이 피어오른다. 몇 시간이나 같이 지냈다고 내 영혼의 빈터에 삽질을 해? 몇 겹의 포장지로 돌돌 감아 감추고 있던 소장품을 들킨 기분이다.

슬픈 기척? 그런 거 없어. 소녀적 멜랑콜리? 글쎄, 그런지도 몰라. 어릴 때 어머니하고 동생들하고 떨어져서 아버지하고 신의주에 가서 몇 년 살았어. 그때 많이 외로웠을 거야. 그래도 말은 안 했어. 한 번도 손에 쥐고 있는 고무줄을 놓아본 적은 없어. 치열하게 공부하기, 먹는 것 잠자는 것 입는 것보다 정신적으로 자신의 생을 경영할 줄 아는 자세로 살았고 앞으로 그렇게 살고 싶어.

이별은 사랑이다

결혼식이라기보다 성모마리아님 앞에 가서 두 사람의 혼약을 서약하기로 한 날이다.

오늘 같은 날엔 카페테리아에 앉아 부론치를 먹었으면, 손끝에 물을 묻히고 싶지 않다. 린은 밥을 푸고 김치를 꺼내고 장조림 한 덩이를 꺼내 손으로 찢는다. 미간에 골 주름이 곤두서는 걸 느낀다. 아침마다 두 종류의 식단을 준비해야 한다. 커피에 토스터만으로 아침을 때우는 린하고 달리 수는 밥을 챙겨 먹어야 한다. 성가시면 내 밥은 내가 챙길게 하지만, 그런다고 손을 놓을 수는 없다. 언젠가 늦잠을 자고 일어났더니 수가 밥상을 차리고 있다.

어머, 미안해. 날 깨우지, 했더니 수의 두툼한 입술이 꼭 다물렸다.

리포트 쓰느라 밤샘해서 그래. 그가 알고 있는 변명을 반복해서 말하는데도 그의 굳은 입술은 풀리지 않았다. 그런 날들이 겹쳐지고 반복되면서 지겨워, 하는 말이 목구멍 안에서 벅벅댄다.

빈 그릇들을 들고 일어나면서 수가 설거지는 내가 해주지, 그럼 됐지?

뭐가 됐는데? 린은 나오려는 말을 삼킨다. 명색 결혼식 직전에 화장을 하고 옷을 차려 입은 여자는 부엌 냄새를 묻히고 싶지 않다. 오늘 아침만큼은.

그럼, 말을 해야지. 말했으면, 그랬을까? 돈도 없는 주제에 헛배만 불러서?

수는 어젯밤의 일로 화가 풀어지지 않았을 것이다. 이미 새벽 2

시를 넘었고, 그때까지 린은 한잠도 못 잤다. 결혼식이라는 거대한 행사가 잠을 앗아갔을 것이다. 수는 초저녁 달게 한숨 자고 일어났다. 화장실에 다녀온 수는 습관처럼 옷 속으로 손을 드밀었다. 겨우겨우 미루어왔고 참아냈던 처음을 그는 견디지 못해했다. 나 잠 자야 해. 숨을 못 쉴 것 같아. 조금 떨어져 줄래? 하는 순간 그가 팍하게 돌아누웠다. 그래서 신새벽부터 심통을 부린다. 부부라고 해서 가족이라고 해서 내 마음대로 조종하고 가르치고 명령하고 부리는 건 옳지 않다. 난로야 타든 말든, 린은 베토벤 심포니 9번 '환희의 송가' LP판을 걸었다. 울림, 터짐, 부르짖음 그리고 만감의 폭죽이 좁은 방안 그득 차고 넘친다.

멍울 같아, 네 눈빛. 신부의 이마에 살짝 입술을 댄 신랑이 작게 속삭인다. 울어?

아니, 안 울어, 하는데 투명한 물방울이 토록 흐른다.

흰 바탕에 보랏빛 꽃무늬가 프린트된 원피스를 입었고 이웃에 사는 샬크 양이 빌려준 하얀 망사 너울을 썼다. 그대로 택시를 타고 아삼 성당까지 갔으면 했다. 지하철로 삼십 분 거리에 있는 성당까지 택시요금이 부담스러워 린은 코트를 입고 흰 베일을 벗어 백 속에 넣었다.

새벽부터 몸단장을 했다. 며칠 전 펌을 한 머리가 바구니를 들쓴 것처럼 부풀었다. 숱이 많고 긴 머리여서 관리하기가 쉽지 않다. 일주일에 겨우 두 번 머리를 감고 저녁마다 성긴 빗으로 숙인 머리다발을 빗는다. 지켜보고 있던 수가 좀 자르지, 했지만 린은

이별은 사랑이다

살래살래 고개를 흔들었다. '내건 내가 해.' 속으로 한 말이다.

성당 '아삼'은 수가 고집했다. 시청 맞은편에 상트 패트 성당이 있지만 '아삼' 성당의 질박함에 반했다. 뜻밖에 내부는 화려하다. 바로크의 최고봉 로코코양식(일그러진 진주)의 진수를 보여주는 대표적인 성당이다.

둘만의 결혼식이다. 주례나 하객은 없다. 가장 중요한 당사자들이 하나 되는 영혼의 묶임을 신 앞에서 서약하는 두 사람은 성모마리아 앞에 꿇어앉는다. 작은 노트의 맨 앞장을 열고 수가 기침으로 목소리를 고른다. 밤새 끙끙대면서 머리를 짜낸 결혼 서약서다. 신부님께 부탁드리지 않았다. 이미 조국의 법에 의해서 부부로 엮인 두 사람이다. 형식은 하나의 상황을 고리 짓는 문턱이다.

수가 서약서를 읽는다.

'나 김철수는 죽음이 우리를 갈라놓을 때까지 전혜린을 아내로, 하나의 인간으로 존중하며 사랑할 것을 맹세합니다. 어떤 고난이나 가난이나 질병이 닥치더라도 극복할 것이며 최선을 다해 두 사람의 생활이 지상의 축복에 이르도록 노력할 것을 성모마리아님 앞에서 맹세합니다. 1956년 7월 14일 김철수.'

신부의 가슴에 포개진 두 손, 한손에 수선화 다발을 들었다. 황홀하다. 아주 잠깐 동안이지만 온몸에 열꽃이 피어나듯 알알하다. 조금은 착잡했고 많이 두려웠던 결혼이라는 과제를 아낌없이 받아들인다. 두 손 모아 잡고 고개를 숙인 린의 하얀 미사포가 잘게 흔들린다. 수가 린의 손을 잡고 살짝 입술을 포갠다. 그 가벼운 접촉은 순하고 달고 아련하다.

린의 차례다. 오랜 시간 공들여 만든 서약서다. 수선화 꽃잎을 붙이고 두 사람의 이름을 써넣었다. 생 꽃잎을 무거운 책으로 눌러두었다가 투명 테이프로 붙였다.

'나 전혜린은 김철수와 함께 먼 바다에 결혼이라는 배를 띄우려 합니다. 그의 모든 것, 영혼과 성실성과 학문과 목소리와 응시하는 눈과 글 쓰는 손을 사랑할 것을 성모 마리아님 앞에서 맹세합니다. 우리 두 사람이 언제나 조화를 이룰 수 있도록 최선을 다하겠습니다. 전혜린.'

목소리가 떨린 게 아니라 영혼의 전율이 하나의 세계를 관통하고 지나간 순간이다. 시침은 앞으로 뒤로도 움직임을 멈추었다. 정지된 우주적 공간에 두 사람이 서있다. 아주 잠깐 동안 린은 자신의 생과 죽음을, 실패와 성공을, 그리고 사랑을 걸었다.

이윽고 두 사람은 각자의 서약서를 나누어 가진다. 우린 부부야. 이제 같이 자도 돼. 그의 투박하고 직설적인 표현이 조금 촌스러웠지만 린은 살포시 웃는다. 수의 서약서 가운데서 마음에 드는 한 구절이 가슴을 흔든다. '아내로, 한 인간으로 전혜린을 존중한다는 말, 그 말에 린은 매달린다. 상대를 무장 해제시키는 말이었고, 멍청한 낙관이었으며 어설픈 휴먼드라마는 아니었을까? 아무도 누구도 예측이 불가능한 미래를 두고 자신의 현재를 포장하는 건 인간만이 만들어 낼 수 있는 풍경이다. 그래도 그랬음에도 그

이별은 사랑이다

순간의 감동은 불꽃이 되어 린의 가슴에서 활활 타오른다. 그것으로 충분하다. 꿇어앉았던 몸을 일으켰을 때 놀랐다. 기도하러 온 신자들이 두 사람을 울타리를 치고 서 있는 것이 아닌가?

축하해요. 너무 아름다워요. 박수를 치며 축복해 준다. 쇠붙이처럼 단단하고 이성적인 줄 알았던 게르만족들의 친화적인 태도에 유학생 부부는 감동한다. 동양인 유학생 신랑신부의 어깨를 토닥이는 그들의 눈가가 촉촉하다.

그들의 감동에 사례하고 싶은 마음에 린은 신랑의 서약서를 꺼내 들고 독어로 번역해서 읽었다. 수가 호주머니에 넣어 둔 신부의 서약서도 받아 독일어로 번역해서 읽는다. 축하한다며 다가온 사람들하고 차례차례로 안고 가볍게 볼 인사를 하는데, 이웃에 살고 있는 샬크 양이 장미다발을 들고 다가온다. 린이 들고 있는 노란 수선화 꽃다발(부케)을 가만히 앗고, 대신 자기가 들고 있던 핑크빛 장미 다섯 송이를 준다.

이 장미꽃은 어제 신부님에게 선물한 건데요, 잠깐 빌려왔답니다. 노란 수선화는 신부의 꽃이 아니거든요.

왜요? 물으려다가 샬크 양의 눈빛이 너무 진지해서 입을 다물고 눈으로 묻는다. 샬크 양의 오른손 검지가 입술 위로 곤두선다. 우리 저기 카페 가요. 내가 축하차를 대접하고 싶어요.

샬크 양의 집에도 놀러 간 적이 있다. 마트에서 만났다. 무거워 보이는 종이봉투를 두 개나 들고 있었다. 제가 들어드릴게요. 린이 먼저 인사를 당겼다. 이웃에 사는 동양 학생이지요? 웃으면서 꾸러미를 넘겨주었다. 가느다란 명주주름이 얼굴을 가득 덮고 있었다. 집까지 들고 간 꾸러미를 받으면서 홍차 한잔 하고 가세요, 머뭇거리는 린을 잡아당겼다. 학생이 세든 집의 할머니하고는 친구예요. 학생이 아주 조용하고 착실하다고 칭찬 많이 했어요.

레오폴드 가의 7월, 초록의 나무 잎들이 노천카페 파라솔 위로 가지를 늘였다.

수선화가 부케로 왜 부적당한가요? 앉자마자 린이 물었다.

샬크 양의 설명은 좀 장황하다. 커다란 머그잔에 가득 담긴 홍차를 홀짝거리면서 말을 풀어낸다. 수선화는 자기중심적이고 자존심이 강해서 협조하고 동조하기보다는 자기를 우선시한대요. 물론 누군가 만든 꽃말이지만 수선화는 겨울 꽃이거든요. 겨울을 견뎌낸 강인함과 그런 자신에 대한 우월감이 강하다는 꽃말은 설득력이 있어요.

자글자글한 시간의 흔적을 간직한 얼굴인데도 논리적으로 대화를 이어가는 모습에서 노인만이 지닐 수 있는 품위가 느껴진다. 샬크 양이 말을 잇는다. 수선화는 그리스 신화에 나오는 나르키소스가 연못에 비친 자신의 모습에 반해서 물에 빠졌는데 거기서 수선화 피었다는 속설, 자기애가 강하고 이기적이랍니다.

알프스를 넘어온 건조한 푄 바람이 우람한 미루나무 가로수를 휘감고 휘파람을 분다. 초록물방울이 비춰 파라솔 위로 후룩후룩 떨어져 내린다. 왜 진지하면 외로울까요? 린이 묻는다.

샬크 양이 입술을 살짝 비튼다. 사람들은 지나치게 정직하고 진지한 사람보다는 한순간 온몸의 근육을 이완시켜주는 유머에 매혹당해요. 왜냐고요? 고뇌나 슬픔이나 그런 것들은 혼자만의

이별은 사랑이다

뭐랄까, 나눌 수 없는 혼자의 갈등이라서 그렇겠지요.

교편생활을 하다가 정년퇴직한 샬크 양은 연금으로 편안하게 사는 독신녀다. 샬크 양의 말을 린은 자주 반추한다. 진지함이나 엄숙함보다는 더불어 나눌 수 없는 혼자만의 고뇌와 슬픔이라고 했던 말. 슬픔이나 고통은 민족이나 혈통을 떠나 공통적인 인간의 정서라는 생각도 그때 알았다.

커튼을 내린 어둔 방, 눈앞에 까무룩 잦히는 느낌에 창문을 연다. 서창으로 난 창 가득 붉은 노을이 폭포처럼 쏟아져 들이친다. 눈이 부셔 글자가 붕 떠다닌다. 그래서 커튼을 내린 채 작업을 했을 것이다. 중천에 떠 있던 해가 45도로 기울어 핏빛 노을을 흩뿌릴 때까지 시간을 건너뛴다. 린의 몰입이다. 수는 그런 린의 집중력을 두고 전입가경이라는 문자를 쓴다.

수의 나직한 목소리는 설득력이 있다.

오케스트라가 90분이라는 데 이유가 뭘까? 그게 집중 한계선이래. 가장 효과적인 집중 상태는 90분 이상을 허용하지 않는대. 일단 쉼표를 찍고 일어나 한 바퀴 돌든지 움직임을 뇌에 입력시킨 후 다시 90분에 몰입해야겠지.

린은 듣기만 한다. 옳은 이야기라 해도 갑자기 길들여진 습관을 고치기 어려울 것 같다. 수는 선생님 같다. 늘 지적한다. 가르치려 한다. 부드럽게 속삭이지만 말의 내용은 교화적이다.

슈바빙의 여름은 관능적이다. 바람과 안개와 습한 공기가 만들어내는 저녁 어스름, 연지 빛 가로등 불빛이 먼 그리움을 실어온다.

오후에 쇼핑을 했다. 조금 비싼 와인 한 병하고 치즈 한 덩이도 장바구니에 담았다. 지켜보고 서 있던 수의 미간에 설핏 골 주름이 선다. 과용하는 거 아니냐고 말없는 말이 건네지는 순간이다.

린이 나직이 속삭인다. 우리에겐 단백질이 필요해.

장 본 물건들이 든 린의 두둑한 숄더백을 받아든 수가 모퉁이를 지나 보석상 거리로 걸어간다.

여기 잠깐 들러, 하면서 자신의 왼쪽 팔을 들어 보인다. 이 시계는 장인어른께서 결혼 선물로 사주셨어. 꽤나 비싼 시계야. 자기한테 기념될 만한 선물을 사주고 싶어. 반지보다는 시계가 요긴하지 않을까? 그의 말이 떨어지기도 전에 린이 고개를 흔든다. 시계는? 린이 손사래를 친다. 왜지? 눈으로 묻는 그에게 린이 말한다. 그냥 싫어. 무수한 진자운동으로 마름질되는 일상이라면 지겨울 것 같아. 그랬는데도 수는 시계를 고집한다.

시계로 해. 괜찮지? 자기 마음대로 시계 선물로 정해놓고 물어보는 심사는 무엇일까? 린은 입술만 살짝 웃는다. 너무 비싼 건 하지 마. 그 말만 곁들인다.

수가 갑자기 검지로 심장을 쿡 찌른다. 마음으로 웃어 봐.

갑자기 웃음기가 분수처럼 솟구친다. 린 자신도 몰랐다. 왜 그렇게 갑자기 되바라진 웃음소리가 터졌는지. 마음으로 웃으라는 말이 그녀의 마음을 읽은 것 같아서 그랬을까?

새로 산 하얀 식탁보를 책상에 깔고 촛불을 켠다.

이별은 사랑이다

앉아봐. 먼저 할 게 있어. 그가 린을 걸상에 당겨 앉힌다. 내가 채워 줄게. 빨강 융단 고리에 고정돼 있는 시계를 꺼내들고 린의 왼손 팔목을 잡는다.

동그란 하얀 딱지 속에 제멋대로 돌아가는 시 분 초 침이 선명하다. 양쪽 고리에 걸린 정교한 금속체인이 손목에 걸리는 순간 린은 선뜩 가슴을 오므린다. 차가움이 살을 베는 것 같다. 너무 과민한 걸까?

설거지나 빨래할 때마다 풀어야 해. 18K 반지라면 스물네 시간 끼고 있어도 되는데. 말은 그랬지만 반지보다 시계가 낫지 싶다. 반지는 마음과 마음을 얽매는 고리를 상징하니까. 지환이라 하지 않던가. 하지만 린은 속내 말을 씹는다. 금속 체인이나 지환이나 그 상징성에 있어서는 다르지 않을 것이다. 얽맨다는 단어를 선호할 이유는 없다. 사이와 사이를 연결하는 운명의 끈이라고 하면 좋을 것 같다.

손을 잡고 시계를 채워 주는 수의 표정은 진지하다. 두터운 입술은 꾹 다물렸고 별로 크지도 작지도 않은 담백한 동공이 검정 테 안경 속에서 무슨 의식을 치르듯 엄숙하다. 슬며시 장난기가 발동한 린이 그의 투박한 어깨를 살짝 민다. 너무 진지하면 외롭다던데, 아까 샬크 양의 말, 인상적이었어.

100일 동안 한 방에서 살았고, 앞으로도 무진장 긴 세월을 한 이불 덮고 살게 될 것이다. 결혼 서약을 하고 성당을 나오면서 수가 귀에 대고 속삭인 첫 마디가 우리 자도 돼, 우린 부부니까, 해서 린은 그만 키득, 웃었다.

수가 자조하듯 말한다. 글쎄, 진지하다기보다 우직한 편이야.

그럼 진지함과 우직함의 차이는 무엇일까? 린은 생각한다. 진지함에는 지혜와 사유를 내포하고 있지만 우직함에는 굼뜨고 나태한 이미지를 풍긴다. 수는 자신은 우직한 편이라고 말한다. 겸손인지 헛말인지는 두고 봐야 할 일이다.

난로를 향해 나란하게 앉는다. 군밤을 까서 서로의 입에 넣어주면서 그렇게 첫 밤이 둥둥 떠내려간다.

린은 하고 싶은 말을 혀 밑에 감추지 않는다. 철이 들다, 철이 안 드는 기준이 뭔지 알아? 자기 포장 아닐까? 스물두 살의 여자가 철이 들면 얼마나 들까? 먼 타국에서 법적으로 부부가 된 남자하고 첫날을 맞이하는 순간, 눈을 내리깔고 얌전을 연출하는 여자는 여우가 아니면 마녀겠지. 난 그런 부류 아니거든.

파랑과 빨강이 섞여 회색이 돼. 린은 빨강이고 난 푸름이니까. 아침 해뜨기 직전의 하늘색이야. 제일 맑고 고운 색.

린의 색깔론은 달랐다. 회색은 흰색하고 검정색의 반죽으로 알고 있다. 그 말을 꺼내서 수의 청회색 논리를 반박할 생각은 없다. 따지고 분석하는 짓거리는 하고 싶지 않다. 첫날밤이다.

투명 깔때기에 돌돌 말려 있는 그것이 아직도 책상 위에 놓여 있었다. 두 사람 모두 깜빡 잊고 있었다.

저 장미, 혹시 누구한테 줄 거야? 시치미를 떼고 린이 묻는다. 잦바듬하게 곧추세웠던 어깨선을 살짝 내리면서. 살갑고 다소곳한 자신의 모습에 린은 갑자기 민망해진다. 그제야 수가 음! 제일 중요한 건데, 타이밍을 놓쳤구나. 하지만 아직 오늘이니까.

이별은 사랑이다

　붉은 장미꽃, 후드득 심장이 떨리는 소리가 들린다. 일생에 딱 한 번뿐인 첫날밤, 반려로부터 받은 장미 한 송이. 시침과 분침이 수직으로 겹쳐진 시계를 보면서 그의 입술이 젖은 뺨에 와 살포시 겹쳐진다.

알프스에 걸린 램프

주말이었고 성당에 다녀오던 길이었다. 막 카페테라스에 앉는 순간 그 포스터를 보았다. 여행으로의 초대! 하얀 밀짚모자를 쓴 두 여자가 알프스의 만년설을 배경으로 웃고 있다. 산도 눈도 사람도 투명한 백색이다. 만년설을 등지고 선 금발 여인들의 하얀 실루엣은 몽환적이다.

그들은 동시에 몸을 일으켰다. 가고 싶어. 사진에 눈을 걸어둔 채 수가 고개를 끄덕였다. 린의 고개 숙인 모습이 애처롭게 다가왔다. 9월 새 학기까지는 한 달이나 남았고 수의 입학에 관한 모든 절차는 깔끔하게 마무리된 상태다. 휴가철 학생들에게는 기차 여행 특별할인 된다는 조건도 여행을 부추겼을 것이다.

조금은 호들갑스러운 출행이다. 그때만 해도 수는 순한 종마처럼 전적으로 동의했고 전적으로 타협했다. 집에 들어가서 짐을 꾸리고 최소한의 준비를 하자는 수의 의견에 린이 그냥 출발하자고 우겼다. 오전 10시였다. 중앙역에 가서 곧바로 가르미슈역 가는 기차에 올랐다. 겨우 두 시간 거리다. 알프스로 가는 방법은 많다.

우선 바이에른주의 남쪽으로 가서 인터라켄을 거쳐 융프라우 가
는 길이 삼십 분 정도 단축되는 거리다. 환승하는 번거로움이 있
었지만 두 사람 모두 기차여행이 좋았다. 가르미슈역에서 산악열
차를 타고 아이제브 역까지 가는 두 시간 동안 알프스 산록의 백
색 풍경에 사로잡혀 지루한 줄 몰랐다. 드문드문 자생한 수선화와
아네모네가 푸른 바탕에 수놓은 듯 장관을 이루었다.

해발 일천 미터의 아이브제 호수역에서 톱니바퀴열차로 환승
한 시간이 막차인 2시 30분 기차였다. 당일로 알프스 산장까지 도
착하는 셈이다. 빙하가 녹아서 팬 거대한 호수의 푸름이 햇볕을
되쏘며 물비늘을 일렁였다. 중앙역에서 산 플로라이드 카메라로
꼭 필요한 풍경만 찍었다. 빙하호, 산의 중턱에 패인 거대한 호수,
상상도 못했던 풍광이다. 얼음이 녹아서 흐르는 물은 파랗다.

산이 산을 포개 안았고 그 골짜기에 또 다른 산이 산을 업은 채
지상의 풍경을 보듬었다. 알프스의 정령이다. 헤르만 헤세가 모국
의 버림을 받고 귀화했던 루카노 호수의 남쪽 몬타놀라는 어디쯤
일까? 그는 구름의 시인이다. 구름은 방황과 모색과 그리움과 향
수의 영원한 상징이라고 말했다. 시인의 말이 아니더라도 산을 휘
돌아 스멀스멀 기어내리는 구름의 형상은 시시각각 모습을 달리
했다. 마녀의 옷자락처럼 보이다가 어느 순간 흰 옷 입은 천사들
의 군무를 보듯 아롱거렸고 마침내는 거대한 파충류의 몸 트림처
럼 괴기한 모양으로 흘렀다.

신년 첫 아침에 헤르만 헤세의 편지를 받았다. 자신이 그린 그
림엽서 3장하고 신년 축하 인사말이 들어 있는 엽서다. 지난 크리

스마스에 린이 보낸 카드에 대한 답신이었다.

시인은 읊조렸다. '길가에 놓여있는 보잘것없는 돌멩이도 나보다 더 강할 것이다. 숲속의 나무들도 나보다 더 오래 살리라! 한떨기 작은 딸기나무, 분홍빛을 발하는 아네모네조차도 그러하리라.' 그는 세상에 만연한 밝음과 어둠, 혼돈과 질서와 사랑과 증오를, 그 이원적인 대립관계를 자연회기라는 논리로 풀어냈다.

추크슈피체 행 톱니바퀴열차에 실린 몸이 리듬을 타듯이 쿨렁거린다. 기차바퀴가 레일의 층을 오를 때마다 심장이 리듬을 타고 쿵쾅거린다. 얇은 옷으로 파고드는 추위가 따뜻하게 느껴진 건 행복이라는 감정 때문일까? 눈가에 스멀대던 남루한 서울의 풍경들이 말끔하게 지워졌다. 전쟁으로 헐벗은 서울, 운동화로 뒤엉켰던 현관의 어수선함, 아기를 안고 젖을 물리던 어머니의 해쓱한 얼굴도 저만치 산굽이 아래로 밀려난다. 결혼식을 올렸던 그 밤, 서로의 팔을 어긋나게 잡고 축배를 들었을 때 찔끔 눈물을 흘렸었다.

수가 속삭였다. 난 가득해. 더 이상 아무것도 바라지 않아, 했을 때 린은 대답하는 대신 두 손을 심장에 가지런하게 올렸다. 말이 필요하지 않았다. 마음이 동작과 표정으로 그 이상의 지고한 무엇인가를 표현할 줄 알았다. 얽힌 손가락이 여물게 매듭지었다. 완벽한 톱니바퀴였다. 맞물리고 풀어지면서 전진하거나 후퇴하거나 풀리지 않는 불멸의 손깍지였다.

산이 산을 안았고 그 우람한 산을 하늘이 품었고 그 하늘이 구름의 회오리 속에서 섬광처럼 빛났다. 절로 몸이 떨렸다. 추워서가 아니라 환희였고 절규였다. 내가 땅콩만 해. 알프스가 날 보고

이별은 사랑이다

그래, 자연에 비해 인간이란 얼마나 나약하고 작은 존재냐고. 수의 속살이 느껴지는 말이었다. 린은 탐색 중이다. 100일이라는 기일이 그를 완전 습득하는 데 충분한 시간은 아니었다. 감정을 내보이지 않는 남자의 그 깊고 컴컴한 속내를 어떻게 탐색할 수 있을까? 신중함인지 음흉함인지, 과묵함인지 교활함인지에 관한 억측이나 비난을 불식시키는 수의 온기에 그녀는 잠시 모든 사유를 봉쇄했다.

참새 같아. 두 시간 동안 단 십 분도 안 쉬었어. 설핏 입술에 서린 수의 미소에서 아버지의 이미지를 느꼈다면 과장법일까? 말을 입안에 담고 우물거리는 모습이 그렇다. 말하는 사람보다 경청하는 사람이 더 지치는 모양인지, 수의 입에서 더운 입 바람이 터져 나온다. 속사포처럼 쏟아내는 린의 말에 수는 입가에 미소를 다문 채 고개만 끄덕인다. 기차를 타기 전에 역 광장에서 산 군밤을 먹으면서 그 무렵 전염병처럼 밀려온 실존주의에 대한 화제를 꺼냈다.

실존주의를 자기 식으로 해석해봐, 그렇게 물었던 것 같다. 바위처럼 움직이지 않던 수의 손가락이 곰지락거린다. 밤 껍질로 수북했던 봉지가 부스러지는 소리를 내면서 반으로 또 반으로 접혀진다. 마술가의 손처럼 은밀한 주제를 담은 힘준 손등에 퍼런 혈관이 불거진다. 바지직 소리를 내면서 잘게 부서지는 소리의 반향?

그가 입을 연다. 철학이나 문학은 잘 몰라. 린의 좋은 말 상대가 못 될 거야. 하지만 실존을 간명하게 내 식으로 읊어본다면 내가 들고 있는 밤 껍질을 잘게 부서뜨린 행위, 내가 행사할 수 있는 존재의 실체겠지. 인간의 자유의지와 긍정에 방점을 찍은 거라고 봐. 미래나 과거가 아닌 현존하는 모든 것들이 만끽해야 하는 실존적 자유와 존중 아닐까?

린이 물개 박수를 친다. 법학도의 대답으로는 백점 줄게. 간결하고 똑 떨어지는 논평이야. 전쟁으로 훼손되고 박탈당한 인간의 존엄성 회복이랄까, 자아라는 개체가 누려야 하는 자유라는 말이지. 물론 그 자유를 향유하기 위해서는 성실과 책임과 긍정이라는 밑그림이 탄탄해야겠지.

수가 말을 받았다. 정확하게 어디서 읽었는지는 모르겠는데, 보부아르가 한 말 가운데 〈명망을 얻은 남자 곁에 머물고자 하는 지성적 기생〉에 대한 자괴감이라는 말을 솔직하게 토로했어. 물론 보부아르도 명성을 얻었지만 그것은 어디까지나 확연하게 변별되는 영역에서만 가능했어. 그녀가 성공했던 것은 남성들의 전유물이었던 철학이나 미학적 영역에서 멀찌감치 떨어져 여성적인 주제에 집중한 결과물이었어. 남성들이 차지한 층위의 학문에 대한 경쟁이 불가능했을 거라는 추측이 가능해. 지적인 열등감을 에로티즘이라는 여성의 무기로 상쇄하려 들었지만 그건 치졸한 방법이 아니었을까?

린의 안에서 불티가 인다. 입안에서 말을 골랐다. 그녀가 말하고 싶은 것은 시몬 드 보부아르와 샤르트르의 계약결혼이나 지적 저울대의 기울기에 대한 항변이 아니다. 죽을 때까지 계속될 결혼생활에 거는 자신의 미래상을 한 번쯤 짚어 나갔으면 했다.

린이 숨을 고른 후 말했다. 보부아르는 피를 흘리지는 않았지

이별은 사랑이다

만 여성주의 계몽을 위해서 내출혈을 쏟았어. 그녀는 여성이면서도 여성이 아닌 인간으로 살기를 원했지. 여자는 태어나는 것이 아니라 만들어진다는 말처럼. 세상 사람들이 그녀를 두고 싸움쟁이라느니 색녀라는 이미지로 몰아붙였지만 그런 누명과 편견에 좌절 안 하고 끝까지 여성계몽의 깃발을 흔들었어. 보부아르는 알을 깨고 나와야 했어. 동시에 알을 깨주는 암탉의 역할을 자청했어. 솔직히 왜소하고 못생긴 샤르트르가 계약 결혼 50여 년 동안 수많은 여자를 갈았지만 보부아르는 질투는 접어 두고 2년마다 갱신하는 계약결혼에 서명을 포기 안 했어. 왜냐고? 지적인 연대감이 성적인 것보다 큰 가치라고 생각했던 거 아닐까? 내가 그녀를 비난하지 않는 것은 바로 그 부분이야. 우리 사이, 우리 두 사람의 결혼 역시 섹스는 부차적인 부분이고 지성적인 연대감으로 건전하게 이어졌으면 해. 서로를 아끼고 아주 소소한 부분에서 서로를 소중하게 생각하는 존중감이 사라지거나 엷어지면 나는 못 견딜 것 같아.

갑자기 허리를 곧추세운 수가 말했다. 마찬가지야. 네가 그렇다면 당연히 나도 그래. 결혼이라는 공동생활에서 첫손가락에 꼽히는 건 서로에 대한 존엄일 거야. 서로의 존엄을 침해하는 건 용서 못 하지.

그가 창가에 앉은 린 쪽으로 몸을 돌리더니 오른쪽 다리를 꼬았다. 린의 두 손을 잡고 가볍게 흔들었다.

우리 잘살 거야. 동기동창으로, 학문적인 동지로, 사랑으로 파파노인이 될 때까지 서로를 함부로 하지 말고 소소한 실수를 용서

하면서.

자동반사적으로 린이 몸을 도사렸다. 지금 자기가 한 말 가운데서 용서라는 단어가 목에 걸려. 그냥 싫다고 하면 되잖아. 자제나 삼가라는 말도 있어. 그거 알아? 어떤 실수나 상처나 배신이나 혼자서 하는 거 아니잖아. 상대적이야. 대상이 없다면 그런 일은 일어나지 않아.

살짝 골진 수의 미간이 풀어지지 않는다. 나직한 목소리에 묵직함을 담아내면서.

수가 잡았던 손을 풀면서 한손으로 린의 손등을 토닥인다.

너무 따지지 마. 넌 작은 걸 너무 쪼개는 경향이 있어.

린이 고개를 아래위로 끄덕인다. 맞아. 난 가부장적인 아버지에게 길들여져서 그런지도 몰라. 하루아침에 변할 수 없지만, 노력할게. 그리고 덧붙인다. 실존 이야기 마무리해. 신이 어디 있어? 천당이나 지옥이 사후 문제일까? 아니라고 봐. 살아 숨 쉬는 지금, 각자의 삶 속에 지옥과 천국이 공존한다는 생각이야. 세상을 부정하고 미워하고 원망하면 마음이 불편해. 대신 세상을 끌어안고 다독이면서 아끼고 가꾸고 가엽게 여기는 태도로 산다면 그게 바로 천국 아닐까?

수의 오른팔이 그녀의 어깨를 살포시 안았다. 유리그릇 다루듯 조심스럽다. 미적지근한 온기다. 가열찬 뜨거움은 아니다. 린이 기대했던 발열의 농도에 미치지 못한다. 담담한 토닥거림이다. 상관없다. 가파름보다는 온유함이 성급함보다는 느림이 긴 생을 살아가는데 지혜의 씨앗이라고 말하는 수의 지론에 동의한다.

동의해. 절대로 증오나 원망 같은 허접한 쓰레기를 보듬고 살지는 않을 거야. 오염된 영혼이잖아. 왠지 말끝이 조금 떨려 나온다. 린은 불시에 정수리에 내리꽂히는 불침의 느낌에 소스라친다. 그래서 목소리가 떨렸을 것이다. 걸핏하면 원망한다, 걸핏하면 탓했고, 걸핏하면 네 탓이라고 책임전가를 한 적은 없었을까? 다산으로 지친 어머니를 보면서 나는 결혼 같은 건 안 해. 8명의 자녀를 한해걸이로 생산하면서 어머니의 청춘은 아기 울음소리와 함께 파묻혀 버렸다. 그런 인생, 그런 삶, 그런 여자로 살고 싶지 않다. 원망 뒤에 숨겨진 비난의 소리나 비하적인 감정이 전혀 없었다고 할 수 있을까?

린은 잠시 눈을 감고 수의 어깨에 고개를 실었다.

산악열차가 아이제브 호수를 지나고 있을 때다. 수가 허리를 곧추세우면서 손가락으로 차창 밖을 가리켰다. 저기 봐. 내 기억이 맞는다면 저 보랏빛 작은 꽃이 아네모네일 거야. 꽃잎이 나선형이고 꽃밥은 암청색이야. 수의 손가락을 따라 그녀의 고개가 한껏 돌아간다. 그 이야기는 안 하고 싶다. 항도 부산, 바닷가 작은 다방 카운터에 서 있던 검정 통치마 여인, 지금 뭐하고 있을까? 음대 성악과를 졸업하고 중고등학교 음악선생? 동네 음악학원 레슨? 생계가 보장된다는 확신이 있는 것도 아니다. 그렇다면? 뮌헨까지 와서 독어 독문학과를 졸업하고 학위를 받고 귀국하면 린 자신은 무슨 직업으로 생존을 해결할 수 있을까? 갑작스러운 의문들이 꼬리를 물고 달려든다. 작가? 소설가? 그것으로 생계를 보장할 수 있을까? 유학 이야기를 꺼냈을 때 아버지가 대번에 지적한 말이었다. 남편에게 의존해서 안방에서 글이나 쓰는 인생? 그럴 수도 있지만 그렇게 살지는 않을 것 같다. 십여 분 이상 입을 다물고 있자 수가 무슨 생각 해? 갑자기 심각해서? 지그시 쳐다본다.

졸려. 잠깐 눈 좀 붙일게. 눈을 감고 시트에 고개를 기대는 린을 수가 툭 건드린다. 초록 융단을 깔아놓은 것 같아. 이런 절경을 놓치면 나중에 후회할걸. 실눈을 뜨고 바라보는 린의 눈가에 초록 융단이 흐른다. 초록 벌판이 산으로 이어지는 비스듬한 자락, 알프스 서사면의 가파른 능선이 휙휙 지나간다. 백설의 모자를 눌러 쓴 산이 기차의 방향에 따라 네모나 세모꼴로 변한다. 산은 높고 골은 깊다.

여행객들 사이에 대학생 커플들이 대부분이다. 대여섯 명 그룹으로 온 팀도 있고 단출하게 둘만 온 팀은 처음부터 스킨십이다. 주변에 눈치를 살피는 것 같지도 않다. 뮌헨 학생들의 풍조가 그렇다. 전후 젊은 세대들은 거리낌 없다. 그들, 뮌헨 학생들의 관계의 변주는 상큼했다. 여행할 때와 공부할 때, 만나고 헤어지는 과정의 선명한 절단선이 그들의 도덕적인 마지노선을 엉구는 듯했다. 심지어 신문에 '여행 커플 구함'이라는 광고가 심심찮게 나돈다. 간략한 자기소개, 신장과 머리카락 색깔, 자동차의 유무를 명시하고 자신이 원하는 상대의 외모 취미와 쾌활한 성격을 분명하게 제시한 다음 경비는 각자가 부담이라는 광고 내용이 더 재미있다. 젊음을 제대로 즐기는 것만큼 공부 또한 치열하게 매달린다. 뒤끝이 말끔한 관계의 관행이 건전하게 보인다.

이별은 사랑이다

춥다. 너무 추워. 수의 오른팔이 등 뒤로 감겨 왔고 그 손을 그녀가 살포시 잡는다. 아직은 부자연스러운 접촉이다. 그놈의 자아가 또 나서서 두리번거린다. 우린 부부니까, 당연해. 다분히 뭔헨적인 시류에 전염되었을 것이다.

인트라겐트에 도착했을 때는 저녁 어스름이 좁은 골목길에 자우룩했다. 역 근처의 호텔 아고라 앞에서 두 사람은 멈춘다. 너무 추워서 하룻밤이나마 저렴하고 편한 숙박업소를 찾아다닐 수가 없다. 여기야, 수가 앞장선다. 통나무의 검칙한 이미지는 허술하다. 8월인데도 골목 구석에 녹지 않은 눈뭉치가 질펀하다.

삐꺽거리는 계단을 올라가면서 린이 백 년은 넘은 것 같아. 그림엽서에서 본 예쁜 통나무집이야, 했지만 수는 이미 라운지를 향해 돌진하고 있다.

거무스름하게 때 묻은 외곽하고는 달리 통나무 호텔의 내부는 밝고 쾌적하다. 예약을 미처 못 했고, 우린 신혼부부라고 수가 말하자 수부에 있던 나이가 있어 보이는 여자가 축하한다면서 열쇠를 건넨다. 201호실, 도어를 열자 창 앞이 바로 만년설을 이고 있는 알프스다. 안내한 보이가 나가기도 전에 두 사람은 서로를 부둥켜안고 뱅뱅이를 돈다. 야호! 넘 멋져. 누가 먼저 소리를 질렀는지 모른다.

침대머리 탁자에는 물을 끓일 수 있는 전기포토하고 홍차 티백이 비치돼 있다. 귀찮았지만 린은 얼음 막대기처럼 추위로 오그라든 몸을 녹여야 했기에 샤워 부스를 먼저 차지했다. 같이 하면 안 돼? 하고 들어올지도 몰라 린은 문고리를 걸었다 동창생 부부가 만들어 내는 조금은 경직되고 부자연스러운 막간은 아닐까?

세찬 물 내림 소리가 객실 너머로 진동한다. 수는 창문을 닫는다. 혹시 복도를 지나가는 직원이 기웃거리기라도 하면 동양인에게 대여한 직원에게 폭탄이 떨어질 수도 있지 않을까? 걱정을 다독이는 사이 물 내림 소리가 멎는다. 수는 자신이 우물거렸던 몇 분 동안 머릿속을 하얗게 누볐던 바이러스가 인종적인 편견이라는 사실에 실소한다. 어디를 가도 어디를 봐도 백색의 환시가 의식을 쪼아댄다. 두터운 각질로 중무장해 있었다고 믿어 의심치 않았던 자아가 뮌헨공항에 발을 딛는 순간 휘청대기 시작했을 것이다. 마중 나와 준 린은 검정색의 가늘고 자그마한 깃봉 같았다. 검정색 코트에 검정색 머플러를 둘둘 말고 서 있는 린을 보는 순간이 그랬다. 반갑고 고맙고 안쓰러움 같은 정체불명의 무거움과 가벼움이었다. 그것은 휘발되지 않고 가슴 깊숙이 어딘가에 숨어버렸다. 소나기 지난 후 쨍하게 내려쬐는 불볕의 느낌이 그런 걸까?

수는 끓인 물에 홍차 티백을 담그고 매점에서 구입한 샌드위치의 겉봉을 열어둔다. 손발만 씻고 나온 수는 밥 먹고 나서 난 좀 제대로 목욕을 하고 싶어. 탕 목욕한 지 오래돼. 자기도 낼 아침에 해.

린이 물기 젖은 머리카락을 손 빗질하면서 고개를 끄덕인다. 하늘색 모포를 어깨에 두르고. 하얀 가운을 입고 침대 안쪽(창가 쪽)에 앉아있는 린은 평소의 어둡고 칙칙한 검정 옷의 이미지가 아니다. 양배추를 쪼개면서 고시랑거리던 짜증 내는 모습을 걸어

이별은 사랑이다

냈다. 온순하고 조용하다. 늘 그래줬으면. 수는 수다스럽고ㅡ린
이 수다스럽다는 말은 아니다ㅡ 나대는 걸 좋아하지 않는다. 린은
단점보다 장점이 많다. 수 자신보다 머리가 좋고 기억력도 뛰어나
고 모든 일에 열정적이다. 수는 처음 그녀에게 다가가면서 그녀가
확보하고 있는 문화적 정보나 내용에 결핍을 채우기 위해 책을 많
이 읽었다. 대학 도서관에 있는 문학전집을 정독하지 못했지만 작
가의 말하고 해설을 챙겨 읽었다. 린하고 대화를 나누기 위한 최
소한도의 독서는 아니었을까? 그는 처음부터 터놓았다. 난 촌놈
이야. 한수 접고 들어갔다. 뮌헨에 와서 첫 과제는 그의 염려를 증
폭시키는 그녀의 슈바빙 문화 탐방이었다. 걸신들린 듯 섭렵하려
들었다. 천천히 해. 물도 쉬어가면서 마셔, 했지만 그녀의 불을 켠
듯한 눈의 촉수는 매섭고 날카로웠다.

　침대 위에서 간단 식사를 하고 그냥 이불 속으로 기어든다. 간
지럼 태우기로 바장이다가 어느새 조용해졌고 수의 코고는 소리
에 린은 저 어둡고 내밀한 지구의 바닥으로 가라앉는다. 그것은
달고 깊고 따스한 휴식이었다. 얼었던 몸이 젤리처럼 녹아내린다.
설핏 든 잠을 깨운 것은 수의 간지럼 태우는 손이다.

　나와 봐, 빨리. 알프스에 램프가 걸려 있어.

　바위 같은 남자에게도 목청이 있었네. 린은 흰색 면 가운을 걸
치고 베란다로 나갔다.

　램프가? 흰 모자를 깊숙이 눌러쓴 알프스 산정에 달이 걸려 있
다. 레몬 빛의 커다란 달이 바로 눈앞에. 린은 후당거리는 심장을
지그시 누른다.

멋져. 어쩜 램프라는 단어를 떠올렸지?

담요를 들고 와 어깨에 둘러주는 수의 언어감각을 린이 칭찬한다.

너무 아름다워. 방방대는 린을 수가 다독인다. 매년은 오긴 어렵겠지만 결혼 10주년마다 오자. 약속할게. 새끼손가락을 건다. 알프스 산에 걸린 오렌지 빛 달 앞에서.

연지 빛 갓등에 하얀 침대 시트가 첫날밤의 초라함을 보상하기에 충분하다. 유학생 부부에게는 과분한 호사다. 창문을 열자 새벽, 뽀얀 안개발이 망사 커튼처럼 눈앞에 와 스멀거린다. 일정한 방향으로 흘렀지만 그 시작과 끝이 어디인지 어릿하다. 축축한 흰색 자락이 유리창을 쓸고 점점 엷어진다. 날숨을 훅 들이쉬며 가슴을 움츠린다. 수가 자신을 우주 속에서 한 알의 땅콩에 비유한다. 수가 땅콩이라면 린 자신은 모래알갱이 정도일까? 눈의 결정보다 더 작은 미립자? 물음부호가 거품으로 채운 욕조 안에서 붕붕 떠다닌다. 난생 처음으로 해보는 거품 목욕이다. 수를 위해 새 물을 받고 있는데 아까운데, 왜 물을 빼느냐고, 수가 투덜거린다. 여긴 호텔이고, 우린 충분히 돈을 지불했다고, 너무나 당연하고 너무나 상식적인 말을 주고받으면서 그들은 먼지를 털어내듯 크게 웃는다. 진한 에스프레소에 치즈를 넣은 통밀빵으로 수와 함께한 아침식사는 호사의 극치다.

행복해, 돈이 행복으로 이어질 수 있다는 그 단순 간결한 진리에 린은 문득 가슴을 오그린다. 돈은 속물적 가치라며 밀어냈는

이별은 사랑이다

데, 그게 아닌데, 그래서 수는 철없는 아내라고 비아냥거렸는데. 비로소 득도한 스님처럼 린은 벌렁거리는 가슴을 누른다.

덜커덩거리며 기차가 언덕을 내려갈 때 수가 나직이 속삭인다. 추웠지만 훌륭한 여행이었어. 우리 이제 집에 가는 거다.

린이 작게 웃었다. 수가 우리라고 할 때마다 가슴속에서 작은 물이랑이 인다. 우리 린! 세상에서 이보다 더 다정한 대명사가 있을까? 그런데 왜일까? 그런 감동은 금방 사라진다. '우리 린'이라는 말이 내포한 것은 무엇일까? 단순한 입버릇인지, 무언가를 내비치기 위한 의도적인 1인칭 복수대명사인지 그 의미가 모호하다. 궁금함을 속에 쟁여두지 않은 린이 물었다.

우리? 그 1인칭 복수 인칭대명사로 부르는 의미가 궁금해.

수가 흐, 하고 웃는다. 역시 머리 좋은 여자하고 살기 힘들어. 굳이 설명해야 한다면 우리 둘을 아우르는 공동체의 호칭 아닐까?

우리? 책임감과 친밀감을 극대화한 표현일 것이다. 한편 고개가 갸웃거려진다. 자아라는 개념보다는 공동의 개념이 함의된 대명사다. 린은 자신의 과민함을 털어낸다. 겨우 몇 개월 함께 했지만 수가 음흉한 비겁쟁이가 아니라는 것만은 확실하다. 자매들 속에서 자랐기에 남자에 대해서 린은 거의 백지에 가깝다. 한때 스치는 바람처럼 대학의 G선배에게 한눈을 팔긴 했었다. 남자! 왠지 도시락이라도 싸들고 가 먹이고 싶었던 야윈 감정의 가시랭이가 전부였다. 남녀공학인 법대에 입학했지만, 말을 나누었던 남학생은 남편이 된 수하고 G선배가 전부였다. 수가 때때로 그 이야기를 꺼냈다. 혹시 나 모르게 G선배하고 데이트한 건 아니지? 쳐다보는 네 눈빛이 요상했어. 커다랗게 눈을 치뜬 린이 질투하는 거야? 목소리 톤을 살짝 올렸다.

수의 대답은 시큰둥하다. 글쎄, 나도 잘 모르겠어. 지금 생각해 보면 질투했던 것 같기도 해. 네가 극장 가자는 걸 내가 보이콧했었잖아. 그날, G선배하고 극장 갔었지?

린이 하얗게 눈을 흘겼다. 몰라. 그때 단성사에서 도나 리드가 출연한 '파도'라는 영화였어. 동생하고 그 영화보고 음악다방 르네상스에 가서 네 흉을 실컷 본 것 같아. 내가 뮌헨 출국하기 전날 오후였어.

오색 무지개의 긴 화랑을 건너온 것 같다. 황홀한 판타지였다. 수라는 남자를 남편으로 맞이한 인연에 감사한 밤이기도 하다. 린은 그런 자신의 반듯하고 해맑은 긍정에 놀랐다. 기차를 타고 내려오는 내내 팔짱을 끼고 찰싹 붙어 있었다. 수가 만들어 내는 침묵의 언어들이 그녀의 연한 감성에 잔잔히 스며들었다.

결혼은 굴레? 그럴 수도 있고 안 그럴 수도 있지 않을까? 어머니에게 있어 아버지는 종교나 다르지 않았다. 8명의 자녀를 두었다고 해서 어머니가 행복해 보이지는 않았다. 자잘한 가사에 얽매여 어머니 자신을 위해서는 시간과 자본을 투자할 엄두를 내지 못하는 것 같았다. 어머니의 삶을 보고 듣고 느낀 린의 최종적인 결론은 억지 춘향이 보다 독신으로 삶의 기둥을 세우리라는 결심을 하게 만들었다. 단계를 높여 말한다면 결혼은 종교일 수도 있다는 생각에 이르기까지 긍정과 부정의 경계를 하루에도 수십 번 오락가락했다. 그 가공한 울타리가 결혼이라는 결속이 아닐까? 손에

이별은 사랑이다

손을 잡고 세상의 안과 바깥에 경계를 이루는 것, 그 안에서 모든 것이 용해되고 버무려져 하나가 되는 것이기에 종교와 다르지 않다고. 어떤 일이 있어도 자신이 선택한 종교에 헌신하겠다는 결의를 다져야 할 것이다.

가슴 위에 살포시 포개진 두 손에 그의 눈길이 흘리고 지나가는 것. 그 미미한 사랑의 기척에 눈과 귀와 오감을 쏟아 붓는다.

저물녘에 도착한 슈바빙에는 비가 내린다. 기차에서 내리자 살을 에는 것 같은 축축한 냉기가 달려든다. 전차를 타고 집으로 가는 동안 수는 입을 다물었고 린은 비에 젖은 레오폴드 가의 풍경만 바라본다. 따스한 음료수하고 음악이 그립다.

하숙집 앞에서 린은 잠시 망설인다. 간단한 소시지라도 먹고 들어갔으면, 밥을 짓고 상차림을 할 기분 아니다. 알프스의 잔설이 아직도 눈앞에 어른대는데, 그런 기분을 조금은 더 연장하고 싶다. 먼저 집에 들어간 수가 안 들어오고 뭐해? 툭 분질러지는 목소리다.

하려던 말이 목구멍으로 기어든다. 난롯불 피워두고 나가서 소시지 먹고 들어오면 안 돼? 그동안에 방이 데워져 있을 거야. 말하는 대신 린은 코트를 벗고 앞치마를 걸친다. 수가 난로 앞에 쭈그리고 앉아 종이 불쏘시개에 불을 붙이고 석탄 한 삽을 조심스럽게 넣는다. 맵고 독한 연탄 연기, 창문을 열자 파고처럼 들이친 바람에 쓸린 연기가 휘몰아친다. 린은 모포를 어깨에 두른 채 의자에 앉는다. 십 분 정도만 쉬었으면, 이제 모든 상황은 그와 더불어,

그가 원하는 대로, 가장 합리적이라고 강요하는 그의 의지대로 진행될 것이다.

얼음막대기 같은 몸을 녹일 침대, 한 잔의 뜨거운 차, 슈베르트의 '사랑의 기쁨', 들으면서 잠깐 동안이라도 저녁식탁을 유예하고 싶다. 일상의 자잘한 노동이나 반복되는 나날의 행위들이 그녀의 숨통을 틀어막는다. 속말로 되뇐다. 싫어. 흐트러지고 싶다. 모포로 둘둘 몸을 말고 엎드려 그냥 귀 막고 눈 막고 모든 외부와 단절하고 싶다. 혼자이고 싶은, 혼자라야 한다는 그 절박함에 그녀는 으스스 어깨를 털어낸다.

밥 안 해? 여행으로 충전한 것만큼 생활에 활력을 불어넣어야지, 안 그래?

린이 창틀에 매달아둔 바구니에서 감자 두 개, 당근 한 개, 양파 반 개를 꺼낸다. 카레는 어떨까?

수의 대답이 심드렁하다. 그러든지. 난 기차타고 오는 내내 치즈 냄새로 느글거리는 거 있지. 이럴 땐 된장을 먹어야 해. 카레 대신 된장을 풀면 되잖아.

쌀을 씻고 그 뜨물에 다시마하고 내장을 뺀 멸치를 넣어 육수를 만든다. 그 사이에 감자, 당근을 손질하고 조금밖에 남지 않은 된장 한 수저를 떠낸다. 아껴서 먹었는데도 된장 3킬로로 6개월을 못 먹는다. 수가 된장을 직접 담아보자고 제안했지만 린은 대답을 피했다. 언젠가는 손수 만들어 먹어야 할 것이다. 된장이 치즈의 느글거림을 억제해주긴 하지만 양배추김치로 대신할 수도 있다. 전업주부도 아닌데, 수는 한국식 식사를 고집한다. 언젠가 린이 솔직하게 말했다. 나 살림살이에 엉터리야. 너무 많은 걸 기대하지 마. 쓸데없는 일에 시간 뺏기고 싶지 않아.

수가 발끈했다. 뭘 몰라도 한참 모르네. 의식주가 1순위야. 하루 한 끼를 허술하게 넘기면 인생 자체가 허술하게 된다는 사실을 명심해.

린이 피식 웃었다. 겨우 한 끼니를 적당히 때운다고 인생이 어쩐다고? 억지야.

수는 반박하지 않는다. 일주일 동안 무표정을 덧칠한 채 입을 다물고 산다. 화났어? 린이 깐죽대면 아니, 뭐. 손사래만 친다. 린은 작전상 후퇴한다. 이길 수 없는 남자다. 하찮은 일로 다투지 말자고. 냉전이나 다툼을 치른 날이면 정신의 근육이 후물후물거린다. 입맛이 없고 잠도 못 자고 가장 역겨운 것은 공부에 집중할 수 없다는 점이다. 문득 하나의 깨달음이 돌팔매처럼 날아온다. 내가 조종당하고 있다는 자각. 눈치를 보고 물어보고 기분을 살핀다. 이미 몇 개월 사이에 버릇처럼 굳었다. 린에게 그것은 수용인 동시에 굴종이다. 결혼이 이런 식으로, 지시와 복종으로 남성 위주의 일상이 반복될 줄은 전혀 생각 못 했다. 공감하고 연대하는 사이로, 좁은 골목길을 서로 조금씩 양보하면서 비켜 갈 줄 알았다.

여행의 후렴구는 산산조각이 나서 분해되어 버렸다. 밑반찬을 꺼내면서 린은 저 혼자 고개를 끄덕인다. 그래, 반발하지 않고 수굿한 품새로 밥을 짓고 복종하면 순탄하고 평온한 나날이 지속될 수 있겠지. 비록 조작된 평온이지만 시시콜콜 따지고 분석하기에 너무 지쳐있다.

불편한 손님

어마나, 어떡해? 아버지야. 반가움의 환성이 아니다. 무의식적으로 튀어나온 쇳소리다.

아버지의 전화를 받은 건 막 아침 식탁에서 일어나고 있을 때다.

나다. 그분의 굵고 거칠한 저음이 린의 귀청을 후빈다.

뮌헨 중앙역에서 택시 타신대. 그 말에 수가 소스라친다. 좀 치우자. 창문도 열고. 빨리, 빨리.

린은 우두커니 서 있다. 아버지가? 겨자를 씹은 듯 코끝이 아리다. 서두르는 수를 두고 린은 복도 끝에 있는 공동화장실로 달려간다. 손수건만 한 거울 속에 떠 있는 하나의 얼굴이 잔뜩 구겨져 있다, 쥐어짠 행주처럼. 왜지? 뭐가 두려워? 혼잣말이 혀끝에 잘근잘근 씹힌다.

치우고 쓸고 후다닥거린 십여 분이 채 못돼 택시 정차하는 소리가 들린다. 진작 현관 밖에 서 있던 수가 작은 보스턴백을 들고 아버지를 앞세우고 들어온다. 린은 어깨에 걸치고 있던 회색 스웨

이별은 사랑이다

터를 벗어든 채 허둥거린다.

아버지 어서 오셔요. 그 말이 매끄럽게 나오지 않아 벅벅거린다. 그의 날카로운 눈이 빠르게 린의 아래위를 훑는다. 아직 빗질을 안 한 부수수한 머리카락에 서울 집에서 입었던 검정 스커트에 품이 빠듯한 스웨터 차림이 그의 눈에 어떻게 비쳐질지 린은 성이 마른다.

아버지, 여긴 어쩐 일이세요? 불쑥 나온 말이다.

왜 내가 못 올 데를 왔나? 세계여행 중에 슈바빙을 잠깐 들렀다. 너희들 사는 모양도 볼 겸해서.

코트를 벗고 하나뿐인 의자에 앉아 찬찬히 둘러본다. 일자로 다물린 얇은 입술에 힘이 주어졌다.

커피 드릴까요?

그래, 하고는 엉거주춤 서 있는 수를 보고 김 서방 앉게, 손짓을 한다.

오목한 작은 거름막에 원두커피 두 스푼을 넣고 끓인 물을 천천히 따른다. 우유도 없고 설탕도 병 바닥에 붙은 게 전부다. 검은 커피 액이 방울방울 떨어지는 걸 보면서 린의 머릿속에는 점심 걱정으로 왕가시가 돋는다.

커피잔을 그의 앞에 놓으면서 린이 아버지 점심 준비할게요. 읽히지 않는 그의 표정을 살핀다.

그래? 4시 기차로 베른에 가야 하니까 천천히 해.

그새 일어난 수가 첫물 우려낸 커피 거름막에 물을 붓고 있다. 어색함을 덜어내려는 몸짓 같아 린은 괜히 그러는 수가 안쓰럽다.

묽은 커피를 담아 온 수가 린에게 마셔, 하고 건넨다. 린이 난 됐어, 연한 커피는 자기 취향이지, 하자 지켜보고 있던 아버지의 두터운 볼에 미소 비슷한 무늬가 서린다.

늘 말의 물꼬를 쥐고 있는 린이 입을 다문 채 돌아서서 점심거리를 찾아내고 있다. 쌀을 씻고 미역을 물에 담그고….

자넨 어때? 공부가 힘들지 않은가? 언어소통은 무난하겠구나.

수가 머리를 긁적거린다. 뭘요, 아직입니다. 강의에서 이해 못한 부분은 책을 읽어 보충하니까 어렵지는 않아요. 다만, 여기 사람들 울타리가 차갑고 멀어서 때때로 겉도는 느낌이지만요.

그거야 어딘들 마찬가지 아닐까? 유럽이나 미국이나 동양인에 대한 인식이 별로 우호적이지 않지. 그런 소외감이 공부에 열중하도록 하는 채찍이 될 수 있을 거야.

수하고 말을 나누면서도 그의 시선은 동동거리는 그녀의 등 뒤에 엉겨있다. 그것이 린의 동작을 부자연스럽게 만든다. 어떤 부녀 사이였는데? 이렇게 먹먹해졌는지 린은 울컥거리는 심장을 억누를 수가 없다. 아버지의 칭찬 한마디로 숨을 쉬었고 자존감을 키웠던 스물하고도 한 해를 그렇게 살았다.

수가 늘 지적한다. 그거 알아? 착하지 않은 아이를 착하다고 추스르면 그 칭찬에 부응하기 위해 착함의 강박에 빠진다는 거. 자기 경우도 그런 것 같아. 아버님의 칭찬이 과도한 자존감을 키우지 않았을까? 넌 그 칭찬을 넘어서고 싶었을 거야. 넌 특별해. 최고가 아닌 대체 불가능한 온리원이 돼야지. 그런 칭찬이 널 옭매지 않았을까 싶어. 칭찬 강박증 말이야.

이별은 사랑이다

린은 반응하지 않았다. 맞는다거나 틀리다, 어느 쪽에도 손을 들지 않았다.

물에 불린 미역을 조물조물 헹구고 있는데 아버지의 목소리가 린의 손을 멈추게 한다.

린아, 여기 와서 앉아봐라. 점심 준비? 급할 것 없다. 무슨 번역을 한다고? 너희 엄마가 네 원고를 들고 출판사 여기저기를 찾아다니던데? 소설 번역하자고 유학을 고집한 거냐?

말하려는 린을 밀치고 수가 나선다. 아니에요, 아버님. 이 사람 소설을 쓰고 싶어 하는데, 글쓰기 공부의 첫 단계가 필사라고 하죠. 마침 세계적으로 베스트셀러가 된 프랑수아즈 사강의 『어떤 미소』가 재미있다고 해서요, 번역을 해보면 어떨까 하고 제가 제안했습니다. 그것도 일종의 필사니까요.

그가 고개를 끄덕인다. 수의 말이라면 전적으로 신뢰하는 것 같다.

린이 서성거리는 수의 소맷자락을 끌어당겨 앉힌다. 왠지 아버지하고 일 미터도 안 되는 거리에 마주 앉아있기가 불편하다. 옛날의 딸이 아니듯 앞에 앉아있는 그분도 전날의 아버지가 아니다. 회색 슈트로 중무장한 그의 이미지는 요지부동하다. 늘 집에서 풍성한 가운이나 한복에 익숙했던 눈이 넥타이를 맨 그가 낯설다. 물론 서울에서도 넥타이를 매고 슈트 입은 아버지를 매일 아침 배웅했다. 하지만 지금 아버지는 왠지 생소한 타인처럼 서먹하다. 린이 살고 있는 방구석을 샅샅이 살피고, 린의 푸석한 차림을 훑어 내리고, 요리조리 떠보려는 말투가 그렇다. 해체하고 관찰하는 객관적 시각으로 린의 울먹이는 감정을 우그러뜨린다.

벗어나고 싶다. 유학 이야기를 꺼냈을 때 그가 한 말은 법대 졸업장이 너한테는 휴지쪽지 같으냐? 1년만 기다리면 되는데…. 탄식의 의미를 린은 간단하게 털어낸다.

작가가 되고 싶어요. 글을 쓸 겁니다.

아버지의 입에서 나온 다음 말은 린의 의지에 채찍을 가했다. 작가? 글을 쓰겠다면 굳이 유학 갈 필요가 있겠느냐? 대학 졸업하고 여기서 얼마든지 글은 쓸 수 있다.

린이 무릎걸음으로 다가갔다. 아버지가 깔고 앉은 보료방석 가장이를 잡고 머리를 조아렸다.

견문을 넓히고 싶어요. 우물 안의 개구리로 살고 싶지 않아요.

아버지의 미간에 골 주름이 곤두섰다. 어렵게 입학한 법과대학이었다. 아버지는 시대적으로 엄혹했던 그 무렵, 사법 행정 2개의 고시에 합격한 천재였다. 린은 권력 지향적 직업에 생을 걸고 싶지 않았다. 어머니는 그 자리에서 멀찌감치 비켜 서 있었다. 큰딸에 대해서는 어머니는 보태지도 빼지도 않았다. 문을 닫아 건 안방에 큰딸만 데리고 앉아 도란거리는 풍경을 두고 동생들은 언니에 대한 특별대우라고 이죽거렸다.

반드시 유학에 상응하는 작품을 써서 아버님께 보여 드릴게요.

작가로 생활이 되겠느냐? 평생 남편에게 의존적인 존재로 살겠다면 모를까, 잘 생각해 봐라.

한마디를 씹어 뱉고는 안방 장지문을 왈칵 걸어차고 나갔다.

이별은 사랑이다

이제까지 그런 일은 없었다. 그 딸에 대해서만은 안 된다는 말을 단 한 번도 입 밖으로 낸 적이 없는 아버지다. 딸은 아버지에게 애지중지한 보물이었고 그 아버지는 딸에게 신에 버금가는 절대자에 다름 아니었다. 그가 만들어 내는 근엄한 표정과 말 한마디, 내뱉는 말의 음조가 집안의 공기를 마름질했다. 유학 가겠다는 딸의 돌연한 항거에 그는 당황했을 것이다. 그것은 당신의 체제에 대한 반항이었고 불손한 저항이었다. 스물한 해 동안 단 한 번도 어긋남 없이 잘 자라준 딸의 돌연한 반격이 그의 심기를 바락바락 찢었지만, 늦은 저녁상을 받았을 때 체념한 목소리로 꼭 가야 한다면 가야지, 마지못한 승낙이었다. 그 말의 행간에 묻은 은유는 냉담하고 혹독했다.

매달 미화 50불이 정부에서 지정한 송금 규정이다. 독일도 전쟁 후유증을 앓고 있는 상황이라 매사 조심하고, 절약해야 할 거다. 유학생활이 결코 녹록치 않을 거라는 의미도 포함된 말이었다. 가고 싶으면 가야지, 승낙이 떨어지는 순간 정체가 분명치 않은 두려움이 린의 등줄기를 타고 기어올랐다.

멸치 국물에 미역을 풀어 끓인 정체불명의 엉성한 식탁이다. 뮌헨을 거쳐 스위스로 이동하는 밤기차 여정의 막간이라고 했다. 혼자서 다니는 자유 여행인데, 딸이 살고 있는 도시에서 하루 이틀 머물러도 되는 일정을 그분은 조절할 의사가 없는 모양이다. 딸의 초췌한 몰골을 물끄러미 바라보던 그가 한마디를 툭 던진다.

긴장을 풀고 살면 초라해진다. 감상은 사람을 나약하게 만들지. 시간의 밀도가 삶의 질을 만든다고 하지 않던? 네가 허술하게 살지 않을 거라는 확신은 있지만, 결과를 봐야겠지.

수가 부녀 사이에 끼어든다. 예기치 못한 불화의 조짐이 피부에 와 닿았던가?

오늘 꼭 출발하셔야 해요? 슈바빙에서 하룻밤 묵으시죠. 호텔 예약은 어렵지 않습니다. 내일 저희들 다니는 학교에도 가보시고요.

고개를 끄덕이긴 했지만, 하룻밤 머물겠다는 수긍의 몸짓은 아닌 것 같다.

됐다. 기차 일정 변경하는 따위의 절차가 성가시기도 하고, 내 일정이 팍팍해.

그는 몇 술 뜨다가 수저를 내려놓는다. 땀을 뻘뻘 흘리면서 준비한 식탁인데. 그가 머문 시간은 겨우 3시간 반이다. 딸과 아버지는 한 번도 시선을 마주치지 않는다. 딸이 선택한 삶이니까, 빙벽 같은 단호함이다.

기차시간 늦을라. 아버지는 손목시계를 보더니 일어났다.

린은 울컥거리는 심장을 오른손으로 가린다. 둥둥 울리는 북소리. 참지 못하고 딸이 한마디를 한다.

이러실 거면 굳이 오실 필요가 없었잖아요. 그는 손으로 입을 가리고 가쁜 숨을 토해내는 딸을 피해 택시 호출이 가능하겠지, 사위한테 묻는다. 그리고 안주머니에서 지갑을 꺼낸다.

출발 당시엔 여기 들를 계획이 없었지. 얼마 안 된다.

50마르크 지폐 몇 장을 수의 손에 쥐여 준다. 수가 한발 뒤로

이별은 사랑이다

물러서면서 괜찮습니다, 여행에는 돈이 있어야 하는데…, 우물거린다.

유학생활이 넉넉하면 게을러지지. 결핍이나 고통이 없으면 건강한 미래를 기대할 수도 없고. 그가 수의 어깨를 한 팔로 끌어당기면서 고개 숙이고 서 있는 딸을 흘긋 쳐다본다. 화장기 없는 얼굴, 푸스스한 머릿결, 거스러미 인 마른 입술, 순간 그의 두 손이 앙당그려진다. 입성이나 사는 모양새가 초라해서 아니다. 딸애가 지니고 있던 그 광휘했던 푸른빛이 사위 버렸다. 반디처럼 반짝이던 눈빛이 안개막 같은 피로를 덮어쓰고 있다. 딸의 실패는 자명했다. 그는 딸을 지나쳐 사위를 바라보았다. 여전히 듬직했고 여전히 신중했다. 두 팔로 사위의 어깨를 잡고 힘을 준다. 소리 없는 부탁의 말이다. 내 딸 부탁하이.

린은 문득 영민한 사위와 다정한 장인의 모습에서 하나의 징검다리를 엿본 듯하다. 징검다리에 새겨진 글자가 눈에 띈다. 놀랍게도 이해와 타산이라는 공식이다. 수가 건너야 하는 저편의 강에 도달하기 위해서는 강폭이 소슬하고 깊고 거센 물살 속에 듬성듬성 놓인 디딤돌을 밟고 건너야 한다. 첫 번째 디딤돌을 무사하게 통과한 수가 장인에게서 받은 지폐를 장인이 보는 앞에서 린의 코트주머니 속으로 집어넣는다.

저만치 스위스행 기차가 홈으로 들어오고 그를 태운 기차의 후미가 사라진다. 아버지와 딸의 상봉은 그렇게 마감된다. 딸과 부친이 분리되는 건조한 의식의 한 자락이다. 천길 벼랑에서 떨어진 느낌이 그러할까? 그의 기대, 그의 자랑, 그가 창조한 천재? 그 끈적거리는 집착으로부터 멀어지고 있다. 그럼에도 불구하고 그의 존재는 여전히 사슬이 되어 린을 가둔다. 어디를 가든지 그가 만들어낸 금속 수갑이 린의 두 발과 두 손에서 차락차락 소리를 낸다.

스위스행 기차에 올라 창가 좌석에 앉은 그가 쳐다본 눈은 딸이 아니라 사위인 수였다. 손을 흔들며 몇 발자국 따라가던 린은 머쓱하니 멈추었다. 차창에서 시선을 거둔 그의 고개가 반대편 창을 바라보고 있었다.

이제 끝났다. 셋방으로 돌아가는 길은 멀고 쓸쓸했다. 집에 도착하자마자 수가 앞치마를 허리에 둘렀다. 좀 쉬어. 내가 정리 할게. 자책하지 마. 너무 밀착되었던 아버지와 딸이 분리되는 통각일 거야.

아버지가 휘젓고 간 일상은 만신창이로 구겨졌다. 아무것도 손에 잡히지 않는다. 보약처럼 마시던 커피조차 쓴 물이 되어 토를 끓어올린다. 한낮에 침대에 눕는 인생을 패자라고 비난했는데, 린은 스스로 패자가 되어 침대에 엎어진다. 무기력이라는 사슬이 온몸을 친친 감는다. 우리 딸 천재라던 그 가공의 칭송이 수갑이 되어 두리번거렸던 20대의 혼돈하고는 다른 무엇이다. 그 무렵에는 그 칭찬에 닿기 위해 밤샘을 밥 먹듯이 했다. 손가락에 피멍울이 맺히도록 쓰고 외웠다. 하지만 지금을 꼼짝달싹 못하게 만든 사슬은 무색무취한 무생물적 무기력이다.

왜 그러는데? 온종일 책 속에 파묻혀 있던 수가 널브러진 린을 꺼당겨 일으킨다.

이별은 사랑이다

온몸에 피멍이 들었어. 아버지가 부려 두고 간 모든 기척들이 날 채찍질해. 난 재기 불능이 된 것 같아.

옹졸하게 굴지 마. 덤덤한 목소리로 핀잔을 날리는 수.

F. 사강의 『어떤 미소』 번역본이 항공편으로 날아왔다.

책을 받아든 순간 린은 기뻤다. 번역본이지만 자신의 이름이 책 표지에 또렷이 적혀 있다. 처음 느껴보는 신선한 매력이었다. 도서관에서 온종일 공부하고 돌아온 수에게 그 말을 전하자 그가 추임새를 놓았다.

거봐. 먹힐 거라고 했지. 벗으려던 코트를 다시 입더니 밖으로 뛰어나갔다. 잠깐 기다려. 우리 축하하자.

수가 와인 한 병을 사들고 왔다. 오늘은 약식으로 하고 주말에 정식으로 축하해야지. 우리 혜린이 순발력, 집중력, 열정 그 모든 에너지에 감탄해.

와인 잔을 들고 서로의 잔과 시선을 부딪친다. 간만에 마주하는 합일의 순간이다. 린이 일어나 뒤늦게 촛불을 켜고 어제 극장에서 먹다 남은 팝콘을 접시에 꺼낸다. 그들만의 소박한 축하 자리다.

사강의 『어떤 미소』는 전후 젊은 세대들의 사랑과 이별, 고독한 휘청거림을 형상화한 소설이다. 일상적인 잡문이라는 구구한 억설이 나돌았지만 잔잔하고 부드럽게 이어지는 사랑의 서사다. 한숨이나 결핍이나 질투까지 아름답다. 사강은 소설 한 권으로 일약 명사의 반열에 올랐다. 거금의 인세를 받았고 그녀의 또래 세대들의 공감을 들쑤셨다. 춤과 음악과 알코올에 버무려진 일상 속에서도 사강이 풀어내는 슬픔과 고독에는 인간 존재의 연약함과 반복되는 일상의 권태가 면면이 깔려 있다.

와인 잔을 든 수의 손이 린의 와인 잔을 향해 가볍게 부딪친다. 한 번 더 축하해, 하고는 손을 뻗어 책상 위에 놓인 E · 슈나벨『한 소녀가 걸어간 길』을 집어든다. 이것도 번역하려는 거지? 자기 이름이 독자들 눈에서 멀어지기 전에 거푸 출간하면 좋을 것 같아.

순간 린의 눈앞에 뭔가 설핏 스쳐지나간다. 가시랭이 같은 것? 웃는 얼굴이었지만, 미소라는 수면 아래 살랑거리는 지느러미를 본 것 같다. 린이 눈을 내렸다. 공부보다 번역하는 따위로 시간은 죽이고 있다며 호통치던 아버지를 거역하는 행위를 그가 부추기고 있는 건 아닐까? 왜 이런 거스러미가 보이는 걸까? 린은 자신의 예민한 시각에 때로 진저리를 친다.

린의 순발력이랄까, 속도감에 놀랐어. 사강의『어떤 미소』를 삼 개월 만에 해치웠잖아.

인정받는다는 건 기쁜 일이다. 하면 하고 안 하면 말고, 난 미적지근하고 느슨한 건 질색이야.

유학의 목적에 어긋난 잡기라는 생각이 앞섰지만, 린은 솔깃했다. 번역이라면 자신 있다. 인세라는 푼돈이 생겼다. 린에게 처음으로 생산과 수입이라는 통속적인 경제관념이 발동한 계기가 된 번역작업이다. 하지만 간단하지 않았다. 책의 삼분의 일쯤 번역 작업이 진행되고 있을 즈음에야 깨달았다. 그 작업에 발목이 잡혀 시간과 에너지와 일상의 갈등이 보태진다는 걸. 죽도록 피곤했다.

이별은 사랑이다

온종일 집중하다 보면 (린의 정서적 몰입 가경) 수가 시장해서 귀가하는 저녁준비가 까마득하게 멀었다.

배고파, 하고 들어서는 수를 보고서야 금방 차릴게, 했지만 밥을 짓고 반찬을 꺼내 식탁을 차리는 데 1시간 이상 꼼지락거린다. 스물세 해 동안 활자나 펜으로 살아온 인생이다. 요리에 익숙해지는 데는 시행착오라는 과정이 필요했는지도 모른다. 수의 얼굴에 불끈 힘살이 뻗혔지만 달리 무슨 소리를 내지 않는다.

또 있다. 번역을 하는 내내 이게 내 인생의 전업이 될지도 몰라, 하는 불안이 스멀스멀 끓어오르지 않았다면 거짓말이다. 내 글을 써야지, 왜 이딴 것에 시간을 죽여? 반발이 머릿속을 휘젓는다. 눈 뜨는 아침마다 아니 매순간, 린의 내부에서 들끓는다. 내 글은 어디 갔지? 너무 절박해서 심장이 바늘에 찔린 것 같다. 누가 강요한 게 아닌데도 그녀의 안에서 투덜거린다. 수가 해보라고 했잖아. 그를 거스르고 싶지 않아서. 그것이 사랑이었는지는 잘 몰랐다. 어차피 활자하고 동행할 인생이라면 번역작업도 유익하다고 위로하면서. 그럼에도 불구하고 작업하는 내내 몇 번이나 펜을 집어던졌다. 가볍게 시작한 일이 책의 중반에 이르면 펜대에 돌을 매단 듯 진도가 더뎠다. 독어 사전을 뒤적거리고 적절한 단어를 고르면서 원고지에 한글로 번안하는 작업은 더 이상 즐겁지 않았다.

그가 손등으로 입가를 훔친다. 버릇이다. 휴지를 주면서 이걸로 닦아 했지만, 몸에 길들여진 버릇은 금방 교정되지 않는다. 수가 피붙이처럼 편했지만 그것이 목마를 정도로 절실한 사랑인지는 잘 몰랐다. 바다를 건너고 산을 넘어, 지구를 반 바퀴나 돌아 먼 땅에 던져진 외로움이 수를 의지하도록 만들었을까? 결혼이라는 공동생활의 방정식을 터득하지도 못한 채 얼결에 묶이고 말았다. 그 첫 번째 미궁은 존재론적인 회의였다. 자아를 실현하고 창조적인 무언가를 위해서는 이런 아늑함, 촛불 밝힌 식탁의 단란함이나 아기자기한 사랑 놀음은 한부분에 지나지 않는다. 전체를 아우르는 신념의 바탕 그림이 흐릿하게 지워지고 있다. 20년 동안 굳은살처럼 몸에 밴 각자의 버릇은 빼도 박을 수도 없으면서. 린은 입을 오므린다. 스스로 반성한다. 살피지 말고 분석하지 말자고. 있는 그대로를 받아들이자고. 린 자신에게도 수가 견제하고 역겨워하는 부분이 많을 것이다. 누군가 말했다. 한 사람을 엉구는 품질은 반반이라고 했다. 한 가지 분명한 것은 수는 단점보다 장점이 월등하다는 사실이다. 그의 시각은 냉정하고 객관적이다. 아버지를 뮌헨의 중앙역에서 배웅하고 돌아서던 순간 수가 말했다.

자기가 우선적으로 실행해야 할 과제는 아버지로부터 분리되는 거야. 아직도 질질 끌려 다니면 상처가 덧날지도 몰라. 아버님 한마디에 위축되는 자기 모습이 애처로워. 언제까지나 아버지의 사랑이 수도꼭지에서 흘리는 물처럼 계속되길 바라는 거야? 끊고 맺음의 결단이 중요해.

린이 목소리가 잦아든다. 내가 독일 유학을 말씀드렸을 때 이미 아버지로부터 독립했어. 아버지의 시선이 내게서 떠나는 걸 느꼈거든. 내가 왜 모르겠어.

이별은 사랑이다

그래서 슬픈 거야? 린은 스스로에게 물었다. 그건 어쩌면 태생적으로 타고난 성향인지도 모른다. 아버지의 칭찬을 듣기 위해서, 아버지를 기쁘게 해 드리기 위해서 잠자는 시간을 줄여가며 공부에 매달렸었다. 아버지의 무릎에 앉아 새로 암기한 문구를 외우거나 그림을 곁들인 일기장을 자랑하면 일자로 다물어진 아버지의 입이 귀에 가 걸리곤 했다. 내 딸, 천재야. 우리 린이 아닌 내 딸 린이었다. 그 말을 듣지 못한 날 밤이면 린은 깊은 잠에 들지 못했다. 좀 더 분발해야지, 아버지의 가슴에 촛불을 켜 드려야지, 다짐으로 새하얀 새벽을 맞이할 때도 있었다. 거짓말 같은 진실이다.

유학은 출구였는지도 모른다. 말은 안 했다. 딸이 풀어내는 그 서먹한 거리감을 아버지도 모르지 않았을 것이다. 아버지는 그런 딸의 모호한 경계까지도 사랑했는지 어쨌는지는 잘 몰랐다. 딸은 달랐다. 뮌헨으로 출국하던 날, 공항에서 출국 수속을 마치고 탑승 출찰구로 나가던 린은 후딱 뒤돌아보았다. 퍼런 날이 되어 설핏 스치던 그분의 눈빛, 그때 린은 날 벼린 칼에 찔리는 느낌이었다.

수가 지적했던 말, 아버지하고 분리되어야 한다는 말에 전적으로 동의한다.

린은 모순의 방에 갇혀 있다. 역설적이다. 반대급부적인 모든 것을 애착하고 증오하니까. 그래서 피 흘리고 대결하고 투쟁하고 좌절한다. 누군가는 말한다. 불행하지 않는데 비극을 연출하고 슬프지 않은데 슬퍼하는 몸짓은 모순이며 자기기만이라고. 그녀가 쟁취하고 싶어 했던 순수한 인식의 의상은 한갓 환상에 불과 한지도 모른다. 지상의 존재로 살기를 거부하면서 지상의 것을 열망한다. 모순의 방에 목을 매달고 있다. 린을 옭아맸고 지배했던 그것은 그녀 안에서 웃자란 인식이라는 지병인지도 몰랐다. 어릴 때부터 싹트고 지금까지 악마처럼 악착스럽게 붙어 다니는 그것. 물질이나 인간 육체를 경시하고 혐오하면서도 린은 그것에의 온기를 갈망한다.

린은 작게 중얼거렸다. 아버지의 부두(voodoo)교의 주술에 걸렸던 딸애는 늙고 마모된 좀비가 되어 삭아 문드러지고 있어요. 보셨잖아요. 아마도 제 자궁 속에는 지금 막 배태된 씨알이 옴지락거리고 있을 겁니다. 가증스럽게도? 이것도 당신이 조작한 주술의 결과가 아닌지요?

뺨을 적시고 흘러내리는 물기가 눈물인지 회한인지 헤아려지지 않는다. 털장갑 낀 손등으로 훔치자 엷은 살갗이 쓸려 따끔거린다. 그러거나 말거나 박박 문지른다.

그때 그것이 눈에 띄었다. 그가 후배한테서 선물 받았다는 그것은 아직 열어보지도 않은 채 책상 위에 놓여있다. 린이 잠시 망설이다가 족자같이 생긴 그것을 꺼내 펼쳤다. 다트게임 기기들이다. 족자처럼 벽에 걸어두는 다트의 크기는 태극선 부채만 하다. 6개의 핀(활촉)이 한 묶음으로 돌돌 말려있다. 벽에 있는 액자를 떼고 그것을 건다. 움직임을 방지하기 위해 테이프로 아랫단과 옆구리를 고정시킨다. 이상하게 그 일에 몰두한다. 짧고 통통한 핀은 길이가 15센티, 가볍다. 한 개의 핀을 들고 2미터 정도 거리에서 팍팍 던졌지만 6개 전부 과녁에 이르지 못했다. 이상하게 고양

이별은 사랑이다

되는 기분이다. 누군가를 향한 폭발 같은 느낌이 드는 건 지나친 상상력일까?

수가 올 시간이다. 벽걸이를 떼어내고 활촉을 묶어 신문지에 말아 본디대로 해 둔다. 손이 서둘고 있다. 왜지? 답을 찾지 못한 채 쌀을 씻고 감자를 깎는다. 감자의 노란 속살은 부드럽다. 사람은 몇 겹의 껍질을 지니고 있는 걸까? 다트 기기를 본디대로 꾸리면서 린은 자신의 바닥에 감춰져 있던 다른 무엇과 만난 느낌이 든다.

오늘은 어제와 연결되었고 어제는 불시에 나타난 그분으로 인해 도망치고 싶었던 날이다. 우울의 늪에 빠져 허우적대는 린의 암묵적인 압살의 조짐이 수에게 전이되었는지도 모른다.

사소한 것들의 변죽

수는 활자 속으로 침몰한다. 일상적인 말 말고 말다운 말, 대화라는 걸 언제 했는지 기억에 없다. 아버지가 다녀가신 이후부터다. 무슨 꼬투리가 그의 입에 재갈을 물렸는지 린은 물어 보지 않는다. 나쁘지 않다. 주제도 없이 주절대는 남자였다면 견디지 못했을지도 모른다.

슈바빙의 11월은 춥다. 서울의 11월은 높고 푸른 하늘이지만 슈바빙의 하늘은 엷게 그을린 잿빛의 습기를 머금었다. 쾌청한 가을날도 좋아하지만 습기 찬 슈바빙의 물 먹은 하늘, 감청색 나무 이파리들, 스쳐지나가는 게르만족들의 조용한 결, 살갗에 엉기는 시리고 부드러운 기류는 떠나는 연인의 뒤태처럼 서럽다. 이십여 년 살았던 서울의 계절은 극한을 오르내렸다. 살을 태울 듯 따가운 서울의 땡볕과 칼바람에 옷깃 여미고 살았던 극한의 겨울에 넌더리를 냈던 린에게 기복이 극심하지 않은 뮌헨의 속살대는 계절의 간극이 체질에 맞는 것 같다.

독일 사람들, 반듯한 예의로 치장했지만, 그들이 행하는 날선

이별은 사랑이다

경계는 날 벼린 금속 칼 같다. 린은 그들에게서 견제와 절제의 동작을 배운다. 끊고 맺음이 명징했고 사적인 영역을 넘보는 결례는 삼갔다.

린은 코트를 바짝 여민다. 너무 많은 옷을 껴입은 탓에 코트의 품이 빠듯하다. 고등학교 3년과 대학 3년을 입어낸 검정색 코트는 더 이상 맵고 아린 뮌헨의 겨울을 견디지 못한다. 입고 또 껴입은 옷 위에 겹쳐 입은 코트는 찢어질 듯 볼썽사납다. 검정색 털 머플러가 그나마 바람막이다. 습관처럼 그 말을 입안에서 굴린다. 가난하지만 기죽지 말아야 한다고. 개성이 없는 사람은 하나의 그림자에 불과하다고. 보통 6시까지 도서관에서 공부를 했지만, 더 이상 불화를 계속할 수 없을 것 같다. 냉전은 소모전일 뿐이다. 친정에서 보내준 생활비가 통장에 입금된 날이기도 하다. 린이 말문을 연다. 우리 간만에 영화 보지 않겠어? 현관을 나서던 수가 뒤돌아본다. 2분쯤 지난 뒤 수가 다시 현관문으로 고개를 드밀었다. K극장 앞에서 6시에 볼까? 응, 그렇게 해. 냉전의 고리를 풀어내는 쪽이 주도권을 행사하는 건지도 모른다. 그런 계산이 작용한 건 아니다. 부부 사이에서 일시적인 불화는 환기가 필요하기 때문이다. 밀폐된 공간이 가지는 탁하고 비린 냄새가 불화를 자초했는지도 모른다. 혼인 초기에 서로를 탐했던 살비듬 냄새는 어느새 탁하고 역한 음식물 냄새에 버무려져 숨 막힘을 가파르게 했을 것이다.

5시 반에 만나기로 했지만 삼십 분 일찍 나온 것은 갈 곳이 있었기 때문이다.

유리동물원 가게다. 유리와 빛의 향연이 있는 곳. 유리로 세공한 동물들이 진열돼 있다. 곰과 사자, 돌고래와 날개를 활짝 편 공작새의 휘황한 무늬는 눈이 부시다. 입을 찢어지게 벌린 악어는 금방 달려들 것처럼 야성의 비늘을 선명하게 되쏜다. 쇼윈도를 기웃대는 린을 보고 수는 아직도 소녀적 치기를 못 벗어나느냐고 은근히 핀잔을 날린다. 말의 내용과는 달리 목소리는 나긋하고 부드럽다. 린은 치기라는 단어가 고깝게 들린다. 지식의 쪼가리나 얻으려고 달려온 유학이 아니다. 보고 듣고 느끼고 맡으며 오감으로 체득한 것들을 머릿속에 각인하고 싶어서였다. 정신의 고양과 성숙이 육화되고 발효되기를 간절하게 원했다.

치기란 말이지? 그런 말, 싫어. 린은 쌀쌀맞게 털어낸다. 하지만 그런 가시 돋친 린의 반응이 그를 변화시키지 못한 것처럼 그의 부드럽고 자상한 말이 때때로 혹독한 말의 폭력이 된다.

린아, 우린 백색 가두리에 갇혀 있는 앵무새야. 그들을 능가할 수 없다고 해도 그들이 하는 만큼은 우리도 해야 해.

고개를 끄덕이는 린. 알아. 그래서 어쩌라고? 유리창 밖에서 구경하는 것이 소녀적 치기란 말이지? 유리로 세공한 고양이 한 마리 가지고 싶어. 사줄 생각이 없으면 가만있어. 무슨 설교가 그리 장황해?

유리 고양이는 가지고 싶다. 돈이 생기면 꼭 사야지, 했지만 송금이 오면 책방부터 달려간다. 가게에 들어갈 생각이 아니었는데, 문이 열렸고 반동으로 안으로 쓸려 들어간다. 검정색 바지에 흰 터틀을 입은 길고 가느다란 백인 점원이 고개를 까딱한다. 무얼 도와 드릴까요? 빛 너머에서 멈칫거리는 하얀 그림자, 표백제에서 건져낸 듯 백색 기둥이다. 찾는 물건이 있나요? 린이 그냥 구경 좀 할게요, 하자 백색 기둥은 제자리로 돌아간다.

린은 문득 데미안을 떠올린다. 헤르만 헤세의 『데미안』, 엉뚱한 장소에서 엉뚱한 이미지가 되살아난다. 고등학교 독어시간. 민망스럽게도. 독어강사는 한 시간 내내 데미안에 대해서 피를 끌어올리듯 열강을 했지만 린의 독서 진도는 이미 독파한 상태였다. 〈모든 사람의 삶은 제각각 자기 자신에 이르는 길이다. 자신이 삶의 주인이며 주체적인 위치에서 살기 위해서는 디오니소스 '감정, 혼돈, 쾌락, 악의 세계와 아폴론' 선과 이성과 질서 이 두 세계를 거쳐야 하고 그 과정에서 극기하고 자신의 실존을 체험하는 내용이지.〉

독일어 강사는 말과 말 사이에 날숨을 쉬는 이상한 버릇이 있었다. 그 틈새에 린이 끼어들었다.

위기를 피해 가는 것이 아니라 그 위기의 중심을 관통해야 다른 세계로 나아갈 수 있다는 거죠? 위기를 극복하는 과정에 관계가 있고 절망을 넘어서는 길목에 만남이 있다고, 데미안이 싱클레어에게 한 말입니다.

끼어든다고 잔소리깨나 안겨줄 꽁생원인 줄 알았는데 뜻밖에 눅진한 음조로 말을 이었다.

제대로 독서를 했군요. 데미안의 핵심 주제는 자기초극, 악도 선처럼 받아들여야 한다는 것, 그래야 비로소 자기 삶의 주인으로 살 수 있다는 내용입니다. 결국 불안과 혼란의 청춘기의 고뇌와 방황을 거쳐 나를 찾아가는 길이 소설 속에 정밀지도처럼 그려져 있다고나 할까요.

나를 찾아가는 길, 주체적인 삶? 그 말이 린의 귀속에서 쟁쟁 울렸다. 뭐야? 왜 갑자기 데미안이래? 속으로 고시랑거린다. 그때, 린이 불시에 고개를 돌린다. 유리동물들 한가운데 서 있는 유학생? 구입할 주변이나 돼? 유리동물들이 자신의 인생하고 무슨 상관이람? 허튼 걸음 아니냐고? 허튼짓거리 그만하라고? 소녀적 치기라고 놀림을 당할 만도 했다. 나가려고 몸을 돌렸다. 긴 벽을 따라 대각선상으로 배치된 유리 진열장의 의도된 배치가 눈을 크게 만들었다. 고양이에 강아지, 발레리나에 무한 종류의 새들, 유리로 세공한 백합과 수선화와 장미는 단연 압권이다. 시도 때도 없이 가게 안을 기웃거리는 동양의 허룩한 여학생에게 거는 경계심은 아닐까? 다가온 점원이 묻는다.

일본인이세요? 곰엔 구다 사이. 고개가 깔딱한다.

아뇨, 난 한국 사람인데요. 그녀의 독일어는 유창하다. 점원의 고개가 갸웃한다. 갑자기 얇은 눈꺼풀이 바들거리다가 아하! 간호사와 너희 나라 대통령이라는 말이 속사포처럼 튀어 나온다. 순간 정수리에 수축감이 모아지는 걸 느꼈다. 그래요. 한국의 간호사와 광부들이 여기 와서 일해요, 그게 뭐 어쨌는데요? 왜 그렇게 격앙된 목소리를 질렀는지 몰랐다. 점원의 입술이 약간 씰룩거렸다고 생각한 것은 모국의 남루를 들킨 데 대한 자격지심이었을까? 유리동물원에 대한 취기어린 미련을 접어 호주머니 속에 넣었다. 패전국인 주제에, 중얼거리다가 피의 순수니 어쩌니 하면서 수많은 인간 도살을 자행한 그들의 광기가 문득 린의 의식을 작두질했다.

이별은 사랑이다

많이 기다렸어? 화난 얼굴이네. 수의 순한 눈이 그녀의 아래위를 빠르게 훑어내린다. 새삼스럽게 아내의 초라한 모양새가 눈에 보인 걸까? 거우 6개월인데, 바라보는 눈빛의 강도는 엷어졌고 목소리의 결은 성글어졌다. 그러다가 어느 순간 저만치 모퉁이를 돌아가겠지. 린은 아니라고 도리머리를 흔든다. 아직은 신혼인데, 아기자기한 그림속의 주인공이 되길 바라지는 않는다. 피로가 화제를 앗아갔을까? 아, 피곤해. 밥만 먹으면 이불 속으로 기어든다. 린은 자신에게 생긴 변화에 소스라친다. 눈치를 본다. 그의 기분을, 그의 말투를, 그의 몸짓을 바라보고 갸웃대고 살핀다. 뭐 먹고 싶어? 이번 주말엔 뭐할까? 이 옷 괜찮아? 머리를 자르라고? 린은 움츠러든다. 왜지? 왜 그의 의견이 필요한 걸까? 공부도 노동이다. 공부라는 노동에 지친 거야. 버거운 일상의 소소한 일들이 그녀의 시간을 덜어냈다. 의식의 한 모서리에 데미안의 씽클레어가 속삭인다. 〈각성된 인간에게는 한 가지 의무 이외에는 아무런, 아무런, 아무런 의미가 없다. 자기 자신을 찾고, 자기 자신 속에서 확고해지는 길은 앞으로 더듬어 나가는 것이다.〉 린은 자신이 주체적인 삶을 살고 있는지 문득 뒤돌아본다. 무엇인가에 매달려 질질 끌려가고 있다. 백 년 넘게 산 노부부들처럼 공부에 지친 유학생 부부는 대화를 잃었고 미소를 잃었다.

극장을 포기한다. 간단하게 의견이 모아진다. 대신 우리 장보기 할래? 그래, 그게 좋겠다. 보고 싶은 프로가 아니야. 나도.

오후 5시, 레오폴드 가에 스민 냉기는 극한을 느끼게 한다. 뼛

속으로 파고든다. 마트까지는 2km가 넘는다. 한 시간이나 눈밭을 걷는다. 감자하고 사과 몇 알에 샐러리를 샀다. 수가 돌아서 있는 사이 린이 다크 초콜릿 한 개를 얼른 바구니에 담는다. 수가 묻는다. 무슨 초콜릿이 그리 비싸냐? 보통 초콜릿보다 열 배다. 맞아, 린이 수긍한다. 이건 카카오가 80프로 섞여 있어, 진짜 블랙초코거든. 더운 숨결이 터져 나온다. 초콜릿 한 개도 마음대로 못 사?

나 배고파. 린은 따스한 커피 한잔으로 저녁을 대신했으면, 이 저문 시간에 집에 가서 저녁을 지어야 한다는 일이 지겹다.

그럼 집에 빨리 가자.

나 지금 쓰러질 것 같아. 하얗게 질린 린을 보더니 수가 그럼 방법이 있지, 하고는 코트 호주머니를 뒤적거린다. 돌돌 만 담배가피 같은 것을 꺼낸다. 박 훈에게 빌려 줬던 돈 받았어.

우리 수육 먹을래? 누가 먼저 제안했는지 둘이 동시에 수육을 외쳤는지 모른다.

'게에로오제'(음식점). 음식 값이 싸고 양이 많아 노동자들이나 외국학생들이 늘 북적거린다.

'게에로오제'는 린이 슈바빙에 도착한 첫날 들렀었다. 낯선 거리에 서서 두리번거리고 있을 때 식당 양쪽 이맛전에 달고 있던 커다란 연시등이 발길을 당겼다. 두 개의 달 같았다. 달을 머리에 이고 있는 식당, 다정하게 느껴져 겁 없이 들어갔다.

우리 그거 먹자. 자기가 처음 와서 다 못 먹었다는 돼지고기.

삶은 돼지고기 한 접시에 붉은 와인 두 잔, 바구니에 담겨 나온 검은 빵 한 덩이가 작은 테이블 위에 푸짐하다. 고심 끝에 주문한

이별은 사랑이다

붉은 포도주는 계피와 사향, 레몬, 설탕을 넣고 끓인 굴류우 와인이다. 겨울에 애주가들이 즐기는 데운 정종 같다. 아무도 동양인인 그들을 눈여겨보지 않는다. 누가 들어오거나 말거나 그들의 관심사는 함께한 일행이나 먹는 데만 집중한다. 옷이나 외형을 비교하는 시선은 느끼지 못한다. 차라리 그들, 동양에서 온 유학생 커플이 그들을 주시하고 있다는 것을 알았을 때 조금 무르춤하다. 무엇을 비교하고 싶었을까? 무엇이 그들 앞에 앉아있는 상대를 건너뛰며 두리번거리게 만들었을까? 눈의 습관이었고 남의 시선에 민감한 한국인의 조금 별난 눈치보기는 아니었을까? 전쟁과 가난과 인간의 층위를 형성하는 많은 곁가지가 두리번거림의 시작이라고 말한다면 너무 궁색하고 비루한 변명일까?

갑자기 수가 린의 낡은 코트를 보더니 말했다. 자기 코트가 추워 보여. 이번에 송금 오면 따스한 걸로 하나 장만해.

뜻밖이다. 그런 면도 있었어? 속으로 말을 씹어 삼킨다.

난 괜찮아. 조금 춥긴 하지만, 모두들 추위하고 싸우는데, 견딜 만해.

탱탱하고 조금은 두터운 수의 얼굴에 물살이 번진다. 말을 입에 달고 있거나 표정이 풍부한 사람은 아니다.

온종일 팍팍하다. 9시까지 에칼트 교수 연구실로 출근, 오후 3시까지는 입과 머리를 열고 앉아있어야 한다. 강의만 하지 않을 뿐, 과의 전반적인 잔무를 도맡아 처리한다. 전화를 받고 복사하고 면담을 필요로 하는 학생들과 교수의 일정을 조율하는 일에는 공평성이 따라야 한다. 잘 나가다가 하나만 삐끗해도 조교지원에서 탈락한 본토 학생들의 야유를 받아내야 한다. 이런 일이 있었다. 베를린대학에서 온 청강생이 에칼트 교수의 현대시 강의를 들었는데, 학점 처리가 안 되었다는 통고를 받았다. 매년 수백 명의 학생들이 어느 대학의 어떤 교수의 명강의가 있는지 혈안이 되어 찾아다녔다. 독어문학의 권위자인 에칼트 교수 강의실은 언제나 수강생들로 만원이었다. 그 청강생들의 들고 나는 출결석과 학점 송부 따위가 조교에게 할당된 가장 신경 쓰이는 사무다.

학기말, 해당 학생의 학점은 학적이 있는 본교로 송부된다. 그것에 따르는 착오나 실수는 있을 수 없다. 천 명에 하나 있을까 말까 하는 착오가 린이 처리한 학생에게 도래했고 그건 사건이었다. 베를린 대학에서 날아온 공문을 접수한 에칼트 교수가 발끈한다. 일을 어떻게 하는 건가?

린은 침착하게 대처한다. 그녀 안에서 들끓고 있던 불평등의식이나 자신의 글을 쓰지 못한다는 열패감 같은 사유의 곁가지들을 발바닥 아래로 밀어낸다. 이성의 잣대를 들고 학점 송부에 따른 문서를 차곡차곡 살핀다. 한 학기에 외부 청강 학생이 17명이나 된다. 그 학생들의 리포트와 출석일, 개인 정보 등을 일일이 체크한다.

점심도 저녁도 굶은 채 일주일 동안 연구실 한 구석에서 밤 12시까지 작업한 결과 눈 혈관이 터졌다. 흰자위가 토끼 눈처럼 빨갰다. 활자를 읽는 데는 무리가 없다. 사람들이 보고 기겁을 한다. 그렇다고 에칼트 교수가 당면한 그 학생 문제를 보류하거나 다른

이별은 사랑이다

이에게 떠넘길 수 없다.

수가 여성용 보안경을 사가지고 왔다. 여배우나 쓰는 화려한 선글라스는 수가 벼룩시장에서 구입했다고 한다. 사람이 없을 때는 쓰지 않았고 사람이 있을 때만 착용했다. 주변 학생들이 놀란다. 갑자기 무슨 가면?

마침내 문제를 일으킨 학생의 자료를 찾아냈다. 출석일자가 기준에 미달했고 제출해야 할 리포트가 함량 미달 F학점을 받았다는 증빙 서류가 동봉돼 있다. 근거 서류 2부를 작성에 에칼트 교수에게 제출한다. 조교로서 당연한 수고이기에 칭찬 같은 건 바라지 않는다.

서류를 넘겨보던 교수가 손짓으로 린을 부른다. 장난기 있는 교수가 검지로 린이 쓰고 있는 커다란 선글라스를 살짝 들어 올린다. 그리고 고개를 끄덕인다. 그런 줄 알았다고. 사치하지 않은 전혜린 양이 갑자기 여배우들이나 쓰는 선글라스를 쓰고 등장하기에 궁금했지. 에칼트 교수가 한바탕 큰 소리로 웃는다. 연구실을 나가던 린은 연구실 도어핸들을 잡은 채 울컥 토해지려는 생리적 기척을 숨기지 않는다.

교수가 아하, 그랬어요? 하면서 작은 봉지 하나를 내민다. 얄팍하다. 사무적인 지시 이외의 말과 표정이 없는 교수가 만들어 낸 최초의 몸짓이다.

아몬드다. 그가 점심으로 먹는다는 사과 한 알과 아몬드 15개, 전임자로부터 들었다. 게르만족의 전형인 냉철하고 규격화된 에칼트 교수가 베푼 한줌의 칭찬은 아니었을까?

일이 버거웠을까? 체중이 49kg으로 뼈만 앙상하다.

시행착오라면 거기서부터였다. 조교 지원도 같은 맥락의 곁길이었다. 치열한 경쟁 끝에 쟁취한 임명이다. 과의 후배들에게 조교는 작은 권리였고 교수와 학생 사이의 교량이기도 하다. 학위를 위한 가장 확실한 전초전이다. 본류에서 빗나간 지류의 얕은 수량은 햇볕과 지열과 바람에 증발되어 마침내 사막의 와디(말라붙은 개울)처럼 된다는 것을 그녀는 미처 생각하지 못했다.

무거운 회색 하늘에 부연 안개의 입자들이 바람에 쓸려 날리고 있다. 식사를 하고 집으로 걸어오는 동안 말을 아낀다. 수의 코트 주머니에 손을 넣는다. 야윈 빗살을 맞으며 우두커니 서 있는 가스등과 군밤장사의 붉으죽죽한 파라솔이 비 내리는 레오폴더의 밤을 지키고 서 있다.

수가 발걸음을 멈춘다. 가랑비에 젖은 그의 더부룩한 머리가 빛의 알갱이가 되어 반짝인다.

먹고 싶어? 결국 군밤 한 봉지로 수의 호주머니가 탈탈 털린다. 따끈한 군밤봉지를 안고 린이 말한다. 좁쌀알갱이보다 작은 내 행복이야. 이 조각들로 내 일상을 도배하고 싶어.

…우린 조화를 이루지 않으면 금방 지쳐버려.

앞의 두 단어는 귓결에 스쳐 휘발된다. 군밤은 사지 말았어야 했을까? 군밤은 먼 그리움이다. 서울의 냄새, 부산의 영도다리 냄새에 곁들여 수가 첫 데이트에서 사준 군것질거리다.

수와 함께 타고 가는 작은 범선이 포구로 안전하게 도달할 수 있을까? 수가 지적하지 않아도 알고 있다. 무계획적인 낭비벽이

이별은 사랑이다

나 쿨렁거리는 감상벽이 생활을 괘도 이탈하게 만든다는 것을. 뭐랄까? 히스테리? 그렇다. 일종의 심리적인 발작이다. 자신을 통제해야 한다. 자신을 경영하고 자신을 제재해야 한다. 기도의 첫 순서로 곱씹는 말인데, 실천이 안 되는 건 의지의 문제일 것이다. 자신의 실수나 잘못을 인정하지만, 그렇게라도 하지 않으면 못 살 것 같은 아우성이 그녀 안에서 들끓는다. 그것이 그들의 조화와 균형을 망가뜨린단 말일까? 그런데도 비틀고 꼬아대는 말이 속사포처럼 쏟아져 나온다.

난 자기 논리에 동의 할 수 없어. 완만한 것, 무덤덤한 것, 미지근한 것, 밋밋한 것들은 질색이야.

눈을 치뜬 수는 새삼스럽다. 어깃장 부리지 마, 좀 느슨해질 필요가 있어. 모서리를 깎아. 수가 뱉어낸 단어들이 샛바람이 되어 귀청을 울린다. 늘어진 고무줄처럼 느슨하게 살기 싫어. 그의 코트 호주머니에서 손을 꺼낸다. 가랑비에 젖은 두 사람은 민둥산 비탈에 선 겨울나무 같다.

아직 우리는 반죽이 안 된 상태야. 조금만 더 느긋하게 기다려주면 안 돼? 왜 조바심을 내고 그러냐? 정말 피곤하다. 또 변죽을 울린다.

피곤의 원천이 나란 말이지? 나도 힘들고 피곤하고 막 짜증나.

돌연 수가 돌아서서 걸어간다. 그의 둥긋한 어깨 위로 어둠살에 뭉개진 안개비가 함초롬히 내려앉는다. 왜 그랬는지, 그렇게밖에 할 수 없었는지, 너무 꽉 그러쥔 손톱이 살을 파고든다.

날선 긴장이 피곤의 주범이다. 우리 사이에 무슨 긴장? 네가 과민한 탓이지.

과민이 과민을 불러온다. 단정 짓지 마. 내가 철근이나 밧줄처럼 튼튼하기를 바라는 거야? 섬세하긴 해도 과민한 건 아니지.

그게 그 말이잖아. 섬세함과 과민의 차이에 대해서 한 시간이나 입씨름을 한다.

일주일을 건너뛰어 다시 냉전으로 돌입. 냉전의 빌미는 파우스트 관람이다. ‘파우스트’ 예매는 한 달 전에 했다. 취소할 수도 있었지만, 그녀는 밀어붙였다. ‘파우스트’ 만큼은 양보할 수가 없다. 공부의 연장선상에 있기 때문이다. 연극 ‘파우스트’의 입장권 2장은 유학생 부부의 일주일치 석탄값보다 웃도는 지출이다. ‘파우스트’를 예매한 그날부터 수의 입은 다물렸고, 귀를 닫았고, 빗긴 눈을 한 채 침묵의 늪을 건너야 했다. 늙은 교수의 파우스트 강의를 반쯤 흘리면서 들어야 했다. 라틴어를 섞어가면서 어눌한 발음으로 이국의 학생들을 곤혹스럽게 만들었던 강의였다. 네 공부에 도움이 된다면 무리해서라도 봐야겠지. 말은 그랬다. 정작 공연을 관람하기로 한 그날, 그는 능장을 부렸다. 모두들 입장하고 있는데 수는 나타나지 않았다. 7시 공연이지만 간단히 요기를 하고 십분 전에는 들어가야 한다. 몇 분이라도 늦으면 입장 불가다. 환불이 용이한 것도 아니다. 요기하기로 한 소시지는 단념해야 할 것 같다. 시간이 빠듯하다. 설마 극장을 찾지 못하는 건 아닐 텐데. 린은 조바심이 끓어오른다. 동문 앞에서 만나자고 했기에 방향이 헷갈렸는지도 모른다. 줄 서 있던 자리를 뒷사람에게 두 번이나 양보한다. 줄이 점점 짧아지고 있다. 안 오면, 혼자라도 입장을 해

이별은 사랑이다

야 할지 말아야 할지 생각이 겹치면서 엇갈린다. 공연 마지막 날, 마지막 공연이다. 심술이 나서 느적대는 건지 어떤 돌발 사고에 발이 묶였는지, 이상한 방향으로 생각이 길을 틔운다. 어둠살이 내리는 거리에 바람이 분다. 노란 가스등이 불을 물고 어슴푸레한 포도에 그림자를 던진다. 그때, 극장 모퉁이를 돌아 달려오는 황색 그림자, 수! 너무 반가워서 외친다. 여기야, 수.

후배를 만났지 뭐야. 여기까지 같이 왔지만 돌려보냈어.

아쉬움이 남은 눈이 그녀를 피해 두리번거린다.

말 팔매질은 하지 않겠다고 그녀는 입술을 다문다. 들고 있던 표를 그에게 준다. 잠깐만, 소시지 사올게. 차례가 되면 먼저 들어가서 문 앞에 서 있으면 되지 않을까? 그가 머쓱하니 웃는다. 어, 후배하고 소시지 먹었는데…. 그래서 늦었구나. 난 됐어. 되쏘고 싶은 말의 살침이 입안에서 열기를 모은다.

누군가는 결혼이 자아의 절반을 비우는 것이라고 한다. 그 빈자리에 자아가 아닌 아너더(another)를 영입하는 것이 결혼이라고. 현실의 부부는 절반이 아니라 자아의 전부를 비워야 하는 걸까?

입안에 곰팡이가 슬었다. 소리를 지운 부부의 공간은 황량한 들판이나 다름없다. 그 열흘 동안 요지부동한 그의 침묵을 린은 맞서 대결하는 심정으로 살았다.

그럴 수도 있잖아. 뭐가 그리 고까워? 나 그렇게 완벽한 사람 아니다. 휘갈겨 쓴 메모지를 책상 위에 두고 나가는 그의 뒤통수를 향해 린은 소리 없는 목청으로 부르짖는다. 날 함부로 하지 마.

자기, 그거 알아? 사랑 없이는 살아도 존중감 없이는 못 산다는 사
실? 메모지에 적어 그가 읽고 있는 책갈피에 꽂아두고 집을 나선
다. 저녁밥은 챙겨서 차반에 담아 둔다. 린의 기본이다. 다만 아직
은 마주앉아 수저질하는 그를 바라볼 용기가 나지 않는다. 밥알을
씹는 소리, 금속 수저가 그릇에 부딪히는 소리, 국물을 삼킬 때의
쿨렁거리는 소리가 예쁘게 여겨질 때까지. 누군가의 말이 떠오른
다. '영원이라는 말은 부패하기 쉽고, 불멸이라는 단어는 인간에
의해 날조된 단어'라고 했던가?

이별은 사랑이다

숨 쉬는 죽음

낮인데도 밤처럼 어둡다. 방안에 드리운 납빛의 응달, 그것만으로는 부족하다. 덧창과 이중창문을 닫고 두 겹의 커튼을 내린다. 어디에도 빛은 스미지 않는다. 빛도 소리도 냄새도 멀리 내다버린다. 물리적인 단절의 장치는 간단하다. 그런데 어째서 영혼의 사슬은 그 문턱을 선뜻 넘어서지 못하는 걸까? 얼키설키 이어진 많은 이음줄이 발목에 걸려, 손목에 걸려, 목덜미에 걸려 허우적거린다. 누군가가 속삭인다. 널 기다렸어. 부드럽고 달콤한 입술이 귓가에 와 속삭인다. 어깨를 토닥이는 손길, 이마 위에 흘러내린 머리카락을 넘겨주는 손, 넌 누구니? 린이 묻는다. 난 그냥 네 바람을 지켜보는, 너하고 같이하는 그림자야. 너무 애쓰지 마. 안달복달하면 네 모양새만 흉해져. 편안하게 해줄게. 순간 허공으로 붕 떠오르는 느낌! 가뿐하게, 사방이 트인 무한 공간으로 깃털처럼 가볍다. 천지간에 나부끼는 하얀 깃털, 천사의 희고 긴 나래가 시야를 가득 메운다.

회색의 도시가 일깨워준 페시미즘(pessimism 염세주의)이었고 그것이 영혼의 한귀를 허문다. 아니 그것의 주범은 천재라는 가짜 라벨인지도 모른다. 린을 지배했던 위대한 고독이나 우울, 채워지지 않는 허기증, 권태와 무기력의 시발점은 바로 그것에서 비롯되었을 것이다. 함량 미달이라는 자책이 늘 지느러미가 되어 따라다닌다. 자격지심? 거대한 빗장이다. 흉측하고 소름끼치는 검은 옷자락, 죽음이 손을 내민다. '내 넋은 금이 갔네' 라고 읊조린 보들레르의 베갯머리에도 죽음은 늘 친애하는 연인처럼 머뭇댔을 것이다.

먼 소리들, 아득하게 가물거리는 의식, 한줌의 알약이 만들어 낸 망각의 강은 깊고 아늑하다. 10분이 지나고 20분으로 분침이 넘어가는데, 눈은 더 선명해지고 우우우, 창을 흔드는 바람소리, 수많은 물음 부호가 눈자위에 엉긴 졸음기를 털어낸다. 한 겹의 종잇장이 두 장으로, 그렇게 졸음의 무게감에 짓눌려 아득해지는 사물들. 이윽고 나른하고 감미로운 무거움에 실려 둥둥 떠내려간다. 대륙을 가로질러 흐르던 그 거대한 압록강이 눈앞에 펼쳐진다. 아버지가 사준 분홍색 머리밴드가 파도를 타고 떠내려간다. 바람에 날려갔어요, 왜 그런 거짓말을 했는지 모른다. 수초처럼 흔들리는 긴 머리카락, 수직으로 곤두선 몸피가 허연 거품을 게워낸다. 손가락 마디에 힘살이 풀어지고 맥없이 던져진 종아리, 철심을 박은 듯 곧추 세웠던 목덜미가 후물후물 늘어진다. 뼈와 살과 의식을 당기던 이음줄이 툭툭 분질러진다. 활활 타오르던 촛불이 하나씩 꺼지고 무한 어둠의 터널만 아가리를 벌린다. 꺼당겨가면서도 질질 끌리는 후렴구, 실밥처럼 가느다란 의식의 한 가닥이

이별은 사랑이다

어디에 걸려 뒤둥그러진다. 아버지의 문턱, 그 높고 소슬한 장벽이 아스라하다. 아버지 전 천재 아니고요, 그냥 기억력이 좀 좋은 건데…. 그의 목소리는 단호하다. 아무나 가지는 재능 아니다. 넌 특별해. 자긍심을 가지렴. 전 아니래도요. 도리질하는 딸의 마른 눈동자에 서린 슬픔은 그의 안중에 없다. 그래서 밤새워 공부했을 것이다. 그분을 위해서, 그분에 의해서 그분의 칭찬을 받기 위해서 뜬밤을 새워 뼈를 녹이고 살을 발라냈다. 정육점의 칼잡이처럼 자신의 무력한 천재를 난도질한다. 졸업 후 아니 재학 중에 사법고시에 합격해 법의를 입고 재판봉을 휘두르는 딸이기를 바라는 그분, 그래서 도망쳤다. 천만리로 도망쳤지만 린은 그분으로부터 한 발자국도 멀어지지 않은 자신을 체감한다. 영혼의 수갑이다.

죽음은 늘 그녀 곁에 와 머뭇거렸는데? 어룽대는 그림자 뒤에 홀연 나타났다가 스러지는 얼굴, 어머니! 어머니의 연상은 엉뚱하다. 현세와 죽음의 문턱은 가지런하다. 그 밋밋한 문턱에 발을 걸친 채 린은 기우뚱거린다. 베개를 업고 자장가를 부르는 계집아이가 문을 열고 들어선다. 포대기를 업고, 포대기를 안고 엄마노릇을 흉내 낸다. 베개가 어머니를 대신했을까? 미모사처럼 부드럽고 따스한 융 포대기. 한밤중 잠이 깬 두 살의 계집아이는 동생을 안고 토닥이는 어머니의 자장가소리를 문밖에서 듣는다. 아가야, 더 자야 해. 투박하고 메마른 아줌마의 손길에서 벗어나려고, 어머니가 있는 안방으로 가려고 버둥거리다가 픽 넘어져 울음보를 터뜨린다. 포대기를 질질 끌어안고 울먹이던 계집아이, 아이는 자라서도 포대기를 안고 잠든다. 첫 멘스가 있던 날 밤, 검붉은 피

로 물든 그것이 죽음의 그림자처럼 스적스적 걸어왔다. 신문지에
둘둘 말아서 쓰레기통에 버렸다. 15년 동안 품고 살았던 사랑을.
밤마다 꿈속에서 피 묻은 포대기가 걸어온다. 죽음의 씨앗은 아
니었을까? 피의 얼룩이 다른 형상으로 확대되거나 변조되어 출몰
한다. 7명의 동생들이 해거리로 어머니를 차지하는 동안 계집아
이는 외부로, 아기들의 울음소리가 먼 시공에 미아가 되어 나돌았
다. 악몽은 지구를 반 바퀴나 돌아서 도망쳤지만 아직도 곁에 남
아 밤을 앗아간다.

더 자. 겨우 1시야. 투박한 한마디. 담요를 돌돌 말고 뒤척이는
수. 잠을 자야 내일을 살지.

죽음이 데리고 갔어. 어제 오후에 옆방 할아버지하고 이야기를
나누었는데….

뮌헨의 죽음은 온유하고 편안하고 고요하다. 목사의 기도가 가
슴에 징, 울렸다. 〈이제 모든 것으로부터 크로미 씨는 해방됩니
다. 사랑, 미움, 원망, 성공도 실패도 무덤 속에 들어가 한줌의 흙
으로 돌아갑니다.…〉 다른 말들은 귀에 들어오지 않는다. 늙고 왜
소한 목사가 읊조린 몇 마디가 또랑또랑 린의 가슴에 아로새겨진
다. 한줌의 흙으로 돌아갑니다.

어디 가?

화장실. 공동화장실은 복도 끝에 있다. 린이 세 들어 살고 있는
4층 높이 다세대 주택엔 두개의 출구가 있다. 정문인 동향에는 육
중한 여닫이 문이고 후문에 해당하는 나선형 계단은 서쪽에 설치
되었다. 볼일을 보고 나온 린은 나선형 층계참에 앉았다. 누군가

이별은 사랑이다

와 말을 나누고 싶지만 수의 공부를 방해할 수가 없다.

2층 끝의 방 도어가 열리고 수가 고개를 내민다. 들어와. 지금 한밤중이야.

수에게 잡힌 손목을 비틀면서 방으로 들어간다. 하얀 장미로 집을 지어 줄게, 네 불 꺼진 창가에. 린의 안에서 자생적으로 울리는 소리다. 안개발 같이 시리고 질긴 끈이 목을 감는다. 이제 더 이상 어떤 순수한 환희나 순연한 그리움을 느낄 수 없는 것일까? 오늘도 내일 같이, 내일도 오늘 같은 나날의 반복. 먼지 먹은 일상은 단지 죽음을 유예하는 구실일 뿐이다.

침대에 나란하게 눕자마자 습관처럼 몸을 겹쳐온다. 수는 지치지도 않는다. 24살 남자의 리비도이다, 이해하지만 마음으로 토닥여지지 않는다. 피곤해? 그냥 빌려 줘. 넌 가만있어. 린은 눈을 감고 가슴에 포갠 두 팔을 잔뜩 오그린다. 닿을 듯 말듯 한 상체를 한 팔로 가눈 채, 그의 한 손은 린의 오그린 무장을 간단하게 해제시킨다.

싫다. 그 무미건조한 동작이 언제인가부터 무딘 습관이 돼 버렸다. 남자는 배설을 위해서 아내가 필요한 걸까? 무위한 움직임이 멎고 땀을 훔치는 기척에 린은 부스럭거리면서 몸을 일으킨다. 잠은 천리만리 도망가고, 긴 밤이 검은 강물처럼 술렁거린다. 불을 켜고 책을 읽고 싶지만, 돌아눕는 수의 어깨 바람이 썰렁하다.

수가 툭 한마디를 던진다. 감정의 벽을 다독여.

감정의 벽? 그런 말이 어딨어? 천장을 바라보고 반듯하게 누워 반문한다.

수가 한마디를 더 보탠다. 사방팔방으로 열려 있는 네 감정 벽에 제동을 걸어.

말도 안 돼, 했지만 그 문구가 멋있다. 감정의 벽? 법을 공부하는 수의 감성도 제법이다 싶다. 캄캄한 어둠골에서 불어내는 휘파람 소리처럼 휘익, 귓가를 스치는 차갑고 메마른 소리. 저 깊고 소슬한 무의식의 바닥에서 스멀거리던 죽음의 불씨. 친숙한 숨소리, 그 소리가 린을 파먹는다. 아무리 이를 악물고 버티어도 결국 무릎을 꿇고 복종하게 될 운명일까? 젖은 배내 포대기를 몸에 두르고 얼음구덩이에 누워있는 그녀, 그녀에게 죽음은 늘 그렇게 다가와 집적댄다. 린은 그를 불편하게 만드는 고리를 잘라냈다고 생각했지만 그는 아닌 것 같다. 너희 집 돈이니까 니 마음대로 해. 왕가시가 되어 연한 속살을 찌른다.

〈어떤 것을 가능케 한 반면 어떤 것들과는 등 돌려야 했던 내 이기적 처세에 침을 뱉고 싶어.〉

그가 씹어 뱉은 말이다.

아내의 집에서 보태주는 돈으로 유학이 가능했던 자신의 처지를 되감는 목소리가.

린은 코트를 걸치고 나선다. 좁은 공간에 등 돌리고 앉아 작업할 기분 아니다. 각자의 일에 전념하기 어렵다. 공부나 글쓰기 작업은 몰입해야 하고 상대의 존재 자체가 거추장스러울 때도 있다. 외출만이 해답이다. 때로는 혼자의 시간이 필요하다. 혼자의 산책, 혼자만의 티타임, 혼자의 명상도 작은 위안이 될 수 있다.

　영국공원을 두고 레오폴드 가를 거닌다. 거리는 텅 비어있다. 넓은 길 양편 포도를 오가는 사람들이 있지만 린의 시야는 비어있다. 그럴 때가 있다. 착시 아니다. 머리나 가슴이 비어 있을 때 그녀의 시신경은 작동을 정지한다. 세상이 하얗게 혹은 검게 혹은 녹색 같은 단일 색채로 획일화 된다. 그녀가 뮌헨에서 느낀 뭐랄까? 환상 같은 것이 있다면 깊고 길고 후미진 회랑이다. 끝없이 어쩌면 영원으로 이어지지는 회랑, 아무도 없다. 소리도 사람도 차도 없고 높고 소슬한 백색의 그물망도 보이지 않는다. 규격화된 도시의 골목은 각이 져 있고 그 각진 구획을 거닐다 보면 어느새 미로와 같은 회랑에 갇히고 만다. 미아가 된 기분이다. 누구의 도움 없이 출구를 찾아야 한다. 결국 생이란 혼자서 자기 이름에 값하는 구조물을 이룩해야 하는 것. 린은 자기만의 특별한 구조물을 구축하려 했다. 그래서 유학이라는 과정이 필요했다. 궁극적으로 그것이 무엇인지 아직 잘 모르겠다. 막연하고 불안하고 헷갈린다. 바닥에 주룩 주저앉는다. 공원 바닥은 늘 축축하다. 가랑비가 내린다. 옷이 젖어들고 마음도 젖는다. 숙제를 못한 아이처럼 가슴이 뭉그러진다. 자기만의 글을 써야 하는데. 단문도 좋고 장문도 좋다. 왠지 그런 글은 써지지 않는다. 자신의 안에서 나부대는 붉은 열망, 먼 곳에서의 부름, 간절하고 절박한 그리움, 그 모든 것들이 린을 밀쳐낸다. 그래서 번역이라는 대체적인 작업에 매몰되는지도 모른다. 슬픈 대체물이다. 린은 문득 비어있는 손을 깍지 낀다. 아무것도 들고나오지 않았다. 코트 호주머니에 손을 넣자 동전 몇 개가 잡힌다. 책도 노트도 만년필도 휴대하지 않았다. 온전히 하나의 몸뚱이와 벌거벗은 영혼과 마주 앉았다. 무념의 순간이다. 멍 때리고 있으면 허한 내장에서 불어 내는 바람소리가 들린다. 두리번거린다. 거기 누구 없어요? 목이 마르고 입이 마르고 마른 가슴이 빠개지는 것 같다. 누구라도 좋다. 말을 섞을 수만 있다면. 아무도 없다. 지난해 5월, 수하고 갔던 인트라겐트 산록의 용의 몸부림처럼 꿈틀거리던 안개의 포효 속으로 몸을 던질 수도 있었다. 후회와 애증의 대상으로 더 이상 지상에 머물고 싶지 않다. 공부도 독서도 시들하다.

거기 누구 없어요? 복받쳐 올라 허물어진다. 세운 무릎에 고개를 박고 파도가 지나가기를 기다린다. 부질없다. 밀려온 파고는 더 깊숙이 바위에 구멍을 뚫었고 갯벌에 훑어내려 퇴사한다. 거기 누구 없어요? 두 다리를 버둥거린다. 그러다가 벌러덩 무너진다. 얼굴 위로 분사되는 차가운 빗방울, 누님 왜 이래요? 일어나요. 어머, 수의 후배라는 박 훈의 오지랖이다. 손사래를 치면서 속으로 뇌까린다.

날 건들지 마. 내가 뭘 어쨌다고? 지긋지긋해. 이렇게는 못 살아. 정말 못 살아.

누님, 일어나요. 사람들이 보고 있어요. 가서 형님 데리고 올게요?

화들짝 몸을 일으킨 그녀의 오른손이 거침없이 날아간다. 네가 뭔데, 날 흔들어?

누님 이건 아닌 것 같아요. 자신을 학대하지 마요.

학대라는 단어가 까만 아가리를 벌린다. 빨려 들어간다. 등피에 기어오른 소름발로 살점이 떨린다. 오지랖이 다시 주절거린다. 온통 젖었네요. 추워서 벌벌 떨잖아요.

벗은 코트로 린을 감싼다. 자 업을게요. 두 팔로 내 목을 잡아요. 안 그러면 나가 떨어져요.

내버려 둬. 무슨 상관이야? 뿌리치면서 버둥질치는 린의 어깨를 끌어안고 토닥인다.

철수 형님에 대한 의리로 이러는 건 아니에요. 누님을 존경해요. 거울 앞에 앉아있는 여자들하고 달라요. 언제 봐도 누님은 의자에 앉아 공부하시잖아요. 그 모습이 너무 존경스럽다니까요.

코트로 감싸인 채 질질 끌려간다. 그 미미한 온기에 버무려진 눈물이 학대와 함부로, 라는 구덩이 속으로 낙화한다. 박 훈, 그 뻗정다리가 제대로 된 말도 할 줄 아네, 새로운 발견이야. 속으로 곱씹는다. 두 팔과 두 다리를 길게 늘어뜨린다.

동네방네 나발 불지 않는다고 약속해.

약속할게요. 그런 와중에 새끼손가락이 다른 새끼손가락을 꺼당겨 조인다.

어제 오후, 지나간 시간이다.

서로를 찔렀던 말의 부스러기들이 고인 방, 바구니에 그들먹 넘치는 세탁물, 읽어야 할 책들, 번역하다 만 이미륵 씨의 『압록강은 흐른다』, 일상이 산적해 있다. 사흘 동안 감지 않은 긴 머리에 신경이 쓰인다. 어쩔 수 없다. 린에게 '지금'이라는 시점이 중요하다. 한순간의 멈춤마저도 거부하는 지금이라는 흐름에 편승해야 한다. 머플러로 둘둘 감은 채 걷는데 몸이 움직이지 않는다. 되감기는 헛바퀴처럼 겉돈다.

4월 축제가 끝났다. 광란과 절제가 버무려진 환호성이 거리를 행진했다. 패전국의 잔상을 일신시키려는 듯한 어떤 기백이 느껴진다. 린은 복도 창가에 서서 멀어져 가는 그들의 씩씩한 행진을 바라본다. 국기를 들거나 색종이를 뿌리는 사람들 속에서 린은 문득 36년 동안 일본의 사슬에서 풀린 조국의 모습을 그려본다. 그리고 미처 생존의 가닥을 잡지 못한 혼란기를 틈타 38선을 넘어온 그들과의 한판 골육전으로 조국의 가난은 더 참담함을 보탰을 뿐이다. 가난의 역사는 길고 지난하다. 하늘과 공기, 해와 달을 공유하는 우주적 한마당에서 유독 가난에서 허우적거려야 했던 조국, 도대체 어디에서 기인한 매듭이었을까? 누구의 잘못이며 어떤 제도에 의해서 만백성이 굶주림에서 벗어날 수 없었을까? 그들이 벽돌이나 돌로 집을 지을 때 우리는 산의 나무를 찍어 집을 지었고 손바닥만 한 땅덩이에 죽으나 사난 흰 쌀 농사로 목을 맸다. 한 시기 그 얄팍하고 무지한 쇄국정책으로 서양문물을 거부했던 우물 안의 개구리들은 조상의 제사를 모시기 위해 베개 속에 쌀을 감추어 두고 굶주리는 나약한 민족이다. 수직적인 관계의 질서로 온 백성 절반의 무지렁이들이 조아림만 익히면서 살았다. 복종과 수탈, 사대부들의 초라한 사치도 거기에 비하면 새 발의 피 정도가 아니었을까? 가난의 골이 깊은 만큼 부의 덩치도 약소했다. 린은 우울하다. 학우들이 일본인? 하고 물을 때마다 린은 난 한국인입니다. 직립한 자세로 서서 똘박하게 말한다.

이별은 사랑이다

젖은 아스팔트에 울긋불긋 색종이들이 달라붙었다. 발길에 차이고 차바퀴에 깔려 짓이겨진 색종이들은 거대한 추상화처럼 아스팔트의 민낯을 도색하고 있다. 종이 자체는 아픔을 느끼지 않지만 그 짓눌린 조각을 바라보는 그녀의 정서는 살이 찔리듯 아프다. 황색의 피부로, 더듬거리는 언어로, 왜소한 신장으로 누구도 바라보지 않는데 제바람에 위축된다. 린은 어제 동생이 보낸 편지 속에 넣어 보낸 가족사진을 꺼낸다. 올망졸망한 8남매 한가운데 바위처럼 우뚝 솟은 부친의 위엄, 린의 작은 가슴 안에 독처럼 숨어 있는 이율배반. 믿고 의지하고 존경하는 것만큼 그만큼의 미움, 그만큼의 반란, 그만큼의 항변을 감춘 채. 아버지가 거느린 위엄과 능력과 지위가 가족을 잘 먹이고 잘 입히고 잘 살게 해주었지만 그만큼의 불편함도 함께였다.

법대에 입학원서를 쓰고 시험 보는 날 밥이 목구멍으로 넘어가지 않았다. 식구들 몰래 토악질을 했다. 아버지를 위해서, 아버지에게 칭찬받기 위해서 아버지에 의해서 만들어진 하나의 피사체에 불과했다. 그때 머릿속으로 하나의 말이 떠올랐다. '네가 원하려는 걸 얻으려 하지 말고, 이미 얻은 것을 원하라.' 스토아(금욕주의) 철학의 곁가지 논리가 마음에 와 닿았다. 그랬다. 탄생도 부모도 자식도 스스로 선택한 결과물이 아니다. 그것은 필연적인 어떤 연결이다. 가정도 작은 공동생활이고 그 공동생활 속의 일원으로서 성실하게 규율을 지켜야 한다. 아버지의 규칙? 그 불문율에 갇혀 오랜 시간 자신 안에 자아를 가두었던 나날들. 자아라는 무성한 반란이 보태지면서. 유학, 어렵게, 억지로 아버지의 허락을 받아냈던 날 저녁, 조금은 참담했고 조금은 기뻤다. 마침내 그분의 입에서 꼭 가겠다면 할 수 없지. 그 한마디를 뱉어내는 순간 린은 눈을 치떠 그를 바라보았다. 그의 눈길이 어느 소실점에 못 박혀 있었다. 아주 짧은 순간 명치에 걸려 있던 가시가 식도를 타고 역류하는 느낌이었다. 아팠다. 많이, 더할 수 없이. 그분을 거슬렀다. 그를 거역하는 행위인 줄 알면서 고집을 부렸다. 죄스럽고 죄스러워, 뭉그적거렸다. 나가봐라. 어머니의 희미한 꾸짖음을 호주머니에 넣은 채 방을 물러났다. 동생들은 어디로 숨어버린 걸까. 싸다가 만 갈색 가방이 뚜껑을 헤벌린 채 놓였다. 반쯤 채워졌지만, 넣어야 할 꾸러미가 방바닥에 수북하니 쌓였다. 꼭 가져가야 할 물건하고 여분의 물건을 선별해야 한다. 한정된 가방 속에 다 구겨 넣을 수는 없다. 고등학교 독일어 강사는 수업 끝 무렵 그런 말을 했다.

〈세상에는 있어도 그만 없어도 그만인 여분의 인생도 있어. 솎아 내어 귀한 쓰임새로 가꾸어지는 인생을 살아야겠지. 마비키(솎아 내다, 일어)는 최고의 선택이 될 수도 최악의 선택이 될 수도 있다는 양가적 단어야. 우린 태어날 때 자기만의 라벨을 달고 나온다지. 보통 운명이라고도 해. 노력으로 그 정해진 굴레를 극대화시킬 수도 있고, 노력 안하면 최악의 상태로 굴절될 수도 있겠지.〉

린은 물개박수를 쳤다. 무릎에 놓인 두 손이 저절로 반응했다. 개개인이 달고 나온다는 운명적인 라벨에 오십 프로를 건다. 그 절대의 반반은 린의 생에 변주되면서 이따금씩 회현동 굴다리 밑

이별은 사랑이다

에 장님 점쟁이 앞에 서 있는 자신을 발견한다. 내가 유학을 떠나는 것도 내 운명의 한 자락인지도 몰라, 중얼거리면서 가방을 꾸린다. 방문이 설핏 열리면서 하나뿐인 남동생이 얼굴만 드민다.

누나 용기에 충격 먹었어. 어떻게 아버지를 배반할 수 있어? 은근이 비아냥거린다.

린의 일성은 짧고 건조했다. 난 아버지 턱받이에 향 피우던 제사장 그만뒀어.

남동생의 입이 다물어지지 않았다. 대단해. 어디서 그런 발칙한 용기가 나왔지?

그랬다. 발칙한 용기였다. 의식에 눈뜨면서 사춘기 최초의 비판 대상은 부모였다. 모반이었고 배신이었다. 물이 반밖에 차지 않은 얕은 풀장에서 허우적거렸던 유년의 기억은 행복하지 않았다. 물장구를 치고 놀았지만, 물이 부족했다. 린에게 물은 어머니의 존재다. 어머니, 먼 어머니일 뿐, 어머니는 일곱의 동생들에게 포위돼 늘 젖비린내를 품고 살았다. 해거리로 배불뚝이가 되는 어머니에게 린은 손이 닿지 않았다. 그 촘촘한 다산의 틈새는 린에겐 장벽이었다.

공부 잘하는 딸은 친척들이나 친구들에게 자랑거리로 충분하다. 사춘기를 맞이한 딸의 머릿속에 무슨 생각이 들끓고 있는지, 학교에서 돌아온 딸이 방문을 닫아걸고 오도카니 앉아 있는 그 호젓한 칩거에 대해 어머니는 무관심했다. 친한 친구의 장례를 치르고 왔던 날, 많이 울어서 벌겋게 짓무른 눈두덩을 보고 어머니가 중얼거렸다. 왜 또 센티멘털해 가지고 그러니? 동생들한테 전염

될까 걱정이구나.

린이 작게 속삭였다. 제가 무슨 전염병 환자인 줄 아세요? 지그시 바라보는 어머니 눈가에 서린 서글픔을 린은 마음에 새기지 않았다. 난 미운 오리새끼니까, 속내말로 자신의 소외를 비호했다. 사람들과 어울리지 못하는 관계의 모서리는 유년의 어느 구덩이에서 만들어진 허기증은 아닐까? 뮌헨으로 떠나기 전날, 가방 꾸리는 딸의 방을 건성으로 기웃거리던 어머니. 먼 타국으로 가는 스물한 살의 딸이 팬티는 몇 장이나 가지고 가며 추운 나라에 가면서 내의는 넣어 가는지 살펴보지도 않고 미닫이를 닫았다. 떠나야 했다. 짓무르고 곪아서 터진 린에게 뮌헨은 탈출구에 다름아니었다. 착각이었다. 혼인? 더 두텁고 더 단단한 사슬이 린의 일상을 한줌 지푸라기처럼 묶었다. 그 한줌의 지푸라기가 활활 타올라 공중분해 되고 있다.

생으로 이어진 끈을 놓지 않으려는 이 필사적인 바동거림은 무엇일까? 질긴 집착이다. 하얀 솜털 구름, 연두의 새순들, 보슬비에 몸 적시고 피어나는 민들레, 가을 서리에 몸피 우뚝 세운 고절한 국화하며 그 모든 것들이 두 손 쳐들고 아우성친다. 아름답지 않아? 왜 돌아서니? 너도 충분이 즐길 수 있어. 많은 걸 쟁취했잖아? 아니, 아니라고 도리질한다. 난 자격 미달이야. 난 나를 과대포장했어, 이제까지. 난 콩알만 해. 아주 보잘것없는 존재야. 문턱을 넘어가려는 치맛자락이 문틈에 끼어 비비적댄다. 스물세 살의 젊음에게 치명적이었던 모든 그리움, 사랑, 상처와 결핍의 매듭들이 툭툭 끊어진다. 이 메마른 버석거림은 무엇일까?

혜린아! 고즈넉한 터치, 그 울림의 목소리가 속삭인다. 너 왜 이래? 나한테 왜 그래?

뜨거운 오열이 가물거리는 의식의 한 가닥을 끌어당긴다. 여긴 어딜까? 이승일까? 저승일까?

그렇게 불행했어? 둔중한 말총 회초리가 등때기를 후려친다. 가물거리는 목소리에 비난인지 원망인지 모를 모호함이 담겨 울먹인다. 손등에서 느껴지는 숨소리. 싫어. 내비 둬. 어둠 속 무한 벌판으로 달리던 열차가 돌연 멈춘다. 6시에 귀가한다고 나간 사람이 3시에 들어온 건 지난밤의 소홀함에 대한 자책감 때문이었을까?

어머! 내 손가락? 움직거려본다. 흰 천장, 흰 벽, 흰 가운, 간호사의 하얀 얼굴, 수의 쉰 목소리, 천근의 무게로 짓눌린 눈시울, 서럽고 억울했고 부끄럽다. 링거와 콧구멍으로 기어들어온 산소 호흡기가 린의 내장에 칼질을 한다. 쓰리고 느글거린다. 주사바늘을 빼버릴 작정으로 한쪽 팔을 들어 올리는데, 두 팔이 꼼짝 안한다. 침대 고리에 고정돼 있는 두 팔, 싫다. 혀를 깨물고 숨을 가둔다.

린, 네가 아프면 나도 아프고 네가 불행하면 나도 불행해. 우린 공동체 아니었어? 그런데…?

그새 수의 목소리는 온전하게 되돌아가 있다. 어긋난 주사바늘에서 피가 내밴다.

환자를 흥분시키면 안돼요. 밖으로 나가주세요. 등 떠밀려 나가는 수를 향해 말한다.

집에 가고 싶어.

수가 고개를 돌린다. 의사선생이 시키는 대로 해야 해. 감은 눈시울을 적시며 눈물이 주룩 흐른다.

한밤중에 눈을 떴을 때 수가 침대머리에 고개를 박고 얕게 코를 골았다. 미안한 마음이 일었다. 그래서 속삭였다. 자기 탓 아니란 말이야. 거센 북풍을 몰고 온 아버지가 날 벼랑 아래로 떠밀었어. 내 존재가치가 그토록 비소한 줄 몰랐다니까. 내가 쌓아올린 바벨탑은 실체가 아닌 환상에 불과했어. 그것을 아버지에게 들키고 말았어. 수, 자책하지 마.

자는 줄 알았던 수의 손이 포개졌다. 지금은 안정해야 해. 이야기는 나중에 하자.

미동도 안하는 그 고요함, 그의 그런 정중동이 린에게는 무거움으로, 답답함으로, 때로는 어떤 강박으로 다가온다. 수는 아버지를 대신한다. 아버지가 쇠창살 감방이었다면 수는 벽돌 성벽 깊숙이 매몰된 지하 감방이다. 더더욱 견고한 울타리다. 아버지의 방문이 그것의 실체를 확연하게 알려 주었다.

뮌헨의 중앙역에서 린이 거푸 불렀다. 아버지! 저기요, 아버지? 매달리는 목소리에도 그는 끝내 뒤돌아보지 않았다. 린은 그 어느 때보다 다소곳했다. 아버지, 조금만 더 잡수세요. 그가 내려놓은 수저를 들고 애원했다.

그는 손목시계를 보더니 기차 시간이 늦을라, 가야겠다, 홀연 등을 돌려 현관을 나서던 아버지.

이별은 사랑이다

이럴 거면 뭐 하러 오셨어요? 발악하듯이 소리쳤다. 그가 돌아보지 않은 채 소리만 던졌다. 정신 차려야 한다. 번역 따위를 하려고 귀한 시간을 죽이니? 음악회? 영화? 그런 건 서울에도 있다. 그분이 쏟아낸 독설이다. 영원히 회수할 수 없는 당신의 무관심으로 열 손가락 피 흘리며 파낸 더 넓고, 더 깊고 더 아스라한 린의 구덩이에 그 소리는 들리지 않는다. 그것이 린의 목을 쥔다. 몇 알의 약으로 메울 수 없는 구덩이다. 주머니에 있는 돈을 모두 꺼내 약을 사서 모았다. 1955년 그 무렵에는 처방전 없이도 수면 유도제는 약국에서 판매 가능했다.

죽음은 아버지가 부려 두고 간 정령이다. 그가 촉발했다. 그는 그녀의 우주였고 그녀의 내일이었고 그녀의 환타지였다. 그분이 눈을 치떴다. 네가 원한 유학이 이거냐? 그가 던지고 나간 마지막 한마디였다. 씹던 껌을 뱉어내듯 아래위 입술이 벅벅댔다.

감방 지킴이가 묻는다. 그렇게 불행해? 내가 그렇게 아프게 했어?

입을 오므린 린은 하얀 홑겹 이불로 얼굴을 감춘다. 내 탓이라 했고, 아버지 탓이라 했지만, 그 한가운데 수 네가 수문장처럼 서 있잖아. 가장 근접한 원인 제공자는 네가 아니라고 장담 못해. 내게서 떨어져 줘. 네게 삼시 세 끼니를 지지고 삶고 볶아서 만든 식탁의 하녀가 되기에 너무 지쳤어. 내 몸과 마음이 너덜거려. 밑도 끝도 없이 쏟아지는 혼잣말을 하면서 잠깐 졸았다.

자아, 일어나서 죽 좀 먹자. 린아.

수가 흰죽을 끓여왔다. 우리는 쌀을 먹어야 해. 너무 간곡해서 모래알 같은 죽을 몇 수저 삼킨다. 쌀죽 한 그릇으로 간수장의 오명을 상쇄할 수는 없지만 고마워, 반복한다.

닷새 만에 퇴원 명령이 떨어졌다. 순간 송곳 같은 날카로운 금속이 뇌를 긋고 지나갔다. 병원비? 의식이 돌아온 순간, 병원비는? 눈앞이 깜깜했다. 한 달 생활비는 바닥을 친지 일주일이 넘었다.

수가 고개를 끄덕인다. 해결했어. 걱정 마. 린의 허리에 팔을 둘렀다. 너무 야위었어. 딱 한 줌이다.

택시를 타고 집에 가는 길에 군밤 사가지고 갈까? 수가 물었다. 그런데 군밤 장사가 안 나왔네. 집에 가서 내가 미역국 끓여 줄게. 린은 내려 덮이는 눈꺼풀이 무거워서 대답도 못 했다.

그녀는 입원비 내역이 궁금하다. 후회가 몰아친다. 4박5일의 병원비를 무슨 수로 감당할 수 있을지 생각만 해도 끔찍하다. 현실이 그녀의 정수리를 꺼당긴다. 후회는 늘 뒤늦게 찾아오는 회초리다.

집에 돌아왔다. 비좁고 초라한 방이지만 한때 린의 우주였고 삶의 디딤판이었던 공간, 침대에 꼬불치고 누워 엉겨드는 생각을 밀어낸다. 참기름으로 미역 볶는 냄새가 허기증을 들쑤신다. 비어 있는 위에서 챙기는 단순 허기증은 아니다. 텅 빈 내면의 공허, 허기진 나날, 대책 없는 굶주림이다. 허기진 영혼에서 불러낸 북소리가 둥둥 내장을 치고 오장육부를 찢어발긴다. 어떡하면 좋아? 부모님 얼굴에 겹쳐 시댁 어른들, 바로 아래 동생 채린. 언니 왜 그래? 세상 사람 모두 고프고 아리고 외로워. 언니만 그런 거 아니

이별은 사랑이다

래도, 책망하는 목소리가 귓바퀴에서 쟁쟁 울린다. 이불을 뒤집어 쓴다. 문득 귀청을 흔드는 선율, 슈베르트의 미완성 교향곡(8번)이 가슴 속으로 걸어들어온다. 어쩜? 음악을 안겨줄 생각을 했을까?

자기야! 고맙고 미안해.

우체국에 다녀온 그의 손에 어머니의 솜씨로 만든 삼배 골판지 상자가 들려 있다. 상자나 종이가 귀했던 그 시절, 어머니는 유학 간 딸에게 보내는 밑반찬을 담아 보낼 용기를 자신의 아이디어로 만들었다. 아버지 사무실에서 얻어온 누런 서류 봉투를 해체해서 필요한 크기만큼 각을 뜬 후 네 기둥에 부채살 (얇은 대나무)로 기둥을 세운다. 상자의 형태로 만든 후 여름 이불로 사용했던 삼베를 잘라 찹쌀풀로 외벽을 바른다. 사각형의 대나무 바구니에도 삼베나 한지를 발라 튼실하게 보완한다. 된장이나 고추장, 장조림, 깻잎장아찌 같은 물기가 있는 음식물들은 들기름 먹인 종이에 봉해서 노끈으로 친친 묶는다. 반찬보다 중요한 물건을 보낼 때는 삼베 대신 한지로 도배한 상자다. 주소를 쓰고 말린 다음 들기름을 살짝 발라 우천에도 견딜만한 모양새를 하고 있다. 얼마나 튼실한지 물건을 꺼낸 후에는 공처럼 던지면서 놀 수도 있다.

만만찮은 항공편으로 소포를 보냈다. 3개월 분 '경옥고'(환으로 된 보약)하고 흑짐마(흑임자하고 약콩을 아홉 번이나 찌고 말려 꿀로 버무려 만든 환약)를 한 뭉치(3kg) 보냈다. 내용물들을 꺼내다 말고 린이 흠칫 손을 거둔다. 봉투도 없이 4절로 접힌 어머니의 쪽지 편지가 경옥고 봉지에 붙어있다.

〈딸아! 괜찮은 거지? 하나만 짚고 넘어가자. 정말 궁금하구나. 아까운 대학 집어 던지고 유학 간다고 할 때도 손을 들어 준 어미다. 착한 철수하고 오순도순 의지하고 공부해서 동생들에게 귀감이 될 맏자식으로 금의환향할 날을 손꼽아 기다린다. 철수가 부탁한 돈은 너희 아버지가 송금한 모양이다. 빨리 쾌유하기 바란다.〉

4절로 접힌 갱지 노트 낱장을 뜯어낸 자국이 들쑥날쑥하다. 가지런하게 가위로 고르지 않고 그대로 보낸 건 어머니의 미신 탓이거니, 린은 씁쓰레한 미소를 깨문다. 편지 가장이를 가위로 자르면 인연을 끊는 거야. 어머니는 매년 가계부를 별도로 구입하지 않았다. 갱지 노트 2권을 철해서 돈의 쓰임새는 물론이고 하루에 일어난 잡다한 일들을 빠짐없이 기록한다. 〈오늘 첫째, 학기말 고사 첫날이다. 남대문 시장에서 산 분유를 타고 잼 바른 식빵 한 쪽을 싸고 있는데, 어머니 빵 한 쪽만 더 넣어 줄래요? 주혜하고 같이 나눠 먹어야 해요.〉 그런 이야기까지 시시콜콜 기록한다. 어머니의 디테일이다. 아마도 그 노트에서 발라낸 한 장에 쪽지편지를 썼을 것이다. 가계부의 내용보다 자신의 감정을 기록했을 그 치부장을 어디에 감추는지 린은 물론 식구들 아무도 알지 못한다.

린이 읽고 난 쪽지를 꼬깃꼬깃 구기자, 보고 있던 수가 왜? 하고 묻는 얼굴이다. 돈이 필요한 이유에 대해 세세하게 보고했을 수를 나무랄 수는 없지만 그래도 창피하고 부끄럽고 죄송하다.

세운 무릎에 얼굴을 파묻는 린을 향해 수가 그럼 어떡하니? 이

이별은 사랑이다

바닥에서 누구한테 돈을 빌릴 수 있을 것 같아. 결국 부모님이잖아. 칠곡 집에서도 보태주셨어.

불침으로 정수리를 지지는 것 같다. 망신스럽고 부끄럽고 죄송스럽다. 칠곡의 시어른께서도 아서? 수의 오른손이 귓밥을 잡고 길에 늘어뜨린다. 곤란할 때 하는 손버릇이다. 그럼 어떡하니?

한 줌의 알약이 스물세 살의 젊음을 앗아갈 수 있으리라 믿었을까? 실패했을 경우를 왜 생각 못 했을까? 수가 당해야 했을 수많은 질문과 질책, 방을 빌려준 주인의 앙칼진 호통 말고도 경찰에 불려가서 진술을 해야 할지도 모르는데. 서울의 부모님에게 자기 탓이 아니라고 변명해야 하는 수의 난감한 입장을. 아내를 자살하게 한 남자에 대해 세상은 호의적일 수가 없을 텐데. 거기까지 생각이 미치지 못했다. 이기적이고 조악한 감상이었다. 자살 해프닝이 유학생 부부의 일상에서 앗아간 시간과 에너지와 그 엄청난 상실을 생각지 못했다. 자살! 범죄자의 전과 기록처럼 아직 반도 못 넘긴 생의 불편한 목록으로 남을 것이다. 밤새 병상을 지켜 주고 흰죽을 끓여 주는 수를 맞바로 쳐다볼 수가 없다. 어머니의 쪽지 편지가 불붙은 정수리를 후려친다.

금의환향? 귀감이 되는 장녀? 머릿속에 자잘한 자갈이 채륵거리기 시작한다.

4절로 접어 손에 꼭 쥐고 있는 어머니의 쪽지 편지를 수가 앗아가서 읽는다.

어머니하고 딸은 사랑하기 때문에 미워하고 미워하기 때문에 서로를 가여워 하는 거 아닐까?

일곱 살의 먼 여행이었다. 아버지의 근무지인 신의주. 크고 멀고 넓고 막막한 도시로 아버지를 따라 갔다. 거대한 강의 흐름을 바라보면서 여기가 아닌 다른 세상이 있다는 것을 알았다. 뗏목처럼 흘러 어딘가로 가고 싶은 부랑의 빌미를 안겨준 도시가 신의주다.

그 무렵 소녀의 관심사는 움직이는 것과 움직이지 않는 것에 대한 호기심이었다. 바다만큼 너른 압록강은 흘렀고 묘향산은 움직이지 않았다. 움직이지 않는 대신 산은 꽃을 피웠고 잣이나 도토리나 단풍이 물들었다. 움직여서 잡을 수는 없는 강물은 무거운 배를 실어 날랐고 시작과 끝이 안 보이는 무한이라는 거리를 소녀의 머릿속에 새겨 주었다. 눈으로 바라보면서 머릿속에서 왜 그럴까? 왜지? 하는 수많은 물음부호를 만들었다. 식구들에 둘러싸여 와자지껄한 즐거움만이 유년의 축복이 아니라는 생각은 나이 들면서 외로움과 함께 생성된 사유의 고리가 되었다. 외로움을 보상하기에 충분한 것들, 자기만의 방과 자기만의 책상과 옷장이었다. 혼자만의 시간이었다. 이런 환경이 소녀의 안에서 요지부동한 에고를 만들었는지도 몰랐다. 공동의 공간이나 나누어 써야 했던 옷이나 필기도구들을 혼자서 차지했고 책과 새 운동화와 모든 것들은 린의 것이었다. 어린 계집아이의 가슴에 뭔가가 모락모락 보태졌다. 절대자였던 아버지, 많은 자녀들 가운데서도 자애와 관심을 아끼지 않았던 아버지, 그랬음에도 어머니의 딸이고 싶다는 그 맹목적인 반란은 무엇이었을까? 그건 소녀 안에 배태된 최초의 모순

이별은 사랑이다

이었다. 까만 봉숭아 씨처럼 알알이 박혀 있는 거부와 반항과 결핍의 그루터기는 아니었을까?

수가 묻는다. 컨디션이 괜찮으면, 영화 보러 갈래? 다정한 목소리다.

몸이 말을 듣지 않는다. 그런데도 방안에 누워있을 기분이 아니다. 어머니의 쪽지 편지가 엉뚱한 짓거리 그만하라고 쪼아댄다. 자기 공부는 어쩌고? 논문 기한이 바트잖아. 논문 작업은 2주일 전 그날로 정지된 상태다.

퇴원하기 전 수가 여러 번 물었다. 그렇게 불행하냐고? 나하고 사는 것이 그렇게 힘드냐고?

눈가에 불티가 어른거려 헛발질을 한다. 괜찮아? 정말 괜찮은 거냐고 묻고 또 묻는다. 영화 구경은 다음으로 미루고 노천 카페 테라스에 마주 앉았다. 부축해서 걷다가 사람들이 없으면 수의 등에 업힌다. 싫다고 버둥질쳤지만, 그가 내미는 따스한 등짝의 온기에 가슴이 후물거린다. 병원에서 5일, 집에서 3일, 그 190시간 저편에 혼의 일부를 두고 온 것 같다. 몸도 마음도 헐거워 바람이 숭숭 지나간다. 잘게 썰어서 입에 넣어 주는 고기가 넘어가지 않는다.

아무래도 무리야. 잠깐 기다려. 군밤 사가지고 올게. 수의 친절은 두 해를 건너뛰어 되돌아온 것 같다. 마음이 시키는 친절일까? 노력하고 또 노력을 보태서 베푸는 배려이다. 앉아서 받기가 불편하다.

군밤을 사들고 온 수가 길 건너편 유리 동물원을 가리켰다.

아 참! 그거 사고 싶어 했지? 가자. 네 마음을 다스릴 수 있는 묘약이잖아.

휘규라 바로메타(figura barometa)라고 불리는 유리로 만든 인형이다. 수의 큰 선심이다. 린은 가지고 싶은 것을 사양할 마음이 없다. 린은 가게로 들어가는 수를 붙잡지 않는다. 망설이고 우물거리면서 가게 차양 아래서 기다린다.

그가 노란 바탕에 발레리나가 부조된 상자를 내밀었다. 상자를 안고 수의 등에 업혀 집까지 왔다. 체중을 좀 늘려야겠다. 너무 가벼워. 그 말에 코끝이 짠하다. 난로를 피우고 물을 끓이고 수가 부산하게 움직인다.

촛불을 켜볼까? 빛에 따라서 변한댔지. 정말 보랏빛 물방울들이 기포처럼 끓어오른다. 가게에서 포장을 할 때는 네이비블루였는데, 발갛게 타오르는 난로에 촛불을 머금은 휘규라는 보랏빛이다.

너무 예쁘다. 탄성을 지르자 수가 곁에 와 앉는다. 처음처럼 손을 잡고 네가 좋아하니까 나도 좋아. 밤새 창을 후려치는 바람소리가 사납다. 린이 그의 어깨에 고개를 기댄다.

미안하고 고마워. 나 때문에…, 공부할 시간을 내가 뺏었어.

당연해. 린은 내 사람이니까.

내 사람? 내가 자기한테 속해 있단 말이지? 그런 말로 모처럼의 화목을 휘저을 수는 없다. 따지고 헤집지 말아야 한다. 보고도 못본 체, 들어도 못들은 체, 느낌을 너무 보태거나 생략하면 사물의

이별은 사랑이다

균형이 일그러진다. 수가 신혼 첫 주 무렵 읊어낸 십계명이다. 가장 중요한 건, 서로의 평온이고, 서로의 안전이다. 이 두 개의 규칙을 준수하면 어떤 어려움도 극복할 수 있다는 수의 지론이다. 린은 고개만 끄덕인다. 수가 제시한 몇 가지 규범은 사회통념적인 상식의 범주에 속해 있기 때문이다. 창 너머 갈퀴처럼 훑치는 바람이 겹겹의 어둠과 버무려지는 시간, 한 겹 창 안의 부부는 서로의 체온을 빌려 평온한 하루를 품는다.

부친이 두고 간 하얀 봉투가 책상 위에 놓여있다. 아직 열어보지 않았다. 그것이 린을 부추긴다. 그가 떠난 후 린은 아무것도 할 수가 없다. 공부나 창작이나 걸상에 엉덩이가 붙어야 하는데 온몸에 불이 붙은 듯 설설 끓는다. 영화나 독서나 맛있는 음식으로 진화될 불길이 아니다.

우리 여행 가. 지금의 나를 견딜 수가 없어. 수에게 부탁한다. 수의 눈치를 살피면서. 부모님에게도 하지 않았던 눈치 보기 버릇이다. 이런 말도 했다. 나 옷 벗을게. 늘 옷을 입고 자는 린을 못 견뎌하던 수였다. 수를 여행에 끌어내기 위해 린은 없는 애교까지 부린다. 잠자리가 남자에게는 단지 배설행위에 끝날지 모르지만 여자는 달랐다. 스물세 살의 남자가 밤마다 받치는 그 리비도가 린에게는 벅찼고 감당이 안 되었다. 공부와 번역과 소소한 집안일에 지친 날들이다. 즐거움에 앞서 피로가 덧난다. 피곤해, 말하면 수는 대번에 극으로 치달린다. 내가 싫단 말이지? 꼬투리를 잡고 삐친다. 아내의 책임을 방기한다는 식으로 확대해석한다. 그것은 사랑의 행위가 아니라 중독된 몸의 버릇이다. 린은 고개 돌린다. 기진한 목소리로 한마디를 끌어 올린다. 결혼이 섹스를 해결하기 위한 첩경이냐고? 수가 고개를 끄덕인다. 그럼, 뭐가 있어? 무엇으로 위안 받니? 린은 곁길로 화제를 돌린다. 미안해. 우리 영양 문제를 좀 더 신경 써야 할 것 같아. 이런 말하면 자기 화내겠지만 나 빈혈 같아. 머리도 아프고 집중도 안 되고 어지럽고….

화가 나면 수는 귀를 틀어막는다. 공부할 때 집중을 위한 귀막이로 린의 말을 원천봉쇄한다. 스스로 평화주의를 자처하는 린, 목소리 높여 다투는 건 싫다.

딸의 옹색한 살림을 보고 안쓰러워하는 마음으로 지갑을 열었을 것이다. 한겨울을 견딜 만한 돈이다. 돈의 쓰임새를 놓고 한 시간이나 투덕거렸다. 사고 싶은 것들이 끝도 없이 많다. 네가 알아서 해. 수는 간단히 자신의 의견을 내려놓는다. 너희 집 돈이니까 네가 알아서 쓰라는 늘 같은 말의 반복이다. 둘의 생활을 꾸려가는 주도적인 결정을 한시적으로 린에게 일임한다는 이야기는 결혼식 전에 했다. 경제적으로 독립하기 전까지는 말이야. 말꼬리에 붙은 조건이다. 공부라는 막중한 숙제에 눌려 압살되기 직전, 이십대 초의 신혼부부다.

우리 가위바위보 해. 자기가 승하면 겨울 준비, 내가 승하면 여행. 린은 들떠 있다. 촘촘하고 팍팍했던 일상에 한 방울 떨어진 윤활유다. 가위바위보라는 그 유치찬란한 동작을 반복하는 동안 수와 린의 입에서 끓어올랐던 웃음소리와 간지러움과 어린애들 같이 뒤둥그러졌던 오후였다. 계속 주먹밖에 낼 줄 모르는 수의 계

이별은 사랑이다

산된 우직함에, 까르르 웃는 대신 유학생 부부는 안고 넘어지는 것으로 승산 없는 게임을 마감한다.

뮌헨은 기차만 타면 유럽의 어디든지 갈 수 있다. 학생들은 저렴한 가격으로 기차여행이 가능하다.

여행 일정을 짜고 가방을 챙길 때부터 린의 감정은 피라미드 꼭지로 상승한다. 아우크스부르크행 야간 기차를 탄다. 삼등 침대차는 찌든 치즈 냄새가 토를 끌어 올린다. 밤새 손수건으로 입을 틀어막아야 한다. 슈투트가르트행을 환승했고 하이델베르크에서 하룻밤을 보낸 다음 뒤셀로프로, 다음날 아침에 브뤼셀 중앙역에 내린다.

어디를 가거나 정리된 풍경이다. 도로나 주택이나 나무들이 그랬고 비어 있는 들녘조차도 다듬어져 있다. 왜 그럴까? 온대지방인 대한민국이 무질서의 조합처럼 느껴진 것은 자신만의 편견일까? 수에게 묻는다.

왜일까? 우린 울퉁불퉁하잖아. 기차 타고 부산까지, 부산에서 서울까지 다녔지만 조악했다는 생각밖에 안 들어. 수가 피식 웃는다. 당연히 우리하곤 달라. 잦은 전란에 시달렸고 땔감을 산에서 얻어야 했던 생활양식이나 목조 건물이 화제에 취약했던 점, 6·25 동란으로 또 한 번 산들이 수난을 당했으니까. 그리고 또 있어. 묘지를 조성하기 위한 벌초가 산을 헐벗게 만들기도 했을 거야. 검은 숲이 장관이지?

브뤼셀은 예상했던 대로 화려함도 웅장함도 대단한 볼거리도 없는 소박한 도시다. 목적지는 암스테르담이었기에 거쳐 지나가는 길목이다. 벨기에는 카톨릭의 안마당 같은 나라다. 아들이 출생하면 한집안에서 한 명은 신부로 입교한다는 말을 증명하듯 어디를 가거나 웅장한 성당이다.

브뤼셀에서 중심가인 그랑 플라스로가 첫걸음이다. 시청 광장에서 길드하우스를 거치면 먹자골목이 나온다. 브뤼셀에 다녀온 사람들의 정보에 따르면 정식 레스토랑은 가격이 비싸서 관광객들에게 부담이 되고 대신 먹자골목이 싸고 분위기도 좋다고 했다. 정말 그렇다. 주먹보다 큰 고동이 맛있다. 육즙을 줄줄 흘리며 게걸스럽게 먹는다. 브뤼셀은 점심 요기만 하고 암스테르담으로 향한다.

6월이다. 암스테르담의 유월은 하링 시즌이다. 이 시즌에 급조되는 노점상 앞에는 청어를 먹기 위한 사람들이 줄을 서 있다. 유학생 부부도 맨 끝에 매달리듯 줄을 선다. 거리에서 음식물을 들고 먹는 게 부끄럽게 여기는 사람은 없다. 모두들 당연한 듯이 거리에서 먹는다. 수는 빵 사이에 끼운 청어를, 린은 소금에 절인 청어를 사서 둘이 나누어 먹는다.

지구인의 방황이 머문다는 암스테르담, 오기 전부터 마음이 설렌다. 관광객들의 안목을 끌어올리는 위대한 유적지나 역사적인 건축물이나 브로드웨이 같은 공연장이나 그런 시각적인 것이 아니다. 세계인의 가슴 지퍼를 열게 만드는 온전한 자유가 거리에 넘쳐흐른다. 과하지도 덜하지도 않다. 먼 곳에서 달려온 나그네들에게 싸고 싱싱한 음식과 다리 뻗고 앉아 북극의 낭만을 즐길 수

이별은 사랑이다

있는 벤치를 제공한다. 그것은 어디서나 느낄 수 없는 암스테르담만의 편안함이었고 풍요로움이다. 타인의 남루에 무신경했고 가난한 여행자들끼리 싸고 맛있는 음식의 거리를 알려 준다.

다음날에는 중앙역에서 트램을 타고 도시를 한바퀴 돈다. 도시를 가로지르는 운하와 지반이 약한 탓인지 살짝 기운 듯한 건물들을 보고 스피노자 동상 근처에서 트램을 내린다.

〈세계는 하나〉라는 스피노자의 그 초자연주의적인 세계관이 네덜란드인들의 대범하고 질박한 삶의 지표가 되지 않았을까? 살아생전 기독교도인들로부터 비난을 받았던, 세계를 지배하는 것은 유일신이 아닌 자연을 지배하는 질서라고 했던 철학자는 길고 치렁한 청동 코트를 걸치고 외롭게 서있다. 조금 우울한 얼굴로. '내일 지구의 종말이 올지라도 나는 사과나무 한 그루를 심겠다'고 한 그 명언이 정말은 스피노자가 한 말인지 정확하지 않다고들 한다. 뭐 상관없다. 하이네켄 브루어리 체험관 앞에서나 램브란트 미술관 앞에서도 두 사람은 잠시 머뭇거린다. 입장료가 부담이 되기도 했지만, 그때만큼은 두 사람의 시선이 가 머문 곳은 딱 한 곳이다. 온종일 발품을 팔며 헤비고 다녀 지치기도 했지만 공부에 찌든 유학생 부부다.

파격이었고 불량했다. 눈 딱 감고 해보기로 한다. 커피숍(coffee shop), 미세한 양의 대마초가 섞인 커피를 파는 가게다. 두 사람은 암묵적으로 동의한다. 창밖을 향해 나있는 2인용 소파에 나란히 앉아 이생이 아닌 전생의 문턱을 오르내리면서 연기에 버무려진 검은 액체를 마신다. 특별하고도 짜릿한 체험이다. 반만 마

시고 남은 커피를 수의 잔에 따라 준다. 묵을 호텔이 바로 지척이
다. 약간 흐느적거리면서 걷는다. 깊고 달게 잤다. 나른하고 달콤
한 몽환의 감각이 살 속에 남았다. 아쉽다. 마음이 아프고 지칠 때
마다, 그 아련하고 달콤하고 붕 떠오르던 무아지경이 그립다. 그
래서 중독이 무서운 거구나 생각했다. 다음날엔 진짜 커피숍인
'Koffee shop'에 들어가서 네덜란드 커피를 마셨다. 머리글자 C와
K의 다름이었다.

암스테르담을 떠나는 날 아침에는 부둣가 노천카페에서 커피
를 마신다. 커다란 머그잔에 생크림과 초콜릿이 듬뿍 얹힌 진하고
향이 깊은 커피다. 노천카페에 두 시간이나 앉아서 특별한 문화체
험을 한 것 같다.

관광국으로 사람들을 모이게 하는 데는 날씨의 덕도 있는 것
같다. 위도 상으로 극한 지방인데도 겨울에 영하 5도 이하로 기온
이 내려가지 않은 해양성 기후여서 온화하다. 잦은 비와 햇볕이
엷은 탓인지 여자들의 피부가 맑고 투명하다. 점심에는 인도차이
나 음식점에 가서 한국의 한정식 같은 식사를 했다. 정말 놀랐다.
한국 사람이 하는 음식점인가 주방 안을 살펴보기까지 했으니까.
밥과 국과 나물과 장조림에 혀가 타는 듯한 매운 고추 소스가 유
학생 부부를 매혹시킨다. 헝가리 식당에서 먹은 매운 굴라쉬나 빈
의 중앙역에서 먹은 야채수프의 맛도 일품이었다. 두 사람은 먹는
데 열중한다. 먹을 때는 말도 안한다. 접시가 비고 배가 불렀을 때
서로를 바라보고는 쿡쿡 웃는다.

마약도 사창가도 도시의 지도 속에 표기돼 있다. 하지만 매춘

이라고 해도 인권이 존중되었고 그들만의 노동조합이 있어 권익과 질병, 연금이나 월경 휴가까지 당당하게 요구했고 시행된다고 한다. 본질을 감추고 억압하는 것만이 인류 안녕의 최고의 가치라고 여기지 않는다. 마약의 거래가 공공하게 이루어지면서도 세계 어디보다도 마약중독자가 많지 않다는 통계가 안정된 사회를 입증하고 있다. 물의 나라 네덜란드, 전 국토의 반의반이(25프로) 물에 잠겨 있는데도 암스테르담은 그 간척지를 메워서 만든 인공의 도시로 거듭났다. 남자나 여자가 몸이 크고 우람하다. 노란 수염을 단 장신의 남자들이 술에 취에 빈둥거리지도, 짙은 화장을 하고 피부를 노출한 여자들도 한낮의 거리에는 볼 수 없다. 어둠과 빛이 공존하는 사회가 오히려 안전하다는 인상을 준다. 어떤 혁명이나 사회 개혁으로도 근원적인 악을 전멸할 수 없고 완전한 유토피아를 이룩할 수 없다면 어둠을, 어둠 그대로를 인정해주는 법이나 풍토가 바람직한지도 모른다.

미련을 버릴 수 없다. 렘브란트 하우스에 가보는 것이 암스테르담 관광의 순서였고 당연한 코스였다. 평생 후회할지도 모른다. 입장은 안하더라도 화가의 동상 앞에 어우러진 '야경'(렘브란트의 작품)의 동상이라도 한번 보자고 들렀다. 밤기차 시간은 구실이었을까? 기차시간 30분 전에 역에 도착해야 한다는 수의 철저한 시간관념에 동의했지만, 그날 중앙역에서 뮌헨행 기차를 한 시간 반이나 기다려야 했다. 렘브란트 하우스는 린이 우기지 않았다. 렘브란트 그림에 '독서하는 소녀'나 화가 자신의 자화상 말고 여타 그림들은 별로였다. 정말 보고 싶은 그림은 오슬로 미술관에 소장

돼 있는 에트바르 뭉크의 ‘절규’였다. 절규를 볼 수 없다면 ‘독서하는 소녀’나 ‘눈이 먼 삼손’ 같은 렘브란트의 조금은 엽기적인 그림들은 다음으로 미뤘다. 다음이라는 기회가 올지 말지 확신은 없었지만 여운을 남겨두는 것이 미흡함을 다독이는 작은 술수인지도 모른다.

6월인데도 갯바람에 실려 온 냉기가 몸을 움츠리게 한다. 한국보다 유리한 자연환경을 지닌 나라가 아닌데도 입헌군주국의 소박한 왕을 모신 서민들은 밝고 씩씩하다. 노숙자나 거지를 본 기억이 없다. 기차 안에서 먹을 주전부리 감을 잔뜩 샀다. 초콜릿을 입힌 커다란 와플 두 개, 수를 위해서 고기로 속을 채운 크로켓하고 여러 가지 종류의 과일을 깍두기처럼 잘라서 밀폐용기에 담은 것들을 담은 종이봉지가 묵직하다. 그걸 누가 다 먹어? 시큰둥했던 수가 더 많이 챙긴다. 와플은 첫사랑처럼 달달했고 미지근하게 식었지만 내용이 꽉 찬 크로켓 맛은 암스테르담을 오랫동안 기억나게 했던 길거리 음식이다. 뮌헨으로 돌아오는 밤기차에서 그들은 조국의 언어로 밤새 토닥거린다. 우리들의 가난을, 나라나 개인이나 운명처럼 옆구리에 끼고 사는 가난에 대해서 대책 없는 토론이다. 시간을 거슬러 올라가면 언제 어디서부터 가난의 역사가 시작되었는지, 잦은 전란이 가난의 핵이라는 수의 말에 린은 고개를 흔든다. 노동을 폄훼했던 유교문화나 그런 사회적인 불평등 속에서 억눌려 살았던 의식의 문제라고, 린은 좀 심란하다.

기차가 새벽을 뚫고 뮌헨에 가까워질 무렵 수가 그 이야기를 했다. 정신의 혁명이랄까, 의식을 변화시키지 않으면 가난에서 벗

이별은 사랑이다

어나기 쉽지 않아. 개인도 마찬가지야.

개인을 들먹인 건 린의 헤픈 쓰임새를 질타하는 말이지 싶다.

정작 여행 중에 더 달뜨고 즐긴 쪽은 린이 아니라 수다. 린이 칠 공주 집의 큰딸이듯 수 역시 줄망줄망한 여섯 동생을 거느린 큰아들이다. 억제하고 억누르고 살았던 두 사람 모두 어린애들처럼 누구도 알아보지 않는 이국의 하늘 아래서 자유를 만끽한다. 린은 북극의 오로라와 빙하의 협곡인 피오르드까지 가보고 싶었다. 기왕 내친김이었는데, 언제 다시 간다는 보장이 있는 것도 아닌데, 수의 심통스러운 반응이 상황을 몰수한다.

365일에서 일주일을 빼먹은 거잖아. 내 시간은 장인어른의 돈으로 살 수 없어.

린은 가볍게 응수한다. 하지만 장인어른의 돈으로 제법 듬직한 방한복을 반값에 산 건 어떡하고? 암스테르담 중앙역 근처 아울렛에서 구입한 수의 털모자와 방한코트는 평생 입어도 됨직하다.

북구의 갯바람에 던지고 온 것은 수가 걸치고 다니던 헌 점퍼 때기가 아니다. 모두 던졌다. 그가 보내준 돈으로 겨울 차비를 하는 대신 여행이라는 달콤한 제목을 내걸고 북유럽의 거리에 내던져야 했다. 그래야만 했다. 뮌헨에 도착한 수가 한 첫 마디가 부친으로부터의 분리돼야 한다는 조언에 고개를 끄덕인 린.

뮌헨의 중앙역에서 그분을 보내드렸다. 딸이 그를 떠났듯이 그 역시 호주머니 넣어 다니면서 애용하던 명품 시계를 수리점에 맡기듯이 딸로부터 멀어져 갔다.

살과 뼈에 스민 냄새

임신인 줄 몰랐다. 으스스 살갖에 엉기는 한기에 멈칫했지만 설마, 감기겠지 했다. 아스피린을 먹으려다가 체온계를 입에 문다. 36.7부. 정상 아닌가? 하면서도 옷만 껴입는다. 오한이 헛바늘로 옮겨진다. 커피 탓인가 해서 삼분의 일 정도로 줄인다. 그런데도 뭔가가 불안했고 초조하다. 몸이 나른하다. 그렇게 황홀했던 레오폴드 가의 가을 산책조차 성가시다. 한낮에 침대는 금기로 했는데, 자꾸 그쪽으로 눈이 간다. 번역을 하다가 불시에 침대에 가 몸을 뉜다. 바닥으로, 바닥으로 가라앉는다. 어느 순간 이건 안 돼, 하는 자각이 머리를 후려친다. 맨발에 구두를 신고 뛰어 나간다. 먹어야 한다. 마트에 가서 오트밀하고 우유를 산다. 레몬도 한 개. 오트밀에 끓인 물을 넣고 저었더니 죽이 된다. 소금 한꼬집을 넣는다. 먹을 만하다. 커피 대신 우유를 듬뿍 넣은 홍차에 레몬 즙을 끼얹는다. 탁월한 선택이다. 끓어오르던 메스꺼움이 겨우 잦아든다. 헛구역질은 치즈 냄새 때문이다. 뮌헨의 하늘과 땅 어디에도 개칠해진 버터와 치즈 냄새. 전차는 탈 수가 없고 음식점은 물

이별은 사랑이다

론 커피숍에서도 그것, 뮌헨의 체취는 피할 수 없다.

어디를 가던 그들의 일상 속에 밴 냄새. 지하철이나 강의실, 교수 연구실, 식당, 거리, 노천카페, 극장 그 어디에서도 묻히고 다니는 육질의 냄새. 지네발처럼 굼실거리며 느끼하고 스멀거리는 기름기, 스치기만 해도 욱 치받히는 역류. 참으로 난감하다. 마스크를 하고 다녀야 할 것 같다. 감기 기침이라고 말하면 된다. 치즈나 버터 냄새에 소스라치듯 그들에게는 김치나 된장 냄새가 치명적일 수 있다. 피장파장인 셈이다. 카페인이 필요하다. 느끼함에는 커피가 특효약이다. 안 좋은 줄 알면서도 온종일 커피를 홀짝홀짝 마신다. 그런 날 밤이면 들쥐처럼 어둠 속을 누비고 다닌다. 카페인이 의식을 작두질한다. 말똥해진 눈으로 번하게 밝아오는 새벽을 마주한 적도 있다. 외출을 자제하고 커피를 줄이고 영국공원을 한 바퀴 돈다. 일과를 정해두고 규칙에 길들여지려고 노력한다. 커피라는 각성제는 숨쉬기에 제동을 건다. 두근거리는 가슴, 겹으로 접히는 눈시울, 중독현상인지도 모른다. 명치까지 호흡이 닿지 않는다. 실제로 무슨 병의 징후인지 알 수 없다. 앉아있는 시간보다 걷기에 열중한다. 성당으로 가서 다리가 저리도록 오랫동안 꿇어앉아 삶을 견디게 해 주십사하고 이마를 짓찧으며 기도한다.

차오르는 복부, 허리춤이 두터워졌다. 아직 수는 눈치채지 못한 걸까? 알고도 모른 체하는 걸까? 수에게는 아직 말하지 않았다. 나중에 먹을게. 식사 때마다 린은 핑계를 댄다. 수가 먼저 눈치채 주었으면 했다. 6주 넘게 달거리가 비치지 않자 혹시? 했던 염려가 확신으로 굳는다. 난감하다. 8주가 넘었을 때 수가 부푼 허리를 만지면서 어이, 체중이 불었어? 이런 와중에?

린은 비로소 찔끔한다. 어떤 와중? 목소리가 높았던가?

왜 그러는데? 뜨악해 하는 눈빛이다. 나 임신한 것 같아.

그가 흠칫 몸을 일으킨다. 벼락이라도 맞은 얼굴이다. 우리들의 2세를 품어 줘서 고마워, 축하할 상황이 아니라고 해도 이건 좀 심하다는 느낌이다. 서로의 눈길을 피한다. 결혼과 임신과 출산은 예정된 수순인데 왜 눈치를 봐야 해? 몰래한 사랑도 아니고 몰래 만든 아이도 아닌데, 기쁨보다는 어떡해? 무거움이 앞선다.

유학생 부부에게 임신은 불청객이다. 칫솔질을 하면서 수가 힘 없이 말한다.

안 배웠어? 가정 시간에? 배란기라든가 뭐 그런 거? 네가 조절했어야지.

어머? 나 혼자 책임이야? 그 말이 린을 떠다민다. 이불을 뒤집어쓰고 기다린다. 무엇을 기다리는지? 무슨 말이 듣고 싶은지? 어떻게 해야 하는지? 귀를 막고 눈을 감고 입술을 다문다. 손으로 맨몸을 쓸어 본다. 젖망울이 곤두선다. 갑자기 시큼한 갓김치나 동치미에 말아먹은 냉면이 먹고 싶다. 빵이나 치즈는 보기만 해도 헛구역질이 난다. 임신이라는 과제로부터 도망치려는 수. 그런 건 네가 챙겼어야지. 책임을 떠넘긴다. 눈을 마주 보지도 않는다. 나 어떡해? 린이 한숨에 버무려 던지는 말에 수는 딴지를 부린다. 구두 뒤축을 꼬부린 채 현관문 밖으로 도망친다. 철제문이 닫히는 순간 모든 덤터기는 린에게 떠안겨진다. 두 사람은 약속이라도

이별은 사랑이다

한 것처럼 앙다문 입에 침묵을 깨물고 산다. 수의 도서관 시간이 더 길어진다. 무얼 먹고 버티는지 뺨은 홀쭉해졌고 입술은 하얘진다. 허기진 배와 둘둘 만 담요를 안고 린은 생각을 굴린다. 귀국해서 출산을 하고 복귀하는 방법이 있긴 하다. 환영받을 상황이 아니다. 염치없음의 극치다. 아버지의 혀 차는 소리와 고개 돌린 어머니의 빗긴 시선이 눈앞에 어른거린다. 시댁이나 친정에서나 2세의 빠른 출산을 반가워할 형편 아니다. 수를 다그친다고 뾰족한 해결책이 있는 것도 아니다. 파종한 당사자는 모르쇠 돌아서면 그만이지만 씨앗을 틔운 대지는 수분과 해를 품어 생명을 길러야 한다. 린의 몫이다. 달력에 빗금을 긋는다. 달거리를 한 지 어느새 7주가 지났다. 출산을 강행할 수밖에 없다. 처음 임신을 통고한 이후, 임신에 대해서 수하고 어떤 의논도 하지 않았다. 서로를 기피하고 있다. 그 화제가 나올만하면 수는 나가버린다. 빈 지갑뿐인 남자에게 덤터기를 씌워야 해결될 일이 아니다.

8주째 접어들면서 린은 출산을 결심한다. 비타민과 칼슘을 챙겨 먹는다. 부족한 식생활을 보충해야 한다. 오트밀 우유하고 삶은 감자로 연명한다. 25주로 접어들면서 몸이 부풀어 오른다. 절약하고 또 절약하고 절약하지만 더 이상 내려갈 바닥이 보이지 않는다. 아가야, 미안해. 12시가 넘었는데, 자야 할 시간인데, 몸도 마음도 방전된 껍데기가 되어 중얼거린다. 눈을 감고 손을 가슴에 포개고 드러누워 기도한다. 내일도 번역할 수 있는 힘을 주세요, 기도만이 그녀를 구할 수 있다. 신을 믿지 않는 그녀가 언제인가부터 간절하게 부탁하고 지극하게 의지한다. 춥다. 명치끝에 엉긴 한기가 손끝에 모아지면서 온몸의 열기를 앗아간다. 너무 춥다. 내가 불 피울까? 린이 불쏘시개 종이를 찾아 부스럭거린다. 그것이 신호라도 되듯이 수가 의자를 돌려 앉는다.

더우면 공부가 안 돼. 열기는 인간의 욕망을 극대화시키지. 추위는 인간의 뇌를 첨예하게 벼려.

석탄이 없어 난롯불을 피우지 못하는 변명을 그런 식으로 미화한다.

안 그래? 스스로를 참고 통제할 수 있으면 세상에 두려운 것이 없어.

수는 변죽만 울린다. 임신 초기의 한기로 오들거리는 아내에게 건네는 동문서답이다. 무슨 말인지 모르지 않는다. 석탄이 떨어져 주말 내내 밖에서 서성거린다. 계획적으로, 쓰임새의 우선순위를 정하고 거기에 따라서 지출해야 한다는 말이다.

긴 말 안 할게. 한 가지만 명심하자. 생존이 먼저야. 먹는 게 우선이라고. 일주일이나 굶어 보고도 돈만 오면 책방부터 달려 가냐?

린은 입안에서 하고 싶은 말을 씹어 삼킨다. 책은 정신의 양식이야. 정신이 부재한 육체는 단지 물질일 뿐이거든.

수가 또 이죽댄다. 네가 입버릇처럼 읊어대는 순수니 영혼의 목마름이니 하는 건 이상이야. 우리는 백 파운드로 30일 견뎌야 하는 가난한 유학생이야. 그게 우리가 살아내야 하는 현실이라고.

말의 마디가 툭툭 분질러진다. 틀린 말은 아니다. 백 파운드로 살아내야 하는 일상은 고인 물이다. 웅덩이다. 이런 비속화로부터

이별은 사랑이다

지켜야 하는 생산적이고 객관적 가치가 있는 순수한 무엇이 자신의 내부에 있는지, 그것을 유지하기 위해서는 책을 사야 했고 정신의 언어를 간직해야 한다고, 골백번 이야기했지만 수는 한 귀로 듣고 한 귀로 흘린다. 이제 지쳤다. 말을 하면 말의 씨에 불이 붙고 그 불을 진화하기 위해 시간과 에너지가 필요하다.

보리스 파스테르나크『닥터 지바고』상하 두 권 값이면 일주일치 석탄값이잖아. 괴테 전집을 산 지 한 달도 안됐다.

더운 숨소리로 좁은 방은 팽팽하게 부푼다. 살짝 건들기만 해도 터질 것 같다.

슈바빙을 좋아했지만 좋아하는 것만큼의 비루함도 함께다. 린이 우울해 하면 수가 다독인다.

우린 일시 거류자에 불과해. 아무리 오래 살아도 이방인일 뿐이야.

린이 작게 속삭인다. 자기도 나한테 일시 거류자가 아닌지 모르겠네.

격렬한 것, 뭉친 것들, 요동치는 무엇이 린의 의식을 뚫고 나온다. 린의 고개가 사납게 흔들린다. 나 위로받을 자격이 없어. 기대에 부응하는 딸도, 귀감이 되는 언니도, 내조하는 지혜로운 아내도, 모범적인 엄마도 될 수 없어. 지식에 걸구 들린 빈 콩깍지에 불과해.

보기 딱했던지 수가 손을 내민다. 자길 너무 비하하지 마. 넌 우등생이야. 그거 아무나 하는 거 아니야. 네가 대단찮게 여기는

K고등학교나 법대도 우등생 아니면 입학 불가야. 그리고 모든 경쟁을 물리치고 함부르크대학 문학부의 조교로 선발된 것은 대단한 성과라고 봐. 자신감을 가져.

린이 그냥 씹어 뱉는다. 오만이라면서?

피식, 웃음으로 그는 얼버무린다. 겉으로 오만하게 뵈는 건 사실이야. 하지만 네 속은 명주 올보다 여려. 내가 장담해.

명주실이 여려? 뭘 몰라도 한참 모르네. 명주 올 비유는 적절하지 않은 것 같아. 얼마나 질긴데. 중국에서는 여자들 목을 맬 때 명주실이나 천으로 맨다잖아.

수가 보고 있던 책갈피를 소리 나게 덮는다.

왜 모르겠어? 가늘고 섬세하지만, 질기다는 거. 그게 네 본질이야. 그래야 해. 오늘의 네가 존재하는 건 그런 강인함과 부드러움을 동시에 지녔기 때문 아닐까?

어쩐 일이래? 입에 참기름 발랐어? 소리 내어 웃는데, 어쩌려고 눈가에 물기가 차오를까?

자신의 몸인데도 이물질처럼 끔찍하다. 팽팽하게 당겨진 젖가슴의 느닷없는 융기가 혐오스럽다.

감자 부침개? 강판에 갈아 물기를 짜내고 기름 친 번철에 부쳐 낸다. 상상만으로도 침샘이 고인다. 왜 갑자기 감자전이 먹고 싶은지 그 맛이 너무 절박하다. 혓바늘이 돋아 입안이 가실거린다. 그런데 입이 기억하고 있는 감자전이 퍼뜩 생각난다. 초가을이면 마당에 가마솥을 걸고 민어탕을 끓이던 할머니와 아기를 안은 채

햇감자를 밀가루에 버무려 부침을 부치던 어머니의 감자전이 먹고 싶다. 지금 딱 한입만 먹고 싶은 것은 감자전이다.

코트를 입고 나선다. 겨울의 뮌헨은 모든 생명체를 냉동시킨다. 습기 묻은 회색 바람이 도시의 골목을 휩쓴다. 린은 코트 깃을 세우고 긴 머플러로 목을 둘둘 감는다. 습기 묻는 바람은 맵고 아리다.

포도씨 기름이나 해바라기 기름으로도 그 맛이 날지 자신이 없지만 린은 강행하기로 한다. 먼 거리에 있는 마트까지 걸어간다. 큰 프라이팬도 필요하다. 소형달걀 프라이팬은 신혼 초기에 구입했다. 밀가루 500mg, 기름하고 감자 1kg, 큰마음 먹고 달걀 10개를 장바구니에 담는다. 빨강 사과 더미 앞에서 발이 떨어지지 않는다. 먹고 싶다. 장바구니에 담은 것만으로도 20마르크가 넘을지도 모른다. 그렇다면 달걀은 덜어낼 수밖에. 달걀 대신 사과? 아이를 위해서는 최소한의 단백질이 달걀이다. 들고 있던 사과를 내려놓는다. 아쉽다. 사과를 못 먹어서 그러니? 아니, 그냥 조금. 따가운 느낌이 머리에서 가슴으로 빠르게 전이된다.

팔이 늘어질 정도로 무겁다. 종이봉투가 찢어질지도 모른다. 달걀하고 기름병만 꺼내서 숄더백에 나누어 담는다. 종이봉투를 가슴에 안고 천천히 걷는다. 왼쪽 어깨에 걸친 숄더백이 무게를 싣고 길게 늘어진다. 잎이 떨어진 레오폴드 가의 가로수들이 바람을 안고 우우, 소리 내어 운다. 잎이 무성할 때의 가로수도 멋있지만 눈발을 이고 서 있는 나목들은 더 아름답다. 지난 주말, 린이 너무 예쁘다고 감탄사를 늘어놓았다. 합동결혼식에 입장하는 신부 같아. 예쁘지만 왠지 처연해. 너무 예뻐.

수의 반응은 떨떠름했다. 서울의 고궁도 아름다워. 너무 부러워하지 말고 주눅 들지도 마. 우린 나그네야.

나그네란 말이지? 그 단어가 가지는 씁쓸한 느낌에 코트 깃을 세운다. 춥다. 오른팔 왼팔을 번갈아 가며 쉬엄쉬엄 걷는다. 집에 도착하자마자 난로를 피운다. 창문을 열고 연기를 쫓아내고 불이 붙을 때까지 담요를 들쓰고 한구석에 쪼그리고 앉아 있다. 20분은 기다려야 한다. 난롯불이 발갛게 달아오르고 촛불을 켜면 린은 행복하다. 작고 소박한 기쁨 한 조각. 새로 구입한 팬에 기름을 붓고 종이 행주로 닦아낸다. 한 번 두 번, 닦아낸 종이 행주가 수북하다. 수가 보면 낭비야, 통박 지를 것이 분명하다. 차곡차곡 펴서 손 다림해서 쓰레기봉투 깊숙이 쑤셔 박는다. 공동생활의 기본이라는 거 알면서도 눈치를 살피고 수의 표정에 신경을 걸고 있는 자신의 일상이 처연하고 가엽게 여겨지는 건 자기 연민일까?

강판에 갈아서 부친 감자전이 맛도 좋고 보기도 좋지만 강판도 없고 잔손이 많이 간다. 껍질 벗긴 감자를 나박나박 썰어서 물에 담근다. 전분기를 빼야 맛이 상큼하다. 밀가루에 물을 붓고 소금 간을 해서 불에 달군 프라이팬에서 지진다. 팬이 두꺼워서 그런지 포도 씨 기름이 한국에서 쓰던 들기름이나 콩기름보다 증발하는 양이 적은 것 같다. 부침은 뜨거울 때 먹어야 맛이 있다. 선 자리에서 감자전 한쪽을 입에 넣는 순간 욱하고 토가 끓어오른다. 빈속인데, 오늘 아침엔 커피 한잔도 안 마셨는데? 먹어야 한다. 위를 채우지 않으면 공부도 번역도 할 수 없다. 양배추 김치를 감자

이별은 사랑이다

전에 포개 다시 먹는다. 다행히 집에서 보내준 고추장도 곁들여 감자전 다섯 쪽을 먹는다. 감자 한 개 반 정도다. 감자전 시도는 성공한 셈이다. 뒷정리하고 환기를 위해 창문을 연다. 담요를 뒤집어쓰고 한 시간이나 오들오들 떤다. 수가 올 시간에 맞추어 일어난다. 밥을 지어야 한다. 이태리 쌀을 씻고 밥을 안친다. 먹다가 남긴 와인을 부어 밥을 하면 먹을 만하다는 정보는 수가 어디서 듣고 왔다. 조금 움직였더니 몸이 피곤하다. 한낮인데, 염치불구하고 침대에 꼬불치고 눕는다. 머리도 감아야 하고 세탁도 해야 하고 『안네 일기』 번역도 마무리해야 한다. 하찮은 일인데 린에게는 산더미 같은 숙제로 다가온다. 이제껏 잘해 왔다. 그런데 갑자기 거대한 파도 속에 잠긴 듯 손가락 하나도 까딱할 수가 없다.

아버지는 딸에게 밥주걱 대신 펜대를 쥐어 주었다. 딸에게 걸었던 기대감이 너무 컸다. 린은 그 기대에 부응하지 못했다. 어머니가 손수 재봉틀로 박은 손바닥만한 앞치마가 린의 관심사였다. 딸기나 토끼나 동물들 모양을 십자수로 놓고 빨강색 바이어스를 댄 앞치마는 앙증스럽고 예뻤다. 큰딸의 앞치마는 만들어 주지 않았다. 그건 어쩌면 큰 딸을 전사처럼 키우려는 아버지에 대한 항거는 아니었을까? 린이 주방 근처에 얼씬거리기만 해도 아버지가 언성을 높였다. 딸애를 그렇게 키우면 안 되죠. 어머니가 야무지게 맞장을 떴지만 아버지를 이기지는 못했다. 우리 린을 부엌데기로 만들 순 없어. 사회에 이바지하는 훌륭한 여성으로 키워야지.

어머니가 작게 중얼거린다. 훌륭한 위치? 이 나라에서 여자가 하면 얼마나 해요? 여잔 그저 죽으나 사나 여자일 뿐인걸. 박사나 판사가 돼도 여자는 여자의 굴레를 못 벗어나요. 어쩌려고 아일 맹탕으로 기르래요. 저러다가 결혼하면 미움받아요.

아버지의 호통소리가 쩌렁 울렸다. 우린 린을 부엌데기 만들지 않아.

어머니는 기어 들어가는 목소리로 중얼거린다. 하지만 어째요? 우리 딸애가 딛고 있는 땅은 한국이잖아요. 두 발로 땅을 딛고 살려면 밥도 짓고 빨래도 할 줄 알아야 해요.

문을 열고 들어서던 수가 코를 벌름거린다. 와우, 무슨 냄새야? 목소리가 들썩인다.

어쩌다가 오늘 주부의 흉내를 냈다. 차가운 마파람을 안고 2킬로가 넘는 식료품가게로 가서 감자와 기름과 프라이팬을 사들고 온 것은 순전이 허기진 위를 채우기 위한 건 아니다. 약물 건으로 마감된 그 일로 수의 시간을 빼앗은 미안함이 컸다. 작은 정성이라도 보여주리라. 마음 밑바닥에 고여 있었을 것이다.

미리 준비해 두었던 밀가루 반죽에 껍질 벗겨 물에 담가두었던 감자를 나붓하게 썰어 금방 감자전을 부친다. 수의 눈이 휘둥그레진다. 어, 감자부침? 울 어머니 단골 메뉴인데?

배고프지? 손 씻고 올래? 책상 위에 널린 것들을 치우고 늘 사용하는 흰 무명 깔판을 깐다. 두개의 접시, 두 개의 젓가락, 한가운데 커다란 접시에 금방 익혀낸 감자부침은 노릇노릇, 먹음직하다. 3개 반인데 감자알이 굵어서 푸짐하다. 한입에 한쪽을 넣어

이별은 사랑이다

씹던 수가 서울에서 먹던 감자보다 달고 포슬하지? 수의 감자 이론이 빛을 보는 순간이다. 우리가 서울에서 먹었던 납작감자는 일제 강점기 때 그들이 공급해준 감자품종이야. 분이 많지만 당이 없어. 지금 독일에서 먹는 감자품종은 유럽인들이 가장 선호하는 속이 노란 감자로 감자품종 중에서 최고로 친대. 린이 고개를 주억댄다.

수가 엄지척을 해 보인다. 맛있다. 솜씨가 대단해, 우리 부인. 그가 만들어 내는 어설픈 감동이다. 잿빛 하늘이 머리 위로 내려 덮인다. 벗겨지지 않은 철의 투구를 쓰고 있는 것 같다. 눈앞이 어질거린다. 의사는 빈혈이라고 진단했다. 빈혈? 딛고선 바닥에서 미세한 움직임이 발바닥을 타고 기어오른다. 너무 오래 서 있은 탓일까?

명색 조교인데, 매일 출근하지 못한다. 길 가다가 넘어질지도 몰라. 두렵다. 그렇게 짱짱하게 버티던 자신감은 어디로 숨어 버린 걸까? 구급차가 달려오고, 그러는 사잇길을 가던 사람들이 발을 멈추고 쓰러진 동양의 왜소한 여인을 굽어볼 것이다. 길바닥의 미아로, 구경거리로 널브러진 자신의 모습을 떠올리자 진저리가 쳐진다. 다시 발길을 되돌린다. 그렇게 싱그러웠던 숲의 냄새가 비리고 늘큰하다. 일주일 동안 감지 않았던 긴 머리 탓인지도 모른다. 긴 머리를 잘라야 한다. 임신부가 관리하기에 너무 성가시다. 왼손으로 긴 머리채를 잡고 오른손에 든 가위로 목덜미 근처까지 자른다. 자르고 또 자른다. 손가락 한 마디쯤이다. 고등학교 때부터 기른 머리다. 머리카락이 가지는 불멸성에 문득 가슴이 저리다. 죽음 뒤에도 머리카락만큼은 마모되지 않는다고 한다. 잘려 나간 머리를 종이에 싸서 난로에 집어 던진다. 노린 냄새를 풍기면서 활, 타오른다. 가슴속에 꼭꼭 여며두고 사용불가라고 봉인해 두었던 허무라는 단어가 성큼 다가와 린의 앞에 와 선다. 맥없이 주저앉는다. 권태와 허무라는 두 개의 단어를 고무 밴드에 묶어 손에 쥐고 있다. 잘 가, 난로 속으로 집어 던진다.

책상 앞에 앉는다. 번역은 누가 강요해서 하는 작업이 아니다. 그런데도 울퉁불퉁해지는 감정의 기복이 매순간, 매시간, 매주, 매달을 천만 개로 쪼개고 부서뜨린다. 린의 시간은 깨진 유리파편처럼 사방에 나뒹군다. 자칫 헛디디기라도 하면 살 속으로 파고든 유리 알갱이로 피가 흐르고 곪아 터질지도 모른다. 지금의 상태가 그렇다. 하루 8시간, 몸 상태가 좋은 날에는 10시간 넘게 강행군한다. 아침 9시에 도서관에 간 그가 귀가하는 오후 7시까지 다른 장소지만 두 사람은 공부와 작업이라는 몰입의 상태로 시간 속에 엮여 있다.

그것만으로는 위안이 되지 않는다. 별일이다. 왜 갑자기 위로 따위가 필요한지 모를 일이다. 기대고 싶다. 속을 탈탈 털어놓고 싶다. 서로를 치대면서 울고 싶다. 수가 하는 말처럼, 나누어 가질수록 부피만 커지는 고독이라는 괴물, 세상에 외롭지 않은 사람이 있느냐고? 고독 타령은 엄살이야, 수는 덧붙인다. 스스로 삭이거나 가슴에 품거나 다독여야 한다고. 고독을 광고하면 어릿광대로 전락할 뿐이야. 그런 말을 할 때 수는 해탈한 도사 같다. 반은 동의하지만 반은 동의할 수 없다. 내시경으로도 그 컴컴한 오지에 닿지 않는다. 신중함은 의뭉함을, 정직함은 직설의 가시를 내포하고 있다.

밀린 리포트 작성을 위해 토요일인데도 린은 도서관에 틀어박혔다. 박 훈을 수 곁에 남겨 두고 자리를 비운 건 린의 실수였다. 무거운 발을 끌고 집에 도착했을 때 천지개벽할 만한 방안 풍경에 린은 주저앉고 말았다.

친정에서 보내준 밑반찬, 김부각에 소고기장조림, 무말랭이 무침, 북어채 무침까지 온통 찬합통 째 바닥에 내놓고 손가락으로 퍼먹고 있는 것이 아닌가. 끼니마다 젓가락으로 조금씩 덜어 먹어야 한 달을 버틸 수 있는 반찬을. 김부각은 거들이 났고 북어채 무침하고 소고기 장조림도 밑바닥을 친다.

린은 가방을 집어던지고 침대 속으로 기어든다. 다투고 싶지 않다. 보고 싶지 않다. 머리가 지끈댔고 입이 말라 말이 소리가 돼 나오지 않는다. 뒤집어쓴 홑겹 이불이 발라당 꺼당겨진다.

실례라는 거 몰라? 손님 있는데, 무슨 짓이야?

춥고 배고픈 린은 이성이라는 잣대를 잠시 서랍 속에 가둔다.

베개를 들고 메다친다. 나가버려. 보기 싫어. 지긋지긋해.

나가라고? 나가란 말이지? 남편을 내쫓는 여자가 여기 있었네.

박 훈의 목소리. 형, 잠시 나가요. 지금은 피하는 게 장땡 같아요.

강물이 범람하듯 산사태에 파묻힌 듯 숨을 쉴 수가 없다. 온몸이 경기하듯 뒤틀린다. 극심한 무엇이 린의 안에서 폭발한다. 난 아무것도 아니야. 게으르고 무책임하고 사변적이고…. 손에 닥치는 대로 들고는 찢어발긴다. 온종일 손가락에 마비를 느끼면서 번역했던 원고를 바락바락 찢는다. 난 관대해질 수가 없어. 용서가 안 돼. 난 내가… 으흐흐흐 소리를 깨물고는 바닥에 뒹군다. 나 미 쳤나 봐. 미치고 말 거야. 눈물이 볼을 타고 흘러내린다. 칼바람이 두 겹의 창을 두드린다.

염치를 몰수해버린 박 훈, 그를 보살피고 두둔하는 남편 수조 차 상식이라는 잣대를 메다친 부류다. 겨우겨우 하루를 버티고 일 주일을 엉구며 한 달을 견디는 일상이 구겨진 파지처럼 나뒹군다. 진정해야지 하면서도 이런 상황으로 몰아간 부친의 강제결혼이 원망스럽지 않다면 거짓말이다. 못난 딸자식이 시집을 못 갈까 봐 혼인 신고 한 장을 들려 스물두 살의 딸을 결혼이라는 매듭으로 묶어버린 부친, 여행지를 거치면서 잠시 들러 바라본 딸의 일그러 진 모습을 보고도 네가 한 짓이 겨우 이거였어, 냉소를 깨문 입에 더 이상 밥을 넘기지 않았다.

거기 누구 없어요? 누구 없냐고요? 말 좀 해요. 내 말 좀 들어 주세요. 내 입에 버캐가 슬었다고요. 그는 일주일째 입을 다물고 살아요. 소리 없는 음계가 네 방구석을 지네발처럼 기어 다닌다.

꿈일까? 손끝에 스치는 금속의 감각, 뭐야? 무거운 눈시울을 밀 어 올린다. 잠옷 입은 남자는 분명 남편 수다. 그가 바닥에 무릎을 꿇고 앉아 아내의 손톱을 고르고 있다. 싫어. 내 손 지저분해. 그 래서 다듬어 주는 거야. 손톱 속이 새까매. 내비 둬. 석탄 가루 범 벅인 내 긴 손톱으로 네 얼굴에 홈을 팔 거야.

따뜻하게 데운 물수건이 손끝을 닦아낸다. 의지를 빼앗긴 팔이 늘어진다. 그의 작업은 계속된다. 이불 끝자락을 들추고 두 발을 가지런하게 포갠다. 더운 물수건이 발을 감싼다. 가만있어. 움직이면 안 돼.

갑자기 무슨 일이래? 왜 그러는데? 내 발톱이 내 손톱이 그렇게 거슬렸단 말이지?

제발 가만있어. 내 맘이 시키는 일이야. 배불뚝이가 제 발톱 깎기는 힘들잖아.

그랬구나, 그랬어. 속울음이 치받친다. 문득 이런 와중에 웃음기가 발동한다. 있지? 울 엄마 생산 능력을 물려받았을 거야. 해거리로 배불뚝이가 되면 발톱 깎기는 자기 몫이겠네.

괜찮지 않아

하나의 획을 긋는 절차에 지나지 않는다고, 린은 3시의 약속을 꼬깃꼬깃 구겨 호주머니 속에 넣는다. 아직 멀었는데 점심도 챙기지 않은 채 린은 빈 택시가 지나갈 때마다 손을 들었다 말았다 헛손질을 한다. 정확하게 시간에 맞추어 도착하고 싶다. 걸어가도 20분이면 될 거리다. 바람에 부대껴 지치고 흐트러진 모습으로 그와 대면하고 싶지 않다. 택시에 타자마자 린은 거울을 꺼내 입술 연지를 새로 발랐고 엉킨 머리카락을 빗질한다.

출구 앞에 서 있던 그가 린이 나타나자 서둘러 사무실 안으로 들어간다. 뒤따라 들어가면서 린은 자꾸 일그러지려는 표정을 다듬는다. 눈은 내리 떴고 치아로 혀를 깨문다. 마침내 차례가 되었을 때 그가 손짓으로 린을 부른다.

구청 직원이 검지로 가리킨다. 여기 날인하세요. 린은 얼굴에 열꽃이 피는 것같이 따끔거렸고, 도장을 쥔 손끝은 와삭거렸고, 마른 입술에 침을 발라가며 도장을 찍는다. 어렵게 쌓아올린 8년이 와그르르 무너지는 순간이다. 절차는 순식간에 마감된다. 인주

이별은 사랑이다

묻은 손가락을 휴지로 닦으면서 그녀가 그를 쳐다본다. 그의 시선이 초점 없이 굴러다닌다. 마주치지 않으려는 외면의 갈피에는 신세졌어, 하지만 작별을 조장한 당사자는 너야. 변명과 자기비호적인 민망함이 내비친다. 미안해하지 마, 자길 여기까지 밀어 올린 장본인은 우리 부친이지 내가 아니잖아. 린은 돌아선다. 한두 발 내딛다가 린은 불시에 뒤돌아본다. 그가 그 자리에 우두커니 서 있다. 어깨 위에 얹혀 있던 침착성이 흔들리는 것 같다. 후줄근하다. 와이셔츠 소매 끝에 때가 절어 있고 느슨하게 풀려 있는 감색 체크무늬 넥타이는 슈트의 색상과 무관하게 그가 늘 애용했던 넥타이다. 참 엉뚱하다. 종이 한 장으로 분리되는 순간 타인이 된 그 사람의 차림새에 눈길을 빼앗기는 심리적 변이는 무엇일까? 진심인지 위선인지, 회한인지 모를 일이다. 모든 단어들이 두 팔이 되어 흔들린다. 서로를 외면한 채 뒷덜미에 꽂히는 시선을 압정처럼 달고 쫓기듯 그곳을 나간다. 그는 빠르게 층계를 내려가면서도 습관처럼 주위를 살핀다. 허둥거리는 모습이 평소 그답지 않다. 그 흔들림이 조금은 안쓰럽게 다가온다. 미안해하지 마, 열심히 사위 노릇 하느라고 애썼어. 입안에서 말을 굴린다.

린은 뜻밖에 담담하고 침착한 자신이 낯설다. 그가 말을 걸면 감정의 장벽이 흔들릴지도 몰라, 은근히 염려가 없었던 건 아니다. 하지만 그는 한마디도 하지 않는다. 민망한 침묵은 아닐까? 가던 길을 돌아와 다시 어떤 심정이냐고 묻는다면 글쎄, 그냥 공터에 혼자 서 있는 것 같은 느낌이라고 할까? 마침표를 찍었다는, 회한인지 덧없음인지 모를 회색의 회오리가 잠깐 굳은 몸피를 흔들고 지나간다.

급하게 돌아서 가는 그를 그녀가 부른다.

정화한텐 그쪽에서 이야기해. 그쪽? 바닥을 치는 어투다. 내뱉어 놓고서야 아차 했지만 듣고 지나갈 그가 아니다. 그새 말투까지 변했네.

속물화됐단 말이지? 보통 아줌마들이 하는 말이야. 입안에서 우물거린다.

일주일에 한두 번은 정화를 만나야겠지. 처다보지 않은 채 그가 말만 던진다. 이제 더 이상 서로를 이죽대고 쪼아대는 일은 없을 것이다. 처가 돈으로 공부했다는 부채감은 풀어준 셈이다. 이제 그는 이카루스의 날개를 달고 높이, 높이 상승할 날만 있을 것이다.

오후 4시의 잔광이 발걸음을 당긴다. 텅 빈 한낮에 수유동 집 행보는 재촉할 이유가 없다. 친정에 들러 딸애와 식구들을 만나는 일도 달갑지 않았다. 한낮의 떠돌이가 민망했고 조금은 난감했다. 늘 동동거렸던 일정들이 하나도 기억나지 않는다. 지구 밖으로 팅겨 나간 미아처럼 낯선 길바닥에 서 있다.

끝났다. 긴 그림자를 끌고 걸어가는 수. 한 번도 뒤돌아보지 않는다. 매정한 사람, 모퉁이를 지나 몸의 반이, 이윽고 그의 둥실한 덩치가 지워진다. 뮌헨의 그 안개발 스멀거리던 밤, 한 팔과 한쪽 어깨와 가슴을 빌려주었던 남자, 그는 지금 버스 정거장을 향해 직진하고 있을 것이다. 서로 뒤바뀐 표정을 하고. 힘든 상황에 침착하게 대처했던 린은 잎 떨어진 가로수 뒤에 몸을 가렸고 잠시

이별은 사랑이다

두리번거리던 수는 분리된 서류를 안고 그의 전매특허인 진중한 남자로 돌변한다. 솔직함과 신중함, 말하는 자와 듣는 자, 이기적 자아로 몰입하는 남자와 일상의 곁가지에 매달려 아웅다웅했던 여자의 속울음이 만들어 낸 비소한 작별이다.

한 시기 서로의 살 냄새를 맡고 서로의 체취에 길들여지면서 탐색했던 나날들이 사랑이라는 이름으로 포장되었을 것이다. 사랑은 종이 불꽃처럼 활활 타올랐다가 서서히 입김을 가시며 사윈다. 어떤 관계도 영원히 지속되지 않을 것이다. 지상에 온전한 것이 있기나 할까?

왜지? 고개를 돌린다. 미련이라도 남았어? 린은 스스로에게 묻는다. 그건 미련하고는 달라. 8년의 숨결이 단박에 사라지는 건 아니다. 속살에 누벼둔 그의 지문, 그의 온기, 그의 체취, 그가 즐겨 썼던 단어들이 일시에 지워질까? 두고두고 쉬엄쉬엄 가슴을 할퀴고 피 흘리면서 삭아 문드러질 것이다. 수유리행 버스에 오른다. 밥상을 차려야 할 숙제가 없는데도 발걸음이 시간을 재우친다. 시장을 보고 밥을 지을 걱정도 없고 청소를 안 해도 지청구할 사람도 없는데, 쫓기듯 대문을 열고 들어가 시계부터 본다.

왜 그리 예민해 있었을까? 머릿속에 든 작은 자갈들이 짜르륵 구른다. 이젠 시계에 눈을 걸고 살지 않아도 되는데. 늘 쫓기듯 살았다. 귓속에서 와글거렸던 말들, 정리 좀 하고 살아. 지금 몇 신줄 알아? 밥 안 해? 정신 차려. 나무라고 깨우치고 각성시키려는 말투. 린은 차갑고 투박한 그의 어조를 손아귀에 담아 대문 밖으로 힘주어 던진다. 방에 들어가 벗은 코트를 의자 등받이에 걸치려는데 주룩 미끄러져 떨어진다. 허리를 구부려 코트를 집어 들려는 순간 그대로 방바닥으로 내려앉는다. 의자에 반쯤 걸쳐져 있는 무릎담요를 당겨 안고 꼬불치고 누웠다. 보자기 크기만 한 무릎담요 밖으로 나온 정강이와 발, 등피로 모아지는 냉돌의 한기가 압정에 찔린 듯 살갗에 모아진다. 조금만 몸을 움직이면 손발을 씻고 커피를 끓이고 이부자리를 펼 수 있는데, 꼼짝하기 싫다. 피곤한데, 너무너무 피로한데 이상하게 눈꺼풀이 말려 올라간다. 긴장하면 나타나는 현상이다. 지금 왜 긴장하는데? 머릿속에 갈고리처럼 걸려 있는 물음 부호들? 아무도 없는데, 소리도 없고 형체도 없는데. 어두컴컴한 밤의 한 자락이 창을 밀고 들어와 곁에 드러눕는데.

오늘은 정화가 아빠하고 만나는 날이다. 정화에게 토요일은 아빠의 날이고 일요일은 엄마의 날이다. 여섯 살의 아이는 그런 요일의 암묵적인 만남에 익숙하다. 작은 입술을 오므리고 긴 속눈썹을 내리뜬 아이의 새치름한 표정은 어긋나는 부모들의 행방에 대해 겁먹은 침묵으로 입술을 오므린다.

대문 밖, 바람 속에 서서 아이를 기다린다. 미소를 지운 린의 표정은 단단하다. 감정을 거세해 버린 돌덩이 같은 표정? 정말? 돌덩이 같아? 아이에게 묻는다. 엄마 얼굴이 돌 같아? 아이가 살래살래 고개를 흔든다. 아니, 웃으면 해바라기 같은걸. 다시 묻는다. 안 웃으면? 아이는 그냥 눈시울을 내리깐다. 딸과 엄마, 어미와 딸 그 엄혹한 컴패션(결연)의 원형은 이타적 모성애라고 했는데, 그

이별은 사랑이다

녀는 그 관계의 사슬을 끊으려는 의식을 집도하는 제사장이다.

저벅거리는 구둣발 소리, 늘 이만큼의 거리에서 맞이했던 아이와 아이의 아빠를 위해 대문 한쪽을 연다.

왜 불도 안 켜고 그래? 집에 없는 줄 알았지.

정화는 아빠 품에 안겨 반쯤 졸린 눈을 삼삼거린다. 우리 아가 잠들었네. 아이를 받아 안으려는데 수가 정화 이젠 충실해, 하고는 성큼 집안으로 들어선다.

아이를 안방에 깔아둔 요 위에 눕히고, 잘 자, 사랑해, 우리 딸! 습관처럼 방안을 휘둘러보다가 수가 뿌리치듯 일어난다. 붙잡히기라도 할까 봐, 눈을 아래로 뜨고 문지방에 버티고 선 그녀를 피해 게걸음으로 방을 나간다. 딸애를 부탁해, 말이 나올 것 같아 그녀는 불시에 손등으로 입술을 막는다.

신발장을 열고 여기 내 비닐 슬리퍼 어쨌어? 무 토막 자르듯 차갑고 가파른 목소리로, 어떤 물건도 어떤 여운도 남기지 않으려는 자제력으로. 그녀가 신발장 위의 검정 비닐봉지를 가리킨다. 저기. 흙살을 털고 물에 빨아서 봉지에 담아 두었다. 이제 수의 물건은 이 집에 머리카락 한 올도 남아있지 않다. 비질하듯 쓸어갔다.

날씨가 추워졌어. 감기 조심해. 현관문을 향한 수의 등을 향해 감기 조심하라고, 주제넘은 말이었을까?

뜻밖이라는 듯 그가 돌아본다. 아래위를 훑어 내리는 눈빛이 잠시 흔들린다. 목소리에 묻어난 자잘한 떨림이 전해졌는지 현관 손잡이를 잡은 채 그가 잠시 머뭇거린다. 침묵을 가운데 두고 그는 현관에, 그녀는 방문턱에 서 있다. 그때, 카잘스의 깊고 둔중한 첼로가 벽과 바닥을 치고 천장에서 굴러 내린다. 그가 아이를 안고 오기 전에 켜둔 녹음기에서 바흐가, 그가 진저리치게 싫어하는 바흐의 〈무반주 첼로 1번 프렐류드(prelude)〉가 좁은 집안에 자우룩한 연기가 되어 내려앉는다. 볼륨을 낮게 해두었는데, 그가 현관문의 도어 핸들을 비틀었던 순간 갑자기 첼로의 높은음자리가 둥, 팅긴 것이다. 수의 꼿꼿한 눈길이 날아와 꽂힌다.

제발, 저놈의 형형 대는 소리? 혜린아, 내가 뭐 이래라 저래라 할 자격도 권리도 책임도 없지만 제발 니체나 장송곡 같은 바흐의 첼로는 좀 치우고 살면 안 되겠니? 정화가 걱정돼서 그래.

그녀의 주먹이 앙당그려진다. 구두끈을 다시 단단히 조여 매면서 수가 한마디를 덧붙인다.

기복만 있고 평정이 없어. 벌건 속살이 짓물렀어.

앙당그린 주먹으로 허공을 두드린다. 제발, 그만 해. 그냥 조용히 퇴장하면 안 돼?

벼랑으로 몰아붙인다. 통렬하고 비참하고 잔인한 마지막이다. 이렇게까지 하고 싶지 않았는데. 나무 대문의 헐거운 문지도리가 왁살스럽게 쇳소리를 내지른다. 주룩, 몸이 흘러내린다. 질퍽한 바닥에서 냉기가 차오른다. 열린 현관문으로 칼바람이 들이친다. 살가죽보다 그것이 감싸고 있는 속살이 더 춥고 아리다. 기복만 있고 평정이 없어. 벌건 속살이 짓물렀다고? 그래서? 그래서 어쩌라고?

엄마, 누워요, 내가 안아 줄게요. 정화가 오른팔을 벌리고 왼팔로 오도카니 앉아있는 엄마를 꺼당긴다.

그래, 정화가 엄말 안아 줄래? 예쁜 우리 아가. 눈가에 스미는 물기를 손등으로 닦는데 다글거리는 전화벨 소리, 정화가 이불깃을 접고 발딱 일어나 전화기 앞을 가로막았다.

엄마, 받지 마요. 혼자 울다가 지치면 그만두겠죠.

아니, 할머니인지도 몰라. 린이 수화기 든 손을 귀에 대지 않는데, 그새 소리는 끊어진다.

박 훈의 전화가 틀림없다. 그는 늘 그런다. 망설이면서, 더듬거리면서, 멈칫거리면서, 두리번거리면서 근접해오는 발자국을 헤아리는 박 훈. 누님, 아니 형수님, 딱 한 번만요. 의자 아래 무릎을 꿇고 앉아 한 번만을 읊조리던 젊은 피가 린은 두렵다. 뮌헨의 '다락방의 전사들' 모임에 길잡이를 해주던 날, 사람들이 오가는 레오폴드 가의 가로수 아래서 불쑥 다가섰다. 누님, 한 번만요. 얼결에 꺼당겨진 이마에 화인처럼 찍혔던 축축한 입술의 느낌은, 그래서 싸대기를 날렸을 것이다. 너 왜 그래? 다신 오지 마. 들고 있던 핸드백으로 후려치면서 돌아서서 걸었다. 그렇게 야멸차게 내친 것은 수에 대한 무슨 의리나 경계심 때문은 아니다. 그냥 그런 접촉이 싫었다. 신혼 초, 수에게 열중해 있던 시기였다는 정서적 변명이 가능할지는 모르겠다. 하지만 핵심은 그게 아니지 않았을까? 그런 우중충한 분위기, 늘 뭔가를 부탁하려는 듯 수그린 어깨를 하고 다니는 박 훈. 상대를 가려내는 첨예한 촉수로 번들거리는 매의 눈매, 싫었다. 관심 밖으로 밀쳐냈는데도 자꾸 눈앞에 서성거린다.

누님, 그거 알아요? 그림자엔 누더기인지 비단인지 구별 안 돼요. 형님의 그림자로 살면 같이 살고 있는 누님 곁에 머물 수 있으니까요.

그녀가 읽고 있던 파우스트 원서를 던졌다. 정말 엉뚱해. 그런 세리프가 나한테 통할 거라 생각해?'

그래서 하는 말이죠. 내가 알고 있는 여자들 가운데서 파우스트 원서를 읽는 분은 누님이 처음이고 마지막일 거예요. 존경해요.

곧추 뜬 눈으로 박 훈을 쳐다본 린, 시간이 아깝지 않아? 너 유학생이잖아. 하루에 들어가는 돈이 얼만지 생각해 봤어? 투자한 것만큼 수확해야 하는 거 아니니? 맨날 빈둥대기나 하고.

갑자기 박 훈의 두툼한 볼 살이 씰룩거리기 시작했다. 딱 2시간 농땡이 치는 거죠. 누님이나 형님이 공부에 열중해 있는 걸 보고 가면 나도 분발해요. 이를테면 자극제인 셈이죠. 제 하숙방에서 여기까지 걸어서 오는 시간 40분, 가는 시간 40분, 누님에게 구박받는 20분, 이 시간만이 제게는 유일무이한 휴식시간입니다. 현관을 박차고 나가는 뒷모습은 씩씩하다.

터벌터벌, 멀어지는 발걸음 소리, 너무 야박하게 굴었다. 수선스러웠던 마음을 린은 쓸어내린다.

아가, 자자. 내일은 엄마하고 남대문 시장에 가기로 했잖아.

딸애의 여린 두 팔이 그녀의 목을 끌어안는다.

이별은 사랑이다

무엇에도 불구하고

친정집 대문 앞에서 린은 머뭇거린다. 늦지 말라던 어머니의 절박한 목소리가 발목을 잡는다. 전당포에 갔다는 말을 하면 어머니는 어떤 얼굴을 할까? 네 씀씀이가 헤퍼서 그래. 강사 봉급이 아무리 얄팍해도 세 학교나 나가면서 전당포엘 들락거려? 제발 정신 좀 차려라. 틀린 말이 아닌데도 린은 마음이 꼬인다.

틈새 벌어진 대문으로 쏟아져 나오는 왁자한 웃음소리, 놋그릇을 메다치는 듯한 금속음은 주방 아줌마의 목소리가 틀림없다. 린은 대문 틈새 사이로 살그머니 비집고 들어선다. 삐끗, 염치없는 문지도리가 기어이 소리를 지른다. 저만치, 잡채를 버무리던 어머니의 치뜬 눈매가 마당을 가로질러 번갯불처럼 달려온다.

어머니, 저 왔어요. 많이 늦진 않았죠?

왜? 손에 웬 붕대냐? 어머니의 매운 눈매를 거스를 수 없다.

반찬 하다가 조금 베었어요. 다 낳았는걸요.

병원엔 다녀왔고?

그럼요, 저 뭐해요?

쯧, 혀 차는 소리. 네가 알아서 하렴.

주방 아줌마가 기다렸다는 듯이 이건 잘하죠? 뭔가 수북하니 담긴 채반을 드민다. 생밤하고 마른 대추가 그들먹하다. 이걸 어쩌라고? 고개를 돌리자 오목한 대나무 오봉에 날이 파란 과도가 살짝 무릎을 치고 안긴다. 속껍질 벗겨서 채 썰어요. 용도도 말하지 않고 말만 부려놓고 돌아선다. 그 일이라면 익숙하다. 기일 때마다 문어 오리기하고 생률은 린의 몫이었다.

골마루 바닥에 주저앉아 칼을 드는데 어머니가 손은 씻었니? 추를 매단 듯 무거운 목소리다. 그때 정화의 새된 목소리가 달려든다. 엄마, 막내이모가 선물을 풀었대요. 선물꾸러미가 내장을 쏟아내듯 벌렁 까발려진다. 그러잖아도 약소한 선물에 옹송그리고 있었는데, 린이 과도를 든 채 몸을 일으킨다.

아서, 칼은 왜 들고 그래? 어머니의 손이 후려치듯 과도를 앗는다.

왜 그래? 언니 허락도 없이 보따리를 풀면 어떡해? 동생이 들고 있는 선물꾸러미를 빼앗는다. 힘이 실린 손 뿌리침이었을까? 그것이 사단이 될 줄은 몰랐다. 석유난로 위에서 끓고 있던 스테인리스 주전자가 쏟아지면서 뿌연 김과 함께 자지러질 듯한 비명소리가 터진다. 아수라장이다. 버무린 잡채하고 양념한 갈비 양자배기 속으로 물이 튀었을 것이다. 어디? 데었어? 막내의 손을 잡고 찬물을 끼얹는 순간 젖은 물수건이 환을 그리다가 린의 덜미를 치고 나가떨어진다. 어머니의 오른손이 공중에서 부들부들 떤다.

동생이 좀 보면 어때서 그래? 데이기라도 했으면 어쩔 뻔했어?

이별은 사랑이다

두 손으로 얼굴을 가리고 바닥에 쪼그리고 앉은 린의 머리 위로 아버지의 목소리가 굴러 내린다.

왜 이리 시끄러워? 아비 생일날에 질질 짜는 건 또 무슨 고약한 짓거리냐?

갑자기 눈앞에 불똥이 튕긴다. 이번에는 정통으로 치고 나가떨어진다. 거듭된 후려침이다. 던져진 뭉치가 눈두덩을 훑친다. 정화가 문 틈새로 벌 받고 있는 엄마를 훔쳐보고 있을지도 모른다. 린은 연기처럼 기화하지 못하는 몸뚱이라는 유기체가 이토록 혐오스러운지 미처 알지 못했다.

어머니는 하던 일을 계속한다. 저 혼자 들판에 서 있는 허수아비 꼴이다. 질질 짜고 있는 딸을 무슨 흉물 보듯 하는 아버지. 정지화면처럼 얼어붙은 주방과 거실, 걸레를 들고 와 물을 닦는 주방 아줌마의 누리기한 흰자위에 핏발이 섰다.

칠칠치 못하긴, 대학교 선생이라면서, 언제 철들 거야? 맵고 짠 목소리다.

남산동 집에서 일어난 충격적인 사건이다. 할아버지나 할머니는 물론 어머니를 능가했던 2인자의 자리였다. 아버지의 잣대로 매김질 된 절대의 서열이다. 이십 년 동안 쌓아 올렸던 모래산은 태평양을 가로질러 오가는 사이 순식간에 무너졌다. 어머니의 가벼운 후려침에 억울한 게 아니다. 아버지가 뱉어낸 한마디, 아비 생일날 질질 짜는 건 무슨 고약한 짓거리냐? 그 말의 마디마디에 치욕과 능멸이 묻어 있다. 보물처럼 귀하게 보듬었던 딸이다. 짓거리라니? 거침없이 뱉어낸다. 온몸이 난타당한 듯 얼얼하다. 아버지하고 결속되었던 수만 가닥의 금 사슬이 싹둑싹둑 잘려나간다. 서재 문 닫히는 둔탁한 소리와 함께 어머니의 카랑한 목소리가 귀청을 찢는다.

그만하기 다행이지, 뜨거운 물을 뒤집어썼으면 어쩔 뻔했어.

린이 옷에 묻은 물기를 닦으면서 제가 실수했어요, 고의적으로 그런 거 아니에요, 하는데도 어머니의 굳은 얼굴들은 풀리지 않는다. 바닥을 훔치고 있던 도우미 아줌마가 눈을 치떠 린을 쳐다본다. 순간 정화가 군식구라는 생각이 들어 훔칠 어깨가 떨린다.

그만 해라. 실수를 인정했으면 됐다. 그건 그렇고, 생신 케이크는 어디 있냐?

깜빡했다. 금방 사올게요. 주문해뒀어요. 린이 지갑을 꺼내 들고 일어난다.

어머니가 동생들 시키고 넌 하던 일이나 마저 해라. 일어나려는 린의 정강이를 끌어 앉힌다. 하필이면 그때 불쑥 다가선 덩치? 당신 뭐야? 눈을 치떠 기웃대는 덩치를 노려본다.

케이크는 제가 준비했어요. 수가 커다란 케이크 상자를 주방 들머리에 내려놓는다. 며칠 전 학교 복도에서 스쳐가던 그가 물었다. 내일모레가 아버님 생신이지? 설마 우리 상황을 까발린 건 아니겠지? 말의 온도가 거칠고 조악했다.

몇 주 전 구청에 가서 남남으로 호적을 갈랐는데, 수유리 집 건넌방에서 아직도 구물거리고 있다. 그가 있거나 말거나 린의 일상은 어제의 반복이고 하루의 일정도 매순간 그대로의 나날이다. 이상하잖아? 누군가 지적한다면 그럴 수도 있어, 사람의 성향에 따

이별은 사랑이다

라 한집의 별거도 용납이 되는 커플도 있을 거야, 린의 항변에는 상식 그 이상의 잉여라는 마음 공백이 있는지도 모른다. 깔깔하고 단호한 듯한 그녀의 내면에 웅크리고 있는 가장 순도 높은 부드러움, 그녀의 심연 속에 가두어진 무구한 열정의 한 파편인지도 모른다. 린 자신도 알지 못했다. 수가 하숙이 정해질 때까지라고 했을 때 린은 가만히 고개를 주억거렸다. 형편대로 해.

서로에게 거치적거리지 않는다. 새벽에 집을 나가는 그의 움직임은 공기를 흔들지 않았고 9시 귀가 시에도 발걸음 소리를 내지 않는다. 출근할 때마다 보따리에 싸들고 나가는 책과 짐 보따리는 대문 앞에 대기하고 서 있던 박 훈이 받아든다. 어쩜 저럴 수가? 그가 만들어 내는 온전한 그림이 린의 서걱대는 정서와 반목했던 빌미가 되었는지도 모른다.

이혼한 전 부인의 아버지 생신을 기억하는 그 용의주도한 이혼남이 케이크 상자를 들고 왔다. 그의 곁을 엇비켜 지나가면서 린이 고마워, 목례로 답례한다. 누가 눈여겨보았다면 이상한 부부로 오해했을지도 모른다. 진화된 연기력으로 그는 어머니의 환심을 뻔뻔스럽게 접수한다.

저 차 한 잔 안 될까요, 어머님? 그가 너스레를 떤다.

어머니가 대견한 사위를 보고 활짝 웃는다. 왜 안 되겠나. 대추차는 어떤가? 마른 행주에 손을 닦으면서 린을 보고 대추채는 썰었지? 고명으로 한댔지?

린이 우물거린다. 아직 대추채는 못 썰었어요. 잣으로 해도 되죠.

얼굴 한가득 번졌던 미소가 일시에 사라진다.

도자기 찻잔에 뚜껑을 덮는 어머니 손에서 수가 허리를 조아리며 받아든다. 그가 어머니 귓가에 속삭인다. 저거 보세요, 어머님. 만년필로 손등을 찍어서 병원에 갔지 뭡니까?

어머니가 손등에 웬 붕대야, 물었을 때 적당이 둘러댔다. 만년필로 손등을 찍어? 염려해서 하는 말이라기보다 나무라는 어투다. 소리를 삼킨 말들이 린의 입안에서 서걱거린다.

당신 너무 뻔뻔스러운 거 아니야? 이제 아니잖아. 눈으로 말하는 그녀의 시선을 피한다.

아버지 생신에 겹쳐 결혼 33주년 기념일이라 2주일 전부터 친정 분위기는 부산하다. 무슨 선물이 좋을까? 뭘 살까? 몇 개월 전부터 속을 끓였다. 아버지에겐 몽블랑 만년필을 선물하고 싶었는데, 귀국할 때 왜 그 생각을 못 했는지 한심스럽다. 아이 때문에 다른 문제는 금 바깥에 있었다. 당분간 친정에 얹혀살아야 한다는 걸 알면서도 어머니에게 겨우 파운데이션 한 개였다. 너무 약소했다. 동생들이나 아버지 생각은 뒷전이었다. S백화점 남성복 코너 3층에서 한 시간이나 서성거리다가 남대문 지하상가로 발길을 돌린다. 눈에 안기는 물건은 예상금액을 두 배나 웃돈다. 그때 남대문 시장 들머리 2층 전당포 간판이 눈에 띄어 올라간다. 그에게서 받은 첫 선물인 시계는 더 이상 걸치고 다닐 이유가 없다. 미련 없이 일금 2만원에 저당 잡혔다. 다시 S백화점으로 돌아가서 넥타이하고 흰색 셔츠를 골랐지만 그것만으로는 부족한 것 같아 마네

킹이 목에 두르고 있는 체크무늬 머플러를 추가한다. 어머니에게는 구색을 맞추기 위해 실크 머플러와 국산 코티파우더를 샀지만, 이건 아니다 싶다. 어머니가 국산 코티파우더를 쓰시기나 할지 알 수 없다. 린은 선물꾸러미 속에 염려와 아쉬움까지 쓸어 담는다. 자기 위주로 살았던 유년의 이기적 자아는 시간과 돈을 지불해야 하는 일에 서툴다. 부친의 편애가 왜곡된 자아로 만들었다고, 누군가를 탓하면서 터벌터벌 걷는다. 누군가에 의해 나라는 존재가 만들어졌다는 자기 연민이 출렁거린다. 그 비슷한 말을 했을 때 수가 비웃었다.

그런 말은 십대 애들이나 하는 억지 어리광이야. 누구 때문에? 그런 나이가 아니잖아. 부모 탓하지 마. 자기애로 똘똘 뭉친 사람이 누굴 탓해? 아니라고, 난 이기주의 아니라고, 날 매도하지 말라고 소리 내어 외치고 싶었지만, 입이 말라 벅벅대기만 했다.

어머니는 매일 드릴 때마다 묻는다. 좋은 소식 없니? 성대(성균관대학)는 우호적이라고 하지 않았어?

알면서도 린은 딴지를 부린다. 뭐요? 어머니? 제게 무슨 좋은 일이 있겠어요? 하얗게 눈을 흘기는 어머니를 피해 린이 작게 중얼거린다. 진품 감별사가 갈팡질팡해요. 오랫동안 그림자처럼 따르던 곽 조교가 걸림돌인 건 확실해요. 아니 제가 걸림돌인 거죠. 전 그래요. 전도유망 젊은 이를 제치고 그 자리를 장악하겠다는 결기 같은 건 없어요. 그래서 차라리 허술하게 행동하는지도 몰라요. 말을 하면서도 자꾸 기어들어 간다. 후회는 뒤늦게 회초리가 되어 날아온다. 유학을 들먹일 때 아버지가 말했다.

대학에 전임교수가 되려면 졸업증서가 필수품인데, 넌 과정은 있지만 결과가 없잖은가? 그래서 내가 말하지 않았느냐? 졸업장이 있어야 한다고. 법대 졸업장은 그렇다고 해도 어째서 뮌헨 대학 학사학위 졸업장도 얻지 못한 거냐? 도무지 난 널 이해할 수가 없구나. 그 알량한 번역 작가가 네 꿈이었어?

린이 턱을 쳐들고 전 이대로도 좋아요. 시간 상의하면서 잡문도 쓰고요. 학교에 전임으로 묶이면 정말 힘들 것 같아요. 말끝을 오므린다.

서재 문이 열리고 아버지가 나선다. 모녀가 하는 말을 귀담아들었을 것이다.

지금이라도 늦지 않아. 학위 없으면 평생 보따리 장사로 끝날 수도 있다. 뮌헨 대학 석사학위는 논문만 유보된 상태라고 알고 있는데 정말이냐?

예, 그래요. 절로 고개가 숙여진다. 이런 화제에서 도망치고 싶다. 아버지의 말은 계속된다.

그렇다면 에칼트 교수에게 편지를 써. 논문을 정리해서 보내든지 한번 다녀오든지 해야 할 것이야. 작가 타령을 하는데, 한국에서 작가로 생활을 해결할 수 없다. 평생 남편 바지자락에 붙어살 생각이라면 모르지만.

생존? 거기까진 생각해보지 않았다. 대학교수가 되려고 유학 가지 않았다. 그래서 졸업장에 연연해하지 않았을 것이다. 논문만 쓰면 뮌헨 대학 문학 석사학위는 받을 수 있었지만, 논문을 쓰는 대신 아이를 만들었다. 바보짓인 줄 알면서.

다산이었던 어머니를 속으로 비난했던 딸이 공부해야 할 뮌헨에서 공부는 뒷전 아이부터 만들었다. 『슬픔이여 안녕』의 번역본이 나오자 수는 한달음에 뛰어나가 와인을 사들고 왔다. 린의 순발력에 손들었어. 소설을 쓰고 싶다면 번역작업이 도움이 될 거야. 그렇게 부추겼다. 누굴 원망해? 모든 실수와 착오는 린 스스로 결정했고 후회 없이 진행했다. 헛발질로 허비했던 이십대의 세월이 메롱! 고양이 발톱이 되어 그녀의 심장을 긁는다.

바닥에 무릎을 꿇고 고개를 꺾어 올려다보는 린, 아버지 말씀은…? 우물거린다.

그의 오른팔이 쳐들린 건 그녀의 말을 제지한다는 손짓이다.

왜 내 말이 과하단 말이냐? 큰길 막고 물어봐. 법대 다니다가 팽개치고 독일 유학 가서 4년 동안 학위증 한 장 못 받고 왔다는 이야기를 해봐. 다들 뭐라고 하는지?

그녀가 접었던 허리를 곧추세운다. 저도 할 말 있습니다. 제가 공부에 전념할 수 없도록 만드신 게 아버지 아니었어요? 겨우 스물두 살인데, 결혼이라는 굴레에 얽혀 아무것도 할 수 없었어요. 정말이에요. 하루도 편한 날이 없었다고요.

저만치 비켜 서 있던 수가 린 곁자리에 쑤시고 앉는다. 하루도 편안한 날이 없었다는 이 사람 말을 액면 그대로 믿으시는 건 아니시죠? 솔직히 린이 착하지만 변덕이 죽 끓듯 하다는 건 부모님들이 더 잘 아실 겁니다. 저야말로 뮌헨의 몇 년은 완전 죽어지냈습니다. 걸핏하면 삐치고….

아버지가 자리를 걷어차고 일어난다. 그만 해. 싸움은 나가서 너희들끼리 해.

서재 문이 덜커덩 소리를 지른다.

시무룩해 있는 린을 보고 어머니가 묻는다. 너희들 정말 괜찮은 거지? 그 순한 사람을 어쩌자고 볶아치는 거야?

갑자기 린의 입에서 된소리가 튕겨 나온다. 어째서 어머니는 딸이 힘들 거라는 생각은 안 하세요? 힘들어도 같이 힘들고 행복해도 같이 행복한 거죠. 제가 그렇게 함부로 살진 않아요.

어머니는 간단하게 승복한다. 함부로 산다고는 안 했어. 간단명료한 결론이 그렇게 차갑게 들릴 수가 없다. 문득 하나의 기억이 어머니의 차가운 목소리에 걸려 따라온다.

일곱 살 계집애가 아버지를 따라 먼 국경도시(신의주)로 떠나던 날, 아기를 안고 젓을 물리던 어머니가 씹어 뱉었다. 너무 좋아서 밥도 안 먹네. 너무 좋아서… . 소라껍질에서 들리는 파도 소리처럼 밥상에 앉아 수저만 들면 너무 좋아서 밥도 안 먹네, 그 소리가 귀에 엉겨 윙윙댔다. 누구도 알지 못한다. 린의 안에서 끓고 있는 모든 어두운 감각들, 세상을 바라보는 부정적인 시각, 그녀 안에 웅크리고 있는 자라지 못한 한 소녀의 가슴에 핀 마디진 망울은 어머니라는 물구덩이였다. 그 씨앗을 뿌린 사람이 린을 보고 네가 남자를 힘들게 한다고, 말의 채찍을 휘두른다.

어머니, 지금은 아무 말도 할 수 없어요. 나중에 말씀 드릴게요. 일어난다.

이별은 사랑이다

눈치 빠른 수가 실밥처럼 따라 일어난다. 아 어머님, 이거요. 다른 이야기 하느라고 깜빡했습니다.

옆구리에 끼고 있던 누런 서류봉투를 수가 내민다. 뭔가 하는 눈빛으로 묻는 어머니에게 그가 발령장입니다. 이제 걱정 안 하셔도 돼요. 똘박한 목청이 거실을 가로질러 서재까지 날아갔을 것이다.

벌컥 서재 문이 열리고 아버지가 달려 나온다. 발령장이라고? 우리 사위 장하다.

양말발로 뛰어 내려가, 호적으로 갈라선 사위를 끌어당겨 안는다.

미련하고 아둔한 척 미적대면서도 타이밍이라는 것을 포착할 줄 아는 남자다. 뮌헨의 그 옹색했던 나날을 살면서도 그는 절기가 바뀔 때마다, 안부 편지에 곁들여 자신이 얼마나 린에게 충실한 신랑 노릇을 하고 있는지, 그 낯간지러운 일상의 한 토막을 글로 적어 보내곤 했다. 〈어머님 말입니다. 린의 원활하지 못한 신진대사는 알고 계시지요? 어제 한밤중에 저희 아파트 공용화장실 앞에서 40분이나 지키고 앉아 있어야 했다니까요. 린의 대장이 묵은 0을 쏟아낼 때까지요.〉 그 편지의 내용은 귀국해서 알았다. 무슨 말 끝에 동생들이 언니, 요즘 신진대사는 잘 돼? 한바탕 자지러지는 웃음 속에서 린은 굼실거리는 등골을 박박 긁는다.

수유동 집 현관에 한 발을 올리는 순간 전화벨이 달달거린다. 수화기를 들자 수의 가파른 목소리가 귀청을 후빈다. 여성운동 일선에 나선 건가? 전화의 서두가 잘려나가고 본론부터 심퉁스럽게 나온다.

그의 목소리에 감정을 키우는 기척이 느껴지면 린은 절로 나직이 되감기는 음조로 침착해진다.

왜 그러는데?

전화기로 들이대는 녹소리가 돌팔매 같다. 제발 삐딱하게 굴지 마. 적당히 버무려져서 살아. 한 박자 쉰 다음 덧붙인다. 자긴 정화 엄마야. 자기가 추구하는 그것이 학문이든 여성주의이든 문학이든 정화의 엄마라는 사실보다 우선하는 건 없어.

수화기를 든 채 겉옷을 벗고, 양말을 벗고 블라우스 단추를 푼다. 열지 않으면 솟구치는 내열로 까맣게 타버릴 것 같다. 울커대는 목청을 지그시 누른다. 제발, 집에 와서 이야기해. 전화로 전투를 하자는 건 아니지? 제발….

또 무슨 사단일까? 웬만하면 전화로 성질을 부리지 않을 사람인데, 누군가 그의 심기를 건드린 모양이다. 남남이 되었는데도 남남이 아닌 것처럼 그는 가장의 흉내를 낸다. 딸의 어미임을 강조하면서. 당분간 세상에 알리지 말았으면 하는 그의 의중을 모르지 않는다. 성대 전임발령이 관건이야. 남의 일에 무슨 걱정? 빈정거림에 버무려 린이 한마디 던지면 그는 더더욱 진지해진다. 정화 엄마잖아. 세상에 무엇과도 대체할 수 없는 진리야.

식욕이 없어 끼니때마다 커피만 홀짝인다. 며칠 친정에 들러 반찬 나르기에 게으름을 피웠더니 대번에 꾸중이 날아왔다. 정화 보고 싶지 않아? 무슨 어미가 그 따위래? 반찬도 안 가져가고? 뭘

이별은 사랑이다

먹고 사는지 모르겠구나. 어머니의 호통 소리가 느른하게 퍼져 있는 그녀를 두들겨 팬다. 밥을 안치고 아침에 건성으로 씻어둔 그릇들을 다시 꺼내 씻고 밑반찬들을 꺼내 보시기에 담는다. 친정에서 해준 홍합 넣은 미역국을 데우려고 석유곤로에 불을 물린다. 환기를 겸해서 분합문을 활짝 연다. 산에서 굴러 내려온 바람이 열어둔 창으로 밀물처럼 들이친다. 화가 난 그와 함께. 구두를 벗어 던지고 가방을 던지고 코트를 벗어 던지고 린이 주무르고 있는 빨래 자배기 앞으로 숙인 모습으로 토해낸다.

언제부터 페미니즘 작가였어? 우리가 부부라는 거 세상이 다 알아.

린이 고개를 쳐든다. 우리 끝난 사이잖아. 왜 자꾸 추신을 달아?

내일모레 종수가 대입 고사로 상경해. 그때까지만이라도 유보하자. 칠곡 부모님께서 상심해 하는 모습 너무 가슴 아파.

그래서? 체면이 손상되었다 그런 말이잖아. 기사 내용이 그렇게 노골적이었어? 그것보다 하나만 물어 볼게. 아까 삐딱하게 굴지 말라고, 통박 먹인 그 전화 어디서 걸었는데?

그가 뜸을 들인다. 왜 그게 궁금해? 내가 그렇게 우리 집 내용을 광고하는 사람인 줄 알아?

기어이 린의 입에서 그 말이 나온다. 나도 알아. 한쪽으로 치우치지 말고 평형을 유지하는 것, 양극의 중간은 통제이며 절제라는 것도 모르지 않아. 그게 실천될 가망이 몇 프로나 있는 건데? 실천이 안 되는 이론은 짝퉁일 뿐이야. 우리 부부가 그랬잖아. 그나마 이제 끝난 상황인데 왜 자꾸 우리 집이라는 용어는 사용하는지 모르겠어.

그가 뿌리치듯 몸을 일으킨다. 말을 골라서 해. 그런 극단적인 정서가 문제야. 제발, 어우러지고 치대면서 살아. 너 그거 알아? 우리, 특별한 거 하나도 없어. 평범한 소시민이야.

그래서 찢어졌잖아.

완전 속물이군. 말을 골라서 해.

가방에서 꺼낸 월간 여성지 『여심』을 던진다. 팔락팔락, 페이지를 넘기는 손가락이 부들부들 떤다.

명색 교수라는 사람이? 그가 씹어 뱉는다. 명색이 교수잖아, 뼈가 으스러지고 피가 흐른다. 명색 교수인 남편은 이혼녀의 글이 실린 잡지를 내동댕이친다. 도대체 그 내용이 어쨌다고 저렇게 노발대발하는지 모르겠다.

여성들의 열악한 사회적 지위에 대한 개탄조의 글이다.

여성은 남자에게 무엇인가?

〈여자는 남자의 경쟁 대상이 될 수 없다. 결혼 외적인 분야, 이를테면 본질의 대칭이나 보충으로 존경받지 못하고 있다. 양성 간의 관계의 즉물성은 진보가 아니라 다만 온갖 존경의 제일 전제인 수치심이 얼마나 많이 잃어졌는가 하는 표시가 될 뿐이다.

요즘 여성들은 자연적인 운명을 완화하거나 그것으로부터 해방되기 위해서 과학과 사회가 제공하는 온갖 기회를 포착한다. 출산과정과 육아와 노령과 사랑과 육욕의 견해에 있어서 그러하다. 그럼으로써 여자는 일반과의 연관에서 풀려나와 원래는 남자의 본질

이별은 사랑이다

에 속해 있던 개인적인 고립에 서서히 빠져들게 되었다.

〈중략〉

세상은 달라졌고 사회는 발전했고 문명은 기술화되었고 여성은 사회에 더 많이 진출하게 되었다. 이처럼 여성이 자기에 충실해질수록 남성의 반감을 사게 된다. 우주 비행선에 서슴없이 도전하는 여성에 법관이 되거나 정치무대에서 활동하거나 예술에서 빼어난 재능을 보이는 여성들에 대한 남성들의 시각은 곱지 않다. 자신들의 영역을 침범당한 것 같은 부당함과 적의를 노골적으로 표출하는 경우는 허다하다. 동등한 인간의 시각, 동등한 동료로 인정하지 않는 데 문제가 있다.

〈하략〉

이 모든 괴로움을 또다시 '여자의 본질 중에서'

이런 잡문 때문에 밤샘을 하냐? 바닥에 널브러져 있는 월간지를 발로 툭툭 건드린다. 활자하고 살면서 활자화된 아이엄마의 글이 실린 잡지를 동물의 배설물이듯 튕겨내는 남자.

여긴 한국이야. 제발 나대지 좀 마.

나댄다고? 누가? 내가? 속사포처럼 튕겨 나오려는 말을 혀끝에 말아 삼킨다. 나댄다는 말을 연구해볼 필요가 있다. 설친다, 나부댄다, 난척한다, 그런 면이 있기나 한 걸까? 있는지도 모른다. 해가 정수리 위에 있을 때 그림자는 피사체의 안으로 스며드는 현상과 다르지 않다. 자신은 자기를 잘 모른다. 독일문화의 밤 행사 때 수가 오지랖이 어쩌고 하던 말하고 맞물려 있다. 내가 제일 경계하는 타입이야. 그런 말도 덧붙인다. 수의 낮은 목소리가 린의 울퉁불퉁한 모서리에 부딪혀 쇳소리로 변주된다. 방에 들어간 수가 외출복을 입고 나온다.

박 훈이 종점으로 이사 왔어. 집에 오겠다는 걸 내가 간다고 했지.

참 간단하다. 여자를 규제하는 모든 사슬이 남자들에게는 해당 사항이 아니다. 저물녘의 외출이 여자에게는 이유와 구실을 낱낱이 보고해야 하지만 남자들에게는 당위로 생략된다. 남자들만의 특권이다. 이따금 귀가가 늦어질 때면 무슨 죄라도 지은 사람들처럼 대문 앞에서부터 타당한 이유나 구실을 입안에서 굴려보는 린, 이 나라 여성들의 구차한 일상의 모습이다. 견디는 것, 외부로 감정을 분출하는 것은 무의미한 소모전이다. 아무 말도 안 하고 아무런 역습도 안 하고 어떤 행동도 하지 않는 것이 그나마 삶을 살아가게 하는 작은 힘이라고 하인리히 뵐이 말했다. 밤새 벙긋 벌어진 창포가 속절없이 고개를 꺾을 것이다.

통금 사이렌 소리가 산을 휘돌아 메아리친다. 자고 오는 모양이지? 혼잣말을 씹는데 뭔가 쿵, 뒤둥그러지는 소리가 난다. 현관 마루에 뒤엉켜 나뒹구는 그들, 박 훈의 등에서 미끄러져 내린 수의 덩치가 바닥을 치며 내동댕이친 소리다. 술 냄새가 훅 끼친다. 박 훈이 수의 양쪽 어깨 밑으로 손을 넣어 꺼당긴다. 건넌방 문을 연다. 훅 끼치는 냉돌의 차가움, 군불도 안 땠어요? 너무 심한 거 아니에요? 박 훈이 그를 부둥켜안고 안방으로 들이닥친다. 린이 먼저 들어가 원고 쓰고 있던 밥상을 치운다. 작업은 더 못할 것이다. 그런데 예상하지 못했던 기이한 사태가 벌어진다. 깔려 있던 요 위에 수를 눕힌 데 끝나지 않는다. 수를 부축해서 눕히고 일어나던 박 훈이 그대로 나자빠지는 것이 아닌가? 통금인데, 술 취한 사람을, 오밤중에 몰아낼 용기가 없다. 우두커니 서서 널브러진 두 사람으로 꽉 찬 방에서 그녀는 물러선다. 내일 아침 3인분의 밑반찬이 엉구어질지 난감해하면서 그녀는 모포 한 자락을 끌고 냉돌 건넌방으로 건너간다.

끝난 상황인데, 후렴구처럼 이어진다. '당분간'은 수의 단골 메뉴다.

당분간 내 거처가 정해지는 대로 나갈게.

호적으로 분리된 상황이다. 가방을 들고 나간 지 6주, 그럼에도 불구하고 그의 행보는 여전하다. 그는 수유리 집과 친정집을 무람없이 들락거린다. 발걸음마다 자신의 무게감을 실어 나른다. 자연스럽지 않은 대면을 자연스럽게 연출한다. 때때로 가부장적인 참견을 하다가도 스스로 놀라서 비긋이 웃기도 한다. 비릿한 체념이 두 사람을 마주 잡고 비튼다. 그 단단하고 가파른 정적은 누구도 헐어낼 수 없는 옹벽이다.

며칠 전 수유리 종점으로 이사 왔다던 박 훈의 등장, 누님, 안 가보실래요? 바로 종점인데 여기보다 넓어요. 버스 타기도 유리하죠. 방도 3개고 화장실도 두 개나 있어요. 화장실 한 개는 외부에 있다는 말은 할 필요가 없다. 공부하는 선후배끼리 같이 사는 건 어떨까요? 식사당번은 제가 주로 할게요.

참 넉살 좋은 사람이다. 린이 검지로 자신의 가슴을 가리킨다. 나보고 같이 살자고? 셋이서? 박 훈이 고개를 끄덕인다. 이상적이잖아요. 뮌헨에서 공부한 대학교수 셋이서 공동생활을 한다. 기네

스북에 오를지도 몰라요.

불시에 왜 그 말이 튀어 나왔는지 모른다. 장순애가 입주하면 구색이 완벽할 텐데….

박 훈이 엉거주춤 몸을 일으킨다. 그렇잖아도 그게 문제라니까요. 장순애를 퇴출시키려면 누님이 당분간이라도 안방 차지를 해 주서야 하는데요.

순애의 역할이 무엇일까? 식사당번인지 학문의 동지인지 한 이불 속의 세 사람인지는 조금은 아리송했다. 그 조합이 썩 잘 어울린다.

순애하고 합작하면 만사형통할거야.

이심전심인가요? 김 교수님하고 비슷한 말씀, 하지만 선택권은 제게 있으니까요.

왜 대문을 열어두고 살아? 술이라도 한잔 걸친 듯 휘어진 목소리다. 구겨진 얼굴에 스민 미미한 기척? 무람없이 현관문을 열고 안방으로 들어서는 수. 퇴근해서 귀가한 가장 같은 얼굴을 하고. 서류 한 장으로 마감한 사이라는 것을 그는 잊어버린 걸까?

린은 펜을 멈춘 채 고개를 든다. 그가 두 손을 뒤로 감추고 있다. 옛날 같았으면 뭐야? 뭔데 감추고 그래? 하면서 뱅뱅이를 돌면서, 그의 말을 빌리면 계집애처럼 방방댔을지도 몰랐다.

그가 불쑥 내민다. 등 뒤에 감추고 있던 것을. 받아. 신문지로 원뿔모양으로 둘둘 싼 꽃이다.

수선화야? 활짝 핀 노란 수선화가 수줍은 듯 고개를 숙이고 있다.

자기 생일은 아직 멀었지만, 이 꽃 사려고 학생들까지 동원했어. 이맘때는 꼭 비가 오네.

비 와? 그래서 젖었구나. 수건을 건네주면서 중얼거린다. 우산 정도는 갖추어 놓고 살지.

린은 신문지를 풀어내고 몇 송이 안 되는 수선화에 코를 묻은 채 수선화야? 넌 예뻐. 린은 꽃이라면 이성을 잃어버리는 수의 말을 빌리면 싸구려 취향이 난감하게 느껴진다. 수선화를 좋아했고 그 꽃은 보면 갑자기 어린 계집아이처럼 방방대는 자신, 대책이 없다. 굳었던 얼굴 근육이 활 벌어진다. 곤두섰던 마음이 일시에 헤실헤실 풀어진다. 고마워.

웃으니까 예뻐. 나보고 뚝배기같이 뭉근한 사람이라고 안 했어? 끓기도 더디고 식기도 더디다고. 자긴 내 처음 사람이야. 수는 군살이 붙지 않은 린의 가는 허리에 팔을 두른다. 두 사람은 서투름과 어눌함과 부자연스러운 동작으로 슈바빙의 첫날처럼 서로를 쳐다본다. 창밖에는 겨울비가 내리고 있는데. 유리창을 때리는 빗소리, 죄어드는 허리를 가누지 못해 휘청대다가 그대로 넘어진다. 부드럽고 물컹하고 더운 숨결, 코에 스미는 익숙한 냄새. 린은 잠시 숨을 고른다. 생뚱맞은 상황이다. 무언가에 휘감긴 듯 손이 마음대로 움직이지 않는다. 유리그릇을 다루듯 조심스럽다. 뜨거운 여름을 견뎌낸 그 서늘한 격리가 만들어 낸 시간의 감각이랄까?

린아! 비명처럼 귀에 불어 넣어준 그 외마디가 그녀를 함락시켰을까? 그들은 타인들처럼 상대를 배려하는 몸짓으로 저 뮌헨의 셋방에서부터 같이 덮고 잤던 이불 속으로 침몰한다. 밤은 이제 두 사람의 것이 아닌데, 그들의 시간이 허를 찔린 듯 우물거린다. 그렇다. 그것은 우물거림이었을까? 어떤 격렬하고도 치명적인 감정이 그들의 심장을 가로질렀을까? 그가 다시 부른다. 혜린아! 불시에 폭죽이 터지면서 눈물이 볼을 타고 흐른다. 세상의 끝인 듯 비바람이 몰아친다. 귀 기울여 상대의 심장 박동을, 고른 숨결을, 아릿하게 내밴 권태와 위기를 반죽하던 그 냄새를 아우른다. 동작만 있고 소리는 없다. 무한 침묵, 고요를 흔드는 숨소리. 이 모든 느낌은 수에게 속한 수에게 버무려지고 배어있는 그의 결이다. 담백하고 밋밋하면서 엉성하게 마무리되는 수의 결. 육중함에 짓눌려 답답해 숨을 쌔근거린다. 눈치를 챘는지 그가 상체를 살짝 들어 올린다. 괜찮아? 응 괜찮아. 길들여진 양감이다. 익숙한 살 냄새와 너무 친숙한 체온 때문에 그렇게 자지러지게 내켜하지 않았던, 그렇게 더부룩했던 잠자리를, 타성으로 만지는 그 느슨한 손길에 진저리치며 뿌리쳤던 손길을. 그 불온한 진실에 몸을 떨면서 이미 타인이 된 남자와 여자는 깊숙이 서로를 끌어안는다. 이혼을 통고한 타인들끼리 그것이 가능했는지 모를 일이다. 알싸한 서러움이 무딘 칼이 되어 등을 긋고 지나간다. 뮌헨공항에서 촌 아저씨처럼 들고 서 있던 그 허룩한 소털색 가방이 현관에 덩그마니 놓였는데. 누구도 목소리를 높이거나 눈을 흘기거나 이를 앙다물지도 않으면서.

　네가 그토록 원한다면, 그렇게 해. 억지로 내 곁에 묶어 둘 생각은 없어. 긴 날숨에 버무려 그가 뱉어낸다. 몸을 비비적댄다.

이별은 사랑이다

참고 참아왔던 그 말이 튀어나온다. 이제 모든 걸 확보했으니까. 명예도 직위도 장악했으니까 징징대는 현실이 지겹다는 거잖아. 내가, 우리 친정이 거추장스러운 거야. 벗어나고 싶은 심정 알아. 그 말과 함께 후다닥 정신이 깬다.

나 지금 안 돼. 주기야. 임신할지도 몰라. 일어나려고 버둥질친다. 그는 막무가내다.

한번으로는 다하지 못했다는 말인가? 거푸 엉기려 드는 정력가다.

괜찮아. 자기의 부드럽고 따스한 삼각주가 간절해.

사랑이나 배려가 없는 몸의 타성인데, 눈으로 묻고 몸으로 말한다. 괜찮지 않아. 누군가에게 속한 몸이 아닌데, 누군가는 한 뭉치의 꽃으로 잠긴 지퍼를 열 수 있다고 생각하는 걸까?

누군가에게 흉한 몸짓을 들킨 것 같은 이 수치감의 정체는 무엇일까? 움켜쥐고 있던, 누구도 만만찮게 건들지 않았던 자존심이 녹아내리는 빙산처럼 허물어지고 있다. 케이오 당해 바닥에 나동그라진 권투선수의 참패를 떠올린다. 상대의 강한 어퍼컷에 살갗이 찢어졌지만 그래서 고통스러운 건 아니지 싶다 넘어진 자신의 남루가. 그 추한 몰골이 너무 아파서 냉큼 일어나지 않고 고통을 유예하는 권투 선수 말이다. 지금 그녀의 심경이 그런지도 모른다. 그까짓 꽃 한 송이에 자신이 장악하고 있다고 믿어 마지않았던 자존감의 모서리를 헐어냈다니? 후회가 송곳이 돼 심장을 난도질한다.

그가 벗어둔 안경을 쓰고 몸을 추슬러 앉는다. 나 여기서 자면 안 돼?

나 원고 써야 해.

춘데, 냉돌로 쫓아내야겠니?

꽃 고마워. 손으로 머리 빗질을 하면서 린이 일어난다.

야박하긴! 씹어 뱉고 나가다가 멈칫 뒤돌아본다. 하나만 물어볼게. 사는 동안 내가 그렇게 힘들게 했어? 뭐가? 천만 명의 군졸이 쳐들어와도 왼눈 하나 깜박 안 하던 그의 견고한 침착성이 흔들린다.

날 밀어낸 건 자기야. 기본(근본) 강령이 없는 사람이라고 하지 않았어? 치명적이었어. 여자도 남자도 아닌 어중간이라고 날 메다쳤어. 그런 말을 듣고도 견딘 건 정화 때문이야. 가방 먼저 싸 들고 나간 사람이 누군데? 나한테 덤터기를 씌워?

린의 안에서 뭔가 분질러지는 소리가 난다. 기본도 원칙도 신념도 부재한 사람? 그래, 난 그런 사람이야. 이제 훨훨 날아가겠네.

방 문턱에 발을 걸친 채 그가 말한다. 그래, 내가 모조리 뒤집어쓸게. 내가 사라지면 소설도 잘 써질 테고 그 위대한 불모의 고독이라는 걸 안고 잘 지내. 그가 덧붙인다. 넌 너 자신밖에 몰라. 지상에 발이 닿지 않는 부랑의 영혼을 지닌 너, 보통의 어미, 보통의 아내, 보통의 주부조차 외면하는 떠도는 네 영혼까지 흔쾌히 접수했어. 하지만 내가 감당이 안 돼.

세운 무릎에 고개를 박은 채 턱을 쳐들어 그를 쳐다본다. 그의 말에 전적으로 동의한다. 하고 싶은 말 있으면 다 해. 이젠 경청할

이별은 사랑이다

만한 용량을 키웠어.

누군가의 아내로, 누군가의 자식으로, 누군가의 선생으로, 아이엄마로 살기에 적합하지 않다. 빈 콩깍지 같은 영혼이라고 말해도 그녀는 고개 끄덕일 것이다. 일상이라는 지엽적 노동이 그녀는 버겁다. 밥하고, 청소하고, 시장을 보고, 세금을 내고, 동네 사람들하고 어울리고, 은행에 가야하고, 우체국에 들러야 하는 잡다한 행보가 그녀의 시간에 흠집을 냈다. 서투름이다.

그는 적절한 단어를 찾아 숨을 고른다. 넌 정신의 부르주아야. 삶은 먹고 입고 섹스하고 사람 만나는 거야. 누군가가 말했어. '존재의 목적은 생존이 아니라 삶이라고.' 삶! 지금이라는 일상이 존재의 목적이라는 말에 전적으로 동의해. 네겐 오늘 이 시간 이 순간의 목적의식이 없어. 부실하고 알차지 못한 현재가 빛 좋은 개살구 같은 미래를 만들 뿐이라는 사실을 명심해. 강의나 글쓰기는 수단에 지나지 않아.

린은 고개를 끄덕인다. 생존이라는 일상의 프로그램이 그녀에게는 서툴다. 어디를 가거나 무슨 일을 하거나 발부리에 차이는 삶의 몰골은 피폐하다. 그러면서도 바늘 끝 같은 촉수로 세상과 상대와 주변을 날카롭게 비판하고 주관적으로 판독한다. 그래서일까? 그녀 언저리에는 엇갈리는 두 무리의 입들이 건재하다. 보기보단 착하고 연해. 다른 쪽 입이 말한다. 오만과 자긍심으로 팽배해 있잖아. 안 그래. 속이 연한 사람이야. 양면성이 지나치게 두드러져. 그러거나 말거나 린은 고개 돌린다. 너무 늦었을까? 이제라도 수선하면 제대로 작동이 가능할까? 구제불능으로 망가져 버렸을까?

　왜 갑자기 그 생각이 날까? 입에 침샘이 고인다. 비어있는 위가 기억하는 고추장 비빔밥이. 그것도 한밤중에? 모를 일이다. 그가 남기고 간 체취가 그 기억을 건드렸을 것이다. 아이를 출산하고 퇴원하던 날, 그가 밥을 짓고 김을 굽고 식탁을 차렸다. 구운 김을 커다란 손바닥으로 비벼서 더운밥에 넣고 고추장과 참기름으로 버무리다가 버터 한 덩이를 넣었다. 커다란 밥 냄비에 둘이 머리를 맞대고 퍼먹다가 쳐다보고는 하하하, 소리 내어 웃었다. 아기가 울어서 젓을 물렸다. 그녀가 우는 아이를 안고 토닥이는데, 수저에 수북하니 뜬 고추장 비빔밥이 그녀의 입으로 건너왔다. 내가 먹을게. 도리질했을 것이다. 우리 아기 우유를 먹이는데, 내가 먹여줘야 공평해.

　슈바빙의 우중충하고 낡고 비좁은 셋방에는 스파게티를 삶는 냄새가 자우룩했다.

　스파게티 소스의 명인이라고 수에게 붙여준 훈장을 들먹이면 그가 앞치마를 걸치고 나섰다. 유학생들의 위를 채워 주었던 음식. 수의 스파게티는 특별했다. 독창적이었다. 소스는 맵고 달고 새콤했다. 만드는 방법은 간단했다. 팬에 올리브기름 한 스푼에 고추장과 토마토케첩을 듬뿍 쏟아붓고 치즈나 버터로 버무린다. 우유는 수가 체질적으로 맞지 않아서 물로 대신한다. 삶아낸 스파게티에 소스를 넣어 버무린다. 완성된 스파게티를 냄비 채 책상에 놓고 각자의 접시에 덜어 먹었다.

이별은 사랑이다

김철수 표 스파게티야. 입을 호호 불면서 말하면 수가 쿡 웃었다. 그를 기억하게 만드는 맵고 알근한 스파게티, 그는 매운 소스로 린의 기억 속에 깊숙이 각인되었다.

그렇게, 1인칭 복수로 불리면서 시작되었던 결혼은 무 토막처럼 두 쪽으로 갈라졌다. 그의 과묵함과 책 속으로 함몰하는 집중과 등 뒤에 서린 깊고 서늘한 침묵이 방을 메웠지만 행복했던 나날들. 이젠 저만치 타인이 돼 등 돌린 사람.

그가 귀국한 이튿날 수유동 집에서 첫 저녁밥을 지었다. 다진 마늘과 참기름 양념을 한 고추장 비빔밥에 미역국을 끓였다. 슈바빙에서 먹었던 고추장 비빔밥, 그 맛이 나지 않았다. 버터 대신 이 참기름을 넣어서 그 맛이 아닌 거야. 그의 맛 평가다. 다음날 참기름 대신 버터를 넣고 다시 시도한다. 그래도 그 맛이 아니다. 혀가 기억하는 맛하고 달라. 린이 하는 말에 그가 고개를 끄덕인다. 기억은 그것 자체로 아름다운 거야. 밥을 먹다가 말고 보리차를 끓인다며 린이 몸을 일으킨다. 왜 울컥했는지 모른다. 몇 년 전인지 기억도 희미하다. 성모 마리아 앞에 무릎 꿇고 앉아 맹세했던 말들. 밤새 손 가리고 하얀 백지 위에 꾹꾹 눌러 썼던 결혼 서약서.

〈나 김철수는 아내 전혜린을 평생 사랑하고 인간으로 존중할 것을 맹세합니다〉 죽을 때까지라는 문구도 갈피에 있었던 것 같다. 린도 그랬다. 바닥에 자신을 내려놓았다. 의지하고 사랑하며 평생 고락을 함께 하겠노라 다짐했는데.

법을 공부한 두 사람이 법 앞에서 낡고 빛바랜 혼약의 사슬에서 서로의 이름을 지웠다. 어떤 희한도 눈물도 반성도 없이, 당연한 수순처럼 가방을 싸들고 나가는 사람. 그는 한 번도 뒤돌아보지 않는다.

그가 마디진 한마디를 던진다. 분명한 건 너의 단골 메뉴인 권태, 고독 또 뭐시냐? 아무튼 너의 싸구려 낭만이 우리들의 결혼을 망쳤어.

포갠 무릎에 고개를 박고 있던 린의 고개가 화들짝 쳐들린다.

싸구려 낭만이란 말이지? 파우스트나 모차르트의 마술피리나 보리스 파스테르나크의 시가 싸구려 낭만이라 하지 마. 싸구려 낭만하고 동거하느라 수고했네. 정말 역겹다.

현관문을 열려다 말고 그가 주춤 한발 물러선다. 내가 한마디만 할게. 린아, 지금 네게 가장 시급한 게 뭔지 알지? 착지! 네가 자주 남용하는 단어잖아. 남에게 조언하지 말고 네 스스로 맨 바닥에 맨발로 착지하는 자세로 살아. 넌 공중에 떠 있….

나가 줄래? 이래라 저래라 할 의무도 자격도 없으면서 무슨? 들고 있던 여성지를 집어 던진다.

제발 가. 불에 달궈진 쇠공이가 눈 속으로 파고든다. 싸구려 낭만으로 간주된 린의 시간들이 멀리 삶의 변방으로 던져진다. 그녀가 그토록 간절하게 추구하던 순수와 자유, 영원한 동경, 있는 그대로의 본질적인 진실 탐구가 그에게는 한갓 설익은 싸구려 낭만으로 비쳐졌다는 사실?

때로는 내키지 않는 발걸음을 하면서도 평온을 위해 그가 양보했다는 거 모르지 않는다. 린이 불행했다면 그 역시 행복하고는

이별은 사랑이다

거리가 먼 시간을 에둘러 왔을지도 모른다. 서른 초반의 왕성한 리비도를 억제해야 했고 아내의 시간에 맞춰야 했던 인내의 한계를 린은 모르지 않는다. 그날 밤, 그들의 돌연한 잠자리는 그런 의미에서 결별을 위한 변주곡 같은 건 아니었을까. 덧없고 아린 살의 기억을, 그것은 두텁고 질긴 적막이었다.

잘 살아, 린의 작은 속삭임이 그의 끈 떨어진 가방 속에 실려 현관을 나선다.

옮긴이(번역 작가)

『생의 한가운데』루이제 린저, 옮긴이 전혜린. 책 표지에 찍힌 자신의 이름 석 자가 따뜻한 온기로 다가온다. 그 어떤 번역본보다 많은 노고와 시간과 애착을 담은 작품이다. 초벌 번역은 뮌헨에서 마침표를 찍었지만, 퇴고를 거치는 동안 문맥의 흐름이 많이 유연해진 것 같다. 직역에 충실했기에 행간의 마디가 거칠거나 어긋나는 부분이 마음에 걸렸지만 다시 수정하지 않았다.

난 세상만사 서툴러서, 그따위 변병으로 1년에 3권의 책을 출간한 무작위한 으쓱거림을 무마할 수 있을까? 한꺼번에 쏟아져 나온 세 권의 책들, 몇 개 월 간격으로, 각기 다른 출판사에서 찍어낸다. 미처 거기까지 생각이 미치지 못한 걸까? 출간하셔야죠? 묵은 원고에는 먼지가 슬어요, 하는 말에 솔깃해서 원고를 내준다.

이미륵 『압록강은 흐른다』와 케스트너의 『파비안』, 『안네 프랑크의 일기』는 1960년 출간되었다. 귀국한 이듬해다. 밀린 원고가 있었고 출판사의 출간 부추김도 한몫했을 것이다.

1961년에 『생의 한가운데』가 출간되자 여기저기서 된소리가 날아온다.

누굴 메다치려고 작심한 거네요? 아니나 다를까? 박 훈의 일성이다.

전 교수님, 뭐가 그리 급하세요? 교수님이 책방을 장악하는 바람에 이 바닥에 사는 분들 모두 주눅 들어서 못 살아요. 말의 못을 박는다.

밀려 있던 원고라서, 출판사가 각기 달라요. 미처 간격을 두지 못했을 거예요.

출판기념이라고 할 것도 없다. 책을 출간하고도 너무나 조용한 주변을 살피던 이봉구 작가가 책은 입소문을 내야 해요. 박경리 선생님 뵙고 싶다고 했죠? 그럼 내가 모실 테니까 식사나 해요.

망설이다가 그럼 그냥 단골 술집에서 막걸리나 한 잔 해요, 한 말이 빌미가 된다. 특별히 초대장을 보내지 않았는데도 문단의 거물 문사들이 오가며 축하인사를 떨구고 간다. 소문을 들었는지 성대 박 교수와 곽 조교에 대학원생들이 자리를 메운다. 순애가 그를 대동하고 나타나 구석 자리에 앉는 모습이 눈가에 실린다.

마침내 오매불망하던 박경리 선생하고 60년대를 장악한 김승옥 작가를 대동한 이봉구 작가가 나타난다. 박경리 선생은 빛의 기둥 같다. 문을 열고 들어서는 순간 그녀가 거느린 진중하고도 온유한 아우라가 주변을 환하게 밝힌다. 생머리를 한 묶음으로 처리했고 회색의 헐렁한 스웨터에 검정 타이트스커트가 그렇게 잘 어울릴 수가 없었다. 예술가의 표본 같은 이미지가 박경리라는 이름자와 함께 동공에 각인되는 순간이다.

린이 바튼 걸음으로 다가가서 허리를 접는다. 선생님 뵙기를 고대했는데 오늘이야 소원 성취했습니다. 구십 도로 허리를 조아리는 린을 이숙이 꺼당겼지만 그녀의 올곧은 솔직성을 제어할 수는 없다.

박경리 선생님, 이리 엉성한 자리에 모시게 돼 죄송합니다. 오랫동안 선생님 뵙고 싶어 안달한 보람이 있군요. 너무 멋지세요.

박경리 선생은 손을 길게 뻗어 린의 손을 잡고 토닥인다.

애썼어요. 축하, 축하를 몇 번 해야 하나?

감사합니다. 번역인걸요. 박 선생님의 『김 약국집 딸들』을 읽고 그 화려한 언어의 변주에 감동 받았습니다. 저도 소설을 쓰고 싶은데, 모든 장르 가운데서 소설이 제일 어려운 것 같아요.

박경리 선생의 입가에 희미한 미소가 번진다. 혜린 씨 문장이 화려해요. 관념을 버리고 상황을 그려봐요. 리얼리티라고 하죠. 묘사나 디테일에 집중하면 좋은 소설 쓸 수 있을 거예요, 하고는 다가오는 김승옥 작가에게로 몸을 돌린다.

그러는 사이 평론가 나우정이 축하자리의 진행을 자처하고 일어난다.

어수선한 것 같아 소생이 자리 정돈을 하면서 문단 어르신들을 소개해 드리도록 하겠습니다. 영광스럽게도 소생의 곁에 자리하신 한무숙 선생님은 흔히 독자들이 백합꽃에 비유하지요. 오늘 입으신 흰색 카디건도 그런 비유를 한층 도드라지게 만드는 입성 같습니다. 옆, 옆에 계신 강신재 선생님, 버르장머리 없는 제가 입나발을 분다면 5월 장미가 아닌가 합니다. 아름답습니다. 잠시 우

이별은 사랑이다

물거리다가 신중한 어투로 말을 잇는다. 방금 전혜린 교수가 입에 침이 마르도록 찬사를 아끼지 않았던 박경리 선생님을 감히 복수초 뉘앙스를 풍긴다고 하면 나무라실 건가요? 뭐랄까요? 봄의 전령사이기에, 소박하고 강인한 품새가 그러합니다. 결례했다면 용서하세요.

린이 작게 속삭였다. 복수초는 박 선생님 이미지 아닌 것 같아요. 선생님은 수선화과 아닐까요?

여기저기서 맞아, 수선화과지, 하는 말끝에 이봉구 작가가 말끝을 오므린다. 수선화 이미지가 맞아요. 뭐랄까, 꾸미지 않은 것 같은 자연스러움이 단연 압권입니다. 그럼에도 불구하고 우아하고 대찬 이미지가 그렇다니까요.

박경리 선생이 곱게 눈을 흘기더니 구석자리에 앉는다.

한숨 돌렸는지 긴 날숨 뒤에 오늘 이 자리에서 가장 집중적인 시선을 장악한 김승옥 작가에게 가 꽂힌다.

나우정이 계속한다.

김승옥 작가님께 한 말씀 전해 드립니다. 소생하고 어울리는 한 학생이 「무진기행」을, 단편소설이라 해도 그 만만찮은 분량을 암송했다는 사실은 모두를 감동의 도가니로 몰아넣었어요. 작가 지망생들의 모임이라 모두 입을 다물지 못했습니다. 여주인공 하인숙을 담아내는 순수의 숨결, 하지만 모든 남성이 떠안아야 하는 사랑 뒤에 오는 착잡한 실존에 부끄러움을 간직하는 주인공과 공감한다는 말로 끝내더군요. 김승옥 작가님은 현대문학상을 수상한 후 「닳아지는 살들」로 동인문학상을 수상하신 이호철 선생님과 각별한 사이라고 알고 있습니다만. 이 정도로 오늘 자리에 함께하신 작가님들께 깊은 감사와 건투를 빌며 물러나겠습니다.

이봉구 작가가 곁에서 거든다. 자, 술이 있는데, 잔을 채운 술잔을 높이 들고 우리 건배해요. 책을 출간한 전혜린 작가와 왕림해주신 대가 선생님들 모두의 건필과 문운을 위해서…

한바탕 웃음소리가 이어진다. 마침 그때, 호랑이도 제 말하면 나타난다? 이호철 선생의 다부진 모습이 포렴을 걷어내고 들어선다. 아우! 함성이 터진다. 린이 두 손 엄지를 쳐들어 이호철 선생님 최고라는 손의 마디를 선사했다.

활 벌어진 화려한 축하자리가 아니다. 빼곡하니 들이찬 인원수는 겨우 서른 명 남짓, 그녀의 근거리 이웃들이다. 정식 초대장 대신 전화로 와 주시면 영광스럽다는 의사를 표명한 인사는 여류 몇 분이 전부다. 술이 한두 잔 오를 즈음 나우정이 다시 일어난다. 박경리 선생께 부탁드립니다. 축사까지는 아니라도 한 말씀 해주셨으면 합니다. 젊은 작가에게 용기와 애정을 주시는 말씀이면 됩니다.

박경리 선생은 앉은 자리에서 고개를 들어 린을 쳐다본다.

난 축사 같은 형식은 안 좋아하지만, 전혜린 씨의 비범한 재능에는 박수를 보냅니다. 이 땅에 살고 있는 작가나 지식층 여성들의 가슴에 열정의 불씨를 점화해주길 바라요. 우리들 모두 지켜보고 있어요. 번역이 아닌 자신만의 소설을 써서 출간되는 날 내게 자리를 내주면 더 길고 푸짐한 축사를 준비할게요. 거듭 축하합니다. 오늘은 이만 줄일게요.

린은 문득 간지러운 뒷덜미에 손이 간다. 누군가의 시선을 느꼈지만 뒤돌아보는 대신 손으로 털어내는 시늉을 한다. 집중포화? 확신에 가까운 느낌이다. 살피는 눈빛, 린의 인내력은 몇 초를 더 견디지 못한다. 천천히 고개를 돌린다. 역시, 구석에 앉은 그의 펑퍼짐한 상체가 나우정의 비스듬 숙인 몸피에 가려져 반쪽만 보인다. 가려진 틈새로 반짝이는 두 눈, 쳐다본다가 아닌 살피는 눈빛이다. 린이 술잔을 들고 다가간다. 그의 자상하고 온유한 목소리가 건너온다. 축하해. 정화 엄마! 술은 적당히 하시지.

린은 거세게 도리질한다. 불편한 친절은 사양할래. 어쨌거나 지금은 아니잖아, 우리?

독일의 밤 행사할 때 주고받은 말이다. 이젠 끝났는데, 아직도 가부장적인 회초리를 행사하려 든다. 그를 여기까지 끌고 온 장본인은 순애일까? 박 훈일까? 나란하게 앉아 그녀의 모든 동작과 모든 순간을 주시하고 있다. 그의 곁에 찰싹 붙어선 순애의 입이 끊임없이 움직인다. 소리는 들리지 않지만 속삭인다는 느낌은 멀리에서도 생생하게 다가온다.

박경리 선생이 일어나자 모두들 우르르 따라 일어난다. 대가들이 자리를 비운 다음 이봉구 작가의 울타리들만 남는다. 나우정이 작심이라도 한 듯이 소리의 막대기를 들고 휘두른다. 자리에서 일어서려던 사람들이 나우정의 말에 발목이 잡혀 자리에 앉는다.

소설의 기본은 서사적인 문장과 극적인 구조와 디테일이라고

하죠. 문학작품은 시대와 공간을 뛰어넘어 어디서 누가 쓰더라도
이 세 가지 양식에서 벗어날 수 없어요. 전 교수님께 한마디 충언
을 드릴까 해요. 다분히 몽환적이고 자기애적인 일루전에서 벗어
나야 해요. 우려먹은 추억담만 쓰다가 귀한 시간 몽땅 죽이는 거
죠. 소설을 써야 합니다.

에세이 말고 소설을 써. 강이숙까지 추스른다.

린은 고개를 주억거린다. 고마운 말인데 별로 고맙게 다가오지
않는다. 처음 그 말을 들었을 때 린은 방어하기에 급급했다. 집으
로 올라가는 골목길에서 불시에 불침 하나가 정수리에 내리꽂힌
다. 강렬한 통각으로. 나우정의 말이 맞을지도 모른다는 매몰찬
각성이다.

소설 속에서 형상화시키고 싶은 소소한 삽화들이 머릿속에서
두서없이 와글거린다. 모음과 자음이 마구 흩어져 병렬과 조합을
거부한다. 하룻밤에도 수많은 캐릭터와 수만 가지의 플롯이 그녀
의 머릿속을 휘젓는다.

뜻밖에 이봉구 작가까지 합세한다.

내가 뭐 이래라 저래라 할 위치는 아니지만 전 교수, 소설을 써
요. 늘 소설 타령하면서 왜 기피해요? 방학 동안이라도 박경리 선
생께 매달려요. 린이 고개를 돌려 그의 옆얼굴을 쳐다본다. 웃음
기를 지운 진지함이 입가에 실려 있다. 윗주머니에서 꺼낸 만년필
로 냅킨에 쓴다. 64년 12월 30일. 마감 날짜까지 정해요. 그래야
진행이 빨라져요. 자기와의 약속이니까요.

뼈저리게 고마운 분, 냅킨에 쓴 것을 2절로 접고 다시 4절로 접

이별은 사랑이다

어 백 속에 넣는다.

나우정의 바리톤이 확성기처럼 울린다. 드디어 전 교수님의 소설을 읽게 되는군요. 벌써부터 기대됩니다. 숨을 고른 후 한마디를 보탰다. 주제넘은 말이지만 전 교수님의 천재성을 존중하기에 이 말은 꼭 드리고 싶어요. 추억을 상기하거나 회상의 형태로 토막토막 끌어내는 산문 형식의 단문은 이제 그만, 너무 반복적이고 너무 우려먹는 것 같아서요. 아름답지만 같은 풍경 같은 이미지는 식상하기 마련이지요.

알아요, 알았다니까요. 린의 높은음 자리 목소리에 짜증기가 묻어난다.

나우정이 두 손을 민망함을 대신하듯이 비빈다.

왜 그리 발끈했는지 모른다. 천재? 린이 질색하는 말이다. 의자 등받이에 걸쳐둔 코트와 핸드백을 무릎 위로 옮긴다. 일어나야 할 시간이다. 곁에 앉은 이숙이 들썩이는 그녀의 무릎을 찍어 누른다.

왜 서둘러? 김 교수 조금 아까 장순애하고 박 훈이 옆구리 끼고 나가더라. 너보다 장순애 서빙이 더 맛깔스럽지 않을까?

미간을 찡그렸는지 고개를 끄덕였는지 자각하지 못한 채 그들 셋이 어울려 등을 보이고 나갈 때 썩 잘 어울려, 했던 것 같다.

이숙이 계속 추스른다. 독일문화의 밤에, P 교수님이 자긴 30년 독일어 공부했지만 4년 공부한 널 못 당한다고 했어. 그때 난 처음 알았어. 천재도 분야별이라는 걸. 그러니까 린은 언어의 천재? 아닐까?

나우정이 한 손을 들어 이숙의 발언에 동의한다.

아무튼, 린은 생각 속으로 기어든다. 누가 있거나 말거나 자기만의 사유의 서랍 속에 칩거하면 세상의 모든 것으로부터 단절된다. 그 단절은 몰입이라는 가경할 상황으로 몰아간다. 몰입은 그녀의 시간을 압축한다. 실크의 결처럼 조밀하게. 글을 쓸 때나 책을 읽을 때 번역을 할 때 시간의 외벽을 오르내린다. 일루진이라고 할까? 실제가 아닌데 실제하는 것처럼 그녀의 시간을, 그녀의 작업을 먼 환상의 벼랑으로 내몬다. 현실의 시간은 허구에 가려 보이지 않는다. 그래서 때로는 오해를 받기도 한다. 왜 대답을 안 해요, 물었는데? 누굴 무시하면 곤란해요. 엉뚱한 지적을 받고서야 제자리로 돌아온다.

모두의 시선이 그녀에게 모아진다. 린은 갑자기 눈 둘 데가 마땅찮다. 들고 있던 만년필로 냅킨에 갈겨쓴다. 그 기준 말이에요? 냅킨이 북 찢어진다. 린의 특별한 소통 방식인데, 곁에 있는데도 말하는 대신 글을 써서 드민다.

이봉구 작가 앞으로 돌려놓는다. 그때까지 비긋이 입을 다물고 있던 나우정이 잠깐 실례, 그녀가 들고 있는 만년필을 빌릴게요, 하고 손을 내민다.

예술가나 창조행위를 하는 사람을 천재라고 하죠. 학자나 고등고시는 노력과 재능이 반반이기에 천재라고 보긴 어렵지 않을까요?

냅킨에 휘갈겨 써서 건넨다. 만년필을 달라고 손을 내밀자 나우정이 하나만 더 덧붙일, 게요 하고는 다시 쓴다. 영재나 수재는 스승이 있어야 하지만 천재는 자연발생적으로 뭔가를 창작하는, 가령 모차르트나 아인슈타인이나 뉴턴 같은 사람이죠.

이봉구 작가의 고개가 설레설레 흔들린다. 이숙이 재미있다는 듯이 손사래까지 친다.

가파르게 치달리는 린의 높은 음조. 그만들 해요. 천재든 아니든 무슨 상관이래요. 술이나 마셔요.

입을 오므리고 침묵하던 이숙이 숙이고 있던 허리를 의자 등받이에 대고 쭉 편다.

천재이론에 관한 어떤 책을 봤는데, 일단은 심미적 집중력이 관건이래요. 혜린이가 그런 케이스 아닐까 싶어요. 좋게 말하면 몰입이나 집중력이고 안 좋게 말하면 광기거나 예측 불허하는 일탈의 모습이 그렇잖아요. 갑자기 말꼬리가 내려가는 것도 이숙의 말 습관이다.

기어이 자리를 옮겨 앉은 두 사람, 나우정과 이숙이 2인용 탁자에 마주 앉아 시비하듯이 주고받는 그들만의 사랑 놀음? 점입가경이다.

린은 그때 일어났어야 한다. 거기서 삼십 분을 더 뭉개고 앉아 있다. 그들이 던져둔 그 화제의 후렴구를 물고 자문자답하면서. 머뭇거림은 린이 벗어날 수 없는 고질병인지도 모른다. 어디든 의자에 앉으면 자석이라도 붙인 듯이 일어날 줄 모른다. 린에게 시간은 생존 그 자체인데, 뒤늦은 자각이 후회를 몰고 온다.

수유리행 버스를 타기 전 갱지 원고지 2권을 구입한다. 원고지가 없어 소설을 쓰지 못한 것처럼 한꺼번에 두 묶음씩이나? 그러지 않아도 학생들 리포트와 원서가 든 클로스백은 무게를 감당 못해 길게 늘어진다. 집 앞 정거장에 내려 번개탄 두 장하고 사과 두알에 달걀 5개까지 봉지에 담는다. 무게에 실려 양쪽 팔이 늘어진다. 산자락 바로 아래 집까지 길게 꼬부라진 골목에는 외등 하나없다. 다닥다닥 붙어있는 집들의 창가에서 내비친 불빛에 개짓는소리가 천군만마가 되어 그녀의 밤길을 밝혀 준다. 이젠 저녁 식탁 준비로 허둥거릴 이유가 없는데 걸음나비가 가파르다. 발걸음저편에 원고지를 앞에 놓고 앉아있는 소설 지망생이 린의 걸음을재촉한 탓이다.

시동생 중수가 와 있지만 아침 식사는 종점으로 이사 온 박 훈의 집에 가서 해결했고 점심과 저녁은 학교 식당에서 챙기는 모양같다. 시동생 종수도 대충 상황을 눈치 챘는지 그녀 방에 무람없이 들락거렸던 전하고는 달리 조심스럽게 행동한다. 아직은 둘 다귀가하지 않은 모양이다. 그것만으로도 위안이 된다.

씻지도 않고 책상 앞에 앉는다. 뭔가 써질 것 같다. 모처럼 맞이하는 정적이다. 만년필 든 손이 절로 모눈종이의 빈칸을 메운다. 이백 자 원고지 2장을 내리 휘갈겨 쓴 후 한 자 한 자 짚어 나가며 읽는다.

제목 : '미래 완료의 시간 속에' 소설 제목으로는 부적절한 것같다. '미래 완료형 인간'이라면 어떨까? 차라리 시선을 끌지도 모른다.

만년필로 쓴 글씨가 갱지의 엷은 번짐으로 손목에 힘 안 들이고 잘 써지긴 한다. 문제는 내용이다. 날짜와 요일을 쓰고 제목까지 붙인 다음 구상한 플롯을 반복적으로 메모해 둔다.

〈서로 증오하는 부부와 그 사이에서 태어난 자식들의 이야기로 시작된다. 어째서 하필 그런 음산한 스토리텔링에 관심을 가지는지 모를 일이다. 어떤 강렬한 자극을 원하는 심리적인 문양을 그려보고 싶어서일 것이다. 식은 숭늉 같은 미적지근한 이야기는 별로 흥미가 없다. 날것의 피 냄새, 육질의 비린내 나는 이야기〉

써볼 만하다. 그러나 더 이상 펜은 나가기를 거부한다. 살 냄새 나는 절박한 이야기를, 뱃구레에 뭉쳐있는 쭈그러진 리비도나마 방사하는 사내 이야기? 얄팍한 호주머니를 들고 나이 많은 창부라도 배설 기능만 유효하다면 좋다는 걸구 들린 사내 이야기. 그걸 써봐. 왜 하필 남자 이야기에 집착하는지 모를 일이다.

그녀의 혼잣말은 가경에 이른다. 씹고 뱉으며 들어줄 사람 없는 허공을 향해 날숨에 버무려 토해낸다.

눈 뜨는 새 아침마다 파란 하늘과 나무들을 바라보면서 살아있음에 대한 환희를 만끽하면서, 서사의 행간마다 자연의 옷을 입혀, 그래야 소설에 생동감이 있어. 자명한 이론이다. 다만 출연시킨 캐릭터들에게 빨래처럼 널려있는 세상의 담론을 연출하는 서사가 문제다. 그가 입버릇처럼 하는 말이 있다.

쉽고 편안한 문장으로 써봐. 거대한 것에 목을 매지 말고 자잘한 생존의 디테일에 시각을 맞춰. 또 이런 말도 한다. 말의 이삭을 줍듯이 세상살이 이야기에 귀 기울여. 린은 안타깝게도 언젠가는 벼랑으로 내몰리게 될 낮은 술수에 길들여 온 것 같아. 창조란,

기존의 것을 파괴하고 새롭고 신선한 것을 자기만의 문체로 자기만의 색깔로 창출해내는 것이라 하잖아, 이 지상에 존재하지 않는 새로운 무언가를 만들어 내는 것이 아니라 이미 존재한 것들의 또 다른 방식으로 재구성하는 것, 바보온달과 평강공주 이야기를 현대판으로 써보지 그래. 메모해 둔 시놉시스가 재밌던데. 배설에 걸구 들린 멍청이를 온달에 끼워 맞춰봐. 강하고 지배적인 안사람을 당할 도리가 없는 온달은 오로지 세발자전거 하나로 밤마다 틈마다 공주를 깔아뭉개잖아. 재밌을 거야.

관둬. 그렇게 온달 이야기에 매료 되었다면 자기가 써. 난 그런 주제엔 관심 없으니까.

그 말이 귀청에서 갉작거린다. 린의 가슴에 박혀 있는 왕가시의 정체다. 천재가 아니면서 천재로 만들어진 가공의 자아가 린의 안에서 뒤척인다고 하는 말이다. 모든 캐릭터에 자신이 투사되어 변죽만 울리다가 펜을 놓는다. 모눈종이를 찢어발긴 만년필은 더 이상 글씨가 되지 않았다. 뭉크러지고 번지고 엉긴다. 펜촉의 느낌이 다르다. 종이에 닿는 순간 펜촉이 종이를 긁어대는 사각거림이 없다. 그 섬세한 사각거림은 만년필이 만들어 내는 신명이며 예술인데, 갑자기 만년필 든 손이 쳐들리고 무언가를 박박 짓이긴다. 같은 풍경, 비슷한 삽화의 나열, 자아로 포장된 문장에 객관화는 전무하다. 나우정만의 품평이 아니다. 린 자신도 자신이 쓴 문맥 속에서 타인의 풍경이나 타인의 삶은 한 줄도 언급이 되지 않았다는 사실을 알고 있다. 끓어 넘치는 자아의식의 방출이다. 아악, 비명이 터져 나온다. 난 안 돼.

이별은 사랑이다

새벽녘, 밤새 쓰고 지우고 새로 조립한 소설의 얼개를 읽어 보고는 으스스 어깨를 떤다. 행간에 숨어 있는 악마의 속삭임! 지금을 스치는 영원! 결국 린은 스스로가 쳐둔 가시 철망인 자아의 울타리에 가두어진다. 그것이 마치 운명의 키워드라도 되는 것처럼. 모든 날들이, 모든 순간들이 하나의 지점에 모아진다.

그럼에도 불구하고 한순간의 착란이듯 빛과 푸름은 사라지고 권태와 무의 강포한 그물망이 린을 포획한다. 알갱이 없는 인생은 삶이 아닌데, 그토록 갈망하는 생의 알갱이는 무엇일까? 창조행위, 소설이라는 귀착점에 도달해야 한다. 더 이상 한 줄도 써지지 않는다. 살비듬 냄새가 나야 해. 수가 입버릇처럼 하는 말이다. 그 말이 귀청에서 속살거린다. 천재가 아니면서 천재로 만들어진 가공의 자아가 린의 안에서 뒤척인다.

수하고 분리된 이후부터 느른해졌다. 아등바등 서로를 짓이기듯이 언쟁을 할 때는 차라리 활력에 넘쳤다. 왜 갑자기 모든 일이 시들해졌는지 모를 일이다. 자신의 목소리를 지니지 못한 영혼은 사체와 다르지 않아. 린이 스스로에게 한 말이다. 의욕상실, 무기력, 전의도 전투력도 방전된 상태로 주저앉는다.

이숙이 새치름하니 눈을 내리깐다. 그럼 네가 원하는 그 위대한 제국은 뭐라는 거니? 한번 들어 보자. 도톰한 입술을 살짝 깨문다.

내가 원하는 것은 생명이 유동하는 것, 새롭고 일상적인 것이 아닌 미칠 듯한, 세계와 자아가 합일되는 찰나, 충만한 순간, 이런 것들이 내 갈망의 대상이야.

냉소 한자락이 입술에 묻어 삐죽거린다. 글쎄다. 완전 전쟁터가 따로 없을 것 같아. 피 터지는 소리가 들려. 난 그렇게는 못 살아. 안정되고 평온한 나날의 반복이 축복이야.

린의 고개가 흔들린다. 저마다 달라. 비슷한 인생은 있어도 같은 인생은 없는 것 같아. 누군가 말했어. '내가 존재해서가 아니라 내 존재 방식에 의해서 나 자신을 선택한다고. 서른 살을 규정하는 것은 적성이 아니라 태도'라고 말했어.

이숙이 구십 도로 몸을 돌린다. 아무튼 구름 잡는 이야기야. 충만된 순간? 그런 인생이 있기나 해? 과대망상이야. 넌 모순의 감방에 갇혀 사는 것 같아. 열심히 사는 건 알겠는데, 현실감각이 너무 없어. 대학교수로 아이 엄마로, 여자로, 거기 더해서 주부로 살면서 매 순간 황홀하고 신선하고 매혹된 것을 바라는 건 억지야. 엄살이야.

그래? 그런지도 몰라, 그래서 어쩌라고?

서른한 살, 12월 첫 주가 미끄럼 타듯 지나간다. 1월생인 린, 이 계절이 되면 집에 칩거하기란 불가능하다. 오늘은 강의가 없는데도 성대에 가서 한 시간이나 걸었다. 모래처럼 바람처럼 손가락 사이로 그렇게 시간이 흘러간다. 밤새 내린 서설이 가로수 맨 가지가 하얀 소금 꽃으로 만발했다. 맵짠 샛바람에 코트 자락을 여미면서 문득 사람이 그리워진다.

그렇다. 린을 데우고, 식히고, 때로는 들까불게도 했고, 많이 좌절하게 만들었던 동기는 무엇이었을까? 어쩌면? 이어지려는 생각을 이숙이 흔드는 손짓에 멈칫한다.

이별은 사랑이다

나 좀 편안해졌어. 널 만나기 전까진 죽을 것 같았는데, 토해내
고 키득거리고 수다 떨고 나니까 체증이 뚫린 것 같아.

아무리 속 터놓고 지내는 사이라도 타자의 속살에 돋은 소름
을 쓸어 주지는 못한다. 고통은 매듭이라 한다. 누군가의 도움 없
이 매듭을 풀어가는 과정이 생이다. 누군가를 만나면 알게 모르게
상처 입고 그 상처가 매듭을 만든다. 하지만 누군가에게는 자신이
뱉어낸 말이 상처가 되었을 수도 있다. 흠집이 쌓이고 뭉개져서
성숙된다고 하지만, 이제 그 과정의 답습이 지겹다. 행간처럼 문
맥의 틈새를 두는 것, 그런 사이가 지속 가능한 관계를 유지할 수
있지 않을까. 남의 티눈은 잘도 발라내면서 자신 속에 내재한 결
핍의 씨앗은 감추기에 급급하다. 결핍? 바로 그 단어다. 켜켜이 쌓
인 먼지 같은 것. 서른 해 동안 한 번도 쓸어 내지 않았다. 굳은 시
멘트처럼 린의 영혼에 더께로 엉겨 붙은 것? 수천만 개의 맨홀이
어서 발 디딜 바닥이 없다. 튼실한 바닥, 수에게는 주어진 그 착지
의 바닥이 린에게는 비켜 간다.

정화의 방

삼각형으로 자른 식빵을 계란 푼 그릇에 담근다. 작고 오동통한 정화의 손이 긴 젓가락을 쥐고 달걀 물에 푹 절은 식빵을 건지려고 이리저리 헛돈다. 엄마가 수저를 들고 와 도와준다. 예열된 팬으로 옮겨진 식빵이 노릇노릇 구워진다. 그새 엄마는 카카오 가루에 우유를 부어 코코아를 만든다.

하얀 식탁보를 입힌 앉은뱅이 밥상 위에 두 개의 접시가 놓였고 그 가운데 유리컵에는 린이 어제 명동성당 근처 꽃집에서 사온 수선화 한 송이가 기웃하니 서 있다.

정화하고 일요일 아침을 수유리에서 함께한 지 5주가 넘는다. 여섯 살 나이에 비해 철이 이른 정화는 엄마 아빠의 별난 상황에 별로 개의치 않은 것 같다. 동생 채린이 살짝 귀띔이라도 해준 걸까? 엄마, 아빠 왜 같이 안 살아? 정화의 질문에 채린이 어떤 말로 다독였는지 물어보지 않았다. 어른들에겐 저마다 말 못 할 사정이 있으실 거야. 정화에게 미치는 영향은 없다고 봐. 두 분 다 바쁘시고 두 분 다 우리 정화를 사랑하니까.

저만치 비켜선 채 린은 고개 끄덕이는 딸애를 바라본다. 빈속에 마신 블랙커피가 목울대를 넘어와 울컥 토해지려 한다. 한참을 그렇게 서서 딸애의 움직임에 눈을 걸고 있다. 박 훈에게서 선물받은 프랑스 인형 산드라를 껴안고 있는 한손을 린이 다가가서 잡는다. 정화에게 보여줄 게 있단다. 오전 내내 수건을 걸쳐두었던 현관 옆방 앞에 가 선다. 늘 고리를 채워 두었던 빈방이다. 정화의 얼굴이 갸웃한다.

자, 이제 됐어. 걸쳐둔 수건을 벗긴다. 도어에 묶어둔 분홍색 리본을 보고 정화가 자지러진다.

열어 보렴. 활짝 열어.

도어가 안으로 밀리면서 눈앞에 벌어진 풍경? 아이가 폴짝 뛰어오른다.

엄마, 엄마, 내 방이죠? 내 방 맞죠? 숨찬 소리를 지르면서 정화가 달려와 엄마를 와락 안는다.

정화의 방이라고 했지만 침대도 놀이기구도 없다. 문을 열고 제 이름 붙은 방을 살펴보는 아이의 눈과 입과 볼에서 봄의 숨결이 느껴진다. 지상의 것이 아닌 순연하고 결 고운 숨이다

엄마! 어엄 마! 이거 정말 정화 방 맞지? 너무 예뻐. 엄마아…아.

장순애가 정화 앞에 앉아 높낮이를 맞춘다. 정화 방 맞아.

순애 언니가 많이 도왔어. 제일 힘든 도배를 혼자서 해치웠다니까.

순애가 엉너리를 부린다. 아이 선배님, 도배를 어떻게 혼자서

해요, 박 훈 선생이 발 벗고 나서지 않았다면. 풀칠하고 붙잡아 주고 같이 거들어서 했잖아요.

그랬다. 그때 박 훈이 나타났다. 윗옷을 벗고 의자 위에 서 있는 순애를 끌어 내렸다. 풀을 골고루 발라서 줘요. 풀 바른 도배지를 양쪽에서 잡고 붙이는 게 요령이죠.

곱게 넘어갈 순애가 아니다. 다 된 밥에 코 빠트릴 작정? 나 혼자서도 잘해 낼 수 있어요.

처음에 투덕거리던 두 사람은 언제 그랬느냐 싶게 어우러진다.

장순애가 먼저 백기를 든다. 난 밤샘할 줄 알았는데 박 선생 덕으로 후딱 해치웠어요. 내가 여기 뒷정리하는 동안 라면이라도 끓이는 건 어때요?

앞치마를 걸친 린이 얼굴을 드민다. 지금 카레가 기다리고 있대요. 대충 마무리하고 나와요.

정화가 수유리 집과 외갓집을 오가는 동안 어디에 더 익숙하고 편안한 기분이 드는지 궁금했다. 인형 산드라를 잔뜩 가슴에 끌어안은 채 정화는 한동안 머뭇거린다. 린은 문득 잊었던 일을 떠올리듯이 정화의 방을 만들어 줘야 한다는 생각이 들었다. 현관 방에 널려있는 보퉁이들이나 너절한 것들을 치우고 모노륨을 새로 개비한다. 앨범처럼 생긴 벽지 샘플을 보고 아이보리 바탕에 딸기 그림이 프린트된 예쁜 벽지를 고른다. 정화에게 물어보려다가, 방이 완성될 때까지 비밀을 고수하고 싶다. 풀을 끓이고 벽지를 규격에 맞추어 자른다. 풀 바른 도배지를 들고 의자에 올라가다가 묵직한 도배지를 안고 넘어진다. 일이 손에서 겉돈다. 붙이

이별은 사랑이다

고 돌아서면 풀썩 떨어졌다. 때마침 순애가 들렀다. 도배는 박 훈과 순애의 정성으로 마무리 된다.

정화는 손바닥으로 책상을 쓸어보고 걸상에도 앉아보고 새로 바른 딸기 무늬 벽지도 조막만한 손으로 쓰다듬는다. 엄마, 엄마! 세상에서 내 방이 제일 예뻐요. 이 쿠션 엄마가 만들었죠? 엄마?

동생들이 안 입는 원피스나 블라우스를 얻어 가지고 와서 마름질하고 프릴을 달았다. 손 박음질이 엉성하고 촌스러운데도 정화의 눈에는 그냥 엄마의 솜씨가 살뜰하게 느껴진 모양이다. 아이의 움직임에 눈을 걸고 있는 린의 손이 시계 침 방향으로 가슴을 문댄다. 속살에 알알이 박힌 멍울을 삭이려는 안간힘은 아니었을까? 하나뿐인 아이에게 쾌적한 방 하나를 만들어 줄 수 없는 자신의 빈약한 호주머니에 한숨이 깊다. 어김없이 해가 뜨는 것처럼, 아침은 늘 새롭고 두렵다. 그 미지의 두려움이 노력과 성찰로 이어지는 하루가 되기를 매일 아침 다짐한다. 요즘 린은 어린 정화에게 아침과 한낮, 오후와 밤의 경계에 대한 이야기를 가끔 해준다. 시간을 어떻게 활용하고 누리고 가꾸어야 하는지에 대해서. 어디를 갔으며 무얼 했고 무얼 샀으며 그것을 어떻게 집까지 운반했는지에 대한 이야기다. 현실에 눈을 돌리고 살았던 날들에 대한 반성의 한 자락은 아니었을까?

정화 곁에 나란하게 앉는다. 어떻게 이렇게 예쁜 아이가 자신의 자궁에서 나왔는지 린은 눈물겹다. 길고 까만 속눈썹이 깜박거린다. 도톰한 입술이 잠시도 가만있지 않는다. 놀랍게도 작게 흥얼거리는 노래는 바위고개(이흥열 작곡)다. 놀라워하는 엄마의 눈을 보더니 정화가 설명한다. 이모가 매일 부르니까, 그냥 나도 불러. 아이가 부르기엔 그 가사의 내밀한 사연이 슬프지만 가사의 의미를 모조리 습득해야 할 필요는 없다.

맨바닥에 앉아 책상 아래 구두 상자를 연다. 빈 구두 상자는 동생들한테서 얻었다. 스케치북하고 크레용이 한 상자, 또 다른 상자에는 공책하고 연필, 엄마가 매일 저녁 딸에게 쓴 편지가 수북하니 담겨있다. 한지나 포장지로 만든 봉투에 꽃잎이나 나뭇잎을 붙였다. 봉투는 정화하고 같이 만들었다.

엄마, 이 건 안 본 편지에요. 맨 밑자락에 숨겨둔 편지봉투를 꺼내 들고 살랑살랑 흔들었다.

엘리사야, 생일에 써 두었지. 열어봐.

아이 궁금해요, 하면서도 정화는 더 보채지 않았다. 복숭아 빛 볼이 발갛게 달아올라 터질 것 같다.

방이 너무 춥다고, 그만 나가자고 아이의 손을 끌었지만 안 춰요. 조금만 더 내 방에 있을래요. 눈이 시큰거려 린은 고개를 돌린다.

정화가 집에 올 때마다 들여다보고 자신의 존재감을 느껴주길 바라는 정도다. 외가에 갈 시간이 되자 종이학이 담긴 어항을 챙겨든다. 엄마 이거 가지고 갈래요. 말 대신 린은 고개만 끄덕인다.

종이학은 이숙에게 접는 방법을 배웠다. 주말 오후 정화하고 마주 앉아 종이학을 접었다. 실패를 거듭하는 동안 아이의 이야기를 귀담아듣는다. 막내 이모 책상 서랍에 앵두꽃 한 줌을 넣어 뒀어요. 싸웠거든요. 할머니가 주신 명주손수건에 싸서요. 이모가 탐내던 거잖아요. 그래서 뭐래? 묻고 싶어 린의 입술이 달싹인다. 소리 내는 말보다 끄덕이는 동작이 필요하다. 아이는 계속한다. 이 손수건 나한테 주는 거야? 막내이모의 입이 벌어졌어요. 이몬 오해 박사잖아요. 내가 일부러 발을 걸었대요. 헤어드라이로 실내화 말리는데 지나가다가 발에 걸렸어요. 원래 소켓이 헐거웠잖아요.

막내이모하고 정화는 세 살 차이이다. 자주 다투고 쉽게 화해한다. 여섯 명의 이모들과 한 명의 외삼촌하고 더불어 사는 방법을 예습하면서 눈과 귀와 살의 감각을 익힐 것이다.

정화는 종이학을 접기 전에 편지를 쓴다. 돌아앉아 작은 손으로 쓴 내용을 가린다. 외삼촌과 친삼촌에게 줄 종이학의 사연은 더 길다. 엄마는 궁금했지만, 몰래 열어보지도 물어보지 않는다. 한바탕 어질러 놓은 방바닥에 엎드리거나 앉아서 딸하고 무언가를 꼼지락거리는 작업이 행복한 것만큼 아쉽고 미진하고 아리다. 린이 접은 것은 종이학이 아니다. 갈기갈기 찢기고 상처로 덧난 자신의 영혼을 접이 속에 담는다. 천 개를 만들면 소망하는 무언가가 성취된다는 종이학, 작은 어항 속에 반도 못 채웠다.

불시에 정화한테 묻는다. 정화가 아빠에게는 높임말을 안 쓰지? 웰까? 정화가 볼우물 팬 얼굴로 웃는다. 앞니가 하나 빠져서 안쓰럽고 귀엽다. 아빠가 높임말 쓰지 말랬어요. 다정한 부녀는 높임말 안 쓰는 거랬어요.

우리 정화 어려운 말 쓰는구나. 부녀가 무슨 뜻? 아이, 엄만. 아빠하고 딸이잖아요. 모녀라는 말도 알아요. 엄마하고 정화는 모녀잖아요. 아이를 가만히 안았다. 린이 할 수 있는 게 겨우 그것뿐이다.

정화야! 엄마한테도 그래 줄래? 높임말을 쓰면 거리가 생겨.

쳐다보지 않은 채 고개만 끄덕인다. 안 할게요. 엄마가 싫어하는 일은 안 해요. 린이 아이의 무릎에 고개를 박는다. 또, 높임말이잖아.

엄마, 정말 안 그럴게. 엄마의 머리카락을 손 빗질을 해주면서 정화가 작게 속삭인다. 사랑해, 엄마. 내 인형이나 물건 죄다, 옷가방 구두까지, 백 배나 천 배로, 내가 제일 좋아하는 내 방보다 더 사랑해. 엄마!

할머니에게 자랑하고 싶다며 수화기를 들고 번호를 찍는다. 할머니, 엄마가 제 방을 꾸며 줬어요. 너무 예쁜 거 있죠? 다음 주에 할머니도 와 보셔요.

울컥 치미는 뜨거움이 손끝을 타고 내린다. 손을 잡고 있던 아이가 엄마 울어? 딸아이는 린에게 선물이다. 지치고 헐거워지고 남루해진 자신에게 정화의 존재는 환희이고 축복이며 존재 이유이기도 하다. 하지만 뮌헨의 팍팍한 유학생활에서 임신을 알았을 때 당혹스러웠다. 황당함은 절망이라는 나락으로 일상을 몰아갔다. 중절을 할까? 귀국해야 할까? 몇 밤 며칠을 두고 갈등했다. 그 생각만 하면 아이한테 미안하고 미안했다. 말로만? 그녀의 안에서 자책하는 목소리가 건너왔다. 안아주고는 사랑해! 수천만 번 반복하는 와중에도 린의 속내는 편치 않다. 수가 지적한다. 정화에게 모범이 되는 엄마라야지. 엄마의 행동이 아이에게는 산 교육

이별은 사랑이다

이라는 걸 명심했으면 해. 알았어. 안다고 큰소리치지만, 술 마시고 담배 피우고 일상을 비트는 불규칙한 움직임이 모범이 될 수는 없을 것이다. 안아주고 토닥이고 뽀뽀해주는 건 강아지도 할 줄 알아. 사람이 사람을 사랑하는 데는 물리적인 공세나 접촉만으로 온전한 사랑이라 볼 수 없어. 깊은 속내에 가려진 지고지순한 영혼의 교감이 있어야겠지. 수는 원고를 읽는 것 같은 장황한 투로 설명한다. 린은 매번 약속한다. 좋은 엄마가 되도록 노력할게.

저녁 메뉴는 정화가 좋아하는 김치볶음밥이다. 정화가 저도 해요, 하고 주걱을 들고 달려든다. 가스레인지가 높아 장순애가 밖에 나가 벽돌 2장을 들고 왔다. 버터 두어 쪽을 넣고 김치를 볶는다. 양차 반쪽도 함께 볶다가 밥을 넣는다. 정화의 주걱은 내용물이 무거워 헛손질만 하다가 멈춘다. 꼭 쥐고 있는 작은 손, 저 예쁜 손을 지우려 했던 음모가 새삼 가책으로 가슴골을 누빈다. 하지만 그땐 공부해야 한다는 커다란 명제가 솥뚜껑이 되어 나날을 압박했다. 몇 날 며칠 동안 오만 가지 방법으로 중절의 음모를 설계했지만 그럴 수는 없었다. 영국공원에서 집으로 돌아가던 길목에서 집시 여자를 만났다. 꽃가지를 손에 들고 팔랑팔랑 걸어가던 집시여인이 축하해요, 느닷없었다. 뭘요? 하고 물었을 것이다. 집시 여인이 린의 복부를 가리켰다. 예쁜 아기! 순간 폭발하듯 심장이 튕겨 나오려 한다.

딸 정화, 내 사지를 옭매는 기쁨이며 또한 아픔이기도 한 나의 분신, 정화를 잉태했을 때 수는 고개 돌려 외면했다. 그가 말했다. 배란 주기 같은 건 가정시간에 공부하지 않았어? 그뿐일까? 여행하는 내내 배불뚝이 아내의 어기적대는 걸음걸이에 눈총을 보냈다. 울렁증이 격심했던 3~4개월 동안 그의 행동은 코를 막고 도망치는 것으로 그녀의 고통을 외면했다. 복부가 부풀어 임신의 티를 숨길 수 없었던 16주 무렵 갑자기 방문한 아버지가 느슨하게 풀어진 린을 보고 혀를 찼다. 혀를 차고 눈길 돌리는 부친보다 거봐, 주의했어야지. 지혜로운 여자라면 유학 동안 임신 같은 건 안 해, 하는 듯한 그의 냉소 묻은 표정이 린의 심장을 긁었다. 린은 속수무책이었다. 임신이 왜 나만의 실책이라고 밀어붙여? 입을 다물고 돌아눕는 그의 등짝이 그녀의 한숨을 밀쳐냈다. 나날이 탱탱하니 공기 먹은 풍선처럼 복부가 부풀었다. 푼돈이라도 필요한 시기였다. 번역은 전혜린이라는 이름자와 함께 인세라는 명목으로 작은 돈이나마 통장에 입금되었다. 만삭이 되면서 의자나 방석이나 어떤 자세로도 글쓰기에는 부적절했다. 들고 있던 만년필로 모눈종이를 찢었다. 번역? 부질없는 작업이었다. 머릿속에서 질서정연하게 이어지던 문장들이 귀와 코와 입으로 그리고 모든 배설기관을 통해 한꺼번에 쓸려나가고 있었다. 무기력의 늪에 빠져 허우적댔다. 거대한 파도에 누워 떠내려가고 싶었다. 파블로 카잘스의 첼로 연주 '망각'을 틀어 놓고 세상의 모든 숨 쉬는 것들과 작별하고 싶었다. 하루 세 번의 식탁과 때 절어 팔을 아프게 하는 빨래나 청소로부터 도망치고 싶었다. 깊고 검은 파도 속으로 침몰하면 거기 친애하는 고독이 꼬깃꼬깃 구겨진 일상의 구김살을 펴주지 않을까? 불시에 투박하게 날아온 목소리, 밥 안 해? 임신했다고 일상이 정지되는 건 아니잖아.

이별은 사랑이다

임산부가 누워있는 침대 위로 책가방을 던지고 그 위에 코트를 벗어 던지고 껴입었던 조끼까지 벗어 던졌다. 소스라치듯 몸을 일으킨 린은 고무 샌들을 꿰차고 밖으로 뛰쳐나갔다. 3단짜리 층계를 굴러내렸다. 토를 끌어 올렸던 원인불명의 허기증, 먹어도 먹어도 채워지지 않는 빈 뱃구레, 몸속에 가득 차 있던 물주머니가 터져 위로 아래로 줄줄 흘렀다. 행주처럼 비틀렸던 조임이 풀어진 걸까? 무슨 일이? 순간 뜨겁고 뭉클한 격류? 사타구니를 타고 내리는 끈적이는 흐름, 오므린 허벅지 사이로 줄줄 샜다. 오열했던 악다구니가 또 다른 진통으로 온몸을 죄었다.

눈을 떴을 때 그 작고 말랑하고 따뜻한 아기가 품에 안겨 있다. 어머나? 내 아기? 소리 없는 비명이 치솟는다. 희고 작고 앙증스러운 아기, 주먹을 빨고 있다. 예기치 못한 뜨거운 파장이 그녀를 사로잡는다. 내 아기! 엄지손가락을 빨면서 운다. 새까만 머리카락, 분홍빛 뺨, 까만 동공, 린은 대번에 반한다. 간호사가 그녀의 옷깃을 열고 아이 입에 젖을 물렸지만, 모유는 고장난 수도꼭지처럼 말라 있다. 미안해, 아가야, 정말 미안해. 그 말밖에 다른 말은 할 줄 모르는 바보처럼. 우유병을 물렸다. 어쩌면 본능적으로 우유꼭지를 빨았다. 아기의 첫 번 수유였다.

애썼어. 헝클어지고 젖은 산모의 머리카락을 이마 위로 쓸어 올려 주었던 수, 비긋이 벌어진 입술에 미소가 어렸다. 딸이라서 좋았다. 일상은 아이를 중심으로 계획되고 진행되었다. 수가 도와주지 않으면 세 식구의 시계바늘이 거꾸로 돌지도 몰랐다. 아기를 향한 그의 수고는 유순하고 자상하고 정갈하다. 우유병을 소독하고 분유를 타고 아이의 엄마가 먹을 미역국을 끓여 준다. 그 당연한 수고에 린은 격하게 감동한다. 공부해야지. 너무 시간 빼앗기는 거 아니니? 하면 수는 고개를 내두른다. 공분 내가 알아서 해. 아기 목욕할 시간이야. 목욕물 대야에 온도계를 넣어 40도가 될 때를 기다린다. 수굿한 아빠의 지극함이다.

아기 옆에서 재롱만 보고 시간을 보낼 수 없다. 수는 다시 도서관으로 출근했고 린 역시 에칼트 교수의 연구실 조교의 책임을 수행해야 한다. 아이를 맡기려면 개인 탁아모를 고용해야 했다. 영아원 시설이 부족했다. 임신과 출산을 위한 휴직기간이 3년이었기에 한 살 이하의 육아는 엄마의 몫이다. 박사학위 과정의 희망을 접어야 한다. 강의실에 유모차를 끌고 갈 수는 없다. 육아에 따르는 자잘한 일이 그녀의 시간을 통째로 덜어낸다. 목욕물을 데우고 젖병 소독을 하고 시간에 맞추어 분유를 먹이는 일 말고 다른 가사는 챙길 엄두를 낼 수조차 없다. 린에게는 중요한 시기다. 한 시기가 마감되고 새 출발을 해야 하는 전환의 시점이다. 어렵게 얻은 조교 자리를 양보해야 했고, 대학원은 포기한다. 이런 상황이라면 굳이 뮌헨에 있을 이유가 있었을까?

나 서울 가야 할까 봐. 수가 말없이 고개만 끄덕인다. 린은 왠지 억울하다. 아기는 예쁘지만 아기 때문에 어렵게 얻은 모든 가능성을 포기해야 한다. 어떻게 좀 해봐. 무슨 방법이 없을까? 방법이 없다는 것을 제 입으로 말해놓고도 어떻게 좀 해보라는 다그침은 수를 낭패하게 만든다. 시골 본가에 손을 벌릴 형편이 아니다.

이별은 사랑이다

귀국은 최종 카드다. 귀국 준비를 하면서 많은 생각이 린을 혼란스럽게 한다. 그 혼란의 와중에 가장 마뜩찮은 얼굴로 유학의 결과물이냐고 다그칠지도 모를 아버지의 얼굴만 클로즈업된다. 2세가 그리 급하더냐? 무엇이 우선순위인지 모르는 거야. 꾸짖는 목소리가 귓가에 스멀거린다. 린의 일상을 어긋나게 만들었던 불면증의 도래는 그 무렵부터다. 낮에는 잠자고 밤에는 놀아주기를 바라는 아가의 잠버릇에 보태어져 카페인을 너무 애용한 탓은 아니었을까?

슈바빙에서 아이를 키우는 일이 불가능하다는 걸 깨닫기까지 긴 시간이 필요하지 않다. 아무것에도 집중할 수 없고 무엇에도 충실할 수 없다. 경중경중, 조교 자리를 양보했고 그토록 원했던 문화적인 탐방조차 저만치 밀어낸다. 한국행 항공권을 구입하고 보따리 최소화를 위해 몇 번이나 짐을 꾸린다. 작게, 더 작게 뭉치고 접은 보따리는 그래도 올망졸망 궁색한 여행자 꼴을 면하기 어렵다.

백일도 안 지난 아기를 위한 어떤 시설도 없는 에어 프랑스, 직행이 없어 환승하면서 린은 멈칫거린다. 유학의 결과가 아이를 안고 기저귀 가방을 줄줄이 매달고 친정집 대문을 들어가야 한다. 금의환향 대신 아이만 안고 가야 했다. 남루의 극치다.

유학에서 출산은 계획에 없었다. 어긋남은 거기서 시작된다. 아이를 가진 것도 공부 대신 번역을 한 것도 실패의 원인이다. 오페라나 파우스트를 구경하기 위해 번역으로 생긴 잔돈푼에 허갈들려 살았다. 문화 구걸이었다. 핵심을 망각하고 엉뚱한 불구경에

20대를 고스란히 소진시켜 버렸다. 겨우 몇 권의 번역으로 마감돼 버린 유학의 실적이 누구의 탓이 아닌데도 맵고 아린 자책에서 벗어날 수 없다.

아기를 안은 가냘픈 동양인 여인, 양손 가득 주렁주렁 매단 크고 작은 보퉁이, 보거나 말거나 당당하게 걸어간다. 멈춘 발걸음으로 바라보는 눈인가 싶으면 스쳐 지나갔다가 뒤돌아보는 눈길, 수만 개의 동공이 과녁이듯 날아와 꽂힌다. 린은 의식적으로 고개를 쳐든다. 안내 데스크에 가서 수유실이 어디 있는지 물었고 환승 케이트를 묻는다. 유창하고 반듯하게 구사하는 독어는 구차한 행색을 상쇄하고도 남는다. 그녀의 내면에 도사리고 있던 오만의 디엔에이와 하늘 높은 줄 모르고 튕겨 오르는 자긍심이 발화되는 순간이다. 에어 프랑스 기내에서도 그녀의 그런 단호하고 당당한 응대가 스튜어디스들의 동양인에 대한 허술한 대접을 일시에 교정할 수 있었는지 장담할 수 없다.

김포공항에 도착하는 순간 모든 것을 내려놓는다. 저만치 출찰구에 마중 나와 서 있는 어머니, 그 어머니를 보는 순간 어쩌자고, 단내 나는 그녀의 입에서 한숨처럼 튀어나온 말, 어머니, 저 그냥 애 엄마예요. 평범하게 살기를 거부했는데, 전 지금 그 보통에서 한참 밑도는 인생입니다. 가슴이 무너져 내린다. 어머니의 시선은 그녀가 안고 있는 아이를 건너뛰어 주렁주렁 매달고 걸어오는 딸, 기저귀 보따리에 머물렀다. 생뚱맞은 시선이다. 서툰 피에로처럼 주춤거리며 가족이라는 이름의 울타리 속으로 걸어 들어간다. 그녀의 생애에서 처음으로 구십 도로 허리를 조아리면서.

이별은 사랑이다

저 왔어요, 어머니!

잘 왔다. 아가는 할미가 안을게. 칭얼거리는 아이를 받아 안는 어머니, 어머니 등을 향해 린은 생애 처음으로 고마워요, 어머니, 읊조린다.

허공에 꽃씨 뿌리고

검은 유리창에 희끗희끗 날리는 눈발은 부나비 같다. 손바닥만 한 거울 앞에 앉아 있는 검은 실루엣이 검은 유리창에 판화처럼 찍혀 있다.

여자가 사는 집에 제대로 된 거울이 하나도 없다. 화장실 붙박이 거울로 견딘다. 꼭 필요했다면 전신거울 하나쯤 못살 형편이 아닌데. 거울 속에 노출되는 자신의 모습을 두 눈을 뜨고 볼 용기가 없다. 굳이 거울로 확인하지 않아도 상상 속의 그녀는 너무 야위었고 너무 칙칙하다. 린은 자신의 남루를 감추지 않는다. 민망하다. 눈가에 잡힌 주름 한 올, 누리끼리한 피부, 촉을 담은 눈빛은 너무 강렬하다. 수는 지나가는 말처럼 지적한다. 네 눈에 불꽃이 자글거려. 날 태우지 마. 웃자고 하는 말인데, 웃음이 나오지 않는다. 거울은 시간이 남기고 간 자잘한 흠결을 고스란히 담아낸다.

밤 화장을 한다. 비어있는 커다란 동공, 묽고 흐리고 아련하다. 태생적으로 목에 걸고 나온 상실의 그림자인지도 모른다. 처음 만난 사람들은 그녀의 눈을 바로 쳐다보지 않는다. 눈을 쳐다보지 않은 사람은 음흉하거나 정직하지 못하다는 그녀의 통념이 빗나간 걸까? 큰 입에 가지런한 치아, 갸름한 뺨의 선이 턱에서 뭉텅 잘렸다. 미운 얼굴은 아니지만 예쁜 얼굴도 아니다. 길고 숱 많은 머리카락을 빗어 내린다. 펌이 풀린 머리카락은 두피에 찰싹 붙었다. 마지막 마무리로 립스틱을 바른다. 말라서 거스러미가 슨 입술에 연지가 겉돈다. 입술 선이 선명하고 두터워 체리에 비유했던 사람은 이제 저만치 길모퉁이에 서서 손을 흔든다. 위대한 고독까지 싸안고 가.

세탁해서 다림질해 둔 속옷을 갈아입는다. 세모의 칼바람을 견딜만한 옷이 아니다. 소름 돋은 맨살에 살구색 실크 원피스를 입고 검정색 롱코트를 걸쳐본다. 맞춤코트는 수의로 입기엔 너무 아깝다. 수에게 전화를 넣는다. 두 번씩이나, 긴 호출음이 좌우사방으로 번지다가 제풀에 끊어진다. 바쁜 사람이니까, 하면서도 늑골 뼈마디가 욱신거린다. 한마디만 듣고 싶은데, 잘 살아, 내 몫까지, 그 말이 하고 싶었을까?

불행은 완벽을 추구하는 두 사람의 어설픔을 발견했을 때 통박 지르는 투정이다. 부드럽게 속삭이듯 어르고 달래는 그의 말들 가운데는 핵심에 맞는 것도 있고 부당한 것들도 있다. 수의 요구가 무리한 건 아니다. 딸애의 부끄럽지 않은 엄마로, 작가나 대학교수이기 이전에 한 남자의 아내로 날 지켜달라는 단순 간결한 바람이다.

소박하고 간결한 희망 사항인데, 세부적인 목록을 강요하거나 눈치를 보인 것은 아니지만 늘 무쇠솥뚜껑을 이고 있듯이 그가 버거웠다. 한 남자의 아내라는 말이 가지는 함축의 내용은 너무 무겁다.

보송하게 씻어 둔 김장항아리 바닥에 들기름 보시를 놓고 무명실로 꼰 심지에 불을 물린다. 어머니의 세모의식을 흉내 낸다. 들기름 먹은 무명실 심지가 뚝배기 종지 안에서 발갛게 불꽃을 피운다. 항아리 가장이에 연탄집게를 걸치자 가지런하다. 수유리 난전에서 산 커다란 항아리를 수가 자전거에 싣고 오던 날, 가벼운 실랑이가 있었다. 겨우 김치 열 폭인데, 너무 커. 중간 크기 항아리를 부탁했는데.

수가 퉁을 지른다. 그래서 어쩌라고? 고물 자전거에 싣고 오면서 몇 번이나 굴러내릴 기세였단 말이야. 그럼 네가 가서 사. 대충 살아.

출근하는 사람의 심기를 툭 건드린다. 대충 살라고? 경중경중, 건성으로? 일상의 행간을 뛰어넘으란 말이지? 그렇게는 못 살아. 그렇게는 살고 싶지 않아. 피를 토한 듯 아린 혀를 지그시 깨문다.

화가 난 것도 아닌데, 따져야 할 사안도 아닌데 왜 자꾸 말꼬리를 잡고 늘어졌는지 모를 일이다. 만만찮은 일상의 무게를 누군가를 원망하고 목소리를 높여도 덜어질 것도 아닌데, 상처 입은 짐승처럼 앓는 소리를 입에 담고 살았다.

몸에 걸치고 다녔던 옷가지들이 라면상자에 수북하다. 입을 만한 겨울 옷가지들은 독일 빵집 종이봉투에 담아 동생의 책상 아래 구겨 박아 두었다. 큰언니의 물건을 애용하리라는 기대는 안 했

이별은 사랑이다

다. 슈바빙에서 구입한 세무 조끼는 너무 커서 한 번도 입지 않은 새 옷이다. 머플러 몇 장이 전부다. 괴테전집하고 기타 책들, LP판들은 며칠 전 정화 만나러 가면서 들고 갔다. 자질구레한 것들까지 비운 집안은 썰렁하다. 버리고 치우고 쓸어낸다. 권태와 공허와 상실로 중첩된 뇌와 위 속의 내용물들을 비워낸 몸뚱이는 가뿐하다. 맞춤 롱코트는 잘 개켜 국제양장점 봉투에 담는다.

바싹 말려둔 속옷들이 불을 물고 활 타오른다. 밤이 깊어 이웃집 반장아저씨가 습격해올 위험은 없을 것이다. 옷가지를 태운 검은 재가 푸슬푸슬 떨어져 내리고 산바람에 꼬리 물린 긴 불꽃이 허공을 향해 피어오른다. 타는 것은 아름답다. 몇 시나 되었을까? 전당포에 맡긴 시계를 찾지 못해서 시간 감각이 없다. 찾아야 할 시효가 지나버렸다. 무슨 일로 시계를 전당포에 잡혔는지 기억은 희미하다. 누군가의 생일이 겹쳐 시간 강사료만으로는 감당이 안 되었을 것이다.

재만 남았다. 들기름 종지에 타던 무명 심지도 불을 잦힌 채 숨죽인다. 항아리 뚜껑을 닫는다. 밤의 한가운데, 어둠은 깊고 두텁다. 남의 집에서 흉한 자국으로 집값을 덜어낼 수 없다. 꼬불치고 앉았던 탓인지 정강이가 뻣뻣하다.

소주병 든 손이 바람 갈퀴에 오므라든다. 도대체 자신이 원한 인생은 어떤 것이었을까?

성대 조교수 발령장(1964년)을 받고서도 별로 기쁘지 않았다. L.린저의 『생의 한가운데』 번역본이 출간되었을 때, 낱장을 팔락

팔락 넘기면서 잘못된 문장이나 오식 활자가 있는지 눈을 번득이며 출판을 위해 애써준 사람들의 심기를 바락바락 긁었다. 평생 갈구했던 사랑은 어디다 두고 혼자일까? 사랑은 머물지 않는데. 우정이든 사랑이든 지속되지 않는 것을. 결별로 훈련된 서른 해. 숯덩이처럼 까맣게 타버린 가슴을 꿰매고 기우고 다듬어왔던 긴 시간들은 이제 벼랑을 향해 직진하고 있다.

괜찮아, 린은 스스로 다독인다. 자신을 사랑했다. 미움도 함께, 강이숙이 지적했던 자격지심이라는 한 조각 혐오가 늘 가슴 구석에서 꼼지락거린다. 그것의 핵이 무엇인지 린은 끄집어내지 않는다. 천재가 아닌데 천재라는 라벨을 달고 살았다. 뻔뻔하고 가증스러운 스텝이다. 그렇다. 가슴을 태우는 이 뜨겁고 세찬 멍울의 근원이 무엇인지, 누구로부터 언제부터 어디서부터 발아한 불씨인지 이제야 알 것 같다. 돌부리에 차이면서 바람 속으로 걸어간다. 춥다. 마른 입술에서 누군가의 이름이, 누군가와 속삭였던 단어들이 자꾸 혀끝에 실려 달싹인다. 사랑의 기척에 발작하지 말자고, 불티 날리는 가슴을 여미라고, 고독한 인간은 언제 어디서나 손을 내밀어 사랑을 구걸하지 않느냐고. 피 흘리며 자책하고 자해를 반복하는 것도 이젠 진절머리가 난다.

현실을 직시해. 네가 확보한 조교수나 번역가라는 위치가 누구에게나 주어지는 게 아니야. 이제 겨우 서른한 살이야. 입버릇처럼 죽음 예찬을 하는데, 삶에 대한 모독이야. 린 자신에 대한 회피야.

충고는 수의 입에 매달린 후렴구다. 언젠가부터 그와 그녀를

이별은 사랑이다

연결했던 허술한 교량이 무너져 버린 것이다. 그분에게 물었어야 한다. 제가 그렇게 어리석었나요? 그렇게 바보였나요, 아버지? 멀찌감치 서 있는 수! 린이 등을 보인 거야. 그 잘난 인식인지 소설인지에 전 생을 걸어보라고? 저주하는 거야? 가여워서 그래. 착지를 거부하는 너의 부랑이 가여워서 그래. 제발…, 그만해, 제발. 자기가 내게 무슨 짓을 했는지 몰라? 내 존엄을 갈기갈기 찢었잖아. 유학 중에 임신도 너의 무지 탓이라고 내게 덤터기 씌웠어. 송금이 늦어서 일주일 동안 커피만 마셨을 때 내게 뭐라고 했어? 너의 무분별한 낭비가, 너의 얄팍한 문화적 걸구가 유학생의 생존을 망가뜨렸다며 삿대질을 했어. 같이 먹고, 같이 보고, 같이 듣고, 같이 향유한 모든 것들이 나의 싸구려 감상이 저지른 헛발질이라고 질타했어. 내가 가장 힘들었던 건 내가 느끼는 고통을 방치했다는 거야. 나누려 하지 않았어.

주먹으로 가슴을 쾅쾅 두드리면서 린은 애원했다. 미안해. 정말 미안해. 병 바닥에 남아있는 1회분의 찹쌀 선식가루를 타주고 린은 괴테전집 5권을 노끈으로 묶어 짊어지고 나갔다. 이것 때문이잖아. 팔아서 고기를 사올게. 괴테전집은 구입한 가격에서 반을 덜어낸 값으로 불하했다. 비가 내려 질척대는 시멘트 바닥에 쪼그리고 앉아 괴테전집을 안고 기운차게 달려가는 스페인족 사내를 지켜보고 있었다. 돼지고기 한 덩이를 사 들고 왔을 때 방은 텅 비어 있었다.

버성긴 마음이 실존을 안고 발버둥질치기 시작했다. 이틀도 아니고 겨우 하루의 결식이 만들어낸 괴리였다. 너무 생소했고 너무 동물적이었다. 그의 실존 타령이 부족한 대로 마음의 양식으로 채우자는 린의 해맑은 정신에 구정물을 퍼붓는다. 기름이 떨어졌는데 어떻게 바퀴가 굴러가냐? 우선과 후선을 가릴 줄 알아야 해.

알았어, 명심할게. 린의 입술이 잘근잘근 씹어 뱉은 말이다.

성글게 흩뿌리던 눈발이 갑자기 솜사탕처럼 내리쏟아진다. 조팝나무 꽃잎의 조락이다. 겨울 내내 그렇게 기다렸는데, 이제야 축복처럼 눈이 내린다. 조팝나무 맨 가지에 눈꽃이 피어 휘늘어졌다. 울퉁불퉁했던 겨울 비탈이 신부가 면사포를 쓰고 있는 것 같다. 바람이 면사포 흰 자락을 희롱한다. 희고 무구해 보이는 눈도 때로는 세상을 향해 폭력을 휘두르기도 한다. 폭설이 내리는 날 밤, 세월 먹은 소나무가 눈덩이를 못 견뎌 허리를 꺾이거나 뿌리째 뽑혔다. 가늘고 연한 조팝나무도 꺾어질라, 가지 한끝을 잡은 채 린은 가슴이 졸아든다. 연약해도 유연해서 꺾이지는 않을 것이다. 에둘러 무게를 덜어내는 지혜가 유연함이라고 그는 자주 뇌까린다. 솔직하게, 정직하게 직구를 날리는 것은 강하게 보이려는 자기 위장이라고 말한다.

지혜로운 사람은 말을 숨기고 의중을 감추고 먼 길을 우회하는 수고로 온유하다는 세평을 받는다고 덧붙였다. 무슨 말인지 모르지 않는다. 입안 가득 쓴 침이 고인다. 교화적인 말보다 다독여 주면 안 돼? 버무려 주면 안 되냐고? 피식, 그는 헛웃음으로 흘렸고 회피한다.

바람에 펄럭거리는 코트 앞자락을 여민다. 앙당그러진 손톱이

이별은 사랑이다

파이도록 꼭 쥐고, 무엇을 놓지 못해 피멍이 들었을까? 그리움인지, 애틋함인지 그 흐릿한 경계 앞에서 린은 잠시 멈칫거린다. '정답은 나부끼는 바람 속에 있다'고 어떤 가수는 노래했지만, 린에게 정답은 삶에서 경험했던 순간들의 무늬일 뿐이다. 허기증은 아니었을까? 빗살무늬 구름처럼 순간적으로 일그러지고 모아지며 형태를 바꾸었던 나날들, 그 덧없음을 벼랑 끝에 다다라서야 깨달았다.

눈밭에 발이 푹푹 빠진다. 그새 쌓인 눈이 경사진 산자락에 새하얀 양털처럼 폭신하다. 눈앞이 번하다. 어둠보다 더 농밀한 적막이 발부리에 차인다. 운명처럼 떠안겨진 숙제로 산처럼 무거운 머리를 이고 밤참을 차리고 다림질을 하고 연탄불을 갈았다. 주부가 해야 할 일이잖아. 우린 공동체라고 하지 않았어? 여긴 뭍헨 아니고 서울이야.

웃고 마시고 이야기하면서도 그녀 안의 고독은 덩치를 키웠다.

그가 일갈한다. 네 그 위대한 고독도 싸안고 가. 무심히 내뱉은 가시 돋친 말이 비수가 되어 속살을 벤다.

동생들의 혼인길을 막자고 작심한 거야. 그 착한 남자를 얼마나 몰아쳤으면, 가방 싸들고 나갈 생각을 했을까? 마디를 잘라가며 린의 귀에 불어 넣어준 말이다. 비겁하게 누굴 탓하니? 네 근거 없는 오만을 허락할 수 없어. 그렇다. 과대하게 치장했던 자아가 결핍의 구덩이에 함몰되었는지도 모른다.

아가야, 미안해. 정말 미안해. 용서하지 마. 딸 정화는 린에게 벼린 칼날이었다. 그 이름만 떠올려도 온몸에 피가 거꾸로 솟구친

다. 미안해. 정말 미안해, 아이를 임신할 때부터 혀끝에 감긴 말이
다. 술병을 거꾸로 들고 머리 위로 들이붓는다. 식어질 뜨거움이
아닌데, 주룩 흘러내린 물기를 손으로 받아 달아오른 뺨을 문지른
다. 하늘도 땅도 하얗다. 철사처럼 당겨졌던 근육이 이완되고 헐
거워진 마지막 나사가 스륵 풀린다. 여기가 어디쯤일까? 무겁게
내리누르는 졸음기가 와삭거리는 정강이를 다독인다. 한 줌의 파
란 알약들이 마침내 비어있는 위장을 장악한 모양이다.

매순간, 매시간, 매주, 같은 말의 변주, 넌 오지랖이잖아. 언어
의 폭탄을 감내했던 날들이 저만치 떠내려간다. 입을 열면 혀의
회초리가 그녀의 영혼에 칼질을 한다. 그렇게 통박 지르던 사람은
등 돌려 가버렸는데, 혼자만의 시간이 질펀하게 퍼질러 있는데,
그녀 안에서 둥둥 북소리만 울린다.

참, 모를 일이다. 그리움으로 설레던 사람은 이름조차 몽롱한
데, 너무 늦었거나 너무 일렀을까? 너무 빨랐거나 성급했을까? 그
렇게 모질고 독하게 오지랖이라고 퍼붓고 간 사람만 눈앞에 어른
거린다. 묵은 정이라는 걸까? 밤은 급경사로 미끄러지는 공처럼
어둠의 자드락을 향해 떠내려간다. 순백의 정적이 바람 소리를 삼
킨다. 고요하고 편안하고 아늑하다. 모든 것이 멈춤 상태, 시간도
밤도 숨길조차 심장의 판막을 가로막는다. 감은 눈시울이 무겁다.
추위에 덜덜거리던 종아리에 힘살이 풀어진다. 머릿속에서 늘 대
낮처럼 불을 밝히던 수십만 개의 촛불이 하나씩 꺼진다. 지상의
모든 누추함이 새하얀 의상을 걸치고 그녀의 발자국을 지운다. 별
것 아닌 것들이지만, 열 손가락에 피 흘려 혈서로 쓴 서사들, 그것

이별은 사랑이다

은 창작이 아니라고 누군가는 빗대놓고 이죽댄다.

그래요 당신의 잣대로 재단해요. 난 천재 아니라니까요. 그 너덜거리는 이미테이션 라벨을 달고 살았던 날들은 행복하지 않았다. 입안에서 자꾸 되뇌는 말, 제가 그렇게 어리석었나요, 아버지?

넌 헛살았어. 검은 흙살이 아닌 허공에 꽃씨를 뿌렸잖니. 린은 자기 안의 떠돌이를, 허기진 미아를, 허공에 꽃씨를 뿌리는 그 무모하고 덧없는 영혼의 남루를 붙안고 남은 한발자국을 무겁게 뗀다. 주머니 속에서 꼭 잡았던 그 한손이 허공을 향해 손사래를 친다. 네가 그랬어. 날 성가셔했잖아. 그놈의 위대한 고독이 날 내좇았어.

어머, 왜 내 탓을 해? 내 말을 듣기나 했어? 난 언제나 자기 등짝에 대고 말했어. 그 등 돌림이 날 밀어냈고 날 묵살했고 날 방치했어. 장순애에게 뭐라고 했어? 아내는 구두부리에 매달린 납덩이 같다고 했다지? 아니야? 아니기를 바라. 장순애가 지어낸 말이겠지?

크리스마스 날 성당 앞 꽃수레서 산 장미 한 송이를 두고 당신이 뭐라고 했어? 꽃을 살 생각을 하지 말고 네 스스로 꽃이 돼. 두 개의 음조로 갈라졌던 목소리. 높은음 자리에는 가시가 돋았고 낮은음 자리에는 부드럽고 애틋한 속삭임이었다.

당신의 꽃이 되라고? 린은 고개를 흔든다. 우린 동지이고 친구고 학문 공동체라고 하지 않았어?

수의 입술이 비긋이 틀어진다. 여자가 꽃이라는 건 그냥 사회 통념이야. 내가 만들어 낸 말이 아니잖아.

그는 입을 다물고 고개를 돌린다.

군락을 이룬 조팝나무 맨 가지 위에도 눈꽃이 피어 휘늘어진다. 함지처럼 우묵한 골이다. 눈밭을 헤치자 낙엽 덤불이다. 이 근처이지 싶다. 너럭바위 아래 무더기진 하얀 꽃들이 햇살을 머금은 채 조는 듯 방싯거린다.

엄마, 이거 싸리꽃 맞죠? 그림책에서 봤어요. 지난 5월, 정화하고 어깨 나란하게 앉아 하얀 조팝나무 꽃으로 화관을 만들었다.

싸리꽃하고 비슷하지만 이건 조팝나무 꽃이야. 꽃잎 사이가 떨어졌지? 앞니 벌어진 아기 치아 같아. 꽃가지가 연해서 둥글게 휘어진다. 화관 쓴 정화를 빙빙 돌려가면서 요리보고 조리 본다. 그런데 있지. 꽃 하나에 꽃말이 달라. 다정한 사람이라는 꽃말도 있고 헛수고나 하찮은 것으로 풀어내기도 해. 엄만 다정한 사람, 노력한다는 꽃말로 기억하고 싶어.

아이가 앞뒤로 고개를 끄덕인다. 연두의 햇살이 긴 속눈썹에 가물거린다. 우리 정화 정말 예쁘다, 우리 아긴 누굴 닮았지? 엄만 이렇게 예쁘지 않은데? 아이가 까르륵 웃었다. 엄마 안 닮은 아기가 어디 있어요? 물끄러미 쳐다보는 엄마의 눈길이 버거웠을까? 금방 화제를 돌린다. 엄마 화관도 만들어요. 아이의 조막만한 손이 조팝나무 가지를 휘잡는다. 물오른 가지가 아이의 힘에 부친다. 엄마가 거든다. 꺾인 가지에서 내밴 수액이 손에 묻어 끈적인다. 목숨의 결이다. 그녀는 불시에 몸을 옹송그린다. 살아있는 모든 숨은 아름답다.

엄마는 있지, 화관보다 머리에 꽂는 게 좋아. 조팝나무 꽃가지

이별은 사랑이다

하나를 살짝 발라서 왼쪽 귓바퀴에 꽂는다. 예뻐요, 엄마! 까르르 까르르 아이의 웃음소리가 물방울이 되어 피어오른다.

폭신했다. 이만하면 긴 잠을 잘 수 있을 것이다. 몸이 어딘가를 의지해 멈추면 생각이라는 마수가 어김없이 달려든다. 머리를 흔들어 사납게 뿌리친다. 여기까지 오기 위해 긴 시간의 층계를 가쁘게 뛰어다녔다. 눈발이 스친 얼굴에 물기가 홍건하다. 눈물인가? 아니다. 아직은 인간의 체온 36도 5에 녹은 눈발의 자국일 터.

한 방울 남은 소주병을 손톱이 파이도록 꼭 쥐고 있다. 그것의 내용이 그리움인지, 애틋함인지 그 흐릿한 경계 앞에서 그녀는 잠시 우물거린다. 빗살무늬 구름처럼 순간적으로 일그러지고 모아지며 형태를 바꾸었던 나날들, 오늘과 내일이 무수히 찍어낸 판화처럼 그게 그거일 수밖에 없다는 사실. 무기력과 매너리즘에 삭아 문드러진 시간의 시체들이 그녀 앞에 즐비하게 누워있다. 늘 덜미를 움켜잡았던 악력이 헐겁다. 뼛속까지 파고들었던 추위가 서서히 언 피부를 녹이고 뇌의 세포들을 이완시킨다. 편하다. 그렇게 악착스럽게 그러쥐고 있던 심장의 수축감이 스륵 풀어진다. 허연 눈발이 깃발처럼 펄럭거리고 감실거리는 눈두덩이 내려 덮인다.

생각이라는 마수는 뿌리 깊은 종양이다. 이 도착지에 이르기 위해 그토록 혹사시킨 뇌와 뼈의 마디들이 아우성을 친다. 너 잘하고 있는 거야? 죽음이 깔끔한 마침표가 아니란 거 알아, 몰라? 늦지 않았어. 꺼졌다고 여겼던 잿더미에서 불티가 인다. 소진되지 못한 욕망의 그루터기다. 몸에 걸치고 다녔던 허접한 옷가지들을 태울 때 내장에 묻은 오욕칠정까지 비우고 태우고 재가 된 줄 알았다. 그분이 조탁한 천재라는 황금관, 그것에 준하는 결핍도 한 아름 안겨 주었다. 그것이 빌미였다. 잘못 끼워진 첫 단추가 천재라는 착각을 난도질했을 것이다. 그 한마디에 딸은 꼼짝달싹 못했다. 그것은 어린 딸애의 영혼을 유린했고 성장을 망가뜨렸으며 기억을 쟁인 뇌마저 허접쓰레기 통으로 만들었다. 딸애는 그가 조정했던 꼭두각시다. 눈발이 스친 얼굴에 물기가 흥건하다. 여기저기 기웃거리며 열려 있거나 벙싯대던 문고리는 죄다 여민다. 24인치의 허리가 더 작게 졸아든다. 지구를 반 바퀴나 휘돌아 여기에 와 머물 줄은 몰랐다. 미미한 온기로 얼어붙은 흙살을 녹일 수 있을지, 하나의 목숨이 지나간 이 자리에 다시 봄은 오고 새싹은 피어나겠지. 1965년 1월 9일. '타인은 지옥이다. 남은 나에게 남이고, 자신은 남에게 타인이다. 서로는 자신에게 자신이면서 서로에게는 남인 것이다.' 왜 그랬을까? 소소한 일에도 자신을 투사해서 신경전을 벌이기도 했다. 면사같이 부드러운 어둠의 미립자들이 허공중에 가득하다. 말할 수 없는 이 아득함, 환불할 수 없는 지극한 평온이다.

우, 우… 산 울음소리. 겨우 서른 살 문턱, 밤마다 린의 방문 앞에 와 서성이던 검은 옷자락. 이제야 저 광활한 대지의 문이 열리고 애달아하던 모든 욕망의 거미줄이 댕강댕강 잘린다. 그런 날 밤처럼 겨울 산이 운다.

이별은 사랑이다

에필로그

린은 패배를 인정한다. 그토록 쓰고 싶었던 한 편의 소설을 쓰지 못했다. 인생 최고의 가치였던 창작의 미망은 린의 존재 자체를 지상에서 무화시키기에 충분했다.

그녀가 거느렸던 일상의 나날들이 그리 비참하고 굴욕적인 것만은 아니었다 해도 그 몽매의 구덩이에서 허덕거린 건 사실이다. 번역이나 강의나 잡문 쪼가리로 자신을 규정짓는 것이 너무 한심스러웠다. 그것이 자신의 한계였는지는 굳이 규명하기를 기피했을 것이다. 린, 그녀의 삶의 방식은 사색과 쓰기였다. 그 이외의 어떤 것도 그녀를 행복하게 하지 못했다. 린에게 주어진 지상의 명령은 쓰기 위해 숨 쉬고 쓰기 위해 위를 채우며 쓰기 위해 매시간이 충만되기를 바랐다. 단 한 편의 단편소설이라도 쓰고 싶다는 불같은 열망에도 불구하고 그녀의 펜대는 휘어지고 말았다. 절망은 죽음이라는 출구를 향해 멈칫거린다. 누굴 탓함이 아니다. 누구 때문이라고 말한다면 죽은 혼이라도 그녀를 용서하지 못할 것이다. 하지만 그 모든 사랑은 저만치 비켜갔다. 사랑이라 이름지웠던 그 황홀한 영혼의 불꽃이 잠시 잠깐 린을 불태웠지만, 어떤 대상도 완전히 연소되지 못한 찌꺼기로 남았다.

린, 그녀의 궁극의 목표는 창작이었다. 이루지 못했다. 그 주변에서 변죽만 울렸다. 단지 그것 때문만은 아니다. 얼쩡대지 말고 딱 짚어서 한마디로 말하라 다그친다면 글쎄, 자신이 욕망했던 그 욕망의 황금 막대기를 확보하지 못한 결핍이라 할까? 참으로 구차한 넋두리다.

린을 착지하게 못하게 만들었던 역설들, 환상, 과대망상과 자기애로 비롯된 그 많은 백일몽은 이제 끝났다. 한순간도 평범해서는 안 된다는 각성의 뒷자락에는 그 평범함의 비속함에 매료당해 우두커니 서 있곤 했다. 여자라는 암컷의 속성을 거부하고 혐오했지만 린의 내부에 생생하게 살아있는 여자의 인자를 발견했을 때 치를 떨면서 돌아서기를 수십 번. 얼마나 가증스러운 모순의 뒷모습이었을까?

그녀는 시대의 과녁이었다. 인습과 고착된 의식과 시각들, 린은 갈기갈기 찢어지고 무산되었다. 린에게 가차 없이 퍼부었던 왜곡된 언어들. 불온한 자유혼의 미아라고 매도한 자들.

사랑을 사랑했던 갈망의 세월을 이제 떠나보내려 한다. 이렇게 홀가분할 수가! 사랑은 가시등짐이었을까? 몽테뉴의 경구를 나직이 되뇐다. '죽음이란 외형상 존재의 완전한 소멸이지만 동시에 모든 속박과 억압으로부터 해방인 것이다. 삶이 우리에게 지웠던 모든 짐을 죽음은 남김없이 내려놓게 한다.'

왜소한 삶을 품어줄 지상의 단 한 칸의 방. 아무도 없는 혼자인

이별은 사랑이다

방, 연탄불 꺼진 냉돌에 무릎에 고개를 박고 앉으면 서러운 친구인 멜랑콜리가 곁에 와서 앉는다. 등에 닿는 바람벽의 차가움에도 너무 피곤에서 눈이 감기고 꿈인지 현실인지 모를 환영이 어른거린다. 제발 그러지 마. 행복하지 않은데, 행복한 척하지 마. 가면 쓰지 말자고. 뭐가 불만인데? 몰라. 난 그냥 내가 밉고 싫고… 감정의 밸브를 잠가. 소설을 못 쓴다고 하늘이 무너지지 않아. 매순간, 매시간, 매주 같은 말로 버무린 우리들의 말, 말의 불티들. 린은 세상의 법칙에 대항하지 못한다. 온유하고 인내하는 아내로, 헌신하는 엄마로, 효도하는 자식으로 그녀는 평균치에도 이르지 못했을 것이다. 너절한 변명이다. 패배는 수와의 결별이 아니다. 린이 성취했다고 생각한 것은 착각에 불과하다. 낯설고 생경하고 구제불능의 린이 자신을 빗긴 눈길로 바라보고 있다. 피터지게 노력한 결과물이 고작 번역서 몇 권이다. 매순간을 쪼개고 쪼개면서 치열하게 살았노라 노래 불렀는데?

이혼이라는 어긋난 명찰을 달고 동생들의 혼인길에 복병이 되었으면서도 뻔뻔스럽게 굴었다. 이제 비로소 어떻게 해야만 조용한 마무리를 할 수 있을지, 생각이 거기에 머물렀다. 더 이상 자신을 부끄럽게 만들어서는 안 된다. 그 부끄러움이 린의 안에서 박하처럼 활 되살아난다. 미안해, 엄마를 너무 미워하지 말아줘. 이런 순간에까지 미워하지 말아 달라고 애원하는 질긴 욕망이 린은 민망하다. 마감해야 한다. 살아남을 자들을 향한 한 자락의 미안함이 있다면, 너무 미워하지 마, 부탁할 자격이 있을까? 누군가를 향해, 안녕…, 작게 속삭인다.

린은 춥고 허기지는 나날을 부둥켜안았다. 혼자이기를 간절히 원했는데, 누구의 침해도 받지 않고 누구를 위해서 시중을 들지 않아도 되는 자기만의 절대의 공간이 질펀하게 퍼질러 있는데, 왜지? 둥둥 북소리가 울리는지 모르겠다. 밤은 급경사에 미끄러지는 공처럼 일시에 두터워지고 산자락에 되똑하니 주저앉은 집은 무인도처럼 어둠의 자드락을 향해 떠내려갔다. 얽히고설킨 수많은 인과 관계의 매듭을 미흡한 채로 가슴에 묻은 채 떠나야 할 것 같다. 딸 정화는 검은 보리흙살에 심어두고 끝까지 가꾸어 주지 못했지만 이 지상에 오직 하나뿐인 수, 아빠가 지켜 주겠거니. 그것 한 가지만은 의심의 여지가 없다. 린이 관여할 일은 아니지만 좋은 가장으로, 훌륭한 아빠로 거듭날 것이라 믿어 마지않았다.

모두들 그렇게 사는 거야. 네가 좀 특별나서 그래. 이숙이 비틀었다.

난 그래. 사유하지 않고 텅 빈 자아를 인식 못한 채 내용 없이 거들먹거리는 인간들을 증오해. 모든 평범한 것들, 목적 없이 사는 인생들을 미워해.

이별은 사랑이다

전혜린의 주체화 과정과 그 좌절
―『이별은 사랑이다』 최문희 장편소설

이덕화(평론가·평택대 명예교수)

1. 흔들리는 정체성

개인들이 어떻게 자기의 정체성을 구성해 가는가라는 문제를 살핀다는 것은 개인들의 근본적인 욕구가 어떻게 왜곡 굴절되고, 개인이 가진 잠재성이나 가능성이 좌절되는 구체적 과정을 살피는 것이다. 특히 여성 인물들의 경우 주제화 과정 중에 지배적 사회적 신념이 어떻게 그들의 욕망을 좌절시키고, 운명에 순응 혹은 과잉 대응하는가를 살피는 것이다. 이것은 사회적 변화 과정 속에서 여성들이 그 사회에 정착하고 주제화를 이루어내느냐, 아니면 좌절, 분리되느냐와 관련이 있다.

라캉에 의하면 정체성은 주체의 나르시즘적 자아이상과 재경합하려는 욕망이다. 여성들이 정체성을 확립하려는 욕망을 가지면 가질수록 혼란 속으로 빠져든다. 가부장적 시회에서 나르시즘적 자아이상의 모델은 남성적 욕망과 결합되어 있기 때문이다. 여성들의 무의식적 욕망이 자기 동일시를 방해하기 때문이다. 여성들은 가부장적 사회의 잉여물인 남성적 욕망과 여성의 무의식적 욕망 사이에서 끊임없이 흔들린다.

전혜린의 삶 자체는 남성적 욕망과 여성의 무의식적 욕망 사이에서 끊임없이 흔들리는 순간 순간을 살았다고 할 수있다. 전혜린의 사후 출판된 수필집『그리고 아무 말도 하지 않았다』(1966, 동아PR연구소 출판부)의 표지 그림이 파울 클레의 천사 그림이다. 유대인 출신 발터 벤야민이 미국으로 탈출하려다 도중 피레네 산맥쪽에서 자살, 그가 제일 좋아했던 파울 클레의 그림, 천사 그림의 머리가 수평으로 위치한 것은 클레에게 우울의 상징으로, 이런

이별은 사랑이다

우울한 자세는 다른 현실적 부분에 제대로 연결되지 못한 채 떠돌다 살다 간 클레나 벤야만, 전혜린의 우울과 맞닿아 있다고 할 수 있다.

유학과 동시에 이루어진 같은 학과 동급생과의 결혼으로 완전 가족 로망스의 꿈은 전혜린의 아버지나 남편이, 혹은 사회가 요구하는 꿈이다. 결혼을 통해서 흔들리는 전혜린 내면적 갈등은 주체가 나아가고자 하는 방향과 일치하지 않을 때 발생하는 것이다.

> 무엇이든지 꽉 잡고 싶다. 반복하여 습관화하고 싶다…. 이런 고정 관념이 있어야 하는 건데, 그래야 자기 자신을 그 무엇에 도달하게 할 수 있을 것인데(결국 이 세상에서의 어떤 지위겠지요.) 저는 그런 무엇을 꽉 잡고 유지하고 반복하고 습관화한다는 이런 온갖 개념에 혐오를 느끼고 있습니다.
>
> 제가 원하는 것은 생명이 유동하는 것, 매일 매일 변하는 것, 어떤 새롭고 일상적인 것이 아닌데! 미칠 듯한 순간, 세계와 자아가 합일되는 느낌을 주는 찰나, 충만한 순간… 이런, 손에 영원히 잡히지 않는 것들이 나의 갈망의 대상입니다.[1]

위 인용문은 한때 같이 근무했던 박인수 교수에게 보내는 편지의 일부이다. 인용문에서 보듯이 일상적인 '나' 세속적인 삶의 욕망과는 전혀 다른 진정한 자신의 충만한 자아에 대한 갈구는, 영원한 갈증으로 그녀를 불안하고 허무한 세계로 빨아들인다.

---

1 전혜린이 근무했던 성균관 대학 박인수 교수께 보낸 편지 중에서,(1964.7) 이 글은 이덕희의 『그대 이름은 田惠麟』(1983. 홍성사 3쇄)에서 재인용. 35쪽.

전혜린에 관한 글쓰기는 바로 두 가지 욕망 사이의 끝없는 충동일 수밖에 없다. 그녀의 정신은 순수한 것, 지속적인 것만을 순간 순간 갈망했건만 항상 일상의 메커니즘 속으로 묻히고 만다. 현실은 그것을 끊임없이 방해한다.

2. 전혜린과 최문희

이번 작품, 『이별은 사랑이다』는 1950년대 시대를 풍미했던 전혜린을 소재로 형상화한 작품으로 6~80년대 대중들을 사로잡았던 전혜린 현상에 초점을 두기보다는 전혜린 개인의 삶에 초점이 있다. 전혜린은 '천재, 요절, 비극적 사랑'이라는 대중적 스토리텔링에 의해 형성, 전파되었고, 기성 권력과 출판 시장의 자본을 위한 저의로 더욱 확대되었다. 이로 인한 대중들의 열광은 전혜린의 독일 유학에서 오는 아우라, 이국 정서를 통해 보이는 낭만과 자유라는 동경에 의해서 더욱 강화되었다. 전혜린을 조명한다는 것은, 자유와 낭만이라는 이상과 짓누르는 윤리적 억압 속에서 시대의 한계를 극복하지 못하고 30대 초반의 나이로 좌절, 절멸로 마감함으로써 시대와 개인의 한계를 동시에 조명해야 하는 쉽지 않은 작업이다.

최문희는 이미 제1회 혼불문학상을 탄 『난설헌』에서 조선시대 천재 시인 허난설헌의 삶을 섬세하게 재현해 냄으로써 15만 독자를 사로잡은 작가이다. 또 1995년 제4회 작가세계 문학상, 1995년

국민일보 문학상을 수상함으로써 역량을 인정받은 작가이다. 현대와 전혀 다른 조선시대를 살다 간 허난설헌조차 시대의 간극을 초월, 탁월하게 난설헌의 삶을 조명한 작가이다.

전혜린보다 1년 나중 태어난 최문희 작가가 전혜린을 조명하기에는 현재 살아있는 작가 중의 최적의 작가가 아니었나 하는 생각이 든다. 최문희 작가 역시 수필집『내 인생에 미안하지 않도록』을 통해 미루어보면, 여자로서의 삶을 산다는 것은 녹녹지 않음을, '이래도 참고 저래도 참는 동안 미간에 가로질린 주름살 골이 깊어질만큼' 힘든 삶을 살았음을 보여주고 있다. 전혜린의 삶을 통해서 가장 큰 복병이었던 아버지와 남편 김철수의 가부장적 의식은 최문희 역시 전 생애를 짓누르는 뱉을 수 없는 쓴 약 같은 것이었다. 문학상을 받았을 때, 상금의 한쪽을 떼어내어 어머니를 찾아갔을 때, 어머니는 고마워하기는커녕 "어쩌자고 네가 긴 치마를 입고 설레발을 치는 게냐 네 동생 사업이 어려운 마당에…" 그 말을 듣는 순간 울컥하여 봉투에 넣은 돈 절반을 덜어버렸다는 일화는, 가부장적 억압이 평생을 따라다니는 시대의 고약 같은 것으로 인식되었을 것이다. 즉 여성이 꿈을 이룬다는 것은 그 집 남자를 망치게 하는 화약고 같은 것으로 인식되었었다.

반면 전혜린은 아버지의 절대적인 지지를 받고 있었음에도 아버지가 바라는 딸의 이상과 전혜린의 이상은 상반된 것이었기 때문에 최문희와 다를 게 없었다. 전혜린과 최문희는 같은 대학 출신으로, 비슷한 분위기의 친정과 같은 전공자의 배우자, 교육계에 몸담았던 경력, 인생 마지막 지향점이 소설 창작에 있다는 것이

거의 동일하다.

동시대를 살았던 전혜린의 삶을 다룬다는 것은 최문희 자신의 삶을 거울로 비춰보는 또 다른 자신을 보는 것과 같을 것이다. 그래서 최문희에게는 더욱 의미 깊은 작업이고 또 전혜린을 가장 적확하게 형상화할 수있는 최적의 작가이다.

3. 가십으로 시작된 이혼

전혜린을 소재로 작품화 할 경우 관건은 기존의 이덕희『그대 이름 전혜린』(홍성사,1983), 정공채 등의 평전이나『스물 넷에 만난 전혜린』을 쓴 서충원의 에세이, 또『그 여자는 전혜린』제목의 소설을 쓴 정도상의 작품 등 각자 그들 나름대로의 전혜린에 대한 해석을 뛰어넘는 새로운 최문희 작가의 고유한 해석이 필수적이라 할 수 있다. 또 전혜린이 6−80년대 대중들을 사로잡았던 '전혜린 현상'에 대한 나름대로의 해석이다. 그리고 이혼과 죽음으로 점철된 전혜린의 중요 지점을 작가 고유의 판단과 해석이 필요, 그에 따른 서사로 이루어져야 할 것이다.

작가는 작품을 크게 이혼과 관련된 서사, 뮌헨의 유학시절 남편으로 지칭되는 '수'와의 슈바빙의 신혼 시절 서사, 이혼 후의 근황과 '린'이라는 의식 세계를 다루고 있다. 초반과 중반은 인물과의 갈등을 중심으로 전개되는 서사의 세부적 전개가 생생히 살아있는 묘사를 통해서 드러낸다. 문체에 힘이 있고 시간 전개가 빠르게 진행된다. 하지만 후반부에 가서는 '린'의 자살 전의 의식 세

이별은 사랑이다

계, 혼몽의 상태가 느리게 전개된다.

이 작품은 전혜린을 소재로 했지만 최문희 작가 의식에 의해 반영된 전혜린이다. 또 소설 양식의 특징인 허구적 사실이 첨가되어 있다는 사실 또한 우리는 염두에 두어야 한다. 당연한 일임에도 구태여 강조하는 것은 실제 살았던 인물을 소재로 작품화할 때에는 가상의 세계가 개입된다는 사실을 왕왕이 잊는 경우가 많기 때문이다.

이 작품은 전혜린이 죽기 전 단계, '린'이라는 인물이 남편 '수'와 이혼하기 전, 어떻게 가십화 과정을 거쳐서 실제 이혼으로 귀결되는가를 도입부로 선택했다. 이것은 이혼 사건을 '린'의 죽음과 관련된 핵심 사건으로 상정한 작가 의식에 의한 것이다. 설득력이 있는 것은 김철수인 '수'와 전혜린의 '린'이라는 외자를 딴 두 인물은 독일에서 귀국, 두 사람이 나란히 서울 법대, 한 명은 헌법 강사로 한 명은 독어 강사로 발령을 받았다. 그것은 그 당시 장안의 화제로 이슈화될 만한 사건이다. 이미 '린'은 그 당시 젊은 청춘들은 읽지 않은 사람들이 없을 정도인 캐스터너의 『안네 프랑크』, 『파비안』, 헤르만 헤세의 『데미안』, 루이제 린제의 『생의 한가운데』, 이미륵의 『압록강은 흐른다』, 사강의 『어떤 미소』 등을 번역한 작가였다. 번역책으로 '린'은 이미 대중에게 많이 알려진 인물이다.

또 원칙과 형식을 중요하게 생각하고 생활 속의 상식을 삶의 준거로 삼는 '수'와 형식을 싫어하고 낭만적 정서와 자유에 도취된 '린', 두 사람의 정 반대 성향의 결혼생활은 대중들의 관심사였다. 린의 고등학교 동창이면서 잡지사 〈여인 향기〉의 편집장인 강이숙이 가만둘 리 없다.

　이숙이 바짝 당겨 앉았다. 정말 각방 쓰는 거 맞아? 너희 애제자 장순애가 그러더라.
　장순애? 성대 2학년인데, 고등학교 후배다. 어쩌다가 수유리 집에까지 드나들게 되었다. 강의시간마다 코코아를 보온병에 타가지고 오는 지극정성인 학생이다. 법대 강사가 된 선배하고의 친화감을 과시하려는, 말 없는 말을 주워들고 다니는 모양이다.
　두 사람 모두 공부하는 사람이니까 각각의 방에서 공부하다가 잠들 수도 있지. 별방 아니야.
　이숙의 시선이 날카롭게 날아와 꽂힌다.
　어머, 각방이라면 떨어져 산다는 거네. 분리되는 전초전 아니니?

　위의 인용문을 보면 이숙이 이미 미끼를 던지면서 '린'에게 유도 심문을 하고 있다. '린'은 무방비 상태에서 있는 그대로 응답했다. 그러함에도 이숙은 '린'의 말을 의도적으로 해석, 대중들의 감정을 촉발시키는 이혼을 기정 사실화해서 기사화했다. 그로 인한 아버지의 부름 한 장면을 보자.

　큰딸 린은 그에게 빛이었고 영광이었고 희망이었다. 높은 회전의자에 앉아 세상의 부당함과 불법과 부조리를 재단하는 한국 최초의 여성 법조인이어야 했다. 그는 특별한 방법으로 린의 성장을 거들었다. 어디서부터 어긋나기 시작했던가?

김 서방이 가방 싸 들고 나갔다는 말이 정말이냐? 김 서방이 일방적으로 한 행동인지, 네가 밀어냈는지? 말 좀 들어 보자.

(중략)

책가방인걸요. 단독 연구실이 배정되었으니까 집에 있던 책들을 옮긴 거예요.

그가 들고 있는 나부작한 잡지로 책상을 내려친다. 책가방하고 옷 보퉁이를 구별 못 할 바보가 어디 있단 말이냐? 더구나 김 서방이 귀가하지 않고 연구실 의자에서 잠을 잔다는 말이 사실이냐고?

그가 앉아있는 회전의자의 팔걸이를 린이 잡아당긴다.

학생들하고 1박 엠티 가기 위해 가방이 좀 부풀긴 했지만 연구실에서 자지 않아요. 새벽 5시 출발 예정이었고, 그가 지도교수니까요. 모르세요? 철수는 유비무환 준비생이잖아요.

아버지 목소리의 결이 부드러워진다. 여긴 한국이다. 남편 이름을 부르는 거 아니다. 그건 그렇고, 이건 도대체 무슨 일이냐?

여성 월간지 『여자의 향기』가 린의 무릎을 치고 나가떨어진다.

인용문에서 보듯이 '수'가 교수로 발령받으면서 연구실로 옮긴 책 등을, 가방을 싸들고 나간 것으로 와전시키는 등, 부부 사이에 흔히 일어 날 수 있는 사건을 이혼으로 기정 사실화, 잡지사 〈여자의 향기〉 편집장 이숙과 고의적으로 그 사실을 알려준 장순애에 의해 가십화된 기사로 친정 아버지 앞에 호출된 장면이다. 물론 그 이면에는 결혼한 '린'의 삶을 아버지 자신의 윤리로 재단, 인형 조종술처럼 '린'의 인생을 좌지우지 하려는 아버지의 완강함과 '수'의 '린'에 대한 현모양처에 대한 기대로 인한 불만, 두 남자에게서 놓여나고 싶은 자유와 낭만을 그리워하며 그들의 그늘에서

놓여나, 자기 자신으로 살고 싶은 '린'의 욕망이 내재해 있다. '린'
은 자신은 매일 상처입고 피를 흘렸으며, 결혼은 자신에게서 자유
라는 신선한 공기를 앗아갔다고 항의한다.

결혼은 제게서 자유라는 신선한 공기를 앗아갔어요. 공부할 자
유, 사유할 자유, 혼자이고 싶은 자유, 이불 속에 누워있고 싶은 자
유까지도 몰수했어요. 전 미치기 직전입니다. 제가 원한 것은 완벽
한 결혼도 남자의 충성도 아니었어요. 제가 바란 것은 숨 쉬는 것,
자유로운 영혼의 교감이었어요. 수는 벽도 천장도 없는 황무지였
다고요. 전 젖은 옷을 걸치고 그 4년 동안 걷고 또 걷고 걷기만 하
다가 지치고 거덜이 나서 돌아왔어요. 전 그랬다고요. 소리가 되어
나오지 않는 말들이 말라붙은 껌 딱지가 되어 머리카락에 엉겨 붙
는다. 지켜보고 있던 그의 검지가 린의 정수리를 향해 간댕거린다.

결혼은 '린'에게서 가장 중요한 자유를 뺏어갔고, '수'와는 영혼
의 교감이 없는 벽도 천장도 없는 황무지로 '린'은 인식하고 있다.
아내를 가부장적 다스림의 대상으로 인식하고 학생처럼 가르치고
지도하고 교정하려는 '수'에 숨이 막힐 지경이었다. 어쩌면 이숙
은 '수'와 '린'의 내면을 그들 자신보다 더 잘 파악했는지 모른다.
결국 『여자의 향기』의 두 사람의 이혼 기사로 그들은 자연스런 과
정을 거쳐 이혼하게 된다.

4. 스스로를 극복하지 못한 '린'의 죽음

이별은 사랑이다

최문희는 '린'의 자아충족 욕구 중의 하나인 글쓰기를 가장 중요한 이슈로 부각시키고 있다. 매일 대학 강의에 지치는 일상 속에서, '린'은 자기만의 시간 속에서, 글쓰기를 마음껏 하고 싶은 욕망이 크게 자리잡고 있었다. 글쓰기는 소설 창작이었고 그 구체적인 욕망은 박경리에 대한 경외심을 통해서 드러난다. '린' 번역서 출판기념회에 평소 '린'과 친하게 지내던 이봉구 시인의 요청으로 함께 참석한 박경리 작가와의 대면 장면이다.

마침내 오매불망하던 박경리 선생하고 60년대를 장악한 김승옥 작가를 대동한 이봉구 작가가 나타난다. 박경리 선생은 빛의 기둥 같다. 문을 열고 들어서는 순간 그녀가 거느린 진중하고도 온유한 아우라가 주변을 환하게 밝힌다. 생머리를 한 묶음으로 처리했고 회색의 헐렁한 스웨터에 검정 타이트스커트가 그렇게 잘 어울릴 수가 없었다. 예술가의 표본 같은 이미지가 박경리라는 이름자와 함께 동공에 각인되는 순간이다.

린이 바튼 걸음으로 다가가서 허리를 접는다. 선생님 뵙기를 고대했는데 오늘이야 소원 성취했습니다. 구십 도로 허리를 조아리는 린을 이숙이 꺼당겼지만 그녀의 올곧은 솔직성을 제어할 수는 없다.

박경리 선생님, 이리 엉성한 자리에 모시게 돼 죄송합니다. 오랫동안 선생님 뵙고 싶어 안달한 보람이 있군요. 너무 멋지세요.

박경리 선생은 손을 길게 뻗어 린의 손을 잡고 토닥인다.

애썼어요. 축하, 축하를 몇 번 해야 하나?

감사합니다. 번역인걸요. 박 선생님의 『김 약국집 딸들』을 읽고 그 화려한 언어의 변주에 감동 받았습니다. 저도 소설을 쓰고 싶은데, 모든 장르 가운데서 소설이 제일 어려운 것 같아요.

실제 박경리 선생과 '린'은 생전에 교유가 있었고, 작가 중 가장 박경리 선생을 존경하는 것으로 제시된다. '수'와의 이혼으로 그렇게 갈망하던 자신만의 시간을 확보, 자신 속의 갈망, 소설 쓰기를 구체화하는 일만 남았었다. 성균관 대학 조교수 발령으로 생존에 허덕일 필요도 없이, 시간을 어떻게 '린'이 관리하느냐 달렸다. 그런데 이혼한 지, 또 조교수로 발령 받은 지 일 년이 겨우 된 시점에 갑작스런 죽음은 참담하다.

바로 죽기 전날 '린'을 만나 시간을 보냈다는 이덕희의 증언을 참고해보자. 같은 법대 선후배인 두 사람은 인연이 맺어진 5년 전부터 틈만 있으면 만나고 편지까지 주고 받는 소울 메이트 같은 친구였다. 두 사람은 전화로 숨바꼭질을 하다 토요일에 만난 것이다. 오후 3시였는데 학림에서 3시간째 덕희를 기다리고 있었다는 '린'은, 그 시각부터 둘이는 함께 밤 10시까지 이것 저곳을 다니며 술을 마시고, 장소를 옮길 때마다 새로 만나는 사람, 일테면 김승옥 이호철 등과도 어울려 술을 마셨다. 3차까지 다니며 꽤 많이 마신 상태에서 10시쯤 두 사람은 헤어졌다.

린은 그날 덕희에게 '세코날 마흔 알을 흰 걸로 구했다'고 자랑하며 좋아 죽을 지경이라고 했다. 그 당시는 각종 수면제에 대한 규제는 없었지만 한꺼번에 다량을 구하기 어려웠었다. 덕희는 그녀가 불면증 때문에 고생하고 있었고, 때로는 신경을 마취시키기 위한 매개물로 생각하고 있었기 때문에 예사로 생각했다. 그러나 갑작스런 죽음에 맞닥뜨리자 그 세코날이 결국 죽음으로 몬 원인

이별은 사랑이다

이었다는 것을 생각하게 되었다고 했다. 술을 만취한 상태에서 수면제 복용은 더욱 위험하다. 죽음을 의도했건 의도하지 않았건, 몇 알의 수면제를 복용했는지도 모르지만 그것은 죽음으로 이어졌다. 덕희는 '린'이 허무의식을 뼛속까지 맛보았고, 공포에 떨면서 순간 순간 괴로워했고, 자신의 외롭고도 무서운 실존을 견디기 위하여 의식이 피투성이가 되도록 몸부림쳤다고 한다. '린'은 초면인 작가에게 '우리 귀여운 딸애기(정화)도 있고 사랑하는 남편도 있는데 늘 나를 괴롭히는 니힐이 악마처럼 따라다니죠'라며 말한 정도이다. 그렇게 몸부림치며 달아나려고 했지만 허무의 니힐은 그녀가 새로운 시작, 소설 쓰기를 하기도 전에 그녀를 앗아갔다.

'린'이 죽음을 얼마나 두려워했는가는 죽기 며칠 전에 그 당시 열중하고 있는 아직 밝혀지지 않은 대상에게 쓴 편지를 보면 나타나 있다.

내가 '원소 환원' 하지 않도록 도와 줘! 정말 너의 도움이 필요해. 나도 생명 있는 뜨거운 몸이고 싶어. 가능하면 생명을 지속하고 싶어. 그런데 가끔가끔 그 줄이 끊어지려고 하는 때가 있어. 그럴 때면 나는 미치고 말아. 내 속에 있는 이 악마를 나도 싫어하고 두려워하고 있어. 악마를 쫓아 줄 사람은 너야. 나를 살게 해줘.[2]

그토록 죽음의 악마에게 지지 않기 위해 술과 담배에 탐닉하

---

2 유고집 『미래완료의 시간 속에서』, 광명출판사, 1966, 131-132쪽.

고, 심지어 어떤 특정한 대상에게 의지하면서까지 극복해보려 했지만 그녀의 속에 깃든 니힐의 악마에게 벗어나지 못했다. 그것은 최문희 작가가 진단한대로 아버지로부터 어릴 때부터 길들여진 복종과 암기의 반복이 만들어낸 자신에 대한 착시 현상 때문이었다.

민낯을 보이며 눈물 글썽이는 린, 강함 속에 연약함을, 무거움 속에 가벼움을, 경박함 속에 신중함을, 그 추상화 같은 내면의 무늬를 아무도 알지 못했다. 린은 아웃사이드의 표상이었다. 상식화된 사회질서와 거대한 컨베이어 벨트에 묶여 전진도 후퇴도 자신의 의지와는 무관하게 움직여야 했다. 아버지로부터 길들여진 복종과 암기의 반복이 린의 일상에 착시와 환각과 불시착을 만들었다.

위의 인용문의 '상식화된 사회질서와 거대한 컨베이어 벨트에 묶여 전진도 후퇴도 자신의 의지와는 무관하게 움직여야 했다.' 이 부분이 최문희의 전혜린에 대한 인식의 단면이다.

그럴 때 위의 최문희 작가에 의해 재단된 전혜린은 아버지로부터 길들여진 복종과 암기에 의해 만들어진 인형에 불과했음을 입증하게 된다. 서울대 법대 입학 시 수학이 0점이었음에도 회의를 통해 입학을 허락하기로 했다는 내용 또한 논리력보다는 천재와 같은 암기력이 전혜린의 인생을 좌우하는 큰 획을 그었다고 할 수 있다. 그 당시 여성의 서울대 법대 입학 자체가 지금의 BTS가 세계의 무대에 처음 섰을 때 각광을 받는 만큼 충격적인 사건이었

이별은 사랑이다

다. 심지어 전혜린이 졸업한 경기여고 후배들의 펜클럽이 만들어
졌다는 사실이 이를 입증하고 있다. 독일 유학시 번역한 작가들에
게서 온 낭만과 자유 의식이 그 당시 젊은이들의 욕망과 맞아 떨
어져 심금을 울렸다. 이 두 가지 사실이 전혜린의 아우라를 만들
고 요절한 천재로 새로운 신화를 만들었다고 할 수 있다. 그러나
아버지나 남편이 만들어준 길이 아닌 스스로가 개척한 길을 찾지
못했고, 자신 속의 니힐의 악마에게 먹혔다고 할 수 있다.

이별은 사랑이다

초판 1쇄 인쇄 2025년 12월 11일
초판 1쇄 발행 2025년 12월 15일

저   자 최문희
발행인 박지연
발행처 도서출판 도화
등   록 2013년 11월 19일 제2013 - 000124호
주   소 서울시 송파구 중대로34길 9-3
전   화 02) 3012 - 1030
팩   스 02) 3012 - 1031
전자우편 dohwa1030@daum.net
인   쇄 (주)유진보라

ISBN ┃ 979-11-24052-11-2*03810
정가 16,900원

도화道化, fool는
고정적인 질서에 대한 익살맞은 비판자,
고정화된 사고의 틀을 해체한다는 뜻입니다.